근대계몽기 지식의 굴절과 현실적 심화

The Shaping of Korean Modernity III

The Introduction of Modern Concepts during the Korean Enlightenment Period(1895~1910)

고미숙	연구공간 수유+너머
고유경	부산교대 초등교육연구소 연구교수
권보드래	동국대 교양학부 교수
길진숙	강원대 강사
김동택	성균관대 동아시아학술원 교수
박주원	서강대 사회과학연구소 학술연구교수
박태호	서울산업대 교양학부 교수
전동현	이화여대 사학과 박사
정선태	국민대 국문학과 교수
함동주	이화여대 사학과 교수

근대계몽기 지식의 굴절과 현실적 심화

1판 1쇄 인쇄 2007년 7월 25일
1판 1쇄 발행 2007년 7월 30일

지은이 / 이화여대 한국문화연구원
펴낸이 / 박성모
펴낸곳 / 소명출판
출판고문 / 김호영
등록 / 제13-522호
주소 / 137-878 서울시 서초구 서초동 1621-18 (란빌딩 1층)
대표전화 / (02) 585-7840
팩시밀리 / (02) 585-7848
somyong@korea.com / www.somyong.co.kr

ⓒ 2007, 이화여대 한국문화연구원
값 16,000원

ISBN 978-89-5626-273-4 93810

* 이 책은 2002년도 한국학술진흥재단의 지원에 의해서 연구되었음(KRF-2002-073-AM1044).

근대계몽기 지식의 굴절과 현실적 심화

The Shaping of Korean Modernity III

The Introduction of Modern Concepts during the Korean Enlightenment Period(1895~1910)

이화여대 한국문화연구원 편

1894년 '갑오개혁'에서 1910년 '한일합방'에 이르는, 통상 개화기 또는 근대계몽기라 불리는 시기 한국사회는 거대한 변화의 소용돌이에 휩싸여 있었다. 1876년 일본의 강압에 의한 개항 이후 국내외적 상황은 일촉즉발의 위기로 치닫고 있었다. 변화를 갈망하는 다양한 세력들이 등장하여 위기를 돌파하기 위한 일련의 개혁 프로그램을 제시하였으며, 지적인 영역에서는 일본과 중국을 거쳐 이입된 '근대적 개념'들을 검토하였고 또 실천에 옮기고자 하였다. 그리고 이 시기에는 이러한 사회적 움직임과 더불어 근대적 지식이나 관념들이 폭발적으로 수용·확산되어 갔다. 일반적으로 식민지 시기에 들어와서야 근대적인 제도들과 관념들이 자리 잡은 것으로 알려져 있으나 사실은 이 시기에 이미 대부분의 제도와 관념들이 제자리를 잡아가고 있었던 것이다. 물론 혼란스럽긴 했고, 충분히 정제된 것도 아니었다. 하지만 다양한 제도와 관념들이 이니셔티브를 쥐기 위한 경쟁을 벌이면서 그 존립 가능성을 타진하고 있었다는 점에서 이 시기는 한국의 근대가 출발하는 '기원의 시공간'이었다고 할 수 있을 것이다.

신문·학회지·교과서·문집·신소설 등 이 시기에 이르러 쏟아져 나오기 시작한 근대적 인쇄매체들은 다양한 제도와 관념들이 경쟁하는 담론 생산의 장을 제공했다. 일반적으로 근대 형성기에 있어서 인간과 세계에 대한 관념의 결정적인 변화는 그에 합당한 매체를 필요로 한다. 근대는 소수의 지식인들이 아니라 상대적으로 다수의 '인민'들이 주체로 등장하는 시기이다. 서양에서 근대 민족주의의 등장과 확산이 인쇄자본주의(print capitalism)의 발전 없이는 불가능했다는 지적은 한국의 근대에도 그대로 적용된다. 근대적 인쇄매체들이 새로운 주체들을 발견하고 훈육하는 데 지대한 기여를 했다는 점은 잘 알려진 바와 같다. 근대계몽기에는 온갖 종류의 정치적·사회적 이념과 제도들 그리고 이에 상응하는 인민들의 자각과 이를 실현할 교육의 중요성이 널리 강조된 시기였으며, 그 과제를 수행한 주요 매체들이 바로 인쇄 매체들, 즉 신문과 각종 단체의 회보 및 잡지 그리고 국가가 주도했던 교과서들과 개인들이 편찬해 낸 단행본들이었다.

이러한 관점들에 주목하여 우리는 근대계몽기에 등장한 인쇄매체들에서 소개되고 있는 중요한 개념과 용어들을 중심으로 이 시기의 특성을 구명하고자 했다. 당시의 인쇄매체들을 다룬 기존의 연구들이 주로 이 시기의 인쇄매체가 어떻게 출현하였는지 그리고 그것의 주된 논조가 역사적으로 어떤 의미를 갖는지에 대해서만 관심을 가졌을 뿐, 그 매체들이 쏟아내는 구체적인 내용에 대한 세밀한 분석은 거의 수행하지 않고 있다. 이와 달리 이 연구는 당시 인쇄매체들이 담고 있는 내용에 대한 세밀한 분석을 통해 현재 우리가 알고 있는 근대적 관념들과 지식들이 다른 어떤 시기가 아니라 바로 이 시기에 거의 대부분 모습을 드러내고 있음을 밝히고자 했다. 다시 말해 각종 인쇄매체에 나타나는 근대적 지식 담론과 개념의 유형 및 성격에 주목함으로써 한국의 근대 형성 과정에서 이 시기가 차지하는 독특한 위상을 재조명하고자 했던 것이다. 이러한 측면에서 우리의 공동연구는 한국 근대사에서 볼 수 있는 근대성의 문제를 정치체제론이나 경제발전론 그리고 이데올로기론을 넘어서 하나의 대중적 지식과 개념의 형성 과정이라는 문화사적 전체로 바라볼 수 있는 하나의 계기가 될 수 있을 것이다.

이 연구를 수행하기 위해 우리는 크게 두 측면에서 근대적 지식과 담론의 형성 과정을 살피고자 했다. 하나는 한국사회에서 근대적 지식과 개념 및 담론이 형성되고 변용되는 과정과 특성을 내재적으로 살피는 방향이며, 다른 하나는 이에 대한 자기의식적이고 대상적인 관점에서 일본·중국·독일의 개념 및 담론의 특수한 양상을 고찰하고자 하는 방향이다. 이러한 작업을 통해 직접적으로는 한국의 근대적 형상에 대한 외부의 인식을 자기의식적으로 객관화해 볼 수 있는 근거뿐만 아니라, 나아가 한국과 중국 그리고 독일에서 근대적 지식과 개념이 수용되는 과정이 어떻게 다른 경로와 내용을 지니는지를 비교사적으로 추론할 수 있는 근거를 마련할 수 있을 것이다.

이 두 경로 가운데 근대적 지식 및 개념의 형성·변모 양상을 내재적으로 접근하는 연구는 당시의 역사적 상황과 인쇄매체의 종류를 조합한 다음 세 단계로 나누어 진행되어 왔는데, 이 책에 실린 글들은 그 세 번째 단계에 해당하는 1905년에서 1910년 사이에 간행된 인쇄매체를 중심으로 하여 지식 개념의 수용 및 그 변용을 다루고 있다. 러일전쟁을 거치면서 '근대의 모범생'으로 급부상한 일본의 노골적인 욕망은 1910년 8월 '일한병합'으로 구체화한다. 이 시기 한국의 담론 공간은 역사적 위기를 어떻게 돌파할 것인가라는 문제를 둘러싸고 한층 뜨거워졌으며, 동시에 1907년 '신문지법'의 제정 등을 통해 제국주의 일본의 감시도 더욱 강화된다. 그런 상황에서 『제국신문』·『황성신문』·『대한매일신보』 등 신문과 각종 학회지들, 잡지들이 지속적으로 간행되어 정치·교육·역사·문화 등 다양한 분야에 걸쳐 활발한 논의를 펼쳤다. 그 가운데 중요한 비중을 차지한 매체는 국문과 국한문 그리고 영문으로 간행되어 폭넓은 영향을 미친 『대한매일신보』였다.

이번 공동연구에서는 『대한매일신보』를 중심으로 하여 이전에 발간된 다양한 매체들은 물론, 같은 시기에 간행된 학회지들과 단행본들을 참조하면서 주요 지식 개념 및 담론의 수용과 변용 그리고 그 특징을 고찰하고자 하였다. 길진숙의 「1905~1910년, 국가적 대의와 문명화」는 국가의 변혁과 문명화의 상호관련성에 대한 인식이 어떠했는지를 『대한매일신보』 논설을 중심으로 하여 구체적으로 분석하고 있으며, 권보드래의 「근대 초기 '민족' 개념의 변화」는 『대한매일신보』에 나타나는 '민족'과 '국가' 개념이 어떤 변화와 편폭을 보이는지 그리고 그 의미는 무엇인지를 『독립신문』과 『황성신문』 등을 참조하면서 고구한다. 그리고 「근대계몽기 민족·국민 서사의 정치적 시학」에서 정선태는 『대한매일신보』 소재 논설을 중심으로 '민족'과 '국민'을 중심으로 한 내러티브가 지닌 정치적 성격을 밝히고 있으며, 「『대한매일신보』에 나타난 '개인' 개념의 특성과 의미」에서 박주원은 개인과 국민, 개인주의와 국가주의, 개인의 이익과 공익의 관계를 사회학적 및 정치학적 맥락에서 구명하고 있다. 한편 박태호는 「『대한매일신보』에서 역사적 시간의 개념에서 근대적 역사 개념이 형성되는 과정과 그 의미를 『대한매일신보』의 논설을 중심으로 하여 고찰하고 있으며, 김동택은 「『대한매일신보』에 나타난 국가 개념」에서 『대한매일신보』를 주요 텍스트로 하여 실증적으로 국가 개념을 검토하고 그것이 근대 이행기에서 차지하는 역사적 위상을 밝히고 있다. 또 고미숙은 「『대한매일신보』와 '병리학'의 담론적 배치」를 통해 민족담론과 병리학이 어떤 관련성을 지니고 있는지를 다양한 텍스트를 통해 보여준다.

다음으로 근대로 전환되는 시기 근대 지식 및 개념의 형성에 대한 비교사적 고찰은 한국의 근대적 지식 형성의 문제를 독일·일본·중국의 특수한 양상과 비교하는 것을 목적으로 하여 연구가 진행되어왔다. 잘 알려져 있다시피 한국의 전통적 세계관과 지식체계를 바탕으로 구축되어야 한다는 당위성에도 불구하고, 역사적으로 볼 때 그 출발점에 있어서 서구의 영향이 절대적인 역할을 하였다. 근대 지식의 기본적 속성이 서구적 지식 체계의 세계적 확산이라고 하는 측면을 고려하지 않고는 한국사회의 근대 지식에 관한 올바른 이해에 도달할 수 없을 것이다. 더욱이 한국의 경우 서구적 근대성이 직접적으로 수용된 것이 아니라 일본과 중국 등 매개자를 통하여 한 차례의 변형을 거쳐 들어왔다는 특수성을 지닌다. 따라서 한국의 근대 지식 형성이 지닌 보편성과 특수성을 함께 이해하기 위해서는 서구적 근대성의 형성 및 전달 경로에 있었던 독일·일본·중국과 같은 주요 국가들과의 비교사적 시점이 필요하다는 점에 이의를 제기할 사람은 많지 않을 것이다.

이번 공동연구에서 함동주는 「근대적 한국상의 창출과 제국지배」에서 대한협회를 중심으로 한국의 이미지가 형성되는 과정과 그것이 일본제국주의의 지배와 어떻게 관련되는지를 보여주고 있으며, 전동현은 「중국의 '자강'은 근대화 모델의 실패인가?」에서 중국의 다양한 근대화 시도가 근대계몽기 한국의 언론에 어떻게 비치는지를 다양한 자료들을 동원하여 조명하고 있다. 마지막으로 고유경은 「근대계몽기 한국의 독일 인식」이라는 글에서 문명담론과 영웅담론을 중심으로 근대계몽기 지식인들의 눈에 비친 독일상이 어떠했는지, 그리고 그 의미는 무엇인지를 묻고 대답한다. 이들 연구는 근대계몽기 한국의 근대적 지식 담론 형성과 관련이 깊은 핵심 개념에 대한 독일·일본·중국에서의 경험을 확인하고, 그것을 바탕으로 한국에 수용된 개념들과의 비교사적 시각을 마련하는 데 하나의 유효한 참조가 될 수 있을 것이다.

우리의 이번 공동연구는 『근대계몽기 지식 개념의 수용과 그 변용』, 『근대계몽기 지식의 발견과 사유 지평의 확대』와 마찬가지로 한국학술진흥재단의 지원을 받아 수행되었다. 이 과제를 수행하기 위해 우리는 강독과 세미나 그리고 학술대회를 거쳤으며, 그 과정에서 제기된 문제들을 보완하고 가다듬었다. 이 연구서는 한국학술진흥재단의 지원 아래 수행된 일련의 연구의 하나의 마무리이다. 세 권으로 묶인 우리의 연구가 향후 한국의 근대계몽기를 연구하는 데 의미 있는 참조가 될 수 있기를 희망한다. 마지막으로 처음부터 끝까지 정성스럽게 우리의 연구를 한 권 한 권 탄탄한 책으로 꾸며준 소명출판에 감사드린다.

2007년 7월 10일
필자들을 대신하여 정선태 적음

차례

근대계몽기 지식의 굴절과 현실적 심화

1905~1910년, 국가적 대의와 문명화

『대한매일신보』의 문명 담론을 중심으로

길진숙

1. 1905~1910년―애국과 문명 담론의 조우

서양은 화려한 문명과 강력한 힘을 앞세워 전 세계 삼분의 이의
영토를 점령했다. 서양의 압제와 만모(慢侮)에서 벗어나려면 동양은
반드시 서양 문명화되어야 했다. 1890년대 서양과 대면한 지식인
들은 동양의 현실을 이렇게 진단했다. 대한의 지식인들은 서양 문
명화가 역행할 수 없는 대세임을 운명처럼 받아들였다. 『독립신문』
(1894~1899)을 이끌었던 급진개화파들은 동양의 과거를 전면 부정하
고 서구적 근대화를 향한 전방위적 계몽에 앞장섰다.[1] 『황성신문』

---

1) 길진숙, 「『독립신문』·『미일신문』에 수용된 '문명 / 야만' 담론의 의미 층위」,
『근대계몽기 지식 개념의 수용과 그 변용』, 소명출판, 2004, 59~95면.

(1899~1904)을 이끌었던 개신유학자들은 변통의 논리로 과거의 동양 문명을 인정하되 서양 문명으로 나아가는 것이 대한의 살 길임을 강조했다. 동양문명과 서양문명의 절충을 주장하면서도, 『황성신문』이 과거에서든 현재에서든 '문명'의 척도로 삼은 것은 서양의 근대적 사유와 문물이었다. 서양 근대의 틀 안에서 의미 있는 전통을 재발견하기 시작했던 것이다.[2]

1905년 을사늑약으로 일본에 외교권을 박탈당한 이후부터 1910년 한일합방으로 국권을 상실한 시기, 그 어느 때보다 조선의 "문명화"는 더욱 절실한 과제가 되었다. 이 시기 근대계몽에 앞장섰던 『대한매일신보』는 '문명 건설'만이 대한을 보존할 수 있는 길임을 의심치 않았다. 이는 절체절명의 위기감에서 비롯되었다. 『대한매일신보』의 문명 건설은 생존경쟁과 우승열패라는 세계적 상황에서 급박하게 요청된 시대적 사명이었다. 이제 세계는 민족주의를 앞세워 각 민족마다 생존을 다툰다. 문명국 서양에 야만국 동양이 모멸을 받는 정도에 그치는 것이 아니라 문명으로 나아가면 살고 미개한 상태에 머물면 죽는 시대가 도래한 것이다.

1905년 이후, 전 세계는 홍수가 범람하는 급박한 현실과 인민의 애국적 혈성과 피의 희생이 절실히 요청되는 상황에 놓인다. 이런 상황 속에서 대한의 문명화는 이전 시기보다 훨씬 더 절박하고 다급하다. 그럼에도 대한은 여전히 몽롱한 잠의 세계에서 깨어나지 못하고 있다.[3] 잠들어 있는 전 국민의 문명적 각성을 위해 지식인

---

2) 길진숙, 「문명의 재구성 그리고 동양 전통 담론의 재해석-『황성신문』을 중심으로」, 『근대계몽기 지식의 발견과 사유 지평의 확대』, 소명출판, 2006, 13~49면.
3) "일몽을 반쯤 깨어 바라보니 혼몽천지 되었구나. 이 꿈을 언제 깨어 문명세계

들은 대대적인 계몽 사업을 벌이게 된다. 1905~10년, 교육·출판·신문·단체·학회·산업 각 방면에서 계몽의 열정이 분출된다.

애국과 문명은 이 시기 지식인들의 키워드였다. 1905년 러일전쟁 이후 폭발적으로 간행된 각종 잡지·신문·학회지·잡보·소설·단행본 등의 대중적 인쇄매체는 이 애국과 문명을 중심 담론으로 삼았다. 지식인들은 단순히 문명화만을 말할 수 없었다. 문명담론은 민족과 애국이라는 문제와 분리될 수 없었다. 근대 문명화의 문제는 국권 회복이라는 역사적 소명의식과 결합되어 앞 시기보다 훨씬 복잡한 양상을 띠게 된다. 우선적으로 애국의 논리가 문명화의 논리보다 우위에 서면서 문명의 실현과 애국 담론의 상충을 문제 삼는다. 한편으로는 전통의 문명적 가치를 논하는 문제도 새로운 조명을 받게 된다. 이는 앞선 시기 『황성신문』에서 구학문을 인정하려는 논의를 잇는 것이지만 여기에 민족주의의 논리가 가세되어 다른 입장을 보여준다. 이런 논란 가운데 문명과 야만을 가르는 이분법적 의미항이 여전히 고수되면서, 애국적 행위로서의 서구 '문명화'에 대한 열망이 더 강렬하게 표현되기도 한다.

우리가 살피려는 바, 1905~10년 사이에 발간된 『대한매일신보』에서는 문명 담론의 지층들이 이렇게 복잡하게 얽혀 있다. 단일한 선분으로 '문명'의 의미를 간추리기가 힘들다. 물론 정치적 노선에

되어볼까"(「시사평론」, 『대한매일신보』, 1907.12.28); "깨라깨라 잠 깨어라. 이웃집에 닭소리는 지동치듯 자주 울고 동천변에 계명성은 등불같이 올라온다. 풍진요란 이 시대에 네 아무리 무심한들 캄캄하게 꿈만꾸나. 어서 바삐 잠깨어라"(「시사평론」, 『대한매일신보』, 1909.3.16)

따라 개화파 · 개신유학파 · 애국계몽파로 문명 노선을 구분하거나, 혹은 사상적 노선에 따라 체용론 · 유교수용론 · 국수보전론으로 변법적 문명 수용의 노선을 구분할 수 있다.4) 그러나 인쇄매체에 담겨있는 문명의 의미항들은 단일하지 않다. 문명화의 욕망은 앞선 시기보다 훨씬 복잡하고 미묘한 담론 내부에 배치되어 있다.

2. 매국의 문명과 애국의 문명

『대한매일신보』는 목하 이십세기는 천지가 개벽한 이래 전고에 없는 제일 큰 '홍수가 범람하는 세계'라고 비유한다. 즉 이십세기는 권리를 경쟁하는 범람한 사상이 시작되고 민족주의의 사나운 물결이 점점 항일하여 급한 물결로 뇌정이 서로 부딪치고 높은 조수로 천지가 뒤집히는 세계이다. 이 홍수의 세계에서는 가벼운 돛대와 급한 노질로 쾌한 군함을 어거하여 바람의 물결과 싸우고 고래의 물결과 싸워서 빨리 건너가야 살아남을 수 있다.5)

가벼운 돛대와 급한 노질과 쾌한 군함으로 홍수의 세계를 건넌 나라는 바로 영국 · 독일 · 프랑스 · 이태리와 같은 문명국이다. 이런 문명국들은 "제국주의로 배를 만들고 상업정책으로 돛대를 세

---

4) 김도형, 「대한제국기 변법론의 전개와 역사서술」, 『동방학지』; 백동현, 「대한제국기 신구학논쟁의 전개와 그 의의」, 『한국사상사학』 19, 한국사상사학회.
5) 「논설―홍수의 세계」, 『대한매일신보』, 1908.8.9.

우며 식민방침으로 낚싯대를 하고 나를 닮아라하는 교육으로 미끼삼아서 순풍에 돛을 달고 사방으로 다니며 엿보다가 어느 곳이든지 열리지 아니한 민족이 있거든 꾀이기도 하고 공갈도 하며 주살질도 하고 그물질도 하여 일체 자기 집 속과 가마로 몰아넣는다."[6] 이 제국주의의 홍수 속에서 문명국의 인민은 활동할 수 있지만 미개국의 인민은 익사하고 만다. 따라서 우리 민족은 문명으로 열려야만 한다. 주살과 그물에 잡아먹히지 않으려면 문명국으로의 도약은 반드시 이루어져야 한다.

치열한 생존 경쟁과 약육강식의 세계에서 문명은 평화롭게 성취되지 않는다. 이런 세상에서 "문명 이자(貳字)를 옹용평화(雍容平和)로 행복을 래(來)하는 자(者)라고 믿는 것은 치인(癡人)의 완몽(頑蒙)이며, 인류는 진리에 의하여 생존한다 하여 강권설(强權設)을 반대하는 자는 부유(腐儒)의 오론(誤論)"[7]일 뿐이다. 평화롭고 자연스럽게 문명은 건설되지 않으며, 문명은 보존되지 않는다. 경쟁과 정복을 통해서만 문명은 이루어지며 보존된다. 강권(强權)에 의한 침략과 지배를 반대한다면 내가 먹히는 엄청난 대가를 치러야 한다. 강권 앞에 인의나 도덕은 쓸모가 없다. 오직 "같은 종족과 같은 국민이 서로 만나면 도덕만 있고 권력은 없이하며 다른 종족 다른 국민이 서로 만나면 권력만 쓰고 도덕은 없게 할"[8] 뿐이다. 이러한 20세기의 민족주의와 제국주의의 생존 논리에서 누구도 자유롭지 못하다. 오직 문명을 건설한 나라만이 강권을 갖게 되고, 다

---

6) 「논설―홍수의 세계」, 『대한매일신보』, 1908.8.9.
7) 「논설―홍수의 세계」, 『대한매일신보』, 1908.8.9.
8) 「논설―세계에는 강권이 첫째」, 『대한매일신보』, 1909.7.21.

른 나라에 대항할 수 있다. 그렇기에 우승열패의 현실은 피를 요구한다.

> 오늘날 세계는 피세계라. 문명도 피가 아니면 사지 못하며 부강도 피가 아니면 이루지 못하며 부패한 사회도 피가 아니면 개혁하지 못하며 완고한 민족도 피가 아니면 불러 깨닫게 하지 못하며 한 걸음을 나아가려 하여도 피가 아니면 못하며 한 일을 행하려 하여도 피가 아니면 못할지라. 그런고로 그 창자에는 피바퀴가 항상 돌아다니며 그 눈에는 피눈물을 항상 흘리며 그 몸은 피로 목욕을 하며 그 마음은 피로 갈아서 그 백성은 피 백성이 되고 그 나라는 피 나라이 되어야 나라 땅이 엄정하게 되나니[9]

문명과 부강과 개혁을 위해서는 피가 필요하다. 이 피는 인민의 피 끓는 애국심이자, 인민의 희생으로 흘린 피를 말한다. 강자가 약자를 잡아먹는 세계에서 "공공한 분기로 인민의 대표자가 되어 위험한 것도 돌아보지 아니하며 사생도 계교치 아니하고 내 몸을 가져 국가에 바치려하매 그 눈물이 떨어지는 곳에는 목석도 일어서며 그 피가 흐르는 곳에는 강산도 빛을 변하여 자유종 한 소리에 문명화가 난만히 피어난다."[10] 심지어 "문명 정도가 높은 나라도 그 나라 인민의 피와 눈물이 적으면 그 문명을 보전하지 못한다."[11]

이제 문명국으로의 도약은 민족적 대의가 된다. 문명 건설은 애국을 하는 방법이며, 민족을 보존하는 방법이다. 그러나 애국적 혈성이 요구되는 시대엔 문명 수용에도 조건이 따른다.

---

9) 「논설-학계의 꽃」, 『대한매일신보』, 1908.5.16.
10) 「논설-청국 입헌정치 문제에 대하여 감동한 의견」, 『대한매일신보』, 1908.4.16.
11) 위의 논설, 위의 신문.

경축일세 경축일세 신문명에 날인하여
대한강산 삼천리를 일수판매(一手販賣) 하였으니
구문(口文)이 불소(不少)로다
부귀영화 자취(自取)하니 신외무물(身外無物)이라
국가는 하용(何用)인고[12]

 1905년 일본의 식민지 지배로 사람들은 '신문명'의 함정을 깨달
는다. '신문명'은 대한을 서양과 같은 별천지로 만드는 묘약이 아
니다. 희망과 현실의 괴리. 오히려 선진문명국은 문명개화를 구실
로 비문명화된 국가를 침략한다. 일본의 행위를 통해 '근대 문명'
의 제국주의적 속성을 절감하게 된 것이다. 그러나 앞에서 보았듯,
『대한매일신보』는 '근대 문명'이 지니고 있는 침략적 속성을 시대
의 흐름으로 받아들인다. 이 당시 누구도 20세기 근대 문명의 제
국주의적 속성에 의문을 던질 수는 없었던 것이다. 문명의 흐름을
외면할 수 없었기 때문에 무엇을 위한 문명화냐가 중요한 문제로
떠오르게 된다. 이 순간 민족과 국가는 최종심급의 자리를 차지하
게 된다.
 「매국경축가」에서처럼 개인의 영달을 위해 '신문명'에 날인하는
것은 매국 행위이다. 이 매국노들은 주체의식도 없이 문명국에 무
조건 복종할 뿐이다. 그러나 문명은 국가를 위해서 수용될 때에만
가치를 발한다. 문명개화보다 국가의 권리가 우선시되었다. 이제
사람들은 '민족과 국가를 위한 문명'과 '개인을 위한 문명'을 구분
한다. 문명과 야만이라는 이원 대립을 지나, 좋은 문명화와 나쁜
문명화라는 문명 수용의 태도를 가지고 가치평가를 하게 된 것이

---

12) 「매국경축가」, 『대한매일신보』, 1905.12.1.

다. 이에 따라 국가 전체의 이익을 염두에 둔 문명 수용은 애국이지만, 개인을 위한 문명 수용은 매국일 뿐이라는 인식이 뿌리 내리게 된다.

그러므로 문명의 확산보다 우선할 일은 국민들에게서 노예의 성질을 씻어버리는 것이다. 노예의 성질을 버리지 않으면 문명화를 이뤄도 소용이 없다. 교육을 확장해도 국권은 회복되기 어렵다. 건축물이 미국처럼 정교하고 제조부문이 영국처럼 발달한 형질상의 개화를 성취해도 국권회복은 어렵다. 독립사상을 활발하게 하는 것이 제일 급선무다.[13] 왜냐하면 "그 나라의 민족된 자, 독립과 자유의 정신만 있으면 정부와 의회 등 형식이 없을지라도 그 마음에 나라가 완연히 있고 그 눈에 나라가 분명히 있어서 그 나라 인민의 머리 위에는 그 나라의 하늘이 있고 그 나라의 인민의 발아래에는 그 나라의 땅이 있기"[14] 때문이다. 독립사상은 곧 국혼(나라의 정신/대한의 정신/국민의 혼)[15] 혹은 애국심을 말한다. 애국심이 없으면 부국강병도 자랑할 일이 아니고, 신학문과 서양법도 필요가 없기 때문이다. 오직 국민의 혼이 굳건해야 문명국으로의 도약도 의미가 있는 것이다.

그 나라의 토지가 넓은 것도 자랑할 것 없고 인민이 많은 것도 자랑할 것 없으며 재정이 넉넉함도 자랑할 것 없고 군사가 용맹함도 자랑할 것 없으며 토지가 견고함도 자랑할 것 없고 병참이 강함도 자랑할 것 없다. 오직 내 나

---

13) 「별보」, 『대한매일신보』, 1907.7.7.
14) 「논설 - 정신으로 된 국가」, 『대한매일신보』, 1909.4.29.
15) 「논설 - 대한정신」, 『대한매일신보』, 1907.9.27; 「논설 - 정신으로 된 국가」, 『대한매일신보』, 1909.4.29; 「논설 - 국민의 혼」, 『대한매일신보』, 1909.11.2.

라 국민의 혼이 강함만을 자랑할지니라.16)

정신적 교육이 없으면 이는 문명의 학술이라 빙자하고 유생들을 묻어 죽이는 것과 다름이 없을지라. 그 교육하는 목적이 대한 정신이 아닐진대 비록 신학문 책을 손에 밤낮 들고 서양법을 입으로 밤낮 말하여도 학도들이 독립하고 자강하는 지개와 기운이 없어져 비루하고 용렬한 필부가 될 것이니 이는 멸망함을 자취하는 것이라.17)

이 때문에 『대한매일신보』는 문명을 말할 때 반드시 국가의 이익과 국가의 발전을 전제로 삼는다.

학문을 연구하되 국가에 대하여 유조한 학문을 연구하며 학문을 발달하되 마땅히 국가에 대하여 유익한 학문을 발달하여 한 가지 재주와 한 가지 능한 것이라도 반드시 국가에 바쳐서 국가의 행복과 이익을 장원하게 하며 국가의 위태하고 해로운 것은 끊어 없이할지니

이러함으로 학문이 성하고 쇠하는 것을 보아 그 나라의 성하고 쇠함을 알며 학문의 높고 낮은 것을 보아 그 나라의 높고 낮은 것을 아나니 많이 학문 있는 자가 학문은 학문이오 국가는 국가라 하여 학문이 국가에 대하여 아무 관계가 없는 것으로 할진대 학문은 무엇이 중하다하리오

그런즉 선비가 뜻을 세우되 학술이라는 것은 국가를 호위하는 과업이라하여 정치학을 배운자도 반드시 이 학문을 국가에 쓸 것으로 알며 경제학을 배운 자도 반드시 이 학문을 국가에 쓸 것으로 알며 법률학을 배운 자도 반드시 이 학문을 국가에 쓸 것으로 알며 실업학을 배운 자도 반드시 이 학문을 국가에 쓸 것으로 알고 그 외에 각종 학문을 배운 자 모두 그 학문을 국가에 쓸 것으로 알아서 국민의 선봉장이 되며 국운을 돌리는 근원이 되어야 가하거늘

이제 한국에 어떤 학술 있다는 자를 보건대 그 몸을 위하고 집을 위하는

---

16) 「논설―국민의 혼」, 『대한매일신보』, 1909.11.2.
17) 「논설―대한정신」, 『대한매일신보』, 1907.9.27.

> 마음이 나라를 위하는 마음보다 더 중하며 몸을 위하고 집을 위하여 다투는
> 것이 나라를 위하여 다투는 것보다 더 앞서서 학문이 있다는 명예만 조금 있
> 으면 이것이 금직한 것으로 알아서 반남어를 부르며 한 집안 생계나 적이 넉
> 넉하면 이것이 제일이라 하여 할 일을 다하였다하여 천지간 일개 버러지의
> 신세를 면치 못하나니 어찌 가히 탄식할 바 아니리오.[18]

새로운 학술을 수용하는 목적은 국가에 행복과 이익을 주기 위해서이며 국가를 해롭게 하는 요소들을 없애기 위해서이다. 오직 국가를 위해 전력투구해야 한다. 만약 자기 일신과 자신의 집안을 이롭게 하기 위해 학술을 연구한다면 이는 일개 '버러지(벌레)'에 지나지 않는다. 개인의 문명화가 곧 국가의 문명화가 아니다. 일신의 영달을 위해 문명을 꾀하는 자는 인간이 아니라 '버러지'이다. 금수(禽獸)의 수사학도 아니고 '버러지'의 수사학으로 '이기적 개인'을 몰가치하게 취급하는 인식을 실감나게 표현하고 있다. 모든 가치를 포획해버리는 '국가', 그 초월적 지위가 얼마나 어마어마한 것인지를 확인할 수 있다.

---

18) 「논설 – 학술이 있는 자의 책임」, 『대한매일신보』, 1910.2.12.

3. 비판적 문명 수용—'의뢰'와 '모방'과 '이식'을 넘어

1) 문명 수용의 태도—노예근성을 버려라

그렇다면 국가를 위한 문명화는 어떤 것일까? 앞 시기에는, 동양의 야만 상태를 버리고 서양문명을 수용·건설하는 것이 문명화의 길이었다. '인종'적으로 뒤처지지 않기 위해 부지런히 서양문명을 배우는 걸 목표로 삼았다. 민족이나 국가 단위에서보다는 '인종' 단위에서의 경쟁을 중시했다. 정치, 경제, 사회, 교육, 문화, 습속 등 모든 방면에서 서양 근대화에 도달하면, 선진 문명국과 동등한 나라가 된다고 믿었다. 물론 주체적 입장에서 자국의 실용적 학문과 문물을 '문명'으로 인정하는 과정을 거치면서, 문명에 대한 폭넓은 해석을 보이지만 이때의 목표도 서양문명화였다.[19] 이런 문명화의 길은 아주 명료하다. 그런데 국가를 위한 문명화를 목표로 삼을 때, 다소 애매하고 복잡해진다. 방향은 서양문명화인데, 여기에 애국심 즉 국가주의가 작동한다. 새로운 문명을 건설해야 하지만, 무조건적인 문명 추수도 안 된다. 어떤 상태를 말하는 것인가?

『대한매일신보』는 문명국으로 부상하려면 '노예의 성질'을 버리라고 말한다.[20] 여기서 '노예의 성질'은 비주체적인 의존심과 무비

---

19) 길진숙, 앞의 글(2004); 길진숙, 앞의 글(2006).
20) 「논설—사상계에 노예의 성품은 급히 버리는 것이 가함」, 『대한매일신보』, 1908.7.15; 「논설—노예의 성질을 버려야 각업을 성취하지」, 『대한매일신보』, 1909.8.4.

판적인 수용을 의미한다. 동양 학자들의 가장 큰 문제는 학술사상을 무비판적으로 수용하는 점이다. 그동안 동양의 선비들은 선현들의 책에서 시비와 곡직을 묻지 말고 그 모두를 옳은 것으로 인정하라고 강권 당해왔다. 그래서 동양 학자들은 선배 학자들의 말이나 학설에 이의를 제기하지 못하고 그저 추숭할 뿐이다. 게다가 시간이 흘러도 그 학설을 고집하여 그대로 믿고 따른다. 석가여래, 공자, 맹자의 학설이 나온 지 몇 천 년이 지났는데도 여기에 주석만 달 뿐, 비평하고 평론한 학자는 없었다는 것이다.

중요한 것은 이런 비판 정신이 없으면 그 나라는 진보할 수 없다는 사실이다. 유럽의 학자들도 예전에는 비평정신이 전혀 없었다. 그런데 근 몇 백 년 사이에 학자들이 많이 나와 무조건적으로 신뢰하고 따르는 무비판적인 태도를 지양하여 학문계의 진보를 이루었다고 한다. 그러나 동양은 지금까지도 자기를 믿지 못하고 남만 믿는 의뢰심이 여전하여 진보하지 못했다고 진단한다. 동양이 진보하려면 이 노예의 성질을 버려야 한다. 동양이 진보하지 못한 이유는 '노예의 성질'을 고치지 못해서이다.

무엇보다 이 논설에서 주목할 부분은 다음의 논지이다.

한국과 지나는 모두 이 병통이 있는 지위에 선 자이나 그 중에 독해(毒害)를 가장 심하게 받은 자는 한국인이라. 유교가 처음으로 들어올 때에 선비들이 후생의 성현을 높이고 사모하는 풍기를 양성하고자 하여 비록 실상 알고 적확히 본 것이 있을지라도 선성현(先聖賢)의 의론과 상반되는 말이면 이것을 감히 발표치 못하니 이회재가 대학에 주자의 주를 개정하다가 깊이 참람함을 사죄하였으며 율곡이 퇴계의 사단이니 칠정이니 하는 말을 반대하는데 누우이 겸양하는 뜻을 뵈였더니 그 후에 유생들은 한 번 더 변하여 선성현의 언론이면 내가 비록 명백히 그 옳지 못한 줄을 알지라도 감히 그르다 하지 못하며 다른 교의 선론이면 내가 비록 명백히 그 옳은 줄을 알지라도 감히 옳다 말을 내지 못함으로 선진의 말을 대하여는 읽고 외우기만하고 주를 내여 해석이나 할 뿐이오, 감히 평론이나 변론을 못하여서 노예의 성질이 깊이 박이여 장사라도 빼어 내기가 어렵게 되었도다

지금부터는 서국에서 온 풍기가 점점 생하매 저 몇 개 뜻이 썩은 학자 외에는 옛 적 성현의 노예 되기를 달게 여기는 자가 없거니와 우리의 두려워하는 바는 당일에 부패하고 비루하던 성질이 장래에 새 학자에게 전염이 되여 정자 주자와 퇴계 우암을 두려워하던 바를 옮겨다가 서양의 소위 철인을 두려워하며 성경현전을 혹신하는 마음을 옮겨다가 만약 신약설, 만법정리같은 서국 사람의 지은 글을 혹신하며 지나를 숭배하던 마음을 가지고 서양을 숭배하기가 쉬우니 이것이 가히 두렵고 경계할 바이로다.[21]

이 논설의 필자가 주장하는 가장 중요한 논점은 문명 수용의 주체적 태도이다. 이 논설에서는 한국과 지나[중국]가 노예의 성질에 가장 심하게 빠져 있다고 지적한다. 한국은 문명국인 지나를 무조건 숭배하고, 선현의 학술을 무조건 숭배했다. 문제는 이 습속에 절어서 '서양'과 '서양의 학술'까지 무조건 숭배하고 두려할 수 있다는 사실이다. 과거 조선이 지나를 숭배하여 지나의 속국으로 살았던 것처럼, '서양'과 '서양의 학술'을 숭배하기만 하면 결국엔 서양인의 노예가 된다. 혹은 선진문명국의 노예가 된다. 진정한 문명인은 비판적인 시각으로 시비를 가리고, 주체적인 시각에서 나에게 필요한 것을 선택할 수 있어야 한다. 서양의 문명을 받아들이되, 주체적인 우리의 문명을 만들어야 한다. 이는 앞 절에서 언급한 바, 자유 독립의 사상과 국혼(애국심)이 발휘될 때 가능한 것

---

21) 「논설-노예의 성질을 버려야 각업을 성취하지」, 『대한매일신보』, 1909.8.4.

이다.

문명화는 '문명국'의 모든 면면들을 배우되 그대로 모방하는 것
이 아니다. 우리에게 필요하고 내가 옳다고 여기는 부분을 수용해
서 발전시키는 것이다. "나 스스로를 서양 문명에 적응시키는 것
이 아니라, 서양 문명을 나에게 적응시켜야"[22] 한다. '문명의 주체
적 수용'이라는 인식에 도달하게 되면, 실상 동양의 전통 혹은 조
선의 과거를 무조건 파괴해야한다는 사고도 잘못이다. 이전의 동
양 문명과 학술도 주체적으로 취사선택할 필요가 있는 것이다. 현
재의 시점에서 국가에 가장 필요한 문명이 무엇인가를 알고, 과거
의 문명으로부터 그리고 근대문명으로부터 '마땅한 것'을 선별할
줄 알아야 한다. 이것이 제대로 된 문명화의 길이다.

> 지금에 배우기를 좋아하고 생각을 깊이 하는 자……아무쪼록 고인만 숭
> 배하고 금인을 경홀히 여기며 외국을 숭배하고 본국을 멸시하는 노예의 성
> 질을 칼로 끊은 듯이 버리고 문명을 회복하고 독립을 붇드는 것으로 책임을
> 삼을지어다.[23]

2) '완고'와 '신진'의 경계

『대한매일신보』에선 옛 것만 고집하는 '수구 / 완고'도 비판하고,
새로운 것을 모방만 하는 '신진 / 개화'도 비판한다. 그러나 '수구'
비판이 '옛 것' 자체에 대한 거부에서 비롯되지 않는다는 사실이

---

22) 박지향, 『일그러진 근대』, 푸른역사, 2003, 138면.
23) 「논설 – 학술사상의 변천」, 『대한매일신보』, 1910.7.16.

다. 또한 '신진'을 말할 때도 '새 것'에 대한 예찬을 넘어서서 어떻게 '신문명'을 수용했는가 하는 자의식이 발동하고 있다는 점이다. 이 시대 개화의 의미가 "실상으로 할진대 천지도수를 살피며 외물의 성질을 궁구하고 기계를 정긴(精緊)하게 하며 정령을 미덥게 하고 풍속을 돈후하게 하여 민생을 풍족하게 하고 국세를 부강하게 하는 것"[24]으로 자리 잡으면서, '수구'와 '신진'을 바라보는 시각이 이전 시기와는 다르게 정리되었던 것이다.

　이전 시기에는 옛 것을 고수하고 새로운 문명을 거부하는 부류를 '수구／완고'라고 비판했다. 『대한매일신보』에서 '수구'는 중국을 의뢰하던 노예의 성품이며, 옳은지 그른지 따져보지도 않고 자기주장만하는 부패한 습관을 가리킨다. 실상 '완고'는 완만하기가 돌과 같아서 백번 굴려도 깨지지 않고 견고하기가 쇠와 같아서 백번 꺾여도 휘어지지 않는 지기가 있어야 한다. 그런데 현재의 '완고배'들은 외형은 완만한 듯하나 성질은 유순하며 언론은 견고한 듯하나 심지는 나약하여 부패한 습관이 뇌수에 가득하다. 비난의 화살은 완고심에 있지 않다. 완고배들의 행태에 있다.

　　심중에 가득한 것이 남에게 의뢰할 사상 뿐이라. 그러함으로 지나를 복사하던 때만 생각하는도다. …… 지나에서 우리나라에 대하여 침학한 일은 없다할지라도 몇 천 년을 자주하던 당당한 독립국으로 명나라를 섬기다가 명나라가 망하고 청국이 일어나매 남한산성에서 곤욕을 당함은 천고에 썻지 못할 일이니 청나라가 흥한지 이미 삼백년이 가까워도 오히려 명나라를 잊지 못하여 지금까지 명나라의 숭정 연호를 쓰며 청국의 기반을 벗어나서 독립할 좋은 기회를 당하여도 오히려 전일 태도를 버리지 아니하고 의례히 하

---

24) 「기서-속개화와 겉개화」, 『대한매일신보』, 1909.9.10.

는 말이 우리나라는 지방이 좁고 인민이 많지 못하여 독립할 가망이 없다하
여 동으로 가라하면 동으로 가고 서으로 가라하면 서으로 가서 자강자립하
는 지기는 꿈에도 없고 무릉도원에서 봄잠을 깨이지 못하여 세계소식이 귓
가에 이르지도 못하고 국가의 위급한 것을 남의 집 일 보듯하니 이런 사람은
무엇이라 이름함이 가할가.

오늘날에 또 일본의 보호를 받아도 조금도 부끄러운 마음이 없고 전일 지
나를 복사하던 옛 버릇을 버리지 못하여 당연히 받을 것으로 알아서 남을 의
뢰하기로만 주장을 삼나니 이런 정태는 누가 웃지 아니하리오.[25]

이 시기의 '완고'는 옛 것을 고집하는 성질이 아니라 명나라를
섬기던 의뢰심을 버리지 못하고 일본의 보호를 받아도 당연한 것
으로 여기는 이른바 '사대주의'를 가리킨다. 사대주의에 젖은 '완
고'는 나라가 위급한 지경에 빠져도 상관하지 않고 자기의 이익만
따진다.

『대한매일신보』에서 그토록 비판하는 '수구배 / 완고배'는 옛 문
명을 예찬하고 지키려는 사람들이 아니다. '선왕의 법도'와 '선왕
의 덕행'을 제대로 지켜 조국 정신을 수호하는 무리들을 『대한매
일신보』는 '완고배'라 일컫지 않는다.[26] 진정한 완고라면 '선왕의
법도'나 '선왕의 덕행'을 제대로 실행했을 것이다. 옛 것이라도 그
원칙을 지킨다면 나라를 위태로운 지경으로 몰지는 않는다. 그러
나 이들 완고배는 조선시대 양반들이 자행한 '구태와 구습'을 고
수할 뿐이다. 여전히 양반의 특권을 이용하여 사리사욕만 채운다.
이들의 행위는 매국 행위와 진배없다.

---

25) 「논설-완고배의 정태」, 『대한매일신보』, 1910.6.18.
26) 「논설-수구당을 경고함」, 『대한매일신보』, 1910.7.26.

몇 백 년 동안 외척권신들이 자기 편색으로 당파를 지어 우리를 싸고 권총을 온존히 하며 헌량을 용납지 못하게 하고 뇌물만 성행하며 출척이 기틀이 없어서 내외관직을 인재의 장단은 묻지도 아니하고 뇌물의 다소만 보아 선임하는 고로 탐관오리가 전국에 편만하여 이름은 목민지관이라 하나 실상은 학인지적이라.

나라를 병들게 하고 백성을 해롭게 하여 조석으로 하는 일이 탐학불법만 행하여 적이 넉넉한 자는 재산을 탕진하고 간난한 자는 구학을 채우게 되어 농업과 상업이 모두 탕패가 되고 도적이 사처에서 일어나며 인민은 반점도 호소할 곳이 없고 억울한 기운이 산과 같이 쌓이며 민심이 이산되어 부득이 서로 모여 관인을 학살하고 민재를 침탈하니 이것이 인민의 책망이라 하겠는가.

세납은 탐관오리가 마음대로 징수하여 권력이 있는 자는 천토가 아무리 많을지라도 세납을 적게 바치고 잔피한 인민은 송곳 박을 땅이 없어도 억지로 징납함을 면치 못하여 풍년에도 굶기를 밥먹듯하고 흉년이면 아사하는 지경에 이르며 소위 지방관이라 하는 자는 원래 돈을 바치고 도득한 자라. 그러나 녹봉이 적어서 의식을 하기에도 넉넉지 못하니 엇지 그 뇌물 드린 본전을 갚으리오. 그럼으로 천방백계를 다하여 인민을 모함하여 재물을 빼앗으며 세납을 증가하여 사탁을 채우는 것이 어찌 그 본심에 즐겨하는 바리오.

소위 벼슬이라고 하는 자의 능한 것이 무엇이냐 물으면 아모 능한 것도 없으며 그 직책을 물으면 아모 직책도 모르고 다만 인민의 고혈이나 잘 빨아내며 형벌이나 탐용하여 공경대부로부터 각고을 아전까지라도 각기 권리를 통간하여 잔피한 상인이라 하는 자는 한번만 걸려들면 위지 협지 박지 타지를 무소부지하여 없는 일이라도 억지로 자복케 하니 이런 인민은 비록 백옥에 무하한 자라도 다시 호소할 곳이 없어서 듣고 보는 자로 하여곰 눈물을 금치 못하는지라.

하늘이 인생을 내이실 때에 귀천과 강약을 분별하여 내이지 아니하였거늘 우리나라에는 일종 괴상한 풍습이 있어서 양반과 중인과 상인을 구별하여 벼슬과 지위는 양반이 독점하고 불행히 상인이 된 자는 비록 제갈공명 같은 자라도 능히 그 처지를 지나셔 양반의 하는 벼슬을 못하는 방한이 있어서 양반은 대대로 양반이오 상인은 대대로 상인이 되였으니 어찌 상하가 통정이 되리오.

대저 나라에 임금으로부터 적은 아전들까지라도 모두 인민을 위하여 둔거시오. 임금과 관인을 위하여 인민이 생긴 것이 아니라 그럼으로 임금이라도 인민을 해롭게 하는 자는 민적이라 하나니 민적이 의뢰할 곳이 없어서 어떤 교회로도 들어가며 어떤 정탐군에도 투입하여 외국인을 의뢰하여 일신의 생명을 도모하노라니 해기에 나라를 위하는 정신을 보전하리오 이미 정신을 꿀리고 생명을 물렸은 즉 면목은 비록 한국사람이나 심장은 외국사람보다 다르지 아니하니 나라이 되어 인민이 서양인에게 붙지 아니하면 일본인에게 복종하면 이 나라는 어시 인민이 있는 나라이라 하리오. 인민이 없는 나라에 권리가 없음은 묻지 아니하고도 가히 알 바로다

지금까지도 배속에 양반의 마음이 잔뜩 들어앉아서 안하에 무인으로 아는 완고배들은 경계할지어다[27]

외양으로 수구한다 하는 것이 또한 무슨 자기 몸에 유조할 계교인지는 알 수 없는 것이 그 심술을 살필진대 노척척하여 생각하는 것이 전일 제도를 복구하여 관직이나 여전히 자기 집 물건 같이하여도 먹고 팔아도 먹으며 문벌도 여전히 보전하고 인민의 재산이나 여전히 박탈하였으면 좋을 듯하나 이는 모두 선천에 지나가고 오늘날 형편으로는 가망 밖이라.

할일 없이 농막이나 묘막을 찾아가서 남은 세월이나 한가히 보내리라 하고 내려 갔다가 소위 의병이니 불한당이니 하는 당류에게 한두 번 경겁을 하고 재산을 적이 손실하는 날이면 다시 서울로 올라와서 다시 사환의 욕심이 발동하여 세력이나 적이 있다는 자이면 염치를 불고하고 방계곡경을 뚫어 아첨하던 비루한 행습을 또 부리다가 미관말직이라도 얻어 할듯하면 목은 베일지언정 터럭은 끊지 못하겠다고 대담하던 상투를 헌짚신 벗어버리듯 베어내며 군자는 죽어도 갓을 벗지 아니한다고 쾌담하던 갓을 속지고각 깊이 감추고 맥고자를 뒤집어쓰고 나서기를 서슴지 아니하며 남만 격설이라 비방하고 어학하는 자를 조소하던 만습이 어디로 들어가고 우선 일어를 강습하여 외국인이나 교섭할 방침을 삼아서 그 추솔한 정태와 아첨하는 심잠이 보

---

27) 「논설 – 나라이 빈천한 까닭」, 『대한매일신보』, 1910.6.24.

는 자로 하여금 코를 가리우고 웃음을 참지 못하게 하는도다.[28]

중국에 대한 의뢰심, 사색당파, 인민을 탐학하는 탐관오리, 매관매직과 뇌물의 성행, 양반/중인/상인이라는 차별적 지위와 양반의 지배적 독점이 추방해야 할 구습이다. 이런 조선시대 양반들의 '구태'는 『대한매일신보』의 주적이다. 옛 문물, 문화, 사유는 보존되어야 한다. 그러나 조선시대 양반들의 '구태'와 의뢰심은 나라를 위기에 빠뜨린 주범으로 당장에 폐기해야 할 습속이다. 이런 습속 때문에 대한이 문명국으로 부상할 수 없었다. 그런데 이들 양반들은 여전히 이 구태를 고집한다. 조선시대의 양반 행세를 하는 이들은 진정한 완고배로 국가와 인민의 적이다. 이런 행태를 버리지 않는 한 '문명화'는 요원하다. 문명화는 고사하고 인민을 도탄에 빠뜨리고, 나라를 팔아먹는 근인이 된다. 이런 논리 전개로 보면, 양반은 완고배이자 매국하는 자이다. 양반의 구태와 양반의 특권을 없애는 것, 이 시대의 급선무이다. 『대한매일신보』의 필진들이 가장 부정적으로 본 역사는 바로 조선시대이다. 이 조선시대의 구습은 몽땅 혁파해야만 한다. 이런 시대를 추수하는 자들은 모두 완고이다.

『대한매일신보』 필진들은 신진, 개혁, 신개혁으로 일컬어지는 서양 근대 문명의 수용에 대해서도 주체적 입장을 중시한다. 대한

---

28) "그 소위 수구한다는 것을 볼진대 국가 인민에게 유익한 것을 작희하는 것으로 주장을 삼을 뿐이며 실상은 선왕의 법도를 능히 지키지 못하고 선왕의 덕행을 능히 지키지 못하며 선왕의 법언을 능히 행지 못하고 조국의 정신을 능히 지키지 못하나니 무엇을 수구라 하는가."(「논설─수구당을 경고함」, 『대한매일신보』, 1910.7.26)

의 진보를 위해서는 서양 문명을 배워야 한다. 그렇지만 서양 문명을 그대로 모방하고 이식하는 건 국가에 아무런 도움이 되지 않는다. 선진 문명을 공부하는 이유는 다른 데 있지 않다. "공부하는 자가 국가에 대한 의무를 극진히 하려면 나라에 무슨 일이든지 상관되지 아니하는 것이 없어 농부의 기계가 좋지 못하거든 좋게 할 방법을 궁구하여 개량하고, 공장의 기계가 좋지 못하거든 공교하게 할 방법을 궁구하여 개량할지니, 인생의 일용하는 음식과 의복과 거처로부터 정치와 법률과 군대와 경무와 범백 행정에 이르도록 아름답지 못한 것이 있으면 문필로 저술하며 언론으로 강론하여 극진히 좋은 지경에 이르도록 하기"29) 위해서이다.

따라서 개혁은 "정치와 법률과 농업과 공업과 상업과 척식업과 광업 등 각항의 전일 편리하지 못한 법을 버리고 새로 선량한 법을 취하여 씀을 이름이니 새 법을 학습지 아니하고 어찌 옛 법을 제거하리오. 정치계에는 새 정치를 학습하고 법률계에는 새 법률을 강습하며 농업계에는 새 모범을 강습하고 공업계에는 새로 정교함을 학습하며 상업계에는 새 상법을 학습하고 척식계에는 새로 개척함을 강습하며 광업계에는 새로 채굴법을 강습하여 개량하는"30) 방향에서 이루어져야 한다. 새 것을 배우는 이유는 옛 것을 고치기 위해서이다. 새 것을 그대로 실시하기만 하는 것은 아무런 의미가 없다. 그것은 과거 중국에 대한 숭배를 옮겨 다른 외국을 숭배하는 데 불과하다. 무조건적인 신문명의 모방도 매국이나 마찬가지이다.

---

29) 「논설―애국하는 성심」, 『대한매일신보』, 1907.10.20.
30) 「논설―신개혁의 주지」, 『대한매일신보』, 1910.7.12.

이런 '개혁' 혹은 '개화'가 제대로 이루어지지 않았기 때문에 『대한매일신보』에서는 완고에 대한 비판과 마찬가지로 개화자에 대해서도 날카로운 비판을 가한다.

아무 학교에 몇 달 몇 날 다니는 체하고 엉성하게 졸업이라하고 일어마디 나하면 우선 머리 깎아 양복하고 본국인은 노예로 알고 일인은 상전으로 알며 어떤 이는 본국에 역적이오 일본에는 충신되는 법에 졸업하고 어떤 이는 가세의 넉넉하고 구차함은 불계하고 삭발 탕건에 실족경 쓰고 모직 조끼에 시계 차고 삼사일만큼 화로수에 머리 감아 이발하고 나가면 주사청루에 사생을 같이할 듯한 친구요 들어오면 어린 체 고운 체 열녀인 체 아첨하는 소첩이라. 입을 벌리면 개명이라 개화라하고 어떤 이는 주사나 위원 같은 것으로 월급 푼이나 생기면 제 몸치장이나 골몰하고 부모봉양 같은 것은 생각이 매우 적고 개구(開口) 즉 자유니 자주니 하며 어른 존장 쓸어 덮고 제 마음대로 마구 뛰니 이것이 무슨 개명인고. 본국은 망치고 타국은 위하며 부모를 모르며 어른을 없이하는 개화로다.[31]

나라이 흥하든지 망하든지 인민은 죽든지 살든지 모두 알지 못하고 그 마음으로 하는 말이 이 세상에 나서 이 세상 사람이 되었으니 이 세상 일되어 가는대로 따라 행세하는 것이 가하다 하여 외국말과 서양 사적은 행세하는 문서투로 보며 경제와 법률은 협사하는 첩경으로 알아서 이것으로 그 몸을 그릇 들이고 다른 사람을 또한 그릇 들이니 슬프다. 이런 사람들도 또한 교육가라 할까.

또 어떤 사람들은 시세 일에 한을 품고 장래 형편에 눈물을 뿌리며 청년을 교육하는데 발문망식하니 그 열성은 가히 공경할 만하나 그 쥬장하는 언론을 들은 즉 가라대 인민의 지식이 고등에 달하면 국권이 스스로 돌아오고 외인의 멸시함이 스스로 없어지리라 하여 경년 열세토록 힘써 하는 일이 외식의 문명을 배우는데 지나지 못하여 혹 원유회에나 참예하고 혹 외국인과 손

31) 「별보-공부가 요긴함이라」, 『대한매일신보』, 1907.10.17.

을 잡고 인사하는 예나 행하면 넉넉한 줄로 알며 법이 아름답고 악한 것을 물론하고 행동함이 법률 범위 밖에만 나가지 아니하면 민권이 스스로 창대한 줄로 생각하니 슬프다. 이런 사람들도 또한 교육가라 칭할까.[32]

겉모습만 문명인처럼 보이고, 실상이 없는 개화자들은 실로 국가를 망치는 자들이다. 문명화는 문명국의 언어를 구사하고, 문명국의 문화를 이식하는 일이 아니다. 문명국의 언어와 문명국의 학문을 일개의 성공 수단으로 아는 자들은 개화자가 아니다. 그들은 매국노일 뿐이다.

'국가'라는 대전제 아래 '문명화 프로젝트'가 작동하면서 선진문명을 단순 '모방'하고 '이식'하는 일은 '사대주의'의 또 다른 모습에 불과하다는 깨달음에 이르게 된 것이다. 『대한매일신보』를 이끌었던 필진들은 개화파들과 달리 문명개화에 근거해 국가적 동일성을 확립하려는 공허한 생각을 갖지는 않았다. 덧없는 문명개화에 심취된 세력들을 풍자하고 비판했던 것은 그런 연유 때문이다. 강한 주체가 되려는 그들은 현실적으로 보다 강한 권력을 갖고 있는 외세와 매국세력을 직시하지 않을 수 없었던[33] 것이다. 진정한 문명화는 문명의 정수를 배워 국가를 진보시키는 일이다.

---

32) 「논설-국민의 교육을 의논함」, 『대한매일신보』, 1908.5.15.
33) 나병철, 「애국계몽기의 민족인식과 탈식민주의」, 『비평문학』 13, 비평문학회, 1999, 174면.

3) 구문명과 신문명의 함수관계

1905~1910년, '국가와 민족에게 유익한 개혁'이라는 대명제를 전제로 삼자 '신문명'과 '구문명'은 동등한 가치를 얻게 된다. 현재의 대한을 발전시켜 세계와 동등하게 만들어줄 동인은 신문명이되, 국가를 보존시킬 힘은 '구문명'에서 비롯된다고 여겼다. 앞선 시기 『황성신문』에서도 '문명은 시대에 따라 변한다'는 점에 입각해 우리나라 과거의 찬란했던 문명을 재발굴하고 강조하는 작업을 시작했었다. 과거 문명사와 발달된 문물의 가치를 통해 심리적 보상을 받고, 문명국으로 도약할 수 있다는 희망을 얻었던 것이다. 『황성신문』에서 이런 과거 문명에 대한 자긍심은 근대화와 문명화를 추동하는 힘이었다.[34] 『대한매일신보』도 기본적인 입장에서는 『황성신문』의 시각과 크게 다르지 않지만, '구문명'을 애국심의 원천이자, 민족의식을 고취시킬 원동력으로 본다는 점에서 그 지향하는 바가 다르다고 할 수 있다.

이 시기 신문명이 들어오면서 예전의 학문, 사상, 문화, 문물을 없애버리거나, 그 가치를 폄하하는 현상이 두드러지게 나타난다. 이런 현상은 '문명개화'를 기치로 모든 것을 혁신하면서 우리의 과거를 모두 야만으로 취급했던 데 연유한다. 『대한매일신보』는 이런 경향에 반대한다. 그래서 신학문의 가치를 우선해 구학문을 폐기하거나, 옛 서적을 치지도외하여 절종시키거나, 옛 서적이나 옛 유물을 외국인의 손에 넘기는 상황을 경계한다. 『대한매일신보』의

---

34) 길진숙, 앞의 글, 2006, 36~46면.

논설에서는 이런 상황을 비판하는 목소리가 자주 등장한다.

신학문에 뜻을 두는 자는 흔히 자기 나라의 정치와 풍속의 연혁과 선현의
옛 말씀은 일체로 없애려고 하니 이는 구학문만 알지 못할 뿐 아니라 신학문
도 알지 못하는 자라. ……
그 연원이 서로 관통하며 맥락이 서로 연합하여 옛 사람의 유전한 말을 모
두 폐하면 근일 사람의 깊은 뜻을 연구하는데 어려움이 있을지라. 그런 고로
옛적 서적을 다 버리지 아니하고 새 서적과 함께 두는 바이어니와 이제 우리
가 서양 학문을 배워 오는데 부패한 동양 구학문을 알지 못함이 무슨 해로움
이 있으리오 할 터이나 이도 또한 그렇지 아니하니……
일시 신학문의 영향으로 자기나라의 선현의 몇 백 년을 고심혈생으로 후
세의 사람에게 유전한 학문을 일병 속지고각하는 것은 옳지 아니하며 또 구
학문의 폐단을 교정하고자 할지라도 그 리허가 어떠한 것을 알지 못하면 불
가하다 하노라.[35]

또 자기 나라의 서적은 곧 몇 천 년 이래로 국민의 선조와 선현의 사상과
심혈이 모이어 미친 바라. 국민의 정신도 이에서 볼 것이오 국민의 성질도
이에서 증험할 것이며 그 외에 산천 인물 풍속 정치의 변혁된 내력도 이를
자뢰하여 알 것이니 어찌 중대하게 여기지 아니하리오.
옛적에 당나라 이적이 고구려를 쳐서 평양을 함락하고 그 장군고를 열람
한 후에 탄식하여 가라대 이 나라가 동방의 적은 나라로 서적이 이 같이 구
비하니 만일 이것을 머물러 두어 고려 백성으로 하여금 보게하면 어리석은
자가 슬기가 있고 나타한 자가 용맹스러워서 후일에 다시 군사를 수고로이
할 염려가 있다하여 즉시 불에 소화하였다 하더니 오늘날 형편을 볼진대 이
적이 없어도 몇 해가 못되어 나라 안에 있는 옛날 서적은 절종이 되겠도
다.[36]

---

35) 「논설」, 『대한매일신보』, 1908.5.6.
36) 「논설―옛글을 수습하는 것이 필요함」, 『대한매일신보』, 1908.6.16.

초하여 쓰기를 겨우 마치고 전포도 못된 서책을 외국으로 다 보내여 저 사람들이 말살하여 없이하면 영웅열사의 이름과 사적이 모두 민몰하며 성현학사의 아름다운 말과 착한 행실이 영영 감초이리니 후세에 한국 사람은 장차 무엇으로 선현을 사모하며 무엇으로 조국을 존숭하며 무엇으로 독립심이 나리오.[37]

'옛 문명과 문화'는 『독립신문』 필진들이 말했던 바, 부패한 동양학문이라고 쉽게 폐기해서는 안 된다. 우리의 옛 문명과 문화는 보존할 만한 가치를 담고 있다. 옛 서적과 옛 문물과 옛 사상을 보존해야 하는 이유는 간명하다. 국민의 정신과 국민의 성질을 증험할 수 있기 때문이다. '옛 문명과 문화'를 통해 '민족 의식'을 확인하는 작업은 '국가'의 중요성을 새기는 과정이다. 선현을 사모하는 마음, 조국을 존숭하는 마음, 독립심은 옛 문명과 문화가 아니면 불러오기 힘들다. 국가의 정신이 말살되면 국가는 소멸한다. 국가의 정신이 담긴 옛 문명과 문화는 긍정되고 전수되어야 한다.

『대한매일신보』의 필진들은 중국 문명과 문화를 제외하거나, 『황성신문』에서처럼 시와 문을 허학(虛學)이라 구분하여 부정적으로 취급하지는 않는다. 옛 문명과 문화에는 동양의 학문과 사상부터 우리 선현들의 학문과 사상까지 다 포함된다. 본지를 지키는 '유학'에 대해서도 긍정적이다. 여기에도 우리 국민의 정신과 성질이 담겨있기 때문이다.

물론 애국심과 민족정신을 강조하면 한문보다는 국문을, 중국사나 타국의 역사보다는 우리의 역사와 지리를 훨씬 더 중시한다.

---

37) 「논설-옛적 서책을 발간할 의논으로 서적 출판하는 제씨에게 권고함」, 『대한매일신보』, 1908.12.20.

昔者 勝朝(高麗) 이전에 동방이 固是强國으로 著名하야 曰隨曰唐曰鮮
卑曰契丹曰日本等의 巨寇强賊이 皆其手中에 就擒하며 皆其膝下에 來伏
하야 城外列邦이 皆此國民族의 特色을 欽歎하더니 其誰의 作孼로 崇拜華
夏主義를 大吹하야 末流文弱이 此에 至하였는가. 不過是幾個文士詩客의
崔致雲, 金富軾 같은 諸人이 支那에 留學 或 流行하야 眼은 閑官威儀에
眩하며 心은 中原文獻에 醉하야 本國歷史를 一切唾棄하며 本國精華를 一
切掃却하고 禿筆을 執하야 奔走呼號하매 適其時此를 摧壓蕩平할 偉人이
無하고 許多夢中人이 其風潮에 盡傾하야 畢竟神聖國土로 如此無熱性無
腦筋의 奴隸世界를 幻成함이니 此는 千古志士의 扼腕長歎할 바.[38]

위 논설은 민족 경쟁이라는 시대 인식에 입각하여 자국의 고유
문명을 도외시하고 앞서가는 나라의 문명을 추수하는 것에 대해
강한 비판을 담고 있다. 그래서 중국역사와 중국서책을 일방적으
로 존숭하는 데 대해 강한 불만을 표시한다. 다른 나라의 역사와
문화에 매몰되지 않기 위해서는 본국 역사와 문화가 우선임을 말
한 것이다. 그렇지만 이 글에서 비판하는 바가 중국의 역사와 서
책 자체는 아니다. 『대한매일신보』의 논설에서 『맹자』와 『춘추』를
빈번하게 인용한 것은 이들 필진들이 동양의 학문과 사상에 대해
긍정적이었음을 말해준다. 물론 이 신문의 필진이 신채호·박은식
과 같은 개신유학자들이었기 때문으로 볼 수 있지만, 학문의 전통
적 토양을 배제하지 않았기 때문에 이런 글쓰기가 가능했으리라.
『대한매일신보』는 남의 문명을 일방적으로 추존하는 태도엔 반대
하지만, 우리 문명의 일부인 동양 문명과 학문은 주체로서의 우리
를 파악하기 위해 필요하다고 보았다.

---

38) 「논설-國粹保全說」, 『대한매일신보』, 1908.8.12.

그렇다면 구문명과 신문명은 어떻게 접속하는가? 구문명과 신문명이 접속하는 방식은 신문명으로 구문명의 병폐를 고치고 구문명을 개량하는 것이다. 이런 방식으로 하면 구문명의 일부는 온존하면서 그 위에 신문명이 수립된다. 구문명은 유지되고 개량되지만, 구문명에 의해 신문명이 변화되는 것은 아니다. 신문명을 수용할 때 주체적 자세가 요구되지만, 수용된 신문명은 그 자체로 완전하고 더 나은 것이기 때문이다.

구문명은 신문명과 병존하지만, 이 사회의 전반은 신문명으로 바뀌어야 한다. 실상 『대한매일신보』에서도 사회·문화·정치·사상·교육 전반이 근대문명의 모습으로 탈바꿈되는 상태를 꿈꾼다. 게다가 보통교육 담론을 통해 사회 전반이 근대적으로 계몽되기를 바란다. 보통교육의 제도와 교과와 교수 방식은 물론 서양의 보통 교육 제도를 이식한 것이다. 일방적 이식과 모방을 경계했지만, 실상 이들이 경계한 것은 서양을 꼭 닮은 우리의 모습이 아니다. 선진문명국의 이익에 봉사하고, 선진문명국을 자신의 나라로 인식하게 될까봐 경계하는 것이다. 꼭 닮은 모습으로 대한과 대한민족을 위해 봉사한다면 하등의 문제가 될 것이 없다. 이 시기 지식인이라면 누구나 국가와 민족을 위해 우리의 서울을 서양의 도시처럼 만들고,[39] 우리의 얼굴에 서양인의 활동성 즉 활발한 기상을 심는 것[40]을 당연하게 생각했다.

---

39) 「牛巡城記」, 『소년』 제2년 제8권, 1909.09.01, 24면.

40) 「少年時言－국민의 외형(外形)과 국세(國勢)의 성쇠(盛衰)」, 『소년』 제3년 제3권, 1910.03.15, 16~23면. 『대한매일신보』는 1910년 3월 29일자 논설에 「국민의 외양과 국가의 성쇠」란 제목으로 이 글을 그대로 등재하였다.

자국의 역사와 문화를 보존해야한다는 발상은 '서양 근대문명'이 온 나라, 온 국민을 지배하는 데 대한 위기의식의 소산이다. 근대문명으로 도배되면, 서구 유럽과 동양, 일본과 한국은 모두 똑같아진다. 차이가 없다. 이것은 수용이 아니라 동화요, 복속이다. 문명화하되 무엇으로 동화와 복속을 벗어날 것인가? 국가의식과 민족의식으로 무장하는 것이 유일한 방법이다. 국가와 민족이라는 상상의 공동체[41]를 세우지 않으면 '문명'은 모든 것을 동일자로 만들어버린다.

『대한매일신보』에서 옛 문명과 옛 문화를 긍정하고 전수하는 작업은 서양 문명 혹은 신문명에 대한 반사 작용으로 나온 것이 아니다. 즉 서양문명이라는 타자를 통해 나의 긍정성을 발견한 것이 아니다. 서구화 / 문명지상주의 / 근대주의는 민족과 국가라는 이름으로 긍정되었다. 구문명은 서양문명을 넘어서기 위해서, 서양문명에 대항하기 위해서 긍정된 것은 아니다. 민족의 확인과 민족의 단결과 민족의 존속을 위한 정신적 구조체였기 때문에 호명되었던 것이다. 현재의 문명에서 '나'는 타자일 뿐이다. 주체는 과거의 역사와 문화에만 존재한다. 이 시기 지식인들은 민족 정신을 고취하기 위해서 과거가 필요하고, 국가의 진보를 위해서 현재의 문명을 배워야한다고 생각했다. 이제 '전통'도, '근대화'도 민족과 국가라는 이름에 의해 확실한 명분을 얻게 되었다.

---

41) 베네딕트 앤더슨, 윤형숙 역, 『상상의 공동체 ─ 민족주의의 기원과 전파에 대한 성찰』, 나남, 2002.

4. 동전의 양면 — 근대문명과 민족주의

　백인에겐 하나의 사실이 있다. 스스로를 흑인보다 우수하다고 생각하는 사실 말이다. 흑인에게도 하나의 사실이 있다. 어떤 대가를 처러서라도 그들 사상사의 풍요로움과 그들 지성사의 뒤떨어지지 않는 가치를 백인들에게 증명하려고 애쓴다는 사실 말이다.[42]

　프란츠 파농의 말은 의미심장하다. 서양 근대화 이래, 백인들은 흑인과 황인에 대한 우월성을 믿어 의심치 않았다. 또한 문명한 나라의 민족들은 비문명한 나라의 민족에 비해 우수하다고 생각했다. 이런 관계 속에서 비문명국의 민족들은 근대화에 박차를 가하면서, 자기 민족의 우수성과 정체성을 찾아 나섰다.

　1905~1910년, 계몽기의 지식인들도 '근대화와 민족의 발견'이 동전의 양면처럼 불가분의 관계에 놓임을 보여주었다. 일본의 국권 침탈을 계기로 문명 건설과 국가의 존립 문제를 다시 인식하게 되었던 것이다. 이런 현실상황에서 '개혁'의 개념은 달라지게 된다. 새로운 것을 무조건 이식해서 발전하는 것이 개혁이 아니다. 신문명으로 예전의 폐단을 고치고 개량하여 국가를 진보시키는 것이 개혁이다. 이런 입장에서 근대화, 문명화를 전적으로 긍정할 수만은 없게 된 것이다. 근대를 무조건 추수하면, 이는 또 다른 사대주의에 불과하다. 국가의 변혁을 위해 필요한 문명을 수용하는 것이 문명화의 옳은 길이다. 또한 신문명으로 과거의 전통을 무작

---

42) 프란츠 파농, 이석호 역, 『검은 피부 하얀 가면』, 인간사랑, 1998, 15면.

정 폐기해서도 안 된다. 과거의 전통에는 우리 민족의 정신과 성질이 담겨있기 때문이다. 신문명을 넘어서기 위한 어떤 대안으로서 과거의 전통이 중시된 것은 아니었다. 문명화는 국가의 이익을 전제로 했을 때에만 인정을 받았으며, 옛 문명 즉 전통은 우리 민족의 정체성을 증험하기 위해 보존되어야 했다.

애국계몽기의 문명 담론에서 '근대화와 민족주의 논리'는 상충되지 않는다. 오히려 민족주의는 근대화를 이끄는 원동력이다. 국가와 민족을 위한 근대화, 그리고 전통를 통해서 '주체' 확인하기. 근대화는 역사적 필연이므로, 근대화를 회의하고 근대화의 맹점을 찾는 일은 일어나지 않는다. 근대화 이외의 다른 길은 꿈꿀 수조차 없었다. 서양 문명은 완벽하다. 제국주의의 속성상 문명강대국은 약소국을 강탈하고, 약소국은 강대국에 굴종한다. 문제는 근대화가 아니라, 문명강대국를 숭배하는 노예의 정신이다. 근대화를 이루되, 국가를 잊지 않는 방법, 그것이 바로 전통에서 민족의 정체성 확인하기이다. 이 둘은 떼려야 뗄 수 없는 관계를 맺게 된 것이다.

이 시기 문명 담론에 의해 '민족문화'의 가치는 민족의 자존심이요 민족의 정신이라는 측면에서 재발견되었고, 국가가 모든 것의 우위에 서는 무소불위의 지위를 갖게 되었다. 우리들은 우수한 민족문화와 자립적이고 강대했던 과거의 영광을 통해서 서양과 다른 우리만의 정체성에 희열을 느꼈다. 이런 동력은 '서양 열강'과 어깨를 나란히 할 수 있다는 민족적 자존심으로 이어져서 '근대화'에의 열망은 점점 거세어졌던 것이다.

『대한매일신보』의 문명 담론에는 '나'를 잃지 않기 위한 고민이 담겨있었다. 그러나 이 문명 담론에는 신문명을 어디까지 받아들여 하는지, 전통의 어떤 선까지 변혁시켜야 하는지, 전통과 신문명의 조율 혹은 조화가 가능한지에 대한 모색은 보이지 않는다는 점이다. 과거의 병폐를 개량하고 편리하게 해주기 위한 신문명의 수용이란 말은 반복되었지만, 개혁의 다른 가능성은 상상조차 하지 못했던 것이다.

근대 초기 '민족' 개념의 변화
1905~1910년 『대한매일신보』를 중심으로

권보드래

1. 서론―'민족'과 '국민'

'민족'과 '국민'은 어떻게 다른가? 1908년 7월 30일 『대한매일신보』 논설에 따르면 '민족'과 '국민'을 구별하지 않고 쓰는 것은 크나큰 잘못이다. 민족이란 "동일한 혈통에 계(系)하며 동일한 토지에 거(居)하며 동일한 역사를 옹(擁)하며 동일한 종교를 봉(奉)하며 동일한 언어를 용(用)하면" 붙일 수 있는 이름이지만, 국민이란 그 외에 "동일한 정신을 유(有)하며 동일한 이해를 감(感)하며 동일한 행동을 작(作)하여" 안으로는 단일한 신체와 같고 밖을 대할 때는 질서정연한 군대 같아야 비로소 칭할 수 있는 이름인 까닭이다. 고대에는 국민 자격이 없는 민족이라도 생존할 수가 있었지만 오늘날은 국민 자격 없이는 생존하기 어려운 시대다. 한때 번성했던 아메리카의 인디언이며 오세아니아주의 원주민이 멸종해가는 것이 그 증거가 아닌가? 바야흐로 "20세기 우승열패의 시대"인 것이다.[1]

동일한 심뇌(心惱)와 동일한 사상. '국민'의 핵심을 구성하는 이들 요소의 단련 없이 '민족'은 유지될 수 없다. 국가주의의 시대요 생존경쟁의 시대인 20세기에 있어 국가를 구성하지 못한 채 자연 발생적으로 존재하는 인간 집단은 도태될 수밖에 없기 때문이다. 그러나 1908년에 와서 이렇듯 문제적인 개념이 된 '민족'과 '국민'은 10년 전까지만 해도 유행하는 단어가 아니었다. 『독립신문』(1896~99)을 통해 볼 때 '국민'은 기껏해야 수십 회 쓰이는 데 불과했던 반면 '인민'은 매년 수백 회에서 1천회에 걸쳐 쓰이고 '백성'은 그 횟수마저 상회하고 있음을 볼 수 있다. 1908년에는 핵심적인 정치 개념이 된 '국민'이지만 『독립신문』 발간 당시 그 위상은 희미했던 것이다. '민족'의 경우는 더욱 그러해서, 『독립신문』에서는 단 한 차례도 '민족'이라는 말이 등장하지 않았다. 인쇄매체를 통해 '민족'이라는 단어가 처음 목격되는 것은 1898년 『대조선유학생친목회회보』에서이지만, 여기서 '민족'이란 "방경(邦境)을 한(限)하여 민족이 집(集)"했다 하고 "우고안락(優高安樂)의 지(地)에 입(入)함은 민족의 고유한 본심"(강조는 인용자)이라고 하는 용례 속에서, 단순히 인간 집단을 가리키는 말로 쓰였다.[2] 한번 경계가 정해지자 그리 사람들이 모였다든가 사람이라면 누구나 좋은 땅을 차지하고 싶어한다고 할 때 '사람(들)'과 통용될 수 있는 말이 '민

---

1) 「민족과 국민의 구별」, 『대한매일신보』, 1908.7.10.
2) 장호익, 「사회경쟁적」, 『대조선유학생친목회회보』 6호, 1897.12, 56면.

족'이었다.

1900년을 넘어서서도 상황은 크게 바뀌지 않았다. 독립협회가 해산되었고『독립신문』또한 존재할 수 없었던 1900년대 초반에, 『황성신문』을 통해서 보자면, '국민'은 그리 활발하게 쓰이지 않았고 '민족'의 용례는 더더군다나 희유했다. 1900년 1월 12일 「서세동점의 기인」이라는 제목의 기서에서 '민족'이라는 단어가 몇 번 쓰인 것이 거의 전부였다고 할 만한데, 이때 '민족'이란 인종을 지칭하는 데 가까운 의미였다. 한국·일본·중국을 합해 '동방민족' 혹은 '동아민족'이라고 일컬으면서 칭기즈칸의 유럽 침략을 회상한다든가, 19세기 이후 유럽의 동아시아 침탈을 거론하면서 "동방민족이 백인민족에게 소피(所被)한 손해"를 나열하는 식이었기 때문이다.[3] 그밖에 일본 실업가가 '대화민족(大和民族)' 운운한 사례를 보도한 정도[4]가 러일전쟁 당시까지 『황성신문』이 보인 '민족' 용례의 전부였다. '국민'과 '민족' 사이의 의미 차이가 논의될 수 없었던 것은 말할 필요도 없다. '국민'마저 며칠에 한 번 등장하는 것이 고작이고 '민족'은 아예 찾아보기 어려웠던 시절, 개념의 엄밀한 정의는 불가능했다. 그러던 것이 불과 몇 년 사이, 1908년에 이르면 '국민'과 '민족' 사이의 의미 분별이 필요할 만큼 상황이 바뀐 것이다. 그 사이 '국민'과 '민족'이 유행어로 급속하게 부상한 까닭이다.

---

3) 「기서―서세동점의 기인」, 『황성신문』, 1900.1.12. 이 용법은 일찍이 백동현, 「러일전쟁 전후 '민족' 용어의 등장과 민족의식」, 『한국사학보』 10호, 2001.3에서 지적된 바 있다.
4) 「澁澤남작의 主戰論」, 『황성신문』, 1903.11.7.

2. 1894~1910년, 역사인식의 전개와 '민족'

짧은 시기이지만 1894년 이후 1910년까지, 흔히 근대계몽기라 불리는 약 15년은 끊임없이 요동치던 시대이다. 1894년에서 1898년까지가 독립협회를 중심으로 한 민간의 정치활동이 활발했다면 1899~1904년은 황제의 전제 하에 민간 영역이 극도로 위축되었고, 1905~10년에는 마치 그에 대한 보상이라도 하려는 듯 각종 언론·정치운동이 유례없는 활기를 보였다. 언론매체로 따지자면 각각 『독립신문』, 『황성신문』, 『대한매일신보』에 의해 대표된다고 할 수 있는 이들 시기5)는 개념과 담론에 있어서도 큰 편폭을 드러냈으며, 근대 제도 및 문명의 수용이라는 경향을 공유하면서도 그 구체적인 감각에 있어서는 많은 차이를 보였다. 민족국가의 형성이라는 문제에 있어서도 그러하다. 1894년 청일전쟁에서 일본이 승리함으로써 중국을 정점으로 하는 사대 질서가 붕괴한 이래 독립된 국가 건설은 공동의 정치적 목표였으나, 청일전쟁에서 독립협회 해산까지, 이후 러일전쟁까지, 다시 일제강점에 이르기까지 각 시기의 인식과 전략에는 차이가 있었다고 할 수 있다.

1894년에서 1898년까지, 『독립신문』에 의해 대표되는 시기는 '독립'이라는 초유의 목표에 관심이 집중되어 있었다. 주지하다시

---

5) 각 시기를 그 시기에 지배적이었던 서로 다른 언론매체를 통해 조명하는 방법의 타당성에 대해서는 권보드래, 「동포와 역사적 감각」(이화여대 한국문화연구원, 『근대계몽기 지식의 발견과 사유 지평의 확대』, 소명출판, 2006), 53~56면과 62~65면 참조.

피 이때의 '독립'이란 중국으로부터의 독립이었으며, 이로 말미암아 생긴 새로운 정치적 공간은 신구 정치세력 사이 쟁탈의 대상이되었다. 예외적일 만큼 자유로운 정치적 구상과 참여가 가능했던 것이 바로 이 시기였다. 다만 현실의 정치적 가능성이 넓었기 때문인지 역사를 통한 현실의 조망은 미약했다. 스스로 독립 국가임을 선포한 대한제국을 이전의 역사 전체와 대비시켜 그 미증유의 성격을 강조하는 식이었다. 단군과 기자 모두 중국에 조회하고 조공을 바친 기록이 있으니 "단군 때부터 독립국이 되지 못"했다는 증거이고, "단군 기자로부터 삼한에 이르러 삼천년이 되도록 마침내 한모퉁이의 궁벽한 것을 면치 못"했다는 사실을 이로 말미암아 알 수 있다는 것이다.[6] 자주 독립이란 "단군 기자 때부터 (…중략…) 아지 못하"던 것,[7] 각종 학교며 결사 등도 "단군 기자 기천년에 (…중략…) 처음"이라고 한다.[8] 종합하자면 "단군과 기자 이후로 나라 이름을 조선이라 하던 것을 지금은 대한이라 하며 청국의 속방이 되어 몇천 년을 남의 종노릇만 하다가 지금 와서는 우리 나라이 자주 독립이 되어 대한제국이 되었"다고 한다.[9] 단군 이래 4천년 역사는 모두 종속의 역사이며, 1897년 건립된 대한제국이 처음으로 독립의 영예를 누리게 되었다는 것이다.

이 같은 인식은 『독립신문』이 민족국가의 역사적 상상력에 무관심했다는 사실을 보여준다. 과거에서 현재로 이어지는 직선 대

---

6) 「논설」, 『독립신문』, 1899.1.17 및 10.23.
7) 「논설」, 『독립신문』, 1897.9.2.
8) 「부인회 애국가」, 『독립신문』, 1898.10.18.
9) 「논설」, 『독립신문』, 1898.2.17.

신 과거로부터 현재를 분리시키는 단절의 선이 훨씬 중시되었다고도 할 수 있겠다. 민족국가라는 새로운 정체성에 호응할 것이 거듭 촉구되었지만 그 정체성의 근거로 과거의 역사가 호출되는 일은 거의 없었다.[10] 역사에 대한 관심이 싹튼 것은 뒤이은 시기, 독립협회가 해산되고 황제의 전제권이 강화되어 현실의 정치 공간이 봉쇄되다시피 한 1899~1904년이었다고 말할 수 있다. "아방(我邦)은 무사의부(無史矣夫)라"고 탄식하면서 통일된 국사 교과서를 편찬할 필요를 논하기 시작한 것이 바로 이 시기이다.[11] 실제로 민간의 국사 교과서 발행은 이때 본격화되기 시작했다. 그러나 당시까지도 역사에서의 민족주의적 상상력이 본격화되지는 않았다. 국사 교과서에서는 일제히 단군을 역사의 기원으로 기록하기 시작했으나 기자 조선과 위만 조선에도 같은 비중을 두었고 4군 2부까지 역사의 일부로 편입했다.[12] 실증적 접근이 어려운 만큼 민족주의적 상상력이 가장 활발하게 작용할 수 있는 시기인 상고(上古)에 대해서 특별한 관심을 보이는 일도 없었다.

『황성신문』은 논설란에 한반도 권역에서 화폐의 역사나 의관제도의 역사를 연재(1902)하기도 했지만 대개는 조선시대의 역사를 참조하곤 했다. 조선시대의 국경지방 개척사를 고찰한 「북변개척시

---

10) 몇몇 예외가 없지는 않다. 예외에 대해서는 권보드래, 앞의 논문, 69면 참조
11) 「논설」, 『황성신문』, 1902.2.27.
12) 이런 인식은 학부에서 편찬한 『조선역대사략』(1895)의 구도를 그대로 계승한 것이라 할 수 있다. 『조선역대사략』은 단군─기자─삼한─위만 조선─4군 2부─삼국─고려─본조(本朝)라는 구성을 취한바 이는 『조선약사』, 『동국역사』, 『조선역사』, 『역사집략』 등을 통해서도 공히 목격할 수 있는 역사 인식이다. 상고·중고·근고·현세라는 술어를 택한 교과서들도 있었는데, 『초등대한역사』 외 『동국사략』, 『초등본국역사』, 『초등대한역사』 등이 여기 속한다.

말(北邊開拓始末)」과 「서변개척시말(西邊開拓始末)」 등을 싣는가 하면
(1903) 이익의 「조우록(藿憂錄)」이나 정약용의 「아한강역고(我韓疆域
攷)」를 번역하고(1903) 『아언각비(雅言覺非)』 「호질」 등을 논설에서
인용·정리(1901)하는 식이었다. 많은 경우 이들 기사는 당면의 이
해관계와 직접 결부되어 있었는데, 간도 지역에 담당부서를 설치
하고 관리를 파견하는 등 국경 지역에 대한 관심이 높아질 때 조
선시대 국경 개척의 역사를 연재하는 등이 『황성신문』 발 역사인
식의 주종이었다. 주로 조선시대를 참고로 했을 뿐 아니라 조선시
대에서 규범적 이미지를 구하려 했다는 점에서도 『황성신문』의 역
사인식은 독특하다. 을지문덕이며 강감찬 등 보다 오랜 시기의 인
물에 대한 간헐적인 소개가 있었지만, 1899년에서 1904년의 시기에
국한해 보면 『황성신문』의 역사인식은 조선시대, 특히 세종조를
중심으로 구축되어 있음을 볼 수 있다. 세종을 위시해 세종조의 뛰
어난 재상이었던 황희와 허주, 변방을 개척한 김종서와 최윤덕 등,
당시 위인들에 대한 기사는 『황성신문』에서 가장 쉽게 찾아볼 수
있는 역사 관련 기사이다.

『대한매일신보』에 오면 이런 인식은 더 이상 유지되지 못한다.
『대한매일신보』 발 역사의식을 대표하는 인물은 주지하다시피 신
채호라고 할 수 있겠는데, 그는 처음부터 고조선−부여−고구려로
이어지는 새로운 역사 체계를 구상하면서 상무(尙武) 정신을 고양
했고 조선 시대는 문약(文弱)의 시기로 폄하하였다.13) 고조선−부
여−고구려의 세계를 상징하는 단군·광개토왕·을지문덕·연개

---

13) 이만열, 『단재 신채호의 역사학 연구』, 문학과지성사, 1990, 239~245면 및
   261면 참조

소문이 영웅으로서 추앙된 반면 조선의 초석이라 할 유학적 질서를 구축한 김부식·최치원·쌍기 등은 죄인으로 단죄되는 상황이었다.[14] 구체적이며 가까운 역사, 즉 조선 시대의 역사가 외면당한 반면 오직 상상으로만 접근할 수 있는 역사, 즉 상고의 역사는 열렬한 탐구의 대상이 되었다. 민족을 주체로 하고 역사를 형식으로 하는 상상력의 체계[15]는 이로써 일단 완성된다. '국민'이 핵심어로 부상하고 '민족'이 급속한 의미 변화를 겪으며 정착해간 것은 바로 이러한 과정 속에서였다.

3. 『대한매일신보』의 인식과 개념

1894년 이후 1910년까지를 '근대계몽기'라는 하나의 시기로 구분할 수 있다고 볼 때, 이 가운데 가장 인상적인 활력을 목격할 수 있는 것은 1905~10년이다. 비록 이 활력이 역설적인 활력, 즉 한국이 일본의 보호국 체제에 들어감으로써 황제의 전제권이 퇴장한 부정적 상황에 기초한 활력이기는 했지만, 언론·출판과 집회·결사의 제 영역에 있어 이 시기에 애국과 계몽의 열기가 일시에 분출했던 것만은 분명하다. 1905~10년을 특별히 '애국계몽기'라 명명하기까지 했다는 사실은 이 시기가 얼마나 특별한 시기였

---

14) 「논설―허다한 옛 사람의 죄악을 심판함」, 『대한매일신보』, 1908.8.8.
15) P. Djuara, 문명기·손승회 역, 『민족으로부터 역사를 구출하기』, 삼인, 2004.

는지를 잘 보여주고 있다. 1894~98년이 독립협회와 『독립신문』이라는 단독의 정치·언론 주체에 의해 주도되었고 1899~1904년에는 언론 공간이 심각하게 위축되면서 『황성신문』, 『제국신문』 등 그나마 존재한 매체가 모두 심각한 제약 하에 있었다면, 1905~10년에는 신문만도 십수 종이 창간되는 비약적인 활기를 보였다. 1899~1904년의 정치적 퇴조기를 거친 후였기에 1905~10년의 활기는 한결 인상적이다.

러일전쟁으로 열강 간 세력 균형이 깨지고 황제의 전제권이 무력화되면서 다시 개방된 정치적 공간은 그러나 이전과는 달랐다. 1894~98년의 정치적 경험을 바탕으로, 1905~10년은 정치적 활력과 그 이면의 이합집산에서 한층 빠른 변이를 보인다. 1894~98년 때문에 1905~10년의 정치·문화적 열정은 추진력을 얻기도 하고 반대로 쉽게 냉각되기도 했다. 특히 1898년 3월에서 11월까지 있었던 관민공동회·만민공동회라는 사건, 근대적 '국민'이 처음 그 존재를 드러낸 사건은 1905~10년에도 계속 참조되고 활용되었다. 1905~10년의 정치 단체라면 어디든 다소간 독립협회를 모방하고자 했으며, 독립협회가 정치 영역에 접근해간 방법을 본뜨고자 했다. 예컨대 1904년 12월 일진회와 공진회가 연합하여 8도 각 곳에서 회원들이 출발, 서울로 총집결한 후 종로에서 대규모 집회를 연 일이 있다. 여기서는 과거 관민공동회처럼 이유인·구본순 등 고관을 소환해 심문하는가 하면, "만민이 공동"했다는 등 만민공동회를 연상시키는 수사학이 난무했다.[16] 1907년 헤이그 밀사사건

---

16) 「잡보-공진회 전말」, 『대한매일신보』, 1904.12.30.

으로 고종이 퇴위할 당시에는 동우회를 중심으로 군중집회를 조직하려는 움직임도 있었다. 동우회 회원은 1천여 명이 모여 특별회를 열고, "더러는 회장 이윤용에게 종로로 자리를 옮겨 연설하자고도 했고, 더러는 나랏일이 이 지경에 이르렀으니 회원들이 살아가기를 꾀해서는 안 되고 죽는 것이 좋은 방책이라고도 했고, 더러는 총리대신과 궁내부대신 두 대신에게 대표를 보내어, 그 사실에 대해 질문하자고도 했다."[17] 1894~99년은 끊임없이 참조되고 있었던 것이다.

물론 1894~98년의 상황과 1905~10년의 상황은 전혀 다르다. 1894년 이후 변화의 결정적 계기가 된 청일전쟁은 종종 긍정적 경험으로 기술되었으나 러일전쟁은 그럴 수 없었다. 청일전쟁 이후 한국의 국제적 위상은 '승격'되었으나 러일전쟁 이후에는 보호국(protectrate)으로 전락했다는 차이가 크다. 전승국 일본에 대해 일말의 기대를 품은 사람들이 있었으나 기대가 충족되진 못했다. 근본적으로 이권집단이었던 일진회 같은 경우도 초기 양상에서는 흔히 독립협회를 연상시켰으나 그처럼 자유로운 활동공간은 절대 얻을 수 없었다. 독립협회의 친미(親美)가 다분히 막연한 가능성이었던 반면 일진회 등의 친일(親日)은 당장 한반도를 장악하고 있는 일본에 기생하는 것이었기 때문이다. 황제권의 입지가 약화되면서 출판·집회·결사 등에서의 폐색은 다소 이완되었으나 대신 일본이 새로운 검열 세력으로 등장했다. 러일전쟁 발발 후 일본은 군사상 사항 보도를 통제한다는 명목으로 사전 검열을 실시하기 시

---

17) 정교, 『대한계년사』 8, 1910, 145면.

작했고[18) 1905년부터는 집회의 사전 허가제를 도입했으며[19) 정부·관리에 대한 한국인의 불만을 일 영사관에 접수토록 하는가 하면 지방관 임면에까지 관여하였다.[20) 보호국이 꼭 식민지로의 이월을 의미하지는 않으리라는 기대가 있었으나[21) 1905년 이후 상황은 또 다른 폐색으로 향하고 있었다. 다만 이 폐색 속에서 담론과 텍스트는 넘쳐났다. 추상적이었던 정치성이 훨씬 구체적인 실감을 획득하기도 했다.

영국인이 발행한 까닭에 검열을 피할 수 있었던 『대한매일신보』는 이 시절을 가장 잘 보여주는 텍스트라 할 수 있을 터인데,『독립신문』이나 『황성신문』과 비교해 보면, 1905~10년이라는 시기의 인식론 및 개념틀이 이전 시기에 비해 얼마나 달라졌는지를 간취할 수 있다. 먼저 '국민'과 '민족' 개념을 중심으로 『대한매일신보』와 『독립신문』에서의 용례를 비교해 보도록 하자.[22)

---

18) 「잡보-신문검열」, 『대한매일신보』, 1904.8.23.
19) 「잡보-일본헌병대고시」, 『대한매일신보』, 1905.1.12.
20) 「잡보-일사전훈」, 『대한매일신보』, 1905.1.19;「잡보-필득승인」, 『대한매일신보』, 1905.2.22 등.
21) 보호국의 다양한 가능성에 대한 당시의 진단에 대해서는 「기사」, 『대한자강회월보』 제1호, 1906.7 참조.
22) 『독립신문』은 전체 기사를 대상으로 한 반면 『대한매일신보』는 국한문판 논설란만을 대상으로 했다는 문제가 있으나, 국민·민족 등의 개념은 일반 기사에서는 잘 등장하지 않는 정론적 개념이라는 특성상 별 문제가 되지 않을 것으로 판단한다. 『대한매일신보』 중에서도 국한문판을 대상으로 한 이유는 무엇보다 1905~10년 전 시기에 걸쳐 발간이 꾸준했기 때문이다.

〈표 1〉『대한매일신보』에서 국민·민족 및 관련 어휘 출현 빈도

	1906	1907	1908	1909	1910
국민	171	243	324	418	319
민족	26	47	139	126	79
인민	385	368	322	221	268
신민	20	20	20	11	5
백성	5	3	7	5	1
동포	63	241	233	481	379
국가	113	108	240	425	236
나라	10	10	2	3	4

〈표 2〉『독립신문』에서 국민·민족 및 관련 어휘 출현 빈도

	1896	1897	1898	1899
국민	29	44	67	31
민족	0	0	0	0
인민	499	865	947	598
신민	38	75	102	58
백성	730	1288	1456	1252
동포	24	44	247	31

　　1905~10년에 국민·민족 및 연관 개념이 보여준 담론적·수사학적 굴곡을 파악하기 위해 먼저 1906~10년 사이 『대한매일신보』의 국한문 논설 중 각 개념이 출현한 빈도를 조사하였다. 1904~5년 발행분을 제외한 까닭은 이 사이 『대한매일신보』의 발행이 규칙적이지 못한 채 간헐적이었고, 표기체계 또한 요동하고 있었기 때문이다. 1906년부터는 꾸준하게 일간(日刊)으로 나왔지만, 1910년의 경우 일제강점 이후, 즉 9월부터는 발행분에 포함하지 않았다

는 사실을 고려할 필요가 있다. 빈도수 조사를 완전하게 하려면 1910년에 해당 변수를 부여해야겠으나, 여기서는 편의상 단순 비교에 그쳤다. 『대한매일신보』 외에 다른 신문·잡지까지 자료로 삼을 수 있다면 더욱 완전한 결과를 기약할 수 있을 것이나 이는 본 연구의 범위를 넘어선다. 1905~10년에 발행된 다른 자료에 대한 관심은 보론적으로 언급하는 데 그치기로 한다.

통계 결과 나온 개념별 빈도수에서는 국민·민족·동포 등의 어휘가 꾸준한 증가세를 보이고 있다는 사실이 눈에 띈다. 표면상 1910년에는 증가세가 둔화된 듯 보이나, 이에 대해서는 이미 지적한 바 1910년 9월 이후 『대한매일신보』가 발간되지 못했다는 상황을 염두에 두어야 할 것이다. '인민'이 별다른 기복 없이 꾸준하게 쓰이는 반면 국민·민족·동포 등이 증가세를 보인다는 것, 특히 '민족'이라는 어휘의 경우 증가세가 두드러진다는 사실은 기억해 둘 만하다. '민족'이 최신의 신조어였다는 사실, 1894~98년에는 아예 쓰이지 않았고 1899~1904년에도 극히 제한적으로만 쓰였다는 사실을 생각하면 '민족'의 유행은 더욱 유념해 둘 만하다. 반면 1896~99년 『독립신문』을 통해 국민·민족 및 연관 개념의 출현빈도를 확인해 보면, 1905~10년과 구분되는 몇 가지 특징을 발견할 수 있다. '민족'은 아예 등장하지 않으며 '국민'의 출현 빈도도 낮고, 대신 '인민'과 '백성'이 절대적인 우세를 보이는 것이다.

『독립신문』과 『대한매일신보』 사이 비교를 좀더 진행해 보면 다음 사실이 분명해진다. : ① '신민'과 '백성'은 『독립신문』에서 애용된 단어였으나 『대한매일신보』에 와서는 거의 소멸한다는 것, ② '국민'과 '민족'이라는 개념이 1905~10년에 와서는 명실상부하게 핵심 개념으로 부상한다는 것. 물론『독립신문』이 순국문인 반면 통계자료로 이용한『대한매일신보』논설은 국한문이라는 사실을 염두에 두어야겠으나, 이런 차이를 감안하더라도 '신민' 및 '백성'의 급작스런 소멸은 징후적이다. 1천회가 넘는 빈도를 보인 '백성'이 1년에 단 1회 출현할 정도로까지 위축된 것, 황제에게 절대 복종한다는 사실을 강조하면서 쓰였던 '신민'이라는 단어 또한 5회에서 20회 정도로 적게 출현한다는 사실은『대한매일신보』시기에 와서 황제와 일반 국민 사이의 관계에 대한 시각 및 감각이 크게 달라졌다는 사실을 함축하고 있다. 표면적으로는 황제의 권위가 여전히 강조되지만, 실제 개념의 사용에서 증명되듯 황제는 목전의 관심사에서 멀어진다. 1896~98년에는 황제와의 관계가 민간의 정치세력화에서 가장 문제적인 관건이었고, 1899~1904년에는 황제가 무소불위의 권위를 자랑했던 반면, 이제 황제는 상징적 자취만 남긴 채 정치 무대에서 완전히 퇴장해 버린 형국이다.

황제-인민 사이의 수직적 질서가 후퇴한 대신, 국민·민족 등 평등주의적 색채를 드러내는 용어는 급속히 그 용법을 확대한다. 인민·민족 등 오래된 개념에 비해 국민·민족 등의 신조어가 자주 쓰이게 된 것은 그만큼 새로운 인식틀이 확고히 자리잡아 가는 과정을 보여준다고 할 수 있을 것이다. '민족'이 단 한 차례도 쓰이지 않은『독립신문』이나 고작 몇 회 쓰이는 데 그친『황성신문』을 비교 대상으로 할 때 1905~10년 '민족'의 출현 및 성장은 특이할 정도로 두드러진다 할 수 있겠는데, 이런 변화는 역사적 상상력의 출현·확대 과정과 궤를 같이한다고도 가정할 수 있을 법하다. 앞서 인용한 1908년의 논설,「국민과 민족의 구별」에서 '민족'

은 동일한 혈통과 역사와 언어에 기반한 집단, 즉 시간축의 매개에 의해 존재할 수 있는, 현재를 기준으로 보자면 자연발생적으로 보이는 집단이기 때문이다.

4. 『대한매일신보』에서 '민족' 개념의 편폭과 변화

『대한매일신보』를 기준으로 할 때 '민족'이 활발한 용례를 보이는 것은 1908~10년의 시기이다. 국한문판 논설란을 기준으로 1906년에는 26회, 1907년에는 47회에 불과했던 '민족'의 출현은 1908년에 1백회를 훌쩍 넘어서더니 1909·10년에도 마찬가지 기세를 유지한다. 관련 단어 중 가장 높은 빈도를 보인 '국민'과의 비례를 보더라도 '민족'이 급작스런 증가세를 보인다는 사실을 확인할 수 있다. 1894~1904년까지의 앞선 시기와 비교해 볼 때 '민족'이라는 단어의 출현 자체가 새로운 현상이기는 하지만, 1906년 이래 『대한매일신보』에서 찾아볼 수 있는 '민족'의 용법에도 다양한 편차가 존재한다. 대상연도 중 가장 이른 연도로서 '민족'이 총 26회 출현한 1906년의 경우, 가장 자주 쓰인 용법은 이집트·폴란드 등 이미 국망(國亡)을 겪은 나라의 구성원을 지칭하는 의미로서이다.

당시까지만 해도 '민족'은 1898년 『대조선유학생친목회회보』에 처음 등장했을 때의 의미, 즉 단순히 인간 집단을 가리키는 데서 멀리 떨어져 있지 않다. 1908년에 이르기까지도 '민족'의 이러한 용례는 가끔 찾아볼 수 있다. 청주의 신씨 문중에서 흥학계를 결성하면서 "우리 가족은 이천만 국민 중에 일부분 **민족**으로서"[23] 운운한다거나 사농공상의 네 계층을 거론하며 "소위 선비라 하는 자는 네 가지 **민족** 중에 거수로서 글을 읽고 궁리하여 제세안민하는 책임을 담부하였거늘"[24]라고 할 때의 쓰임새가 전형적이다. 일개 가문의 성원을 가리켜 '민족'이라 하고 사·농·공·상의 네 계층을 '네 가지 민족'이라 칭할 때 그 의미는 인종적이거나 국가적인 색채를 전혀 포함하지 않는다. 물론 이렇듯 초기적인 '민족'의 용법이 신문 편집자가 직접 쓴 글에는 등장하지 않고 기서에만 등장한다는 사실은 기억해 둘 필요가 있겠으나, 편집자마저 종종 지방색 수준의 정체성을 지칭하기 위해 '민족'이라는 단어를 사용하는 것이다. "동도의 민족이 환난을 혹독히 받으매 서도의 민족이 홀로 이익할 수 없으며 남도의 민족이 비운을 졸지에 만나매 북도의 민족이 홀로 안락할 수 없음은……"[25] 같은 표현에서 동·서·남·북 각 지역의 주민을 '민족'이라고 호칭한 예, "호남 민족이 비루하고 용렬"[26]하다고 타매하면서 영·호남 거주민을 각각 '민족'이라고 칭한 예 등이 여기 해당한다.

이에 비하면 오늘날의 '민족'에 훨씬 가까우나 역시 다소의 차이를 드러내는 경우가 지금은 사라진 부족을 가리키기 위해 '민족'이라는 표현을 쓴 경우이다. "이 땅에 가서 보면 다만 여진 민

---

23) 「기서-신씨 문중에 흥학계」, 『대한매일신보』, 1908.6.5.
24) 「기서-공업을 마땅히 힘쓸 것」, 『대한매일신보』, 1908.6.7.
25) 「논설-가족교육의 전도」, 『대한매일신보』, 1908.6.11.
26) 「논설-호남학회에 경고함」, 『대한매일신보』, 1908.7.19.

족의 횡행하는 것과 거란 민족의 강성한 것만 볼 뿐이요 한국 민족은 한두 사람을 보기가 어려우니"[27]라고 할 때 '여진 민족'·'거란 민족', "숙신 민족의 범을 숭배함과 예맥 민족의 뱀을 숭배한 것" 운운할 때의 '숙신 민족'·'예맥 민족', "저 튜톤 민족이 산악을 흔들고 천지를 진동하는 세력을 가지고 동서에 횡행함은 무삼 연고인가" 할 때 '튜톤 민족' 등은 지금 기준으로는 다소 어색한 '민족'의 용례를 구성한다. 각각 여진족·거란족·숙신·예맥·투톤족 등의 표현이 익숙한 데서 포착할 수 있듯, 오늘날 '민족'이란 민족국가 체제를 이루고 있는 원형적 집단에 할당된 이름이지 국가 체제와 무관한 역사적 실체에 붙이는 이름이 아니기 때문이다. '민족'이 아니라 '부족'이 이들을 가리키기 위한 오늘날의 개념이라 할 만한데, 1900년대 말까지도 이 사이의 분별은 명료하지 않았다고 할 수 있다.

한편, '일본 민족'이나 '지나 민족' 등의 표현이 자주 등장한 데서 볼 수 있듯 정치적 실체로서의 국가와 역사적·문화적 실체로서의 민족을 구분하는 시각 역시 분명하지 않았다. 1900년대 후반에 '한국 민족'이라는 표현이 관습적으로 쓰였다는 사실을 상기하더라도 '국가'와 '민족' 사이의 차별화·의미화가 미약했다는 사실을 포착할 수 있을 것이다. '한국(대한제국)'이라는 국명과 '민족'을 결합시킨 '한국 민족'이라는 말은, 지금 감각에 비추어 보면 '한국인'과 '한민족'의 의미를 혼용하고 있다고 말할 수 있겠다. "만주에 이거(移居)한 자 허다하지만은 차지(此地)에 도(徒)히 여진(女眞)의

---

27) 「논설―만주문제를 인하여 다시 의논함」, 『대한매일신보』, 1910.1.22.

도(跳)함을 견(見)할 뿐이요 1·2개 한국 민족을 득견(得見)키 난(難)함"[28] 같은 문구 속에서 '한국 민족'이 사용될 때 '민족'은 전체가 아닌 개체, 한국이라는 국가 체제에 속해 있는 개별 인민을 일컬으며, 따라서 '한국인'이라는 뜻에 가깝다. 이렇듯 개체를 가리키는 표현으로 쓴 사례가 자주 발견되는 것은 아니나, '한국 민족'은 대개 실정적 국가와의 관련 속에서, 대한제국이라는 실재하는 국가에 소속되어 있거나 그에 준하는 정체성을 갖고 있는 사람들을 가리키기 위해 쓰였다고 할 수 있다. 역사적·문화적 함의를 일차적으로 환기하는 단어는 아니었다고 하겠다. '일본 민족'이나 '지나 민족'이 그러하듯 현재의 국가 체제와의 연관이 너무나 직접적이었기 때문에, '한국 민족'이란 오늘날의 '한민족'에 비하면 대단히 좁은 시·공간적 제약 속에서 존재하고 있었다. 네이션 스테이트(nation-state)라고 할 때의 그 네이션, 국가 체제와의 관련 속에서 존재하는 네이션의 의미에 가깝게 쓰였다고도 말할 수 있을 터이다. '한국 민족'이 대한제국의 제약을 뛰어넘어 쓰인 사례로는, 한반도를 중심으로 한 국가 판도의 역사적 변모를 다룬 1910년의 논설 「한국민족 지리상 발전」 정도를 들 수 있을 뿐이다.[29]

한편으로는 '민족'이 부족이라는 의미로 쓰이고 한편으로는 국가체제와의 긴밀한 관련 하에서 쓰였다는 것— 이는 '민족'이 아직 시·공간적 초월성을 띠고 쓰이지 않았다는 사실을 의미한다. '민족'은 특정한 시·공간 속에서 구체적으로 목도할 수 있는 인간 집단을 가리켰으며, 그런 의미에서 초기적인 용례를 간직하고

---

28) 위의 논설.
29) 『대한매일신보』, 1910.2.20.

있었다. 시·공간적 초월성을 띠고 근대 국가의 구성원을 호명하되 동시에 역사적 배경까지 환기시키고자 할 경우, 즉 오늘날의 '민족'에 가까운 의미로 '민족'을 사용할 때의 용법은 아직 불안정했다. '부여 민족'·'조선 민족' 등의 단어가 경쟁했지만 그 역시 고대의 구체적인 국가 명칭에서 출발, 그 내포를 확대시켜 가는 과정에 있었을 뿐이다. 부여·조선 등의 국명은 충분히 추상화되지 못한 채 각각의 역사적 실체의 정당성에 입각해 서로 경쟁하고 있었다.

> 이제 내외국인을 물론하고 우리 민족의 칭호를 각각 다르게 불러서 혹은 부여족이라 하며 혹은 퉁구스족이라 하고 혹은 일본족이라 하며 혹은 한족이라 하여 열 사람이 말하매 열 사람이 다 다르게 부르니, 슬프다 이것도 또한 우리 국민의 한 가지 수치로다.
> 그러하면 우리 민족의 칭호를 과연 무엇이라 하는 것이 적당할까······ 부여는 옛적 우리 북부 민족이 오래 웅거하던 토지며 또한 오래 부지하던 나라이라 그러할 듯하나, 그러나 이것은 우리 민족의 전부를 대표할 것이 되지 못하며 또 한은 우리 민족이 이왕 남부에 발흥하던 삼한의 옛적 이름인즉 한족이라 함도 그러할 듯하나 이것도 또한 우리 민족의 전부를 대표할 것이 되지 못하는 자라.
> 다만 우리 대황조 단군께서 태백산에 강림하사 우리 민족의 나라 이름을 조선이라 하셨으며 우리 민족을 조선 사람이라 하셨으니 이 조선이라 하는 두 글자는 족히 우리나라와 우리 민족의 전부를 대표할 만하고 우리나라와 우리 민족의 창건한 이름인즉······ 그런 고로 나는 우리 민족의 종족 이름을 조선 민족이라 함이 가하다 하노라.[30]

이 기서에서의 '민족'은 인간 집단 일반을 가리키는 '민족'의 초

---

30) 「기서─우리 한국인민의 종족 이름을 변명함」, 『대한매일신보』, 1910.5.11.

기적 용례와는 거리가 멀고, 한국 민족·일본 민족·지나 민족 등의 호칭처럼 국가-민족을 바로 연결시키는 발상과도 거리를 두고 있다. 여기서의 '민족'은 오늘날 한국에서 쓰이는 '민족', 즉 네이션 스테이트(nation-state)와의 관련 속에서 존재하되 그것을 초월하는 집단으로서의 '민족'이다. 기서가 쓰여진 1910년 당시의 상황에서 따지자면 현실에서 대한제국이라는 국가의 형태을 취하고 있지만 이 국가 체제의 이전과 이후에도 존재하리라 믿어지는 원형적 집단, 이 집단이 '민족'으로 불리기 시작한 것이다. 한국 민족이나 대한 민족이라는 명칭이 실정(實政) 대한제국와의 관련을 역설한다면, 부여족·한족이나 조선 민족 같은 명칭은 과거의 특정 국가를 특권화시키고 있다. 초역사적인 상상력은 후자를 통해 본격화된다고 할 수 있을 터인데, 다만 특정 국가와의 연관을 명시한다는 점에서 이때의 초역사성은 '역사에서 출발한' 성격의 것이었다. 민족 자체를 역사적 실체 이상으로 추상화·보편화시키고자 할 때의 전략은 여기서 한 걸음 더 나갈 수 있겠다. 부여, (고)조선, 고려 등, 역사적으로 실재했던 국명에서 출발하는 대신 좀더 추상적·보편적인 이름을 쓰는 것이 낫다고 주장한 다음 기서는 이 전략을 잘 보여준다.

　토지와 인민이 있으매 반드시 국가가 있고 국가가 있으매 반드시 그 이름이 있나니 그런즉 우리나라의 이름은 무엇이라 할까. 조선이라 할까 삼한이라 할까 고구려라 할까 신라라 할까 백제라 할까. 가로되 아니라, 이는 모두 당시의 조정의 이름이니 조정의 범위는 좁고 국가의 범위는 넓으며 조정의 운명은 짧고 국가의 운명은 장원하거늘 조정의 이름을 가지고 국가의 이름으로 쓰는 것이 옳지 아니하며 또 저 외국 사람들이 우리를 코리안 민족이라

칭명하나 이는 고려의 음을 차하여 쓰는 데 지나지 못하니 이것으로 나라 이름인 줄을 아는 것은 더욱 옳지 아니하도다. 그런즉 우리나라 국호는 장차 무엇이라 할까. 동국이라 함이 가할진대(…후략…)31)

1908년에 6월 투고되어 논설란에 실린 이 글은 '민족'이라는 개념에 대한 흥미로운 접근을 보여준다. "조정의 범위는 좁고 국가의 범위는 넓으며 조정의 운명은 짧고 국가의 운명은 장원"하고 할 때 보이듯 '조정'을 정치체제를 가리키는 의미(state)로 쓰고 '국가'를 초역사적 구성체를 가리키는 뜻으로 썼다는 점이 우선 그렇다. '국가'와 '민족'의 의미가 안정되지 않은 상황을 보여준다고도 할 수 있겠는데, 그러나 이런 가운데서도 현실의 국가로 수렴되지 않는 역사야말로 정체성의 핵심에 놓여야 한다는 생각은 뚜렷하다. '국가', 오늘날의 용법으로는 '민족'의 생명은 특정 국가에 국한되지 않으니 조선·고구려·고려 등 구체적인 국명을 채택하기보다 '동국'이라는 불특정의 명사를 택하는 편이 낫다는 것이다. 국가·국민·민족 등 신조어의 용법은 불안정하지만, 역사를 통해 지속되는 초국가적 실체를 발견해야 한다는 의식은 이미 굳건하다. 편집자의 논설이 아니라 일반 독자의 투고였으니 만큼 이 기서에서는 당시 인식의 평균치를 잘 목격할 수 있다고 해야 할 터인데, 여기서 이미 한국의 '민족', 근대의 민족 국가라는 정치적 실체로부터 거리를 확보한 민족의 면면은 잘 드러나고 있다.

여러 가지 의미의 경쟁 속에서도 '민족'은 이렇듯 추상화의 길로 접어든다. ① 단순히 인간 집단을 가리키는 개념, ② 부족을 가

---

31) 「기서−역사에 대한 좁은 소견 두 가지」, 『대한매일신보』, 1908.6.17.

리키는 개념, ③ 현존 국가 체제의 구성원을 가리키는 개념, ④ 국가 체제 부재의 상황에서도 존재할 수 있는 국가의 원형적 집단을 가리키는 개념 - 이 네 가지 개념 가운데 ①→④의 순서로 점차적인 이동을 보이면서, ④ 중에서도 역사적으로 존재한 특정 국가를 지시하지 않는 방향으로, 따라서 추상성과 보편성을 최대로 할 수 있는 방향으로 전개된 것이다. 실상 1905~10년의 시기에는 ①~④가 모두 공존하는 가운데 ③, ④의 공존 양상이 특히 두드러졌다고 할 수 있으나, 이후 일제강점기를 거치면서 ③은 위축되고 ④가 확장되는 경로를 밟았다고 하겠다. 현실에서의 국가가 소멸했기 때문에 이 과정이 촉진되었다고도 할 수 있겠는데, 그 결과, 오늘날 일반화되어 있는 '한민족'이라는 명칭은 초역사적이자 거의 형이상학적인 색채를 띠게 되었다. '한(韓)'이라는 명칭 자체야 물론 실재했던 고대 국가 한 = 삼한에서 비롯된 것이고 가까이는 대한제국과 연관된 것이지만, 좀처럼 이 사실이 인식되지 않을 정도로 '민족'과 실제 국가 사이의 관련은 지워져 버린 것이다. 17~18세기의 실학자들이 한반도 역사의 정통으로 평가했던 한(= 삼한)은 『대한매일신보』식 역사인식 이래 부여 - 고구려에 의해 대치되어 그 호소력을 상실했고, 고조선 - 부여 - 고구려를 중심으로 한 상고사의 상상력 속에서 계속 주변화되어 왔다. 그만큼 '한민족'이라는 명칭에서 실재했던 고대 국가 한 = 삼한을 연상하기가 어려워졌고, 따라서 '한민족'이 추상적 색채를 더하게 되었다고도 할 수 있겠는데, 이 과정이 본격화된 것은 해방 직후의 일이다. 일제강점기 내내 거의 쓰이지 않았던 '한민족'이라는 표현은 해방 직후, 특히 보수적 자유주의자들 사이에서 담론적 권력을 행사하게 되었는데,[32] 그 구체적인 과정을 살펴보기 위해서는 따로 고찰이 필요할 것이다.

5. 결론 — '네이션'과 국민·민족

1910년이 가까워지면서 '민족'은 불안정한 초기의 용법에서 벗어나 안정된, 나아가 관습적인 사용법을 취하게 된다. 국가—민족의 잘 알려진 쌍도 이 시기에 성립된다. '국가와 민족을 위해' 등의 관습적 표현으로 정착한 이 쌍은 1907년까지는 거의 눈에 띄지 않으나 1908~10년 사이 급격하게 증가, 마침내는 '민족'의 용례 중 절반 이상을 이 표현에서 찾아보아야 할 상황에까지 이른다. "국가의 존망과 민족의 휴척(休戚)"[33]이라든가 "국가는 심익(沈溺)을 당하고 민족은 흑사(黑死)에 박(迫)하였"[34]다고 하는 표현이 전형적이라고 할 수 있겠는데, 이로써 현재의 정치적 표현으로서의 '국가'와 과거—현재—미래의 문화적 표현으로서의 '민족'은 관습적인 결합 관계를 구축하기에 이른다. '민족'은 '국가'와 겹치되 '국가'만으로 해소되지 않는 실체, 나란히 호명해야 할 존재가 된 것

---

32) 예컨대 「사설 — 한민족의 독자성」, 『동아일보』, 1945.12.8. 당시 정당의 명칭으로 '신한민족당' 등이 동원되었다는 사실 또한 기억해 둘 만하다.

33) 『논설 — 대한매일신보』, 1910.1.27.

34) 「논설 — 헌정연구회의 필요」, 『대한매일신보』, 1910.3.19.

이다. 한국 민족·대한 민족 등의 표현이 현존하는 국가 체제를 전제로 했다면, 또한 부여 민족 같은 표현이 과거의 국가에 속박되어 있었다면, '국가'와 '민족'을 나란히 호명하는 어법은 독립성과 상호의존성을 동시에 요구하면서 구축된 것이다. 그리하여 한국어의 '민족'은 근대 국가 체제로 수렴되지 않는 원심적 궤도를 내재하기에 이르는데, 1910년 일제강점 이후 '민족'이 꾸준하게 쓰이면서 일종의 저항적 색채를 띨 수 있었던 것 또한 이런 바탕에 기반한 것이라 하겠다. 일제강점 직후 수년 동안이라든지 한국전생 직후 수년 간 같은 예외는 있있으나 1920년대부터 1990년대 초반까지 수십년 동안 '민족'은 국가 이전이자 이후였으며 심지어 국가에 대항하는 거점이기도 했다. 잘 알려져 있다시피 한국에서 '국민'과 '민족'의 용법은 오래도록 대립해왔던 것이다.

'민족주의자'를 '내셔널리스트(nationalist)'로 영역할 때의 곤혹이 말해주듯, 한국어의 '민족'과 영어의 '네이션(nation)' 사이의 거리는 의미심장하다. 그 거리는 한국어의 '국민'과 '민족'이 외국어로는 모두 '네이션(natie / nacion)'으로 발음될 수밖에 없다는 사실에서 비롯된다. '네이션'에서는 이미 봉합되어 있는 '국민'과 '민족' 사이의 균열이 한국어에서는 유독 두드러지게 나타나기 때문이다. 균열 자체야 한국만의 특수한 사정이 아니라고 말할 수 있다. 중세 유럽어에서 '네이션'은 출신이나 가계, 상인·학생 등의 특정 집단을 가리켰으며 19세기 이후에야 민족=국가=인민이라는 등식에 입각해 쓰이기 시작했다. 민족적 지표(nationality)를 갖고 있는 집단 중 상당수가 국가화되지 못했다는 균열도 물론 있었다. 19세기 이후 이 균열이 민족=국가=인민의 등식 하에 부차화되면서 오늘날 '네이션 스테이트'의 용법이 자리잡은 후에도 이 용법을 주도한 영국·프랑스와 그밖의 유럽 국가 사이에는 균열이 존재했다. 정치 민족주의(political nationalism)와 문화 민족주의(cultural nationalism)라는 잘 알려진 구별법을 사용하자면, '네이션'에서 국민=민족의 일체화된 감각을 읽어내는 영국·프랑스식의 정치 민족주의와 문화적 민족을 토대로 해서 근대 국가의 체제·인식에 접근해간 독일 등의 문화 민족주의가 공존 속에서 갈등·경쟁했다고도 할 수 있겠다.[35]

오늘날 '네이션'은 영국·프랑스의 경험에 더 가까운 의미, '공통의 정부인 최고 중앙을 인정하는 국가 또는 정체', '하나의 정부에 의해 다스려지는 국가에 사는 사람들의 총체'라는 뜻으로 사용된다.[36] 한국어로는 '국민'이 이에 가까울 텐데, 반면 '민족'이란 정부·국가라는 전제 없이도 성립하는 말이다. 정치 혁명의 경험을 통해서가 아니라 낭만주의 등의 문화적 운동을 통해 민족국가 건설에 접근해간 독일의 경우가 비교적 한국의 '민족'에 가까운 의미를 '나치온(Nation)'으로 표상했다고 하겠다. 그러나 독일의 '나치온'이 근대 국가의 건설 및 확장에 철저하다시피 종속되어 있었던 반면, 한국의 '민족'은 일제강점기와 이후의 역사를 통해 '국가' 및 '국민'을 비판하는 의미를 발전시켜 왔다. '민족'이라는 단어를 통치 권력이 독점하다시피 한 1950년대의 예외적인 경험을 제외한다면 한국 근대사에서 '민족'은 늘 저항의 언어였다고 할 수 있다. '민족(Volk)'이 가족의 평온한 확대로서 자연 상태의 즉자적 존재라

---

35) 한국사연구회 편, 『근대 국민국가와 민족문제』, 지식산업사, 1995, 155~156면.
36) E. Hobsbawm, 강명세 역, 『1780년 이후의 민족과 민족주의』, 창작과비평사, 1994, 30~36면.

면 '국민(Nation)'은 자유 의지에 따른 결합으로 초월된 대자적 존재를 가리킨다는 헤겔의 구분[37]은 한국의 경험에 시사하는 바 크다.

식민지와 분단의 역사를 겪은 한국에 있어 '민족'이라는 자연 상태의 호명은 '국민'보다 오히려 더 짙은 정치적 함축을 가질 수 있었다. '민족'은 일제강점기에는 제국주의 국가의 소환에 맞설 수 있는 '자연'이었고, 1960년대 이후에는 분단 이전과 이후를 상기시킴으로써 저항을 조직해 내는 '자연'이었다. 본원의 상태에 대한 희구로서의 '민족'은 현실의 국가 질서를 비판하고 그 초월을 기획함으로써 저항의 거점이 되곤 했다. '민족'이 아니라 '자유'·'민주' 등의 표어가 중심이 되었던 1950년대만은 다소 예외적이었다 할 수 있겠으나, 4·19혁명을 이끌어 낸 '자유'·'민주' 역시 1960년대에 '민족'과 결합함으로써 비로소 저항과 비판을 구체화할 수 있었던 것이다. 1980년대까지 지속되던 이 상황은 국가의 노골적 폭압성이 약화된 1990년대 중반 이후 비로소 변화를 맞는다. 오늘날 '민족' 개념과 '국민' 개념 사이의 차이는 점차 사라져 가고 있으며, 분단 상황의 지속에도 불구하고 '민족'의 저항적 함의는 점차 약화되고 있다. '민족'을 비판하면서 '국민' 내지 '국가'가 새롭게 전면화하려는 시도조차 있다.[38] 이 상황에서 기왕에 '민족'이 내포했던 저항과 비판의 목소리를 어떻게 전유해 낼 수 있을는지는 앞으로 주어진 과제라 할 터인데, 이 과제에 어떻게 대응하느

37) G. W. F. Hegel, 임석진 역, 『법철학』, 지식산업사, 1990, 303면.
38) 민족을 전근대의 유산으로 비판하고 국가를 신자유주의 체제 속의 새로운 거점으로 위치시키려는 일각의 시도 및 그에 대한 비판으로는 윤해동·천정환 외 편, 『근대를 다시 읽는다』 1, 역사비평사, 2006, 14면 참조

냐에 따라 1905~10년에 정초된 '민족'이라는 개념은 또 다른 굴곡을 그리게 될 것이다.

근대계몽기 민족·국민 서사의 정치적 시학
『대한매일신보』 논설을 중심으로

정선태

1. 홍수의 세계, 노아의 방주

1898년 12월 26일, '충군애국'과 '자주독립' 그리고 '부국강병'을 슬로건으로 내세우고 황제 고종을 비롯한 권력층을 궁지로 내몰았던 만민공동회의 해산과 함께 대한제국은 이른바 '계몽의 공백' 지대로 접어든다.[1] 만민공동회 해산 직후 1899년에서 1904년에 이르는 시기 대한제국에서는 연이은 정변 음모와 테러 등으로 인하여 계엄을 방불케 하는 분위기가 조성되면서 전제군주적 통치체

---

[1] 만민공동회의 성격과 전개 과정에 대해서는 정선태, 「근대적 정치운동 또는 '국민' 발견의 시공간」, 『근대의 어둠을 응시하는 고양이의 시선—번역·문학·사상』, 소명출판, 2005 참조.

제가 확고해져 갔으며,[2] '진공상태'였다고까지 말할 수는 없겠으나 그 이전이나 이후에 비해 계몽의 열정은 현저하게 줄어들었다. 『독립신문』, 『매일신문』 등 상대적으로 급진적인 계몽을 담당했던 인쇄매체들이 잇달아 폐간되면서 개혁의 소리를 전달할 통로도 급속하게 차단되었다. 이를 일컬어 '계몽의 공백' 상황이라 부를 수 있을 것이다.

이렇듯 수면 아래로 침잠했던 목소리들이 러일전쟁 후 통감부 정치 실시와 외교권 박탈, 조선의 보호국화 골자로 하는 이른바 을사보호조약(1905.11.17)의 조인을 계기로 다시 한번 거세게 분출하기 시작한다. 이후 1910년 8월 29일 한일합방조약이 공포되고 조선총독부가 설치되기까지 약 5년 동안 근대계몽기 담론장은 망국의 위기를 돌파할 수 있는 방법이 무엇인가를 둘러싼 논의로 후끈 달아오른다. 『대한매일신보』를 비롯하여 『대한민보』 『만세보』 등 신문과 『태극학보』 『대한흥학보』 『서우』 등 각종 학술지들이 우후죽순처럼 간행되어 각계각층의 다양한 목소리들을 실어나르기 시작했던 것이다. 그리고 그 선두에 신채호, 박은식, 양기탁 등이 논설진으로 가담한 『대한매일신보』(1904.7.18 창간)가 있었다.

제국주의 세력이 모든 것을 휩쓸어버리는 시대, 망망대해를 정처없이 떠돌고 있는 민족의 운명을 탄식하는 음울한 목소리와 더불어, '지옥의 구렁텅이'로 떨어지고 있는 국가의 구원을 갈구하는 기원의 목소리가 이 시기 담론 공간을 가득 채우고 있다. 이를 대변하듯 『대한매일신보』는 이 시대를 민족주의의 사나운 물결이

---

2) 도면회, 「정치사적 측면에서 본 대한제국의 역사적 성격」, 『역사와 현실』 제19집, 역사비평사, 1996, 27면 이하 참조.

세계를 뒤덮고 있는 '홍수의 세계'로 명명한다.

> 문명이라는 글자를 잘못 해석하여 옹용평화(雍容平和)함으로 행복을 누리
> 는 자는 어리석은 자의 완만한 꿈이며, 인류는 진리에 의지하여 산다하여 강
> 하고 권세 있는 말을 반대하는 자는 썩은 선비의 오활한 의론이니, 장래 몇
> 천 년 후에는 어떤 장려한 황금시대에 지상천국이 건설될지는 알지 못하거
> 니와 목하 이십세기는 문득 천지개벽한 이후로 전고에 없는 제일 큰 홍수가
> 범람하는 세계니라.[3]

천지가 개벽한 이래 전례없이 강력한 홍수가 범람하고 있는 20
세기를 지배하는 것은 약육강식과 적자생존의 깃발을 앞세운 경
쟁의 논리이다. 근대계몽기 담론장을 석권한 이론이 사회진화론이
라는 것은 박영효와 유길준을 비롯한 문명개화론자들뿐만 아니라
박은식과 신채호 등 민족주의자들의 글들을 통해 어렵지 않게 확
인할 수 있다. 문화의 역사적 기반을 철저하게 무시한 채 오직 근
대화(=서구화) 진전 정도에 근거하여 세계를 개화—반개화—미개화
—야만으로 위계화한 사회진화론적 사고는 국가유기체설과 결합
하면서 근대국가의 폭력을 정당화하는 논리로서 기능해왔다. 한국
의 경우도 예외가 아니어서 메이지 시대와 청말의 사회진화론을
수용한 지식인들은 이 논리에 입각하여 '문명국'으로 향하는 방법
을 모색했다.[4]
『대한매일신보』에 따르면, 이러한 사회진화론이 지배하는 세계
는 "제국주의로 배를 만들고 상업정책으로 돛대를 세우며 식민방

---

3) 「논설」, 『대한매일신보』, 1908.8.9.
4) 상세한 내용은 전복희, 『사회진화론과 국가사상』, 한울, 1996, 제4장 및 제5장
   참조

침으로 낚싯대를 삼아" "순풍에 돛을 달고 사방으로 다니며 엿보다가 어느 곳에든지 열리지 아니한 민족이 있거든 꾀이기도 하고 공갈도 하며 주살질도 하고 그물질도 하여 일체 자기집 속과 가마로 몰아넣는" 홍수의 세계이며, 이곳에서 문명국 인민은 왕성하게 그 힘을 과시하고 미개한 나라의 인민은 무력하게 빠져죽을 수밖에 없다. 그렇다면 어두운 하늘빛, 음침한 구름이 사방에서 모여들어 큰 바람이 불고 조수(潮水)가 날마다 넓어지는 시대에 한국 동포는 어찌해야 할 것인가. "속속히 노아의 배를 준비하고 옷과 양식을 이에 싣고 부모처자를 이에 실으며 종족붕우도 이에 싣고 일만 눈이 함께 보며 일만 입이 함께 소리하며 일만 발이 함께 걸으며 일만 사람이 함께 용심하여 서로 연구하며 서로 강론할 것이요, 한 배 안에 있는 자가 모두 나의 대적이라 하는 구습을 버리고 사생동고(死生同苦)의 단체를 결하여 분발하고 용맹으로 진보하여 괴로운 바다와 어려운 땅을 뛰어나오"지 않으면 "어복(魚腹)의 귀신"을 면할 길이 없을 것이라고 이 논설의 필자는 경고한다.[5]

이렇듯 거침없이 몰아치는 홍수의 세계를 건널 수 있는 '노아의 방주'를 만들지 못한다면 조선 민족은 격랑 속에 휘말려 자취도 없이 사라지고 말 것이라는 위기의식에 짓눌려 있던 계몽지식인들은 '사생동고의 단체'를 결성할 것을 촉구한다. 이 단체는 민족·국민 정신으로 충만한, 애국의 열정으로 똘똘 뭉친 강고한 국가의 다른 이름이다. 이제 국가는 모든 가치를 평가하는 척도가 되며, 국가정신을 발양하는 이들을 주인공으로 하여 향후 우리의

---

5) 「논설」, 『대한매일신보』, 1908.8.9.

(무)의식에 깊게 새겨지는 '민족·국민 서사'가 작성되기에 이른다.

2. '신성한 민족'이라는 역사적 기억의 창안

에르네스트 르낭이 강연 「민족이란 무엇인가」에서 "하나의 민족은 하나의 영혼이며 정신적인 원리"[6]라고 규정한 이래, 에른스트 겔너, 베네딕트 앤더슨 그리고 에릭 홉스봄 등은, 강조점에 있어서 각각 적지 않은 차이를 보이긴 하지만, 민족(nation)이 근대에 이르러 형성된 '상상적 구성물'이라는 입장을 견지해왔다. 종족·언어·종교·지리 등을 바탕으로 하여 구성된 민족은 '영혼인 동시에 육체'로서 유럽 및 아시아 각국에서 근대국민국가를 떠받치는 '감정의 공동체'로 자리매김되었다. 특히 신문과 소설 등 인쇄 자본주의의 산물인 근대적 매체는 민족주의라는 '문화적 조형물'을 창출하는 데 중요한 기여를 해왔다. 앤더슨에 따르면 민족을 근간으로 한 근대 민족주의는 18세기 말경 "서로 관련이 없는 역사적 동력들이 복잡하게 교차해서 나온 우발적인 증류물로 창조"되었으며, 동시에 다양한 "정치적·이념적 유형들을 통합"[7]하는 원리로 작동하기 시작했다. 일본에서는 메이지 시대 이후 '민족'을 둘러싼 많은 논란을 거쳐 "일본국은 단일하고 순수한 기원을 지

---

6) 에르네스트 르낭, 신행선 역, 『민족이란 무엇인가』, 책세상, 2002, 80면.
7) 베네딕트 앤더슨, 윤형숙 역, 『상상의 공동체』, 나남, 2002, 23면.

닌, 공통의 문화와 혈통을 가진 일본 민족만으로 구성되어 왔으며 지금도 구성되어 있다"는 관념으로 정식화되었다.[8] 그리고 이 관념 또는 신화는 때로는 근대국가를 형성하는 동력으로, 때로는 침략을 정당화하는 구실로 이용되어 왔다.

그렇다면 한국의 경우는 어떠한가. 근대계몽기 담론장에서 '민족'이라는 개념이 근대적인 의미로 사용되기 시작하는 것은 1905년을 전후한 시기이다. 물론 그 이전에도 '민족'이라는 말이 산발적으로 사용되긴 했으나 이는 '동포'나 '백성' 또는 '인민'과 뚜렷하게 구별되는 것이 아니었다. 그런데 『대한매일신보』에는 '민족'이라는 용어가 '본격적으로' 사용되기 시작한다.[9] 「민족과 국민의 구별」이라는 제목의 1908년 7월 30일자 논설은 그 대표적인 예이다.

이 논설에 따르면 '민족'이란 "다만 같은 조상의 자손에 매인 자이며, 같은 지방에 사는 자이며, 같은 역사를 가진 자이며, 같은 종교를 받드는 자이며, 같은 언어를 쓰는 자"이다. 즉 혈통·지역·역사·종교·언어를 공유하는 공동체 및 그 구성원을 일컬어 민족이라 명명했던 것이다. 그리고 민족과 구별되는 '국민'에 관해서는 다음과 같이 말한다. 즉 "조상과 역사와 거처(=지리)와 종교와 언어의 같은 것이 국민의 근본은 아닌 것이 아니"지만, 이들이 동

---

8) 오구마 에이지, 조현설 역, 『일본 단일민족신화의 기원』, 소명출판, 2003, 27면.
9) 물론 『대한매일신보』에 빈출하는 '민족'이라는 용어가 지금 우리가 사용하는 것과 같은 의미로 사용되는 것은 아니다. 민족은 '동포'나 '백성' 또는 '인민'이라는 말과 뒤섞여 사용되는 예가 없지 않으며, '영남민족'이나 '호남민족'이라는 예에서 보듯이 특정 지역의 구성원들을 지칭할 때에도 민족이라는 말이 사용된다. 그러나 대부분의 경우 '민족'이라는 용어는 한반도라는 영토적 경계 안에서, 혈통과 역사와 언어를 공유하고 있는 사회적 구성원을 통칭하는 말로 사용된다.

일하다고 해서 반드시 하나의 국민이라 말할 수는 없다. 비유하자면 근육이나 뼈, 핏줄 등이 진실로 동물을 구성하는 근본적인 요소이긴 하지만, 수많은 근육과 뼈와 핏줄들을 한 곳에 모아놓고 이것을 생기 있는 동물이라고 억지로 말할 수 없는 것과 같이, 저별과 같이 흩어져 있고 모래 같이 모여 사는 민족을 가리켜 국민이라 일컬을 수 없다. 요컨대 "국민이란 자는 그 조상과 역사와 거지(居地)와 종교와 언어가 같은 외에 반드시 같은 정신을 가지며 같은 이해를 취하며 같은 행동을 지어서 그 내부에 조직됨이 한 몸에 근골과 같으며 밖을 대한 정신은 한 영문(營門)에 군대같이 하여야 이것을 국민"이라 할 수 있다는 것이다. 이처럼 '민족'은 '국민'을 구성하기 위한 필요조건일 뿐 충분조건은 되지 못한다. '정신'과 '이해관계'를 공유할 때라야 비로소 국민이라 할 수 있다는 것이다. 내부적으로 구성원들이 유기적인 관계를 맺고 있어야 하며 외부적으로는 군대조직처럼 일사불란하게 대처할 수 있어야 한다.

'민족'은 다른 민족(들)과 구별되는 개별성을 지닐 수 있어야 하나의 민족으로서 존립 근거를 가질 수 있다. 따라서 '한국 민족'이 다른 민족(들)과 구별되는 지점은 어디인가라는 물음은 피하기 어렵다. 이제 한국 민족이 어떤 민족인가, 그 정체성의 근거를 어디에서 찾을 것인가라는 과제를 해결해야 한다. '홍수의 세계'를 헤쳐 나갈 수 있는 민족을 발견하여 '위대한 민족상'을 구축하는 것이 계몽지식인들에게 부여된 과제였던 셈이다. 앞당겨 말하자면 그들은 '우리 민족'을 사천 년 신성한 역사를 가진 인종, 총명영오(聰明穎悟)한 황인종 중 상등인, 문명한 단군의 자손, 예의지방으로 자처하는 조선 사람, 수천 년 전에 문명이 이미 열려서 일본을 교도(敎導)하던 삼한 민족[10] 등으로 명명한다. 그리하여 '신성하고 위대한 민족'이라는 근대적 신화가 탄생한다. 그 몇몇 예를 보이면 다음과 같다.

① 지도를 본즉 삼천리강산은 금두그리같이 되었고, 사기를 읽은즉 사천 년 기업(基業)이 반석같이 견고하고, 인재를 본즉 지혜롭고 영오하며, 풍속을 살핀즉 돈후하고 온공하여 자전으로 대인군자가 사기에 끊이지 아니하며, 금은동철과 미곡마포 등의 천산물이 또 풍족하니 이같이 신성한 이천만 민족으로 이같은 나라를 웅거하였는데 나라 형세가 어찌하여 이에 이르렀는고.[11]

② 우리가 동반도의 신성한 민족으로 이 나라에서 나서 이 나라에서 자라기를 이제 이미 사천여 년을 지낸지라. 이 사천여 년 동안 일을 생각하면 굴속에서 생활하는 즐거움이 도도하였거니와 오늘날 이 시대는 거연히 사천여 년에 처음으로 있는 때어늘.[12]

③ 무궁화야 무궁화야 너의 토지는 십삼도의 금수강산이요, 너의 주인은 이천만의 신성한 민족이라. 네가 태백산 단목 아래에서 성인이 처음 나시던 해에 뿌리를 박아서 부여 천년에 화신풍을 맞으며, 삼국이 성할 때에 봄빛을 자랑하고 고려 말년에 몽고의 침노하는 험한 운을 잠깐 당하였으나 맹장열사의 칼이 필경 독립의 가지를 보호하여 무양케 하였으며, 본조에 이르러서는 지나에 조공하는 치욕은 항상 받았으나 내치외교의 도는 항상 자유로 하였더니.[13]

---

10) 「논설」, 『대한매일신보』, 1908.7.28.
11) 「논설」, 『대한매일신보』, 1907.12.24.
12) 「기서」, 『대한매일신보』, 1908.8.21.
13) 「논설」, 『대한매일신보』, 1909.8.14.

동반도의 신성한 이천만 민족, 단군 이래 사천년 동안 독립을 지켜온 유구한 역사, 천연자원이 풍성한 신성한 토지……. 이 논설들은 한결같이 '홍수의 세계'에서 좌초하여 보호국으로 전락한 민족을 구원하기 위해서는 신성한 민족으로서의 자존감을 회복해야 한다고 역설한다. '단군성조'의 피를 이어받은 신성한 민족이라는 역사적 기억을 창안, 유포하고 이를 근거로 하여 식민지로 전락해 가는 민족의 자존감을 되찾을 수 있도록 하는 것이 지식인들의 급선무였다. 이렇게 보면 '신성한 민족'이라는 신화는 튼튼한 독립국 가라는 노아의 방주를 만드는 데 있어 일종의 정신적 무기였던 셈이다. 「마지막 승리를 얻는 민족」이라는 제목의 1910년 4월 23일자 논설은 위기의 상황에서 과거의 기억이 어떤 식으로 선택되어 (또는 망각되어) 역사화하는지를 분명하게 보여주는 예이다.

단군성조께서 태백산 아래에서 일어나셔서 동족을 단결하며 국가를 창립하실 때에 여러 민족을 소제(掃除)하고 강토를 정돈하였으며, 그 후에 동으로 숙신과 옥저를 물리치고 서로 동호와 지나를 막았으며, 한 모퉁이에 와서 침범하던 선비는 대국의 웅위한 군병을 피하여 시베리아로 멀리 도망하였고, 동해 일방에 숨어있던 예맥은 신성한 민족의 위엄을 두려워하며 강릉 산천을 영영 떠났으며, 기자 이후로 낙랑 등 지방을 잠깐 점령하였으나 여러 영웅이 한번 일어남에 저희가 손을 거두고 도망하였으며, 고구려 중간에 모용 민족이 요수 이동(以東)을 침범하다가 황황한 위엄을 한번 떨침에 저희가 백기를 세우고 항복하였으며, 고구려의 광개토왕과 신라 문무왕이 칼을 만짐에 왜국 종족이 다리를 떨고 도망하였으며, 을지문덕과 합소문이 북을 울림에 수나라와 당나라 민족이 머리를 싸고 쥐같이 도망하였으며, 고구려와 백제가 지나 민족의 한 번 능답(凌踏)함을 당하였으나 필경은 발해와 신라 사람이 좌우로 길을 나누어 저희를 멀리 쫓았으며, 고려 중간 시대에 거란의 침범함이 있었으나 필경은 저희가 패하여 돌아갔으며, 몽고의 화가 있었으나 필경은 저희가 스스로 멸망하였으며, 고려 말년에 한족이 침범하였으나 필경은 저희가 진멸을 당하였으며, 왜적이 횡행하다가 필경은 소탕을 당하였으며, 본조 시대에 이르러서는 함경도 북변 야인을 정복하여 토지를 널리 개척하였으며, 왜란을 평정하여 나라의 위엄을 멀리 떨쳤나니 (···하략···)

이처럼 역사는 '대한 민족'의 위대한 승전의 기억을 전유한다. "민족끼리 경쟁하는 데 반드시 승리를 얻어서 다른 민족을 정벌하여 국가를 확장하였으며 다른 민족을 방어하여 국가를 사천여 년에 대한 산천을 오래 보전하였으며 대한 권리를 오래 떨쳤"다는 자랑스러운 역사적 기억이 전면에 부상하는 것이다. 이때 치욕스러운 기억이나 비참했던 기억은 민족의 영광스러운 기억에 길을 내준다. 과거의 영광을 재구성함으로써 '마귀의 수렁텅이'에 빠진 '대한 민족'에게 현재의 위기를 돌파할 수 있는 에너지를 공급할 수 있을 것이라는 믿음! 우리 민족은 처음부터 신성한 민족이었고, 어떠한 고난에도 굴하지 않고 승리의 길을 걸어왔으며, 지금은 비록 진퇴양난의 위기에 처해 있으나 궁극적으로는 승리하고야 말 것이라는 민족 서사가 구성되기에 이른다.

이러한 '민족 서사'가 요구하는 바는 분명하다. 「제국주의와 민족주의」에서 명확하게 밝히고 있듯이 제국주의에 저항할 수 있는 방법은 '민족주의(다른 민족의 간섭을 받지 아니하는 주의)'를 분발하는 길밖에 없다. "금수(錦繡)같고 꽃같은 한반도가 오늘날에 이르러 캄캄하고 침침한 마귀굴 속에 떨어진 것은 한국 사람의 민족주의가 어두운 까닭"이다. "우리 민족이 아니면 우리를 반드시 해롭게 할 것"[14]이라는 배타적 민족주의가 전면화한다. '맹렬하고 포악한' 제국주의에 맞서기 위해 민족주의로 무장해야 하며, 그러기 위해서는 '대한 민족'이 위대하고 신성한 민족임을 역사라는 공동의 기억을 재구성함으로써 증명해 보여야 했던 것이다.[15] 근대 역사에서 기억이 구성되고 가공되는 데 가장 중요한 단위는 '민족'이었다. 그리고 민족의 과거에 대한 기억에서 영웅은 중요한 '기억의 터전'을 차지해왔다.[16]

3. 국민적 영웅 또는 영웅적 국민

위기에 처한 민족을 구원할 영웅을 갈망하는 장중한 호흡의 수사가 전면에 등장하는 것도 제국주의 일본의 한국침략이 본격화하면서부터이다. 1908년 4월 1일자 논설의 표현을 빌면 영웅은 기회를 만들고 기회는 영웅은 낳는다. "일세를 농락하여 대적(大敵)을 평정하고 망한 나라를 다시 흥케 하는 자"를 영웅이라 부른다면, 영웅은 대적을 평정할 기회가 있었기에 능히 평정할 수가 있었고 망국을 흥케 할 기회가 있었기에 능히 한 나라를 흥하게 할 수 있었던 것이다. 그렇다면 망국의 지경에 이른 상황이야말로 영웅이 탄생할 적기(適期)라 할 수 있을 터이다.[17] 신채호, 장지연, 박은식

---

14) 「제국주의와 민족주의」, 『대한매일신보』, 1909.5.28.
15) 신채호, 「독사신론」, 『대한매일신보』, 1908.8.27 참조.
16) 박지향 외, 『영웅만들기-신화와 역사의 갈림길』, 휴머니스트, 2005, 22면.
17) 이와 관련하여 다음과 같은 진술을 함께 참조하라. "지금의 한국은 쌓아놓은 알이 무너짐과 같고 인민은 괴로운 바다에 빠짐과 같으며, 나라된 지 사천여 년

등이 영웅 전기를 통해 과거의 영웅을 그려 미래의 영웅을 부르고
자 했던 것도 이런 맥락에서 이해해야 한다.18) 현실적 위기를 타개
하고 새로운 질서를 창출할 영웅을 대망하는 그들의 조급한 심정
을 이해하기란 어렵지 않다. 그들뿐만 아니라 이 시기 지식인들은
광개토왕·을지문덕·김유신·강감찬·이순신 등 국민적 영웅을
역사의 현장으로 불러냄으로써 민족을 구원할 정신적 표상으로 삼
고자 했다.19) 그들에게 영웅은 근대적 국민을 창출하고 그들을 하
나로 결합하는 하나의 수단이었다. 1908년 1월 5일자 논설 「영웅과
세계」는 다음과 같이 천명하고 있다.

> 영웅이란 자는 세계를 지어내는 성신(聖神)이요, 세계란 자는 영웅이 운동
> 하는 터이라. 만일 하느님이 세계를 창조하신 이후에 영웅이 하나도 없었으
> 면 높고 넓은 산과 들은 새와 짐승이 울고 부르짖는 거친 풀마당이 될 뿐이
> 요, 넓고 깊은 바다는 고기와 용이 뜨고 잠기는 처소가 될 뿐이요, 사람은 한
> 모퉁이에 칩복하여 몸은 있어도 집은 없고 무리는 있어도 나라는 없으며, 활
> 동은 하여도 법률은 없어 다만 별처럼 둔취(屯聚)하고 개미처럼 모여 있는
> 준준(蠢蠢)한 물건과 같이 와도 이러하고 가도 이러하며, 살아도 이러하고
> 죽어도 이러하여 곰과 호랑이에게 천하를 사양하고 한 번 웃고 한 번 우는
> 데도 그 소리를 감히 크게 못하리니, 슬프다, 영웅이 없고 세계만 있었더라
> 면 물건을 창조하신 이가 눈을 들어 한 번 바라봄에 처연한 눈물이 흐름을

이래에 가장 위험하고 가장 고통한 시대를 만났으니 이 시대가 어떤 시대인가.
만일 이 시대에 있어 일개 크고 좋은 사람이 나서 국가를 태산같이 튼튼하게 하
고, 인민을 낙원으로 인도하여 쾌락하고 승평한 시대를 조성하면 그 사람은 곧
영웅이라 할진저. 그런고로 우리는 오늘날 한국 시대에 이름하여 가로되 영웅이
날 시대라 하노라."(「영웅이 나는 시대」, 『대한매일신보』, 1909.4.9)
18) 근대계몽기 역사전기 서사의 의의에 대해서는 정선태, 『심연을 탐사하는 고래
의 눈-한국 근대문학의 형성과 그 외부』, 소명출판, 2003, 28~35면 참조
19) 「한국에 제일 호걸대왕」, 『대한매일신보』, 1909.2.25~26 참조

금치 못할지라. 그런 고로 영국에 글하는 사람 칼라일씨가 가로되 세계는 영웅을 숭배하는 제단이라 하니라.

이 글에 따르면 "거룩한 사람을 칭호하는 아름다운 이름"인 영웅만이 위기에 처한 세상을 구원할 수 있다. 여기에서 말하는 영웅이란 을지문덕이나 연개소문, 진시황이나 항우 같은 '좁은 의미'의 영웅을 지칭하지 않는다. 이들도 영웅임에는 틀림이 없다. 그러나 지금 필요한 것은 이들과 같은 군사적 영웅만이 아니라 사회각 방면의 뛰어난 인물이다. 즉 "그 사람의 손에 총을 가졌든지 칼을 가졌든지 붓대를 잡았든지 산가지를 잡았든지 문부(文簿)를 잡았든지 이것은 다 묻지 말고 오직 그 장기(長技)로 바람을 부르고 비를 쫓으며 산을 무너뜨리고 바다를 옮겨서 이목과 수족이 갖춰진 신령한 인물로 하여금 일제히 그 슬하에 굴복하게 하는 능력이 넉넉하면 이것을 영웅이라" 일컫는다는 것이다.

토마스 칼라일은 그의 저서 『영웅숭배론』(1841)에서 "세계 역사 즉 인간이 이 세상에서 이룩한 역사는 근본적으로 이 땅에서 활동한 영웅들의 역사"라고 단언한다.[20] 영웅들은 보통 사람들의 지도자였으며, 그들은 일반 대중이 도달하고자 노력하는 모범과 패턴을 만든 인물이요, 넓은 의미에서 그것을 창조한 인물이었다. 칼라일에 따르면, 오늘날까지 세계가 이룩한 모든 것은 이 세상에 보내진 영웅들에게 깃들어 있던 사상의 외적·물질적인 결과요, 현

---

20) 토마스 칼라일, 박상익 역, 『영웅의 역사』, 소나무, 1997. 다음 구절과 비교하라. "대저 영웅이라 하는 자는 세계의 큰 사업이 심중에 쌓여서 천지를 펴고 줄이며, 풍운을 베풀고 거두나니 그런즉 세계 역사를 영웅의 사적이라 하여도 또한 과한 말이 아니로다."(「영웅과 시세」, 『대한매일신보』, 1910.6.26)

실적인 구현이자 체현이라고 말하는 것이 정당하다. 영웅은 살아 있는 광명의 원천이며, 이제까지 세상의 어둠을 비추어왔다. 영웅은 하늘의 은총에 의해 반짝이는 자연의 빛과도 같은 존재다. 민족적·국민적 영웅을 갈망했던 이들에게 칼라일의 영웅숭배사상이 안고 있는 위험성이 눈에 들어왔을 리 없다.[21) 중요한 것은 민족 구성원 개개인이 동일시할 수 있는 영웅을 재발견하는 일이었다. 역사적 영웅을 호명하여 민족 구성원들로 하여금 그들이 겪었던 고난과 영광의 기억을 다시 체험하게 하는 것이 지식인들에게 주어진 지상과제였다.

이 지상과제를 수행하는 데 넘어야 할 하나의 난제가 놓여 있었다. 그것은 바로 영웅을 영웅으로 숭배할 줄 모르는 조선민족의 용렬한 기질이다. "영웅은 그 민족이 숭봉하는 데서 태어난다."[22) 영웅은 민족적 믿음의 총화다. 다시 말해 "그 민족이 영웅에게 대하여 믿기를 신명같이 하며 성인같이" 해야 한다. 영웅을 숭배하는 마음이 있어야 비로소 영웅이 만들어진다는 것이다. 영웅은 민

---

21) 토마스 칼라일의 영웅론에 대한 비판적 고찰은 에른스트 카시러, 최명관 역, 『국가의 신화』, 서광사, 1988, 제15장 참조. 이 책에서 카시러는 "사제이건, 교사이건 우리가 한 인간 속에 깃들인다고 상상할 수 있는 세속적 혹은 영적 존엄성을 지닌 어떤 것이건, 여기서 구현되어 우리를 지휘하고 항상 실제적인 교훈을 주며, 날마다 시간마다 우리가 무엇을 해야 할 것인가를 우리에게 일러준다"라는 칼라일의 말을 인용하면서, "현대의 파시즘 옹호자들은 여기서 그들의 기회를 놓치지 않았으며 칼라일의 말들은 쉽사리 정치적 무기로 전환시킬 수 있었다"고 지적하고, 파시즘 옹호자들이 칼라일의 영웅론을 오독했다고 비판한다. 카시러에 따르면 칼라일은 진짜 영웅과 가짜 영웅을 구별했으며 그 기준은 '통찰력'과 '성실성'이었다. 칼라일은 절대로 거짓말이 큰 정치 투쟁에 있어서 필요하고 정당한 무기라고 생각하거나 말할 수 없었다는 것이다(같은 책, 267~268면).
22) 「논설」, 『대한매일신보』, 1908.8.18.

족의 염원이 깃들인 기념비이다. 그럼에도 불구하고 용렬하기 짝이 없는 조선민족은 항상 영웅을 미워하고 조롱하기를 일삼는다. 이 지점에서 계몽지식인들은 영웅을 섬길 줄 아는 새로운 무수한 영웅, 즉 '20세기 신국민'을 대망하기에 이른다.

그리하여 『대한매일신보』 논설진은 이른바 '위대한 역사적 영웅상'만을 주조하는 데서 한 걸음 더 나아가 '이름 없는 무수한 영웅=국민'의 모습을 창안, 유포하는 데 심혈을 기울인다. 이 신문의 많은 논설은 위대한 영웅도 영웅을 기리고 숭배할 줄 아는 '이름 없는 영웅'을 만나고서야 그 진가를 발휘할 수 있다고 역설한다. 예컨대 『대한매일신보』 1908년 9월 15일자 논설 「이름 없는 영웅」은 '영웅'과 '이름 없는 영웅'의 관계를 다음과 같이 밝힌다.

> 영웅을 세계에서 은인이라 하니 그러면 영웅의 은인은 누구뇨 하면 곧 이름 없는 영웅이라 이를지라. 대개 일개의 돌이 비록 크나 족히 높은 성을 쌓지 못할지며, 일개인이 비록 웅위하나 족히 영웅이 되지 못할지니, 높은 성으로 하여금 저렇게 층층이 높게 한 것은 곧 이름 없는 여러 조각들이요, 영웅으로 하여금 이같이 큰 공을 이루게 한 자는 곧 이름 없는 여러 영웅이라.

영웅은 이름 없는 무수한 영웅의 대표에 지나지 않는다. 고쳐 말해 영웅은 이름 없는 영웅의 총화이며, 이름 없는 영웅은 영웅의 분신이다. 이름 없는 영웅이야말로 "나라의 생명이요, 평화의 근원이요, 세계의 큰 은인이다." 따라서 "영웅을 사랑코자 하는 사람은 먼저 이름 없는 영웅을 사랑하며, 영웅을 앞에 경배코자 하는 사람은 먼저 이름 없는 영웅 앞에 경배해"야 한다. 왜 그런가. "세계에 영웅을 짓는 이름 없는 영웅이 진실한 영웅"이기 때문이다. 여기에서 말하는 '이름 없는 영웅'이란 '이십세기 신국민'의 다른 이름이다. 무수한 작은 영웅, 즉 "오직 애국하는 마음이 뇌수에 충만하여 앉으나 누우나 마음이 나라에서 떠나지 아니하고, 음식을 먹고 수작할 때에도 마음이 나라를 잊지 아니하며, 애국함으로 살고 애국함으로 죽되 정신도 애국이요, 꿈도 애국이요, 활동도 애국하는 남자"가 진정한 영웅이며, 이들이야말로 새로운 국민상이라 할 수 있다. "이천만 동포가 애국하는 사상이 분발하면 이천만 영웅이 될" 것이라는 진술에서 볼 수 있듯, 지금 필요한 것은 나폴레옹이나 워싱턴이나 을지문덕이나 김유신 같은 영웅이 아니라 애국사상으로 무장한 새로운 시대의 '국민'이다.[23]

'열혈생'이라는 필자가 쓴 논설「이십세기 새 동국의 영웅」(1909. 8.17~8.20)은 '국민적 가치관'을 체화한 자만이 새로운 시대의 영웅이 될 수 있음을 분명하게 보여준다. 그가 그리는 진정한 영웅은 "그 사상이 천지에 뛰어나고 그 정성이 하늘을 꿰어서 삼천리 강토를 그 집으로 알고 이천만 민족을 그 권속으로 알며, 지나간 사천 년 역사를 그 족보로 알고 장래 억만 대 국민을 그 자손으로 알며, 간고하고 험난한 경력을 그 학교로 알고 사회에서 공익을 그 생애로 알며, 나라를 사랑하고 동포를 걱정하는 것으로 그 직

---

23) 다음 글도 함께 참고하라. "우리 한국도 이천만 동포가 개개히 영웅의 마음을 품고 개개히 영웅이 되기를 자기하여 사업을 하되 일심병력하여 기어이 성취하기를 결심하면 그 가운데 자연 유명한 영웅이 천지를 번복하고 풍운을 농락하는 수단을 가진 자가 있으리니, 무명한 영웅은 유명한 영웅을 의앙하고 유명한 영웅은 무명한 영웅을 믿어서 몸에 사지와 같이 하며, 팔에 손과 같이 하면 그 힘이 강하지 아니코자 하여도 절로 강할 것이요, 단체가 되지 아니코자 하여도 절로 단체가 되리라 하노라."(「유명한 영웅과 무명한 영웅」,『대한매일신보』, 1910. 7.24)

책을 삼으며, 독립 자유 한 가지를 그 목숨으로 알아서 뭉치고 쌓인 혈성이 천지간에 가득하며, 국가의 위엄과 신령을 의지하여 일선 마귀와 일일 백물로 더불어 싸워서 동포의 생명을 위하여 앞길을 열어주는 자"이다. 영웅은 국민 중에서 나는 까닭에 그는 사사로운 이해관계를 버리고 오직 국민적 입장에서 사고하고 행동해야 할 인물로 설정된다. 이제 영웅은 국민적 염원을 체현하는 인물이어야 하며, 새로운 국민은 영웅의 꿈을 실현할 수 있는 주체가 되어야 한다. 우리의 '열혈생'은 다음과 같이 호소한다. "슬프다, 너 새 동국 영웅이여. 네가 영웅이 되고자 할진대 너의 혀와 너의 목구멍으로 새 국민을 날마다 부를지며, 너희 새 동국 국민이여, 너희가 영웅을 보고자 할진대 너의 열심과 너의 혈성으로 새 국민 되기를 날마다 축원할지라. 옛 국민은 국민이 아니며, 옛 영웅은 영웅이 아니라."[24]

4. '이십세기 신국민'의 창출

이처럼 대한제국이 망국을 향해 치닫는 급박한 상황에서 '나라 사랑하기를 자기 몸같이 하라'는 명령을 수행할 새로운 국민의 창출이 무엇보다 시급한 과제로 떠오른다. 새로운 국민 창출이라는

---

24) 「이십세기 새 동국의 영웅」, 『대한매일신보』, 1909.8.20.

문제와 관련하여 "처량한 비와 음침한 바람에 삼천리강산이 안색을 변하고 맹렬한 불과 깊은 물에 이천만 동포의 호곡소리가 슬프도다"라는 비장한 어조로 시작하는 「이십세기 새 국민」(1910.2.22~3.3)은 주목을 요한다. 총 8회에 걸쳐 연재된 이 글은 근대계몽기 '국민론'의 결정판이라 할 수 있다.

이 글에 따르면 국민 동포가 이십세기 신국민으로 거듭나지 않고서는 "이 급한 지경을 벗어나서 복락을 누리며 부강의 터를 닦고 만국에 위엄을 빛내볼" 가망이 없다. '총력경쟁'의 시대인 이십세기의 국가경쟁은 과거와 달리 "그 힘이 한두 사람에게 있지 아니하고 그 나라 국민 전체에 있으며, 그 이기고 패하는 것은 한두 사람을 의뢰함이 아니라 그 나라의 국민 전체를 의뢰"한다. 그런 까닭에 전 국민이 '이십세기 새 국민의 사상'으로 무장하지 않는다면 약육강식의 시대에 살아남을 길이 없다.

국민 동포가 '새 국민'으로 거듭나야 할 이 시대는 어떤 시대인가를 깨닫는 게 무엇보다 중요하다. 이 글의 필자는 다음과 같이 일목요연하게 정리한다. 첫째, 이십세기 세계는 제국주의를 숭상하는 세계다. 강한 자가 약한 자를 삼키고 큰 자가 적은 자를 병탄하는 것은 역사에서 흔히 볼 수 있는 일이지만 근세에 이르러서는 이것이 더욱 맹렬하여 제국주의가 온 천하에 진동하고 있다. 둘째, 이 세계는 민족주의를 숭상하는 세계다. 저희 동족이면 합하고 저희와 다른 종족이면 다투는 것은 상고 적에도 이미 있었던 바이나 중고 이후로 그 경쟁이 더욱 심하며 더욱 참독(慘毒)하여 이기는 자는 더욱 확장이 되고 지는 자는 영영 쇠멸(衰滅)해버린다. 셋째, 이 세계는 자유주의를 힘쓰는 세계다. 자유주의에 배치하는 자는 망하고 자유주의를 복종하는 자는 보존하며, 자유주의를 거스르는 자는 망하고 자유주의를 순히 하는 자는 강하게 된다.

이러한 세계 정세 아래에서 한국은 어떻게 대처해왔는가. 「이십세기 새 국민」의 필자는 몇백 년 동안 정치가 혼암(昏闇)하여 지극히 빈약한 지경에 이르렀으며, 천하의 대세를 알지 못하여 외국과 경쟁할 힘을 아예 상실해버렸다고 단언한다. 이 모든 것이 완고한 습관을 버리지 못하여 문명으로 나아가기를 즐기지 않았기 때문이다. 요컨대 모든 고통의 원인은 자신에게 있다는 것이다. 한국이 제국주의 속에 빠지고 민족주의의 고통스러운 지경을 당한 것이 모두 제 잘못이라는 얘기다. 문명을 앞세운 구미열강의 폭력성에 대해서는 아무런 비판도 가하지 않는다.

그는 '남'을 탓하고 있을 게 아니라, 이십세기 신국민으로 거듭나기 위해서는 하루바삐 새로운 '도덕' 즉 평등, 자유, 정의, 용맹, 공공한 마음을 갖추어야 한다고 주장한다. 한국인들이 결여하고 있는 이 새로운 도덕을 구비하지 않는 한 회생의 가능성은 어디에서도 찾을 수가 없다. 조금 구체적으로 살펴보자면, 우선 "평등을 쓰지 아니하는 괴이한 법이 한번 생기면 도덕도 망하며 정치도 망하고, 법률도 망하며 학술도 망하고 무력도 망하여 세계는 흑암(黑暗)하고 민생은 멸절이 되"고 만다. 평등에 기초한 법이야말로 국민을 하나로 묶을 수 있는 토대라는 말이다. 그리고 자유는 인간의 '둘째 생명'이라 할 수 있다. 자유가 죽는 날은 그 몸도 죽는 날이며, 자유를 잃는 순간 인간의 노예로 전락하고 만다. 그러나 한국에서는 문벌과 신분차별이 여전히 남아있어 평등사상의 활로가 막혀 있으며, 자유가 무엇인지를 알지 못하는 까닭에 노예 아닌 자가 없을 정도이다. 다음으로 이십세기 신국민이 갖추어야 할 덕목은 정의이다. 정의를 위해서는 자기 몸만 이롭게 하는 마음을 고쳐야 하며, 미혹한 것(=미신)을 타파해야 한다. 정의와 함께 용맹도 새로운 국민이 구비해야 할 중요한 덕목이다. 용맹은 '국민의 장수'다. 마지막으로 '공공한 마음'을 갖춤으로써 단체를 잘 조직하고 공익에 힘써서 동포를 자기 몸과 같이 보고 국가를 자기 집과 같이 보아야 한다.25)

평등, 자유, 정의, 용맹, 공공한 마음은 새 국민의 기초라 할 수 있다. 이를 토대로 하여 새로운 국민은 무력을 숭상하는 태도와 재정을 경쟁하는 자세를 갖추어야 한다. 열강이 그러하듯이 한국 역시 유약한 문치(文治)의 세계에서 벗어나 무력을 숭상하고, 정신계와 물질계를 물론하고 무력을 확장하여 국민 모두가 '스파르타 사람'이 되어야 한다. 또 세계 열강이 재정을 다투어 식민지를 경영하는 것처럼 한국 역시 재정에 힘써 유의유식하는 사람이 없도록 해야 한다. 이와 더불어 새로운 국민은 근면하고 진취적인 자세로 어떤 경제 사업을 경영하든지 반드시 국민경제로 주장을 세우고 앞을 향하여 경제에 상관되는 문명의 지식과 기술을 속히 개량하며 경제 사업을 속히 실행해야 한다. 그리고 정치사상을 분발

---

25) "그러나 한국은 자래로 몸만 이롭게 하는 마음이 굳으며 남을 배척하는 마음이 많은 나라"이며, "공덕이 없어지고 서로 잔해함이 심하여 이제 이 하늘이 참담하고 땅이 컴컴한 노예 굴 속에서도 오히려 형제가 서로 잡아먹는 악행이 끊이지 않는" 나라라는 진술에서 볼 수 있듯, 『대한매일신보』 필진들의 조선인관은 대단히 부정적이다. 미망을 헤매고 있는 인민들을 새로운 영웅으로, 나아가 새로운 국민으로 동원해야 한다는 욕망과 그들에 대한 부정적인 시선은 계몽지식인들이 처해 있었던 딜레마가 얼마가 심각한 것이었는지를 보여주는 단적인 예라 할 수 있을 것이다.

하며 정치능력을 양성하여 독립하는 국민의 능력을 확장하며 헌법을 주장하는 국민의 자격을 갖추어서 국가의 운명을 유지하며 민족의 복락을 확장해야 한다. 또 이십세기 신국민의 교육은 무력을 숭상하는 교육이어야 하며, 종교는 국가 정신이 있는 종교여야 한다. 「이십세기 새 국민」의 필자는 다음과 같이 언명한다. 무력을 숭상하는 교육이 아니면 결단코 국가정신과 민족정신과 문명주의를 유지하지도 못하고 발달시키지도 못할 것이며, 또 한국과 같이 무기가 보잘것없는 나라는 더욱 무력을 숭상하는 교육이 아니면 회생할 길이 없을 터이니, 국민 동포는 반드시 무력 숭상하는 교육을 확장하여 군사나라 인민의 정신을 양성하며 군사나라 인민의 능력을 구비할지어다!

이러한 정신으로 무장한 이십세기 신국민은 국가가 명령하는 국민으로서의 의무를 기꺼이 수행해야 한다. 국가는 이십세기의 새로운 '종교'로 등장한다. 국가가 있고서야 개인이 존재할 수 있는 까닭에 새로운 국민이 된(또는 되고자 하는) 개인은 국가라는 신성한 제단에 모든 것을 바쳐야 한다.[26] 예컨대 「품은 회포를 널리 고함」이라는 논설의 필자는 이렇게 쓴다.

오호 제공이여, 오호 제공이여. 이 나라가 흥하면 제공이 학문과 상업에 힘쓴 효력이라 할 것이요, 이 나라가 망하면 제공이 학문과 실업에 해태(懈

---

26) 니시카와 나가오의 설명에 따르면 근대에 이르러 세속종교의 지위로 올라선다. 이제 국가와 국가기구가 주도하는 온갖 공적 주체는 민중을 '새로운 정치'로 흡인하는 장이 되며, 국가라는 종교를 신봉하는 국민을 생산하는 정치적 · 경제적 · 문화적 프로젝트가 펼쳐지게 된다. 상세한 내용은 니시카와 나가오, 윤대석 역, 『국민이라는 괴물』, 소명출판, 2002, 235~253면 참조

怠)한 죄라 할 것이니, 이 나라가 흥하면 제공이 복을 누릴 것이요, 이 나라가 망하면 제공이 함께 망할 것은 유식한 사람을 기다리지 않고도 가히 알지라. (…중략…) 오호 제공이여, 오호 제공이여. 재주가 없다고 한탄을 말고 재주가 있거든 재주를 드리고, 재주가 없거든 정성을 드릴지어다. 재물이 없다고 한탄치 말고 재물이 있거든 재물을 드리고, 재물이 없거든 눈물로 대신할 것이오. 눈이 먼 것을 슬퍼 말라. 눈이 밝거든 그 밝은 것을 드리고, 눈이 멀었거든 그 귀 밝은 것으로 대신할지니라.27)

이처럼 국가라는 숭고한 대상 앞에 선 국민은 자신이 가진 모든 것을 헌납해야 한다. "세계의 각 민족이 눈을 부릅뜨고 국가주의를 주장하며 경쟁을 벌이고 국가 세력을 자랑하고 있는 시대"28)에 자기만 알고 나라를 모르는 자들은 나라를 멸망하는 주의를 주장하는 자들이다. "그대의 몸은 곧 국가의 몸이요, 그대의 집은 곧 국가의 집"이다. "나라를 버리고 (해외로) 가는 자는 국가의 마적"이며, "나라를 버리고 가는 자는 곧 나라를 멸망케 하는 죄인"이다. 살 길은 하나밖에 없다. 사사이익을 버리고 "국가의 정신으로 통일 연합하여 동심협력"29)하는 것이 그것이다. 국권을 위해서라면 민권도 기꺼이 버려야 하며,30) 개인주의를 가진 자는 큰 칼과 넓은 도끼로 그 용렬한 성품을 급급히 끊어버리고 민족주의를 분발해야 한다. 개인주의는 사람을 죽이는 주의이기 때문이다.31) 이것이 '이십세기 신국민'의 참모습이다.32)

---

27) 「품은 회포를 널리 고함」, 『대한매일신보』, 1908.8.21.
28) 「조국을 지킬 일」, 『대한매일신보』, 1908.12.24.
29) 「국가의 정신을 발양하라」, 『대한매일신보』, 1909.1.5.
30) 「국권이 없고서 민권을 생각하는 어리석은 무리」, 『대한매일신보』, 1909.10.26.
31) 「자기 일신을 위하여 살기를 구하지 말지어다」, 『대한매일신보』, 1909.11.21.
32) 국가와 국민의 관계, 국권과 민권의 관계, 그리고 국가주의와 개인주의의 관

5. 민족·국민 서사 비판을 위하여

『대한매일신보』 논설에서 읽을 수 있는 국민제작 프로그램은 철저하게 '서양 : 한국' 또는 '문명국 : 한국'의 이항대립구도로 짜여 있다. 민족의 창안과 영웅의 호명 그리고 국민의 창출을 주제로 하는 정치적 내러티브는 서양(또는 문명국)을 프로타고니스트로 삼고 한국을 안타고니스트로 삼아 전개된다. 그러나 프로타고니스트와 안타고니스트 사이에는 그렇다할 갈등이나 대결이 보이지 않는다. 안타고니스트의 길은 처음부터 정해져 있다. 주인공이 걸어간 길을 따르지 않으면 소멸할 수밖에 없다는 위협이 그림자처럼 따른다.

예를 들면. "인심을 떨쳐서 희망하는 마음을 품고 날로 문명에 나아가서 나라를 황금세계가 되게 한다 하는 것은 진보케 한다는 말이요, 인심을 저상(沮喪)케 하여 슬픈 광경을 일으키고 나로 흑암한 데로 향하여 마귀지옥에 빠지게 한다 하는 것은 감쇠(減衰)케 한다는 말"이라는 자못 비장한 수사로 시작하는 논설 「진보와 감쇠」의 필자는 다음과 같이 서양제국과 한국의 선명한 대조를 보여준다.

> 서양제국을 보라. 인류의 희망하는 마음이 무궁하며, 인류의 진보됨이 또한 무궁하고 혹 감쇠하는 의론을 주장하는 자가 있었으나 그런 사람은 서 있을 땅이 없어진 지가 오래였음으로 후세 사람이 옛사람보다 크게 낫기를 다

계 등에 관해서는 글을 달리하여 보다 치밀하게 고찰할 필요가 있다.

투며, 후세 사람이 옛 사람보다 뛰어나기를 꾀하여 옛 사람의 지은 말을 후세 사람이 고치며, 옛 사람이 설립한 사업을 후세 사람이 교정하여 사람마다 진보하기를 힘쓰는 고로 사회도 이같이 진보가 되고 국가도 이같이 진보가 됨이어늘, 이제 한국을 보면 재래로 학자의 의론도 감쇠함을 주장하며 여항에서 담론하는 것도 감쇠함만을 주장하여 가로되 인재가 날마다 쇠한다 하며, 가로되 풍속이 해마다 퇴패(頹敗)한다 하여 옛 사람의 언론이면 시비를 묻지 아니하고 복종하며, 옛 사람의 행한 일이면 잘하고 못한 것도 비교도 아니하고 좋다 하며, 의관문물도 옛 사람이 창조한 것이면 이것만 지키며, 예악정법도 옛 사람이 정한 것이면 이것만 지켜서 옛 사람이라 하면 인류 밖에 뛰어난 상제와 같이 믿어서 일호도 감히 의심을 두지 못하니, 오호라, 민족이 문명할수록 더욱 옛 사람을 숭배하여 후세 사람의 모범이 되게 하는 것이 가하거니와 이같이 어리석게 숭배하는 것은 진보의 길만 막음이라.[33]

"경쟁이란 것은 진보의 어미요 전쟁이란 것은 문명의 중매"[34]라는 구호가 맹위를 떨치던 시대에 새로운 국민은 무엇보다 경쟁의 시대를 살아갈 수 있는 정신적·물질적 무기를 벼려야만 했다. 「이십세기 새 국민」의 필자 '열혈생'이 무력의 힘을 그렇게 강조했던 것도 이러한 맥락에서 이해할 수 있을 것이다.

그러나 놓치지 말아야 할 것은 전쟁과 식민지주의를 자양분으로 하여 문명국을 건설한 국가들을 모델로 할 때, 피해 당사자 또한 필연적으로 전쟁과 식민지주의를 주창할 수밖에 없는 상황에 내몰리고 말 것이라는 점이다. 전쟁은 전쟁을 낳고 무력은 무력을 낳게 마련이다. 경쟁과 전쟁이 국민·민족 서사를 추동하는 원천이라 해도 과언이 아닐 터인데, 근대계몽기의 막바지에 분출한 국

---

33) 「진보와 감쇠」, 『대한매일신보』, 1908.8.13.
34) 「국민경쟁의 대세」, 『대한매일신보』, 1910.8.5.

민·민족 서사가 지금—여기에서도 여전히 설득력을 잃지 않고 있다면, 그것은 근대 국민국가의 '숙명'이 그렇기 때문일까. 여기에 경쟁과 전쟁을 거부하는 사회 구성원을 '비국민'으로 낙인찍는 폭력성이 내재되어 있다는 것을 간파했다면, 우리는 무엇을 어떻게 할 것인가. 근대계몽기의 진보적 민족주의를 대표하는 신문으로 알려진 『대한매일신보』의 민족·국민 서사가 던지는 문제를 풀어나가기 위해서 우리는 이 물음에 성실하게 대답할 수 있어야 할 것이다.

『대한매일신보』에 나타난 '개인' 개념의 특성과 의미
개인과 국민, 개인주의와 국가주의, 개인의 이익과 공익의 관계를 중심으로

박주원

1. 1905~1910년의 역사적 맥락과 『대한매일신보』

1880년대의 『한성순보』와 『한성주보』에서 시작하여 1890년대 말엽 『독립신문』에서 나타났던 여러 근대적 개념들과 이러한 개념들을 전파하는 주요한 통로였던 신문, 단행본, 각종 회보 등의 출판매체들은 1899년 『독립신문』이 폐간된 이후부터 급격히 감소하였다가 1905년 이후 다시 활발한 증가세를 보이게 된다.[1] 근대

---

1) 1906년부터 발간된 회보로는 『대한자강회월보』(1906.7~1907.7 통권13호), 『서우』(1906.12~1908.1 통권17호), 『태극학보』(1906.8~1908.11 통권26호), 『대한유학생회학보』(1907.3~1908 통권3호), 『대한학회월보』(1908.2~1908.11 통권9호), 『대한협회회보』(1908.4~1909.3 통권12호), 『호남학보』(1908.6~1909.3 통권9호), 『대동학회월보』(1908.2~1909 통권19호), 『대한흥학보』(1909.3~통권13호) 등이 있다.

적인 개화·계몽, 그리고 정치 체제와 문명 발전에 대한 논의 또
한 이러한 매체의 역사적 추이와 함께 변화하고 있다.

이러한 변화는 러일전쟁을 계기로 일본의 영향력이 강해지고
상대적으로 황제의 권력이 약화되었던 1905년부터 두드러지게 나
타난다. 1905년 11월 17일 체결된 을사보호조약은 한국의 외교권
을 박탈하고 권력의 중심이었던 황제의 위상을 급격하게 약화시
켰다. 1907년 일본의 압력에 의해 광무황제가 양위하고 한일 신협
약(정미 7조약)이 체결됨으로써 그 권력은 유명무실하게 되었다. 오
히려 새로운 근대 정치체제에 대한 논의는 황제권력을 강화하여
근대국가를 형성하겠다는 노선이 실패하자 다시금 활발히 나타나
기 시작했다.2) 황제 주도의 근대 개혁 담론 아래에서 억압되었던
여러 정치사회 세력들은 1905년 러일전쟁 이후 을사조약이 체결되
고 황제권이 제한된 이후 근대 국가 건설에 대한 논의와 더불어
실력 양성을 위한 각종 협회를 조직하고 대대적인 계몽 운동에 나
서게 되었던 것이다.3)

신문매체로서 『대한매일신보』는 1904년부터 발행되었다(1904.7.18~1910.8.30).
2) 당시의 주요한 정치적 모색과 활동을 보면, 1905년 5월 24일에 헌정(정치)체제
의 연구를 취지로 내건 〈헌정연구회〉는 입헌군주제를 강조하면서도 그 취지서
에 흠정헌법의 실시를 목적으로 한다는 것을 분명히 밝히고 있다. 1905년 11월
을사조약이 체결되고 다음해인 1906년 2월 통감부가 설치되고 3월에 伊藤博文
이 통감에 취임하였다. 이 과정에서 해산된 헌정연구회의 뒤를 이어 1906년 4월
14일에 발족한 〈대한자강회〉도 입헌군주제를 주장하였다. 대한자강회는 일제가
고종의 퇴위에 뒤이은 신문지법과 보안법을 만들고 7월 24일에 정미 7조약을
체결하고 8월 1일에 군대가 해산된 이후인 1907년 8월 21일에 해산되었다. 반면,
대한자강회가 해산될 무렵 1907년 4월에 양기탁과 안창호가 주도하여 창립되었
던 〈신민회〉는 다른 여러 단체들과 달리 입헌군주정이 아니라 공화정체를 추구
하였다.
3) 당시 여러 단체와 움직임을 연구한 저작으로는 조항래 편저, 『1900년대의 애

1904년 7월 발행된 후 1910년 8월 한일합방 뒤『매일신보』로 이름이 바뀌어 총독부 기관지가 되기 전까지 발행된『대한매일신보』의 발행 시기는 정확히 이 시기와 일치한다. 그렇기에 광무황제가 강제로 퇴위된 이후 한일합방까지 활발히 형성되고 교류되던 많은 담론들 가운데『대한매일신보』는 당시의 애국계몽운동의 중심에 있었다고 평가된다. 이러한 맥락에서『대한매일신보』는 당시 새로운 정치체제의 모색과 민족주의운동을 전개했던 '신민회'와의 관련 속에서도 주목되어 왔다.[4] 발행인 배설(Ernest Thomas Bethell)이 영국인이었기에 치외법권의 보호를 받아 당시의 신문지법이나 혹은 일본 통감부의 감시와 통제에서 비교적 자유로울 수 있었다는 외적 조건 또한 주목되어 왔다.[5]

영국인 배설(1872~1909)과 한국인 양기탁(1871~1938)에 의해 1904년 7월 18일 창간된『대한매일신보』는 창간될 때에는 영문과 한글 기사가 함께 병용하여 발간된 신문으로서 국영문판으로 시작하였

국계몽운동 연구』(아세아문화사, 1993) 참조.

4)『대한매일신보』와 신민회의 관련에 대해서는 신용하,『한국민족독립운동사연구』(을유문화사, 1985); 김영애,「『대한매일신보』의 항일자주의식연구」,『인문과학연구』1, 1981; 김숙자,「신민회연구-사상분석을 중심으로」,『국사관논총』32, 1992 참조. 신용하에 따르면,『대한매일신보』의 논조는 배설이 더 큰 영향력을 발휘했던 창간 초기보다 신민회의 기관지가 된 1907년 5월부터 항일논조가 보다 높아지고 국권회복의 논조가 강화되었다는 것이다. 이에 따라『대한매일신보』의 언론 계몽구국운동의 동력은 외적인 요인이었다기보다는 신민회와의 관련성 등의 내적요인에서 찾아지고 있다.

5) 많은 기존의 연구들이 이러한 점을 공통적으로 지적하고 있다.『대한매일신보』에 대한 주요한 기존연구로는 구대열,「제국주의와 언론-배설」,『대한매일신보 및 한·영·일 관계』(이화여대 출판부, 1986); 이광린, 유재천, 김학동,『大韓每日申報研究』(서강대 인문과학연구소, 1986); 정진석,『대한매일신보와 배설』(나남, 1987) 등이 있다.

는데, 이후에는 국한문판, 한글판, 영문판으로 각각 간행되었다. 신보의 체제는 1904년 처음 발행될 때는 총 6면이 발행되었는데 4면은 영문이었고 2면은 한글전용 기사였다.[6] 광고는 대부분 영문 광고로 총 6면 가운데 2면을 차지했던 것을 고려하면, 한글 기사의 비중이 적은 것은 아니라고 할 수 있다.[7] 국영문판으로 매일 발행되던 것은 1905년 8월에 지식인 계층을 주요 독자로 하는 국한문판으로 다시 창간하게 되며 영문판 신문도 분리되어 발행하였다. 이후 1907년 5월 27일에는 일반인과 부녀자를 독자로 하는 한글판 신보가 창간되어 총 3종의 신문으로 발행되었다.

이러한 판본의 변화는 신문의 주체가 직면했던 상황의 변화나 그리하여 가지게 되는 신문논조나 혹은 주요내용의 변화를 내포하고 있다. 그러므로 이러한 차이에 근거하여 『대한매일신보』는 대체로 크게 4단계로 나누어 평가되고 있다. 제1기는 창간(1904.7.18)때부터 1905년 3월 10일 일시 휴간 때까지로서, 이 시기 신문은 주로 러일전쟁의 진행과정을 자세히 보도하면서 한국 정부와 한국인의 입장 및 사정을 공평하게 보도하고 대변하여 영문으로 세계에 알렸으며, 국문면은 영문을 번역하였다. 그러나 영문면 중심의 신문판매부수가 제한적이었기에 그해 3월 휴간되고 이후 5개월

---

6) 신문의 체제를 보면, 『대한매일신보』는 제1면 제초 아래 논설을 실었는데, 신보의 논설은 신문의 사설뿐만 아니라 독자의 의견과 주장이 투고형식의 기서로 실리는 경우가 많았다는 점이 특징으로 지적된다. 또한 논설란 지면에는 특별한 기사나 재판기록, 외국 신문의 주요기사 등을 내용으로 실었던 별보(別報)란이 있었다. 그 밖에도 관보, 외보, 학보, 사조, 잡보, 시사만평 등의 기사가 있었다.
7) 박정규, 「『대한매일신보』의 참여인물과 언론활동」, 『대한매일신보연구』(한국언론사연구회), 커뮤니케니션북스, 2004, 67~69면 참조

동안 신문체제의 개편이 준비되었다.

제2기는 신문을 속간한 1905년 8월 11일부터 1907년 3월까지로서, 이 시기 신문은 영문판과 국문판을 분리하여 별도의 신문으로 발행하였다. 이 시기 신문에 대한 대한제국 정부의 영향력은 소멸했으며, 신문은 주로 양기탁을 중심으로 을사5조약에 대한 반대투쟁을 전개하면서 애국계몽운동을 시작해갔다. 제3기는『대한매일신보』가 '신민회'의 창립에 응하여 신민회의 기관지로 전환되기 시작한 1907년 4월 초부터 신문사가 팔려 양기탁 등 신민회간부들이 신문사를 떠난 1910년 6월 13일까지의 시기로서, 이 단계에 신문은 신민회의 이념과 국권회복운동 노선에 따라 과감한 언론투쟁을 전개하였다. 특히 신문은 1907년 5월 23일부터 기존의 판본 이외에도 한글 전용판 신문을 별도로 발행하기 시작하였다. 한글 전용판의 발행에 따라 신문발행부수도 급격히 증가하면서 국민 대중들에게 커다란 영향력을 발휘하게 되었다.[8] 제4기는 신문사장이 배설에서 만함으로 바뀌어 일본통감부의 회유에 신문사를 팔고 귀국해버린 1910년 6월 14일부터 일본이 한국을 완전한 식민지로 병합하여 신문을 폐간시켜버린 1910년 8월 29일까지이다.[9]

이 글에서는 일본 식민주의의 직접적인 영향력에 관련되기 시작한 1905년에서 1910년까지의 시대적 특성으로 지칭되는 애국계몽기에 나타난 담론의 특성과 변화를 검토하기 위한 작업의 일환

---

8) 예컨대, 1908년 5월을 기준으로, 국한문혼용판이 8,140여 부, 순국문판이 4,650여 부, 영문판이 460부로 모두 합하여 1만 3,250여 부로 증가하였다. 김덕모, 「『대한매일신보』 논설 분석」, 『대한매일신보 연구』, 커뮤니케이션북스, 2004, 187면.
9) 김삼웅 편, 『(구국언론) 대한매일신보』, 대한매일신보사, 1998, 184~6면; 김덕모, 위의 글, 188면에서 재인용.

으로서, 이 시기 주요한 계몽적 신문매체였던 『대한매일신보』에 나타나는 '개인'과 '사회' 개념의 변화와 특징을 살펴보고 그것이 어떠한 의미로 해석될 수 있는지 그리고 이를 둘러싼 해석의 문제에서 부딪힐 수 있는 어려움은 무엇인지를 사유해보고자 한다.

사실 위에서 언급한 신문발행 주체의 변화와 그에 따른 논조의 변화에 대한 일반적인 평가에서도 드러나듯이, 그간 『대한매일신보』에 대한 연구는 대표적인 한말 자강운동 단체인 '신민회'의 멤버 양기탁, 신채호, 장도빈 등이 주요 인사였다는 점 때문에 주로 '신민회' 운동이 표방하는 사상과의 연관성 하에서 이루어져왔다.[10] 그 결과 『대한매일신보』에서 나타나는 계몽담론의 의미는 실력양성을 말하면서도 국권회복을 위해서는 국민에 대한 국가의식, 국혼의 고취가 실력양성보다 더 중요하다는 입장을 반영하고 있다고 해석되어 왔다.

비록 그러한 해석이 일반적인 의미에서 타당성을 갖는다 할지라도 이 글은 계몽담론에서 제시되는 국가가 당시의 사회관념과 어떻게 연결되고 구분되는지, 또한 사적 영역의 제 관념들과는 어떻게 연결되어있는지 보다 구체적으로 검토되어야 한다는 문제의식을 가지고 있다.[11] 그러므로 이 글은 『대한매일신보』에서 '사회'와

---

10) 이는 신문 발행 주체들이 가지고 있는 정치사상적 입장을 규명하는 방식이라고 할 수 있다. 그러나 『대한매일신보』에는 편집인의 논설이나 기사 이외에도 당시의 재판기록에 대한 보고나 독자들의 투고 등 균질하지 않은 여러 주체들의 다양한 논조가 반영되어 있으므로 『대한매일신보』라는 텍스트가 신민회라는 특정 주체의 표현으로 곧바로 동일시 될 수는 없다. 오히려 근본적인 것은 이 신문이 하나의 매체로서 특정한 사건들을 선별하고 배제하고 유형화하는 형식이다.

11) 예를 들어 『대한매일신보』에서 나타나는 계몽적 담론의 의미를 해석할 때 일

'개인' 개념이 각각 '국가'와 '국민' 개념과 갖는 관계에 주목하여 살펴봄으로써, 당시 주로 생산되고 유통된 국권회복이라는 계몽담론 안에 내포되어 있는 사회적 내용과 의미를 검토하고자 한다.

2. 『대한매일신보』에 나타난 '개인' 개념의 특성

1) 『독립신문』과 『대한매일신보』에서 개인과 국민 개념의 추이

『대한매일신보』에서 '개인'은 무엇보다도 국가의 사업이나 국민의 목적과 대등한 위치에서 병렬적으로 명확히 표현된다. 새해 첫날에 덕담으로도 국가는 국가의 사업에 정진하고 개인은 개인의 사업에 정진하는 날이라고 소개되고 있으며(「논설 176호」, 1908.1.1),[12] 대부분 등장하는 개인에 대한 표현이 국가나 국민의 그것과 나란히 서술되고 있다(「논설 190호」, 1908.1.21; 「논설 283호」, 1908.5.16).[13] 이것

본에 의한 국권침탈을 우려하는 애국계몽의 담론으로 파악할 것인지, 아니면 황제권의 약화에 따른 사회영역담론의 표면화로 보아야 할 것인지의 문제 또한 자명한 것은 아니다.

12) 새히츅스 "국가는 국가의 스업으로 급급히ᄒ고 개인은 개인의 스업으로 급급히ᄒ야 낫낫치 눕보다 낫게될 스샹으로 경신을 극진히 쓰는 이 새히의 첫날이되니 ⋯⋯."(「논설 176호」, 1908.1.1)

13) "경셩일보가 연거회샤의 챳셰를 올니는 문뎨를 공격ᄒ야 말ᄒ얏스디 우리 한미연거회샤가 챳셰를 올니는 거시 필요흠을 반ᄃ시 일직이 긔회를 투셔 만죡흔 고시를 홀줄노 밋는다 ᄒ엿도다 인민이 모다 챳셰를 올니는 필요흔 거슬 고시ᄒ기를 요구ᄒ는지는 본긔쟈가 확신히 알지 못ᄒ는바ㅣ 어니와 엇더턴지 그 회

은 개인의 영역이 국가의 영역과는 또 다른 독자적인 하나의 영역으로 확실히 자리 잡았다는 것을 표현한다. 더욱이 개인의 행위나 활동이 국가의 사업과 마찬가지로 개인의 '사업'이자 '업무'로 표현되고 있음을 볼 때,[14] 개인의 활동과 영역은 이미 그 개인의 주관적 상태나 정신의 상황이 아니라 하나의 사회적 활동과 사회적 권리로 인정되고 있다는 것을 나타내주고 있다.

물론 『대한매일신보』에서 나타나는 개인개념은 『독립신문』에서 나타나는 자기, 개인 개념에 비해 그 빈도수는 적지만, 『독립신문』에서 그것이 단지 사적영역을 나타내는 의미에서 자기의 재산, 자기의 권리 등으로 쓰였다면 『대한매일신보』에서는 명확히 '개인'이나 혹은 '일개인'이라는 보다 분명한 개념으로 독립적으로 표현된다. 실제로 『독립신문』에서 자기나 개개인의 표현은 예를 들어 '백성 개개인이'이 '인민이 자기의 권리를' 등의 표현처럼 백성, 인민, 민족에서 분화되어 나오는 그들의 개인적인 활동을 의미했다면, 『대한매일신보』에서 개인은 백성과 국민에서 분화되어 나오는 이름이 아니라 별개의 또 독자적인 명칭으로 독립되어 호명되었던 것이다.

하지만 그렇다고 해서 『대한매일신보』에서 개인의 개념이 국민

샤는 챳례를 올니나나 리유는 계반 부비의 증가된 거스로 인흠인줄을 확실히 신문샹에 특별히 발표ᄒ엿스니 이제 이 공격ᄒᄂ 거슨 일개인이나 국민들의 싀긔ᄒᄂ 일에 지나지 못ᄒ도다 ……."(「논설 190호」, 1908.1.21)

14) "슯흐다 개인의 ᄉ업과 국가의 ᄉ업을 물론ᄒ고 그 처음에 고져ᄒᄂ 소원을 발홀 제는 피로써 ᄒ며 그 실샹으로 힝홀 졔도 피로써 ᄒ여야 그 결과의 굉장흠을 가히 긔필홀지니 쟝ᄒ다 뎌 열닐곱 학ᄉ의 손ᄉ가락 피여 ……."(「논설 283호」, 1908.5.16)

의 개념과 그 빈도수에 있어서 동일한 것이었다고 말할 수는 없다. 오히려 개인 개념은 국민 개념에 압도되어 있다. 흥미로운 점은 개인과 국민 개념의 관계에 있어서 『대한매일신보』와 『독립신문』이 보여주는 차이이다. 예컨대 『독립신문』에서 자기, 개인 개념의 사용빈도는 비록 백성 개념에는 미치지 못했지만 국민 개념보다는 훨씬 많았다면, 『대한매일신보』에서 개인 개념의 사용빈도는 국민 개념에 비해 크게 줄어든 것을 알 수 있다.

독립신문	1896년	1897년	1898년	1899년
자기(개인)	231	342	141	307
백성	447	453	762	814
국민	24	23	39	12
인민	326	429	542	235

대한매일신보 (국문논설)	1904년	1905년	1907년	1908년	1909년	1910년
개인	0	0	5	24	32	16
백성	125	2	362	195	148	18
국민	0	23	127	310	425	271
인민	1	37	82	420	416	585

이는 『독립신문』에서 가장 빈번하게 사용되었던 주체의 호명인 백성개념이 『대한매일신보』에서 특히 1908년을 기점으로 국민개념에 역전됨에 따라 나타난 것인데, 1907년은 일본의 압력에 의해 광무황제가 양위하고 한일 신협약(정미 7조약)이 체결됨으로써 그 권력이 유명무실하게 되는 시점이기에, 1908년부터는 더 이상 조선왕실의 백성이 아니라 근대 국가의 국민이나 인민으로 호명되

고 있다. 비록 다른 호명에 비교해 전체적으로는 드물게 사용되었지만 개인개념 또한 적어도 1908년부터는 그 빈도수가 어느 정도 증가하는 것을 알 수 있다.

사실 이러한 표면적인 언표에서만 본다면 '개인' 개념은『독립신문』에서 의미 있는 주체이자 호명으로 빈번하게 등장하였다면, 『대한매일신보』에서는 민족과 국민에 압도되는 약한 호명인 것처럼 보인다. 그러나『독립신문』과『대한매일신보』에 보이는 언표상의 차이가 근대적 개념의 일반적인 변화를 나타낸다고 결론지을 수는 없다.[15] 더욱이『독립신문』과 각종 협회보, 교과서 등을 통해 보았을 때 오히려 '개인', '사회'개념의 경우는 갑신정변과 광무개혁, 러일전쟁, 한일협정에 이르는 정치적 변화에 상대적으로 더 밀접히 연결될 수밖에 없었던 국가, 민족, 국민, 동포 등의 개념과 달리, 정치적 변동에도 불구하고 개인개념과 사회개념을 일정하게 발전시켜가고 있었다. 오히려 어떤 개인인가, 어떤 사회인가라는 점에서 그 개념의 내용을 규정하는 변수는 역사정치적인 시기의 변화보다는 오히려 각 세력의 이해관계나 관점에 따라 더욱 좌우되었던 것이었다.[16] 그렇다면『대한매일신보』에서 국민과 개인의

---

15) 이러한 차이를 근거로 하여 한국 근대에서 개인개념이 1905년 이후 퇴조하고 있다거나 혹은 한국 근대에서 국민 / 민족 개념이 강화되고 있다고 파악하는 것은, 마치『독립신문』과『황성신문』,『대한매일신보』를 단일한 하나의 일직선상에 위치하는 시간적 흐름의 일반적인 표본으로 가정하는 인식을 전제로 하고 있는 것이다. 하지만 실제로 이들의 텍스트에서 보여지는 차이가 한국 근대의 역사적 변화라는 시간대의 변화를 나타내는지, 아니면 해당 텍스트가 한국 근대에서 가졌던 컨텍스트의 차이를 나타내는지는 보다 면밀한 탐구가 요청되는 문제이다.

16) 박주원, 「독립신문과 근대적 '개인', '사회'개념의 탄생」,『근대계몽기 지식개념의 수용과 그 변용』(소명출판, 2004); 「1900년대 초반 단행본과 교과서 텍스트

관련은 어떠한 의미로 표현되고 있는가?

2) 개인주의 비판—'개인'은 '국민'의 형성에 장애물인가? 개인주의
　　는 국가의 공익을 파괴하는 것인가?

서구에서 근대 국가의 형성은 곧 '국민'의 형성으로 나타났다.
프랑스 혁명 이후 정부는 교육과 축제의 장을 통해 자유와 우애라
는 혁명정신을 가진 '국민'을 만들고자 했으며 독일과 이탈리아
등도 마찬가지였다. 『대한매일신보』에서도 국민은 백성이나 민족,
인민 등 다른 주체에 대한 호명과 달리 자연적인 존재가 아니라
'국가정신'이나 '국가의식'·'국민혼' 등을 고취함으로써만이 비로
소 국민이 되는 구성적 존재로 나타난다.

먼저 두드러지게 나타나는 것은 그러한 '국민'을 형성하는데
'개인'을 강조하는 정신이 걸림돌로 파악되어진다는 점이다. 오늘
날 대한국민의 목적지가 어디에 있는가를 논하는 논설에서는 인
간의 목적지란 개인의 목적과 국민의 목적이라는 두 곳이 있는데
자기 자신만의 행복을 구하는 개인의 목적이 아니라 개인을 희생
하더라도 국가를 위하는 국민의 목적지로 갈 것을 역설하고 있다
(「논설 290호」, 1908.5.24).[17]

에 나타난 '사회'담론의 특성」, 『근대계몽기 지식의 발견과 사유 지평의 확대』
(소명출판, 2006) 참조.
17) "오호 ㅣ 라 오늘날 대한국민의 목뎍디가 어느 곳에 잇는가…… 대뎌 언싱의
목뎍디가 두 가둙이 잇스니 ㅎ나는 개인의 목뎍이오 쏘 ㅎ나는 국민의 목뎍이라
홀노 착ㅎ거슬 품고 주긔의 ㅎᆼ복만 구ㅎ는 쟈는 비록 뜻이 놉흔 종교가이나 쳘

이러한 맥락에서 국가의 부강함에 가장 커다란 장애물은 개인
주의적 태도로 지목된다. 국민에 대한 마귀를 경계한다는 다음의
논설은 개인주의적 태도를 애국심 고취와 국권회복에 커다란 적
으로 여기고 있음을 잘 표현하고 있다.

비록 그러나 지금 대한국닉에 마귀가 허다ᄒᆞ야 정치계에는 외인에게 붓허
국토롤 ᄑᆞ는 마귀가 멱빅명이나 될지며 통역계에는 외인에게 지촉ᄒᆞ야 동포
를 해ᄒᆞ는 마귀가 멱천명이나 될지며 동셔로 출몰ᄒᆞ며 간특ᄒᆞᆫ 슈단으로 긔
인 취지ᄒᆞ는 경졔계의 마귀 무리가 모혀 비루ᄒᆞᆫ 상으로 외국에 붓치는 단
톄계의 마귀며 개인의 쥬의로 쥬쟝ᄒᆞ야 이국심을 약ᄒᆞ게 ᄒᆞ는 교육계의 마귀
며 외인을 의탁ᄒᆞ야 향곡에 횡힝ᄒᆞ는 풍쇽계의 마귀며 그밧게 도덕계의 마
귀와 ᄉᆞ상계의 마귀와 종교계의 마귀와 유학계의 마귀와 대마귀 쇼마귀 조
마귀 손마귀가 계계승승ᄒᆞ야 물질계에 드러가면 물질계에 매국적이되며 정
신계에 드러가면 정신계의 매국적이 되야 …….

— 「논설 580호」, 1909.5.23

개인주의에 대한 비판적 논설은 여러 번 언급되는데, 역설적으
로 그러한 논의들은 당시의 사회 전반에 개인주의적 태도와 개인
주의적 영역이 만연해 있음을 드러내준다. 정치계와 교육계, 실업
계 중에 흔히 자기 일신만 생각하는 주의를 가지는 자가 많다는
것이다.[18] 그러한 현실 인식 하에서 『대한매일신보』는 당시 국가

할가이라도 이는 개인의 목뎍디로 향ᄒᆞ는 쟈ㅣ오 일신으로 희성을 삼아 국가를
위ᄒᆞ는 쟈는 비록 천ᄒᆞᆫ 역스를 ᄒᆞ는 쟈ㅣ라도 부득불 국민의 목뎍디로 나아가는
쟈ㅣ라 ᄒᆞᆯ터인디 …….”(「논설 290호」, 1908.5.24)
18) “나라의 일이 날마다 글너갈스록 셰샹 일이 날마다 타락ᄒᆞ여셔 어시호 정치계
에나 교육계에나 실업계 중에 흔히 ᄌᆞ긔 일신만 싱각ᄒᆞ는 쥬의를 잡는 쟈ㅣ 만ᄒᆞ
니 그러케 쥬쟝을 잡는 사롬의 말에 굴ᄋᆞ디 산도 궁ᄒᆞ고 물도 다ᄒᆞ엿스니 민족
을 보젼ᄒᆞᆯ 도는 다 느졋는지라 이제는 ᄒᆞᆯ 수 업시 ᄌᆞ긔 일신이나 ᄌᆞ긔 집안이나

가 부패하고 국권이 상실되는 가장 첫째가는 원인을 개인주의의 만연으로 꼽고 있다(「논설 723호」, 1909.11.21). 당면 시대는 민족이 경쟁하는 시대인 까닭에 그 경쟁에서 이기려면 민족이 번성해야지 일개인의 주의로 살아서는 불가능하다는 것이다.

여기서 개인주의란 '온 동리에 해로워도 주긔 일신에만 리ᄒᆞ면 즐겨ᄒᆞ며 젼 군에 해로워도 주긔 일신에만 리ᄒᆞ면 노래를 부르고 ……(「논설 723호」, 1909.11.21)'하는 태도인데, 중요한 것은 이러한 개인주의적 태도를 '공공의 이익'에 반하는 태도로 파악된다는 점이다(「기서 848호」, 1910.4.27). 예를 들어 한강연에 커다란 무역장을 세우기 위해 뱃길 중간을 끊어서 배다리를 세우는 당시의 상황을 개탄하면서, 일개인의 사사로운 이익을 구하는 행위를 국가의 공익을 위한 행위도 아니며 인민의 공공 이익을 파괴하는 행위로 묘사하고 있다.

> 오호ㅣ라 이졔한강의 비ㅅ길 중간을 ᄯᅳᆫ허셔 삼기ㅅ나루에 빈다리를 부셜ᄒᆞ니 이ᄂᆞᆫ 국가의 공익을 위ᄒᆞᆷ도아니오 인민의 편리를 취ᄒᆞᆷ도아니라 다만 일개 외국인의 ᄉᆞᄉᆞ ㅅ 리익을 위ᄒᆞ여 다리를 노흔후에 리왕ᄒᆞᄂᆞᆫ 힝인에게 셰를 밧을 계획이니 오호ㅣ라 일개인의 ᄉᆞᄉᆞ ㅅ 리익을 위ᄒᆞ여 인민의 공공ᄒᆞ 리익을 파괴ᄒᆞᄂᆞᆫ거시 엇지 개탄홀바ㅣ아니리오
>
> —「기서 848호」, 1910.4.27

그러한 인식의 당연한 귀결로서 『대한매일신보』에서는 개인 혹은 개인주의를 넘어 마땅히 지켜야 할 것으로 '국가주의'를 제안

건져가ᄂᆞᆫ 거시 가ᄒᆞ다 ᄒᆞᄂᆞᆫ도다. 오호ㅣ라 참혹ᄒᆞ다 이 쥬의여 이 쥬의ᄂᆞᆫ 사ᄅᆞᆷ을 죽이ᄂᆞᆫ 쥬의로다.''(「논설 723호」, 1909.11.21)

하는 듯 보인다. 이러한 해석의 근거로 많이 인용되는 1909년 6월 18일 「논설 602호」(한인의 맛당히 직힐 국가쥬의)에서는 과연 오늘날 한국 사람들이 국가에 대해 어떠한 주의를 정함이 옳은가를 질문하면서 대개 개인끼리는 신의와 도덕이 있지만 국가끼리는 신의와 도덕이 없고 권술과 강권만 있으므로 결국 자기가 자기를 믿고 정신을 분발할 수밖에 없음을 제안하고 있다.[19] 즉 한인이 지켜야 할 국가에 대한 주의는 신의에 바탕을 둔 개인끼리의 관계를 분발함으로써 가능하다는 것이다.

그렇다면 개인이나 개인주의적 태도는 그 자체로 부정적인 것이 아니며 그 자체로 국가 개념에 반대되는 것도 아니다. 만일 개인의 행위가 사사로운 것이 되면 공익에 반하게 되고, 개인들 간의 관계가 신의와 도덕이 있는 것이라서 그것이야말로 한인이 마땅히 지켜야 할 국가주의의 내용이라면, 개인이나 개인주의가 위치하는 지점은 이중적인 의미를 가진다. 신의에 바탕을 둔 개인들 간의 관계에서 국가의 실력이 양성되거나 혹은 일신의 이로움을

---

19) "한인의 맛당히 직힐 국가쥬의 : 그러나 지금 한국의 형편을 보건디 위급호 병에 여러 의원이 약을 함부로 쓰며 각각 제가 올라 호는 것ㅈ치 엇던 사롬은 동으로 가자호며 엇던 사롬은 셔으로 가자호여 국민의 길을 미혹호게 호는지라 그런고로 우리는 부득이호여 한국 사롬의 맛당히 직힐 국가쥬의라호는 문뎨로 우리 동포에게 셜명호노라. 대뎌 국가를 보젼코져 홀진디 몬져 일뎡호 쥬의를 세우는 거시 가홈은 어린 ㅇ히라도 모다 아는 바인즉 오늘날 한국 사롬들이 국가에 디호여 엇더호 쥬의를 뎡홈이 가홀가…… 대뎌 개인 끼리는 신의가 잇스디 국가 끼리는 신의가 업고 권술만 잇스며 개인 끼리는 도덕이 잇스디 국가 끼리는 도덕이 업고 강력만 잇느니 그런고로 외국을 리용호는 거슨 가홀지언뎡 밋고 브라는 거슨 불가홀지라 다만 ㅈ긔가 ㅈ긔롤 밋고 ㅈ슈림홀 정신을 분발호며 ㅈ강력을 발달홀 뿐이니라. 그런고로 우리는 굴ㅇ디 스스로 밋는 쥬의가 가호고 놈을 밋는 쥬의는 불가호다 호는바ㅣ로다."(「논설 602호」, 1909.6.18)

구하는 사사로운 개인들의 관계에서 국가의 타락이 초래되기 때문이다. 여기에서 말하는 개인들 간의 신의란 무엇을 의미하는지 분명치 않다. 다만 개인들 간에 지켜야 할 권리와 행해야 할 의무를 통해 추측해 볼 수 있다.

3) 개인의 권리와 국권의 관계

대한 인민의 권리에 대한 인식부족과 그리하여 권리상실에 대한 고통불감증을 개탄하고 있는 데에서도 드러나듯이, 개인의 권리가 중요한 까닭은 기본적으로 그것이 모여서 국민 전체의 권리사상을 형성하기 때문이다. 그러므로 『대한매일신보』에서 개인의 권리는 곧 국민권리의식의 고취를 뜻한다고 할 수 있다. 1906년 11월 20일 실린 기서 「권리는 국민의 당행(當行)할 의무」에서 독일학자의 이론을 소개하며 국가와 국민의 권리를 논하고 국민이 당연히 행해야 할 의무로서 권리행사를 촉구하고 있는 것처럼, 대부분의 논설이나 독자의 투고 모두 이와 같은 연장선상이라고 할 수 있다. 이러한 맥락에서 권리사상은 국민 전체의 권리와 연결되어 있을 뿐만 아니라 '의무'와 관련되어 논의된다(「논설-권리의 사상」, 1910.7.3).[20]

하지만 일개인의 권리사상은 국민의 권리나 국가의 권리에 종속되는 것이 아니라 오히려 국권의 고취를 위해 가져야 할 근본적

---

20) "權利思想이란 者는 내가 내게 對흐야 義務에 應盡홀 뿐아니라 一私人이 一公輩에 對흐야 義務를 應盡흐는 者인즉……."(「논설-權利의思想」, 1910.7.3)

인 태도로 중요하게 취급된다.

　사롬마다 털호개라도 브리지 아니홈은 또호 권리를 보존홈이라 비록 지극
히 어리석고 불쵸호 쟈ㅣ라도 터럭 호개를 이씰줄은 다 아느니 이는 흔터럭
을 위호여 그러호거시 아니라 이것을 닷토는 것은 놈이 나의 호 터럭이라도
그 소유권의 침해홈을 닷톰이라 터럭ㅈ혼 일부분의 권리를 합호여 전톄의
권리를 일우는 것이오 일개인의 권리ᄉ샹이 싱기느니 그럼으로 일국의 권리
ᄉ샹을 양성홈은 일개인으로브터 시작호고 일신의 권리ᄉ샹을 양성홈은 흔터럭
을 위호는 것으로브터 시작호느니 사롬마다 흔터럭의 손실됨을 즐겨호지 아니
호면 반ᄃ시 타인이 ㅈ긔의 터럭만호 권리라도 침손홈을 방어홀지라 이럼으로
텬하가 태평호다 홈이 실노 허언이 아니로다ᅳ …… 대뎌 강호쟈가 ㅈ혼 강호
쟈와 셔로 맛나고 권리잇는 쟈가 ㅈ혼 권리 잇는 쟈와 셔로 츙돌호면 필경
평화를 쥬쟝호여 션량호 시법률이 싱기느니 우리 한국동포는 이 신법률을
쥬쟝호여 권리를 양성호더 나에게 잇는 권리는 터럭 호개라도 놈에게 ᄉ양
치 아니호고 오늘날에 흔거름을 나아가며 명일에 또 흔거름을 나아가셔 흔
치 만콤이라도 물너셔지말고 한명호 곳에ᄭ지 도달호기를 결심호면 우리한
국도 엇지 강권이 업슴을 근심호리오
　　　　　　　　　　　　　　　　ᅳ「논설 902호ᅳ권리의 ᄉ샹(속)」, 1910.7.3

하지만 개인의 권리는 어떻게 국가의 권리와 동일시될 수 있을
까?『대한매일신보』에서 파악하는 당면한 시대는 국가들 간에 그
권리를 경쟁하는 시대이다. 따라서 국가가 멸망하지 않고 강하게
되기 위해서는 국가 간 권리 경쟁에서 자국의 권리를 침해받지 않
도록 국민 개개인이 자신의 권리를 수호하려는 사상을 가져야 한
다고 논하고 있다.(「논설 636호ᅳ권리룰 경징호는론」, 1909.7.29)[21] 이렇듯

---

21) "국가의 강호고 약호거슨 국민 개개인의 권리ᄉ샹이 강호고 약호더셔 판단호
　　는바ㅣ라 …… 영국ᄉ사롬은 수빅원을 브릴지ᄅ도 ㅈ긔권리를 일히안코져홈이
　　니 어리셕은듯호나 실샹은 지혜롭고 셔만아ᄉ사롬은 구챠로이 지니는거시 셩습

만일 각 국가들 사이에 자국의 권리를 두고 경쟁이 불가피하다면, 각 개인들 사이에 벌어지는 권리에 대한 경쟁 또한 불가피한 것이다. 그러한 경쟁의 상황에서『대한매일신보』의 해법은 현실적이다. 갈등을 해결할 수 있는 방안을 모색하거나 그러한 경쟁상황 자체에 대해 비판하기 보다는 당면한 권리 경쟁에서 우월할 수 있도록 '권리신장'과 '실력양성'에 힘쓰는 데에서 해법을 구하고 있기 때문이다.

국가와의 관계에서 민권과 개인의 권리가 상이하게 취급되는 것도 바로 이와 같은 맥락에서 이해할 수 있다. 민권은 국권이 없고서는 얻을 수 없는 하위의 권리로 논의되는 반면(「논설 706호」, 1909.10.26),[22] 개인의 권리는 국가의 권리를 완전히 하고자 한다면 스스로 개개의 권리를 완전히 해야만 하는 근원적인 것으로 파악된다(「논설 598호」, 1909.6.13)[23] 그러므로 사실상『대한매일신보』는

이되여 ㅈ긔권리를 이져ㅂ림이니 지혜로운듯ㅎ나 실상은 어리셕은지라 개인개인이 각기 권리상에 범연ㅎ면 국가ㄴ ㅈ연 멸망ㅎㄴ지경에ㅆ지 이르고마ㄴ니라."(「논설 636호」, 1909.7.29)

22) 국권이 업고셔 민권을 싱각ㅎㄴ 어리셕은 무리 "밥을 먹지 아니ㅎ고 비부르기를 구ㅎ면 엇지 비가 부르며 산에 가셔 셩녁을 구하면 엇지 셩션을 엇으리오 오호ㅣ라 국권이 업고셔 민권을 구ㅎ니 민권을 어듸셔 엇으리오 근일 한국 안에 엇던 어리셕은 무리ㄴ 싱각ㅎ기를 국가가 망ㅎ여 강토가 다른 사롬의 물건이 되여도 민권 엇을진디 이를 환영ㅎ겟다ㅎ며 민족이 다른 사롬의 쟝즁에 드러갈지라도민권만 엇을진디 이롤 노래ㅎ며 밧겟다ㅎ니 슯흐다 뎌 어리셕은 무리들이여 대뎌 국권은 민권의 근원이라 국권이 잇셔야 민권이 나며 민권은 국권의 ㅈ식이라 국권을 의지ㅎ야 민권이 셔ㄴ니 국권이 업고셔야 어디로셔 민권을 엇으리오"(「논설 706호」, 1909.10.26)

23) "대개 국가ㄴ 국민이 모도혀 일운 물건이라 국가의 권리를 완전히 ㅎ고져홀딘디 그 국민이 개개히 권리롤 완전히 하여야 홀지니 우리 졔공은 스스로 존즁히ㅎ고 스스로 엄즁히홀지어다."(「논설 598호」, 1909.6.13)

국권의 수호나 국가정신을 강조하고 이를 위해 개인주의를 비판하고 있지만, 동시에 국가정신의 고취와 국권의 신장이 개개인의 사업과 실력의 양성에서 비롯된다는 사실 또한 분명히 인식하고 있음을 알 수 있다.[24]

개개인의 권리신장이 단지 자신의 일신상의 이로움을 넘어 국가의 이로움과 부강이 될 수 있는 통로야말로 당시 『대한매일신보』가 그리고 있는 '사회'의 모습이다. 1910년 5월 3일 854호 논설 '실업계에 한인과 일인의 경정(속)'에서는 공업이나 상업 등 실업에 있어 일본이 한국과의 경쟁에서 우세한 이유를 분석하면서 개인들이 영향력을 확장해가는 사회적 통로를 형성하였던 점을 주요한 근거로 언급하고 있다. 즉 일본의 상인들은 "또 뎌희가 개인으로만 경정홀 뿐 아니라 또 단톄를 조직ᄒ여 혹 샤회를 셜립ᄒ며 혹 조합소를 셜시ᄒ고 또 샹업회의소를 조직ᄒ여 강대ᄒ 셰력을 확장ᄒ니(「논설 854호」, 1910.5.3)" 한인의 상업계를 통달하고 있다는 것이다.

그렇다면 개인들 간의 권리경쟁이 국권의 신장으로 연결될 수 있는 지점이 그 개인들이 자신의 권리와 이익에 따라 단체를 설립하고 그 단체들이 함께 조합소나 상공회의소를 조직할 수 있는 능력에 놓여 있다면, 국권의 신장은 '사회'의 형성과 밀접하게 관련된다.[25] 어쩌면 『대한매일신보』에 나타난 그 수많은 국민의 호명

---

24) 그 나라의 부강함이 그 나라의 공업 발달여부에 있으며, 그 나라의 공업발달은 개인 개인이 공업을 발달하는 데로부터 이루어진다고 파악된다(「기서 348호 -나라의 빈부는 그 나라 공업의 발달여부에 잇다ᄒ노라」, 1908.8.1).

25) 또한 그러한 단체의 형성, 사회의 형성은 곧 정부 형성의 바탕이자 필요성이 된다. "사롬은 단톄가 아니면 안으로ᄂ 발달되기가 어렵고 밧그로ᄂ 경정ᄒ기가 어려운지라 그런즉 일면으로 독립ᄒ여 ᄌ긔일을 ᄌ긔가 ᄒᄂ 개인이 되고 또

과 국권의 강조는 '사회'의 형성을 역설하는것이 아니었을까? 광무정권에 의한 개혁이 좌절된 이후 한국사회에서 근대 국가의 기획은 어떻게 하면 일신의 안위와 실리를 추구하는 개인주의라는 현실을 공적인 것으로 사회화할 수 있는지에 대한 것이 아니었을까? 개인과 국가가 또는 사적인 영역과 공적인 영역이 마치 별개의 것이며 상반되는 것인 양 추상적으로 분리시키는 인식으로는 결코 그 둘 사이의 거리를 좁혀 국가의 권리신장으로, 공적인 활동으로 상승시킬 수 없었던 것이다.

3. 소결

『대한매일신보』에서 개인은 이중적이다. 한편 자신의 일신상의 영화와 행복만을 구하는 태도를 '개인주의'라 하여 비판하면서도 국권의 신장이나 국가의 사업이 개인의 권리신장과 개인의 사업을 통해 이루어진다는 것 또한 분명히 인식하고 있기 때문이다.
서구의 역사에서도 개인과 국가, 사적인 영역과 공적인 영역이

일면으로 열심합력ᄒᆞᄂᆞᆫ 단톄가 된 바에ᄂᆞᆫ 불가불 단톄의 의무를 극진히 ᄒᆞᄂᆞᆫ 그 칙임을 홈의 당당홈이 가ᄒᆞ나…… 찰하리 단톄중에서 몃낫 사람을 션퇴ᄒᆞ여 단톄의 일을 부탁ᄒᆞᄂᆞᆫ거시 가ᄒᆞ다 ᄒᆞᄂᆞ니 이거시 정부를 셜치ᄒᆞᆫ 뜻이여 단톄의 ᄉᆞ무를 담임ᄒᆞᄂᆞᆫ 쟈ㅣ라 그런즉 정부의 목젹은 무엇에 잇ᄂᆞᆫ가 공익에 잇ᄂᆞ니 공익의 도ᄂᆞᆫ 불일ᄒᆞ나 대개ᄂᆞᆫ 안으로 발달ᄒᆞ고 밧그로 경징ᄒᆞᄂᆞᆫ디 지나지 못ᄒᆞᄂᆞᆫ지라."(「논설 915호-정부와 인민의 권한」, 1910.7.19)

분화되어 나오지만 그것이 반드시 서로 대립되는 것은 아니었다. 예컨대 17세기 영국의 자유주의는 개인의 상업활동의 자유를 보장하면서도 동시에 관세를 조정하는 국가의 역할을 강하게 요청했다. '공론장의 구조변화'에서 하버마스의 작업 또한 역사적으로 사적인 영역에서 특정한 내용이 공적인 내용으로 치환되는 역전 현상을 밝히고 있다. 비록 국가가 공공권력이라는 이름의 권력을 가진 하나의 실체이기는 하지만, 국가가 그 자체로 공적인 영역은 아니며 또 반드시 사적인 영역과 대립되는 것도 아니다.

마찬가지로 근대 한국의 형성에서 국가주의와 개인주의 혹은 국가주의와 자유주의가 대당이었다는 테제는 역사적으로나 논리적으로 올바른 것이 아니었다. 오히려 이러한 형식적인 대립으로 인해, 국가를 그 자체로 공적인 영역으로 동일시하고 자유주의는 그 자체로 사적인 것에만 매몰되는 극단적인 경향으로 나아간 것은 아닐까? 당시 현실에 존재했던 개인주의적 경향 자체는 비판될 수 없다. 오히려 문제는 욕구와 권리를 추구하는 개인의 활동을 하나의 공공적이고 전체적인 권력으로 형성해가는 통로와 과정에 대한 논의가 부족하다는 점에 있다. 국가란 사회적 영역을 통해 만들어질 수밖에 없으며 공적인 추인이나 합의를 통해 비로소 국가로 형성된다. 사회 영역에서 보다 협의적인 과정을 통해 만들어지는 권력이 공적인 권력이며 국가의 권력이라 파악할 수 있는 관념이 생겨나지 못했던 것이야말로, 즉 개인과 국민을 관계 지우는 통로를 형성시키지 못했던 것이야말로, 당시 애국계몽운동의 시절 '국민'과 '개인'을 탄생시키는 과정에서 '국민'도 '개인'도 만들어 내지 못한 가장 큰 원인이 아니었을까 생각해본다.

『대한매일신보』에서 역사적 시간의 개념
근대적 역사 개념의 탄생

박태호

1. '역사'의 출현

'역사'라는 말은 history의 번역어로서 서구에서 들어온 것이다. 물론 역사에 대한 관념이나 역사서들은 굳이 사마천의 『사기』를 떠올리기 않더라도, 오래전부터 있었던 것임은 분명하다. 그런데 그러한 역사 관념은 '사(史)'라든가 '사기(史記)'라는 말로 표현되어 왔다. '역사'라는 단어는 서구와의 접촉이후, 서구로부터 번역되어 들어온 것이다. 가령 『독립신문』의 논설들을 보면, 1897년까지 '역사'에 해당하는 '력ᄉ'라는 말은 나타나지 않는다. 그 단어가 처음 나타나는 것은 1898년 12월 17일자 논설에서인데, 거기서는 디리 (지리)와 나란히 공부해야 할 과목의 명칭으로 사용되었다. 즉 '역사'라는 말은 '지리'와 함께 근대 학문 내지 근대적 과목의 형태로 들어온 것이다. 이후 1899년 5회 출현하는데, 대개 이런 용법에서 거의 벗어나지 않는다.『황성신문』에서는 1898년에 2회 사용된 이래, 어떤 해에는 1~2회에서 10회 남짓 사용되고, 가장 많이 사용되는 해는 1903년으로 22회 사용된다. 물론 그 용법은『독립신문』에서와 크게 다르지 않거나, '역사적 기록'이란 의미에서 '사기(史記)'와 유사한 의미로 사용되지만, '오동(吾東)의 역사(歷史)'라는 식의 표현이 사용되기 시작한다(가령「긔셔」, 1899.11.21). 역사라는 말이 본격적으로, 그리고 대대적으로 사용되기 시작한 것은 1908년 이후『대한매일신보』에서였다.『대한매일신보』에서 이 말은 1904년에는 전혀 사용되지 않다가, 1905년 3회, 1907년 24회로 늘어나다가, 1908년 118회로 비약적으로 증가한다. 이는 역사라는 말이 아주 빈번히 사용되는 일상적 용어가 되었음을 의미한다.

이렇게 도입되어 사용되기 시작한 '역사'라는 말은 과연 이전의 '사(史)'나 '사기'라는 개념과 어떻게 달랐을까? 그것이 도입된 그대로 근대적 의미의 역사를 뜻하는 것이었을까? 아니면 이전의 단어를 그저 다른 단어로 대체한 것이었을까? 이 논문에서는『대한매일신보』국문본에서 역사 관련 용어들이 사용되는 양상을 추적하여 이 문제를 해명하고자 한다.

그 '역사'라는 단어의 의미를 이해하려면, 그것이 어떻게 사용되며 어떤 개념들을 자신의 구성요소로 포함하게 되었는가를 구체적으로 살펴보지 않으면 안된다. 하나의 단어가 개념이 된다는 것은 관련된 다른 개념들과의 결합을 통해서 그 의미를 획득함을 뜻하기 때문이다. 근대적 역사 개념의 수용양상을 검토하기 위해

선 최소한 세 가지 구성요소들의 더불어 검토하지 않으면 안된다. 첫째, 그 자체로 독자적으로 존재하고 발전하는 실체로서 역사의 개념이 그것이다. 이러한 역사의 개념은 역사 자체가 무언가를 비추는 거울이나 단순히 지나간 사실들의 집합이나 과거의 기록이 아니라, 별도의 주어로서, 혹은 독자적인 대상으로서 서술될 수 있는 실체성을 획득하고 있는 무엇이 된다.

둘째, 역사 전체를 통합하고 방향짓는, 그 자체가 목적이기도 한 '기원'이 그것이다. 가령 민족사의 기원으로서 '단군'이, 혹은 단군 시대가 그러한 이유에서 새삼 주목받기 시작한다. 가령 『독립신문』의 경우 단군이라는 말은 1896년에는 보이지 않다가 1897년에 처음 등장하기 시작하는데, 이후 적은 빈도지만 계속 사용되기 시작한다. 이는 다른 신문에서도 그러한데, 중요한 것은 이 단어가 사용되기 시작했다는 사실 자체가 아니라 어떻게 사용되는가를 구체적으로 보는 것이다.

셋째는 그러한 기원과 연결된 역사의 '주체'가 역사 개념과 관련해서 자신의 개념적 지위를 확보하고 있는가 하는 것이다. 이는 좀더 정확하게 말하면 역사를 만들어가는 주체라기보다는 역사적 변화와 발전 그 자체가 그를 통해 진행되는 존재고, 역사의 합목적적 의지를 받아들여 그것을 밀고나가는 존재다. 역사적 주체 내지 역사적 발전의 담지자라는 말을 사용한다면, 정확히 이런 의미에서다.

2. 역사와 진보의 관념

『대한매일신보』에서 '력스'라는 말은 1904년에는 전혀 사용되지 않았고, 1905년에도 단 3회 사용되었을 뿐이다. 이는 『황성신문』에 서보다도 덜 사용되었음을 뜻한다. 사용되는 양상을 보면, 첫째 것은 통상 사용되는 '역사상'이란 말에 해당되는 수사학적 표현이고(「논설-력스상에 훈 잔인훈 싸홈이 긋낫도다」, 1905.1.7)[1], 두 번째 것은 '일본의 근세 력스'(「논설」, 1.12), 세 번째 것은 '청국의 왕년 력스'(「논설」, 1.25) 로서, 이전에 사용되던 스긔와 비슷한 의미라고 하겠다. 지나간 사건들의 기록, 그것이 이 시기 '력스'라는 말의 의미였다. 이는 다음 해 이후에 사용되는 말들 가운데서도 자주 나타난다. '협회의 력스'(「논설」, 1907.7.3), '인급 스긔와 각국 력스'(1907.8.30), '세계 력스'(「별보」, 1908.1.11) 등이 그것이다. 한편 지리와 대비되는 과목으로서 '역사'라는 말 역시 지속적으로 사용된다.

그런데 역사라는 단어의 용법을 추적하는데 중요한 것은 이러한 경우가 아니라 이전과 다른 역사의식을 보여주는 것일 게다. 이는 1907년부터 상당히 명확하게 등장한다. 가령 1907년 7월 7일 자 별보에서는 '조선의 나라 망한 원인'에 대해 쓰면서 다음과 같이 쓰고 있다. : "공립신보 긔쟈왈 이 청국사롬의 즁셔 일보에 긔지 훈 됴션 력스가 스실은 혹 샹좌ㅎ나 일반국민의 노례셩질을 토론 훈 것은 과연 올토다 우리 나라이 건국훈지 스쳔년에 노례셩질이

---

1) 이하에서 별도의 표시를 하지 않은 것은 논설에서 인용한 것이다.

본죠에 와셔 더옥 심흐도다."

조선의 역사를 건국한지 사천년 이후의 것으로 보면서, 그 역사 안에서 독립할 사상이 없었음을 지적하고, 그것을 통해 독립을 상실한 '현재'로 귀착시키고 있다는 점에서, 근대적인 역사관념의 단서를 볼 수 있을 뿐 아니라, 그러한 의식이 민족의식과 결부되어 있음을 보여준다고 하겠다. "한국도 문명력스샹에 오르기를 바라"며 "빅셩이 니러나 일심으로 강조를 보존"(「긔셔」, 1907.9.17)하기를 바라는 것도, "지나간 력스를 샹고하고 쟝리 국스를 싱각"하며 "지나간 력스는 눈물 력스"(1907.12.31)라고 보는 것도 이런 관념의 연장선상에 있다. 물론 지리와 대비되는 과목의 이름이나 지나간 사건의 기록으로서 역사 등 이전에 사용되던 의미에서 력스라는 단어는 이후에도 지속적으로 병행되며 출현하지만, 새로이 출현한 역사 관념에 의해 대체되거나 그 역사 관념 안으로 포섭되게 될 것이라고 보아도 좋을 것이다. 그리 빈번하다고는 할 수 없는 빈도로 나타나던 역사 관념이 1908년에 이르면 폭발적으로 등장하게 된다.

1) 실체로서의 역사

가장 먼저 역사에 대한 새로운 종류의 관념이 출현하는 양상을, '력스'라는 말과 직접 결부된 지점에서부터 보는 게 좋을 듯하다. 이전에 『독립신문』에서 력스라는 말이 현재 교훈으로 삼을 수 있는 지나간 사건들의 기록 이상이지 않았고, 좀더 나아갔다고 보이는『황성신문』에서도 그것이 여러 '나라'들의 역사를 하나로 묶어 명명하는 '오동(吾東)의 역사(歷史)'로 나타나긴 하지만, 역사 자체가 어떤 주어나 대상이 될 수 있는 어떤 실체라고 할 수는 없었다. 반면 이 시기『대한매일신보』에서 력ᄉ는 행동의 주어나 대상이 될 수 있는 독자적인 실체성을 획득한다.

지금이라면 아주 익숙한 표현이지만, 이런 경우로 가장 쉽게 등장하는 것이 역사를 '보전'하거나 '만드는' 행위의 대상으로 간주하는 것이다. 가령 1908년 12월 1일 논설에서는 역사를 '보전'의 대상으로 설정하고 있다. : "한국에도 유지훈사롬들은 셔양각국의 변혁된 력ᄉ롤 참고ᄒ며 니웃나라의 진보되는 형셰를 침작ᄒ야 ᄉ쳔년문명훈 력ᄉ를 보전홀지어다." 광개토대왕을 다룬 1909년 2월 25일 논설에서는 역사를 만든다는 관념이 나타난다. 즉 그는 "한국 억만셰의 큰 긔초롤 공고케 ᄒ야 한국 억만셰의 큰 영결훈 님금이 되며 한국 억만셰의 크게 긔념홀 력ᄉ롤 지어 내엿"다고 하여 장하다고 찬양하고 있다. 여기서 력ᄉ라는 말은 역사적 기록이란 의미도 함축하고 있는데, 이는 역사를 만든다는 관념이 만들어지는 양상을 보여주기도 한다. 즉 역사에 기록될 어떤 큰 일을 함으로써 기념할만한 어떤 역사를 만든다는 것이다.

이와 반대로 역사가 독자적인 어떤 사태의 주어로 되는 경우도 나타난다. 가령 1909년 12월 21일자 논설에서는 아무런 준비없이 5조약 7협약 등의 사태에 맞는 무능함을 질책하면서 이렇게 쓰고 있다. : "오됴약 칠협약이 다 된이후에라도 예비만ᄒ엿스면 오히려 군딕희산이 아니되고 ᄉ법권이 쎄앗기지 아니ᄒ엿슬지어눌 이제 작일에도 예비치못ᄒ고 금일에도 예비치못ᄒ며 쏘 명일에도 예비치못ᄒ여 ᄉ천지 력ᄉ가 마귀의 **굴혈노** 점점 써러져드러가도 분발 ᄒ고 힘쓸줄을 모르며……."

보다시피 여기서는 역사가 마귀의 굴혈로 떠어져 들어가는 주어 로서 서술되고 있다. 역사가 이런 독자적인 실체이면서 또한 누군 가에 의해 만들어지고 좌우되는 것이란 생각은 이제 다음과 같은 말에 집약되어 나타난다. "삼천리 강토의 흥망이 그더네 억기에 실 녀잇고 ᄉ천년 력ᄉ의 존망이 그더네손에 둘녓스니 그더네가 이거 슬 담임치 아니ᄒ면 한국의 강토는 영영 멸망ᄒ리니 그더네는 이 거슬 ᄇ리고 어더로 가고져ᄒᄂ뇨."(1908.12.24) 역사의 존망이 그대 손에 달려 있다는 말로써 '조국을 지킬 일'을 촉구하고 있는 것이 다. 여기서 역사는 존망이란 말로 표현되는 사태의 주체이면서, '그대'들의 손에 의해 좌우되는 독자적 대상으로 파악되고 있는 것 이다. 역사를 어떤 행동의 공과와 호오, 죄와 벌을 판단하고 심판 하는 판관의 자리, 혹은 척도의 자리에 들어서는 것은 이러한 종류 의 관념과 밀접하게 결부되어 있다고 해야 할 것이다. 『대한매일신 보』의 경우 이란 관념은 좀더 먼저 나타난다. 가령 「허다ᄒ 녯사롬 의 죄악을 심판홈」이란 제목의 1908년 8월 8일 논설은 ᄉ긔를 쓰 는 사람들에게 역사의 죄인들을 심판하라고 요구하고 있다. 가령 최치원이 그런 죄인으로 단죄되고 있다. : "뎌 외국을 숭비ᄒ는 편 벽된 소견으로 독립졍신을 말살훈 쟈ㅣ 력ᄉ의 죄인이오며 신라말 년에 최지원등이 글ᄉᄌ나 ᄒᄂ 적은 지료를 품고 당나라에 과거 를 보와 등과ᄒ고 당나라 옷을 닙고 당나라 ᄯ에셔 살다가 ᄌ긔싱 쟝훈 조국을 견혀 니져ᄇ리고 오즉 당나라롤 놉히더니……."

이런 점에서 "력ᄉ는 나라를 ᄉ랑ᄒ는 ᄆ음의 근원"(같은 논설)이라고 명백하게 선언한다. 그것이 역사에 등장하는 인물들에 대해 저렇게 단호한 판단을 할 수 있는 이유기도 한 셈이다. 역사를 신성시하는 관념은 이런 역사의식의 다른 단면일 것이다. 1908년 7월 28일자 논설에 나오는 '亽쳔년 신성훈 력亽'라는 말은 이후에도 반복하여 등장하며 사용된다.

'즉자대자적인 역사'라는 헤겔적인 말로 표시되는 근대적 역사 관념의 요체가 역사 자체가 스스로 독립적으로 존재하는 어떤 실체고 독자적인 발전의 논리를 갖고 있다는 것임을 안다면, 역사가 단순히 교훈적 사건의 기록에서 벗어나 이처럼 독자적인 주어로서, 혹은 목적어로서 사용될 수 있는 실체성을 갖게 되었다는 점은 근대적 역사 개념의 징후를 보여주기에 충분하다. 그러나 이것이 좀더 명확하게 확인되려면, 역사에 고유한 발전의 논리, '진보'의 논리가 있다는 관념이 어떤 식으로 등장하는지를 보아야 한다.

2) 진보, 선형적 시간의 누적

『대한매일신보』에서 진보라는 말은 근대적 진보관념에 고유한 시간관념이 아주 선명하게 드러나는 방식으로 사용된다. 즉 매일 매일의 시간이 누적되고 축적되어 발전이 이루어지는 것이라는, 더해지고 누적될 수 있는 시계적 시간의 관념이 진보라는 말에 함축되어 사용된다. "이러므로 정치가와 교육가와 법률가와 실업가의 만반 亽업이 날노 나아가고 둘노 더ᄒᆞ야 부강훈 긔초와 문명훈 정도가 불이 트고 시암이 소사나는 것 ᄀᆞᆺ흐니 누가 능히 막으리오

이거시 진보ᄒᆞᄂᆞᆫ 츠셔라 그 근인을 궁구홀진딕 나라마다 나라일
이 상등샤회와 하등샤회의 일심으로 단합ᄒᆞᄂᆞᆫ딕 잇ᄂᆞᆫ지라"

여러 가지 사업이 날로 나아가고 달(月)로 더해져서 부의 기초와
문명의 정도가 늘어가는 것을 '진보하는 차서(次序)'라고 말하고 있
다. 매일매일의 변화, 매달매달의 변화가 누적되고 더해질 수 있다
는 관념이 이론의 여지 없이 명료하게 드러나고 있다. 이러한 표
현은 이후에도 자주 나타난다. 가령 1909년 1월 1일의 신년 논설
에서는 진보라는 관념이 '새로운 것'과 변화에 긴밀히 결부된 것
임을 주장하며 다음과 같이 쓰고 있다.

> 대져 새로온 것은 만물의 근뎌 ㅣ 라 우쥬간에 잇ᄂᆞᆫ 모든물건과 모든 일이
> 다 쌔쌔로 변환ᄒᆞ며 다 날날이 진보ᄒᆞ야 늙은 것을 버리고 새것을 취ᄒᆞᄂᆞ니
> 만일 그러치 아니ᄒᆞ면 이 셰계가 모도 문허지고 우리 인류가 다 업셔졋ᄂᆞᆫ지
> 벌셔 오랫슬진뎌

이런 진보의 개념이 "진보ᄒᆞᆸ시다"(「긔셔」, 1908.9.27)라는 말에서
처럼 개명과 개선, 문명화를 향해 나아가자는 일반적이고 규범적
인 주장의 형태로 반복해서 등장한다는 것은 『독립신문』 이래 이
시기 신문에 공통된 것이다. 이런 점에서 여기서 말하는 진보가
역사적 진보, 혹은 역사적 발전과 그대로 등치될 수 있는 것이 아
님은 분명하다. 누적적인 시간 관념을 갖고 있었음에도 불구하고
'퇴보'라는 관념이 자주 끼어드는 것은 이런 이유 때문이다. 즉 진
보를 촉구하기 위해 현재의 상황을 '퇴보'로 간주하는 것이다.

> 녯젹에ᄂᆞᆫ 부강ᄒᆞ야 강훈 뎌덕을 항복밧고 토디를 긔쳑ᄒᆞ엿거ᄂᆞᆯ 이졔난 엇

더케 되엿스며 젼에는 문명훈 바롬이 니웃나라ᄭ지 젼포ᄒ엿거눌 이졔는 엇
더케 되엿스며 젼에는 셩명지산을 능히 보젼ᄒ엿거눌 이졔는 엇더케 되엿는
가 ᄉ쳔여년을 퇴보훈 ᄭ닭으로 오늘날 우리나라이 이 디경에 니룬거시 아닌
가 그런즉 오눌날도 오히려 퇴보ᄒ니 러일 우리나라는 오늘날만도 못훌지며
금년에도 오히려 진보치 아니ᄒ니 명년에는 금년만도 ᄯ또 못훌지니 졔군은 진
보홀지어다

— 「기서」, 1909.9.29

심지어 "시간이란 것이 문명진보의 근원"이라는 관념도 나타난
다. "대개 시간이란거슨 싱명의 량식이며 문명**진보**의 근원이라 오직
우리 샹뎨ᄭ셔 동셔와 원근과 지혜롭고 어리셕으며 착ᄒ고 불쵸
훈거슬 갈희지 아니ᄒ고 이 시간을 주셧스니……."(1908.5.29) 물론
이는 진보를 시간을 통해 파악한 것이라기보다는 '시간의 귀중함'
을 알아 아껴쓰고 노력해야 진보할 수 있다는 말이지만(논설 제목이
'시간의 귀중'이다), 시간과 진보라는 말이 결합되어 사용되는 최초의
용례라는 점에서, 그리고 시계적인 시간, 양화된 시간이 진보나
'생명'의 바탕이라고 파악되고 있다는 점에서 기억해 둘 만하다.

또 하나 지적해야 할 것은 누적적인 진보의 개념과 더불어 선
형적인 진보의 개념이 나타난다는 점이다. 이는 두 가지 다른 차
원에서 나타나는데, 하나는 개인의 진보가 전체의 진보로 귀결될
것이라는 관념이고, 다른 하나는 여러 가지 사회적 상태를 하나의
선형적 시간 안에서 선후관계로 배열하는 관념이다. 전자의 경우
를 보여주는 것은 앞서 인용한 바 있는 1908년 9월 27일의 기고(긔
셔)다. : "오호 졔군이여 졔군은 곳 한국이오 한국은 곳 졔군이라 졔
군의 진보훔이 곳 한국의 진보ㅣ오 졔군의 퇴보훔이 곳 한국의 퇴보

｜며······ 한국의 진보됨도 졔군에게 잇고 퇴보됨도 졔군에게 잇 스니 진보를 훌지어다."

개인의 진보가 나라 전체의 진보가 될 뿐 아니라 개인의 퇴보 또한 전체의 퇴보로 정확하게 귀결되는 선형적 함수관계 속에서 개인과 전체가 포착되고 있는 것이다. 더불어 현재에 이르기까지 사천년간 퇴보하였음을 주장함으로써, 그같은 퇴보를 야기한 개개 인의 퇴보를 비판하고 새로이 진보할 것을 주장하고 있다. 이를 옛 사람과 후세 사람의 관계 속에서 이렇게 말하기도 한다. "후세 ㅅ사롬이 녯사롬보다 크게 낫기롤 닷토며 후셰ㅅ사롬이 녯사람보다 쮜여 나기를 꾀ㅎ여 녯사롬의 지은 말을 후셰ㅅ사롬이 곳치며 녯 사롬이 셜립훈 스업을 후셰ㅅ사롬의 교졍ㅎ야 사롬마다 진보ㅎ기 롤 힘쓰는 고로 샤회도 이ㄱ치 진보가 되고 국가도 이ㄱ치 진보가 됨이어눌."(「긔셔」, 1908.7.25)

다음으로 선형적인 시간의 직선 위에서 앞선 것과 처진 것, 진 보한 것과 퇴보한 것을 비교하는 것은 다음의 글에서 명확한 사례 를 찾을 수 있다. "진보ㅎ라 졔군이여 구미각국은 우리보다 슈빅 년을 몬져 진보ㅎ고 일본은 우리보다 수십년을 몬져 진보ㅎ엿스니 뎌희는 일보를 나아가거든 우리는 수십보 수빅보를 더 나아가도 뎌희를 ᄯ르기 어렵거든 ㅎ믈며 쥬져쥬져ㅎ야 나아가지 아니ㅎ니 쟝ᄎᆺ 엇지훌가 졔군은 어셔 급히 나아갈지어다."(「긔셔」, 1908.9.29)

진보의 선형적 시간 위에서 구미와 한국, 일본과 한국이 비교되 고 있다. 비교의 이유는 어서 빨리 진보하여 그들을 따라잡자는 것이다. 다른 길은 없으며, 다른 직선도 없다. 오직 하나의 직선이 있을 뿐이며, 차이는 그 직선 상에서 얼마나 앞서 있는가 뒤쳐져 있는가, 얼마나 빨리 나아가는가 얼마나 천천히 나아가는가만이 있을 뿐이다.

규범적인 용법으로 사용되는 이러한 진보의 개념이 목적론적 성격을 갖는 것은 매우 자연스러운 것처럼 보인다. 가령 '진보와 감쇠'라는 상징적인 제목을 달고 있는 1908년 8월 13일자 논설은 진보를 이렇게 정의한다. : "인심을 쩔쳐셔 희망ᄒᆞᆫ 마음을 픔고 날노 문명에 나아가셔 나라를 황금셰계가 되게ᄒᆞᆫ다 ᄒᆞᆫ 것은 진 보케ᄒᆞᆫ다는 말이오 인심을 져샹케ᄒᆞ야 슬흔 광경을 니르키고 날 노 흑암ᄒᆞᆫ 더로 향ᄒᆞ야 마귀디옥에 썬지게 ᄒᆞᆫ다 ᄒᆞᆫ 것은 감쇠케 ᄒᆞᆫ다는 말이라." 나라를 황금세계가 되게 하자는 이런 수사적 목 적의 관념은 사실 그보다 약간 먼저 씌어진 '오늘날 대한국민의 목뎍'이라는 논설(1908.5.24 및 5.26)에서 좀더 구체적이고 명확하게 제시된다.

> 황금이 츙만ᄒᆞ고 금슈가 찬란ᄒᆞᆫ거시 대한 국민의 목덕이며 긔화이초는 뜰 에 フ득ᄒᆞ고 향긔가 방에 フ득ᄒᆞᆫ거시 대한국민의 목덕이라. 그 문은 독립이 오 그 길은 주유ㅣ니 국가를 위ᄒᆞ야 졍신을 가다듬고 모든 스업을 국가로 위 ᄒᆞ야 힝ᄒᆞ여 신셩ᄒᆞᆫ 국가를 보젼ᄒᆞᆫ 거시 대한국-민의 목덕디니라

이 논설에서 두드러진 것은 '목적'을 단지 나아가야 할 방향을 의미하는 통상적인 용법으로 사용하는데 머물지 않고 좀더 일반 화하여 역사를 포함하는 여러 관념들의 요체로 제시한다는 점이 다. "대뎌 텬디간에 녜나 이졔나 목뎍 두 글ᄌᆞ만 업스면 산 사ᄅᆞᆷ이 죽은 귀신이 될 거시며 세계가 디옥이 되어 범샹ᄒᆞᆫ 사ᄅᆞᆷ도 업고 영웅도 업스며 력ᄉᆞ도 업고 세계도 업스리니……."

3) 역사와 진보의 결합

이런 점에서 이 시기 『대한매일신보』에서 진보는 역사적 의미로 단일화되진 않았지만 근대적 시간관념에 고유한 요소들을 포함하면서 역사 개념과 이어지는 하나의 개념으로서 자리잡고 있음을 확인할 수 있다. 이러한 진보의 개념이 역사라는 말과 결합됨으로써 역사는 여러 가지 요소들이 체계적으로 응집된 하나의 개념으로서 자리잡게 된다. 『대한매일신보』는 역사가 진보라는 개념과 결합되는 양상을 또한 명확하게 보여준다는 점에서도 이전의 다른 신문과 다르다. 이와 관련해서 조선의 역사가 아닌 역사 일반에 대한 관념이 나타나며, 그런 차원에서 상이한 시대, 상이한 단계를 거치며 진행되는 역사의 진보라는 관념이 명시적으로 출현한다. 「몸과 집과 나라 세 가지 정황의 변천」이라는 제목의 1909년 7월 15일자 논설이 전형적인 경우다.

> 인류의 진보홈이 시디롤 ᄯᅡ라셔 다른고로 샹고ㅅ적 시디가 변ᄒᆞ여 즁고가 되며 즁고ㅅ적 시디가 변ᄒᆞ여 근세가 된바ㅣ라 그 진보된 샹타가 번다ᄒᆞ여 이로 다 말ᄒᆞ기 어려우나 이졔 혼 가지 지나간 ᄉᆞ적을 지목ᄒᆞ여 굴ᄋᆞ디 이거시 진보된 거시라ᄒᆞ며 혼 가지 결과된 ᄉᆞ건을 지목ᄒᆞ여 굴ᄋᆞ디 이거시 진보된 거시라 홈은 불가ᄒᆞ니 만일 부득이ᄒᆞ여 그 즁에 멋가지 됴건만 ᄶᅡ셔 인류의 력ᄉᆞ샹 진보된 샹황을 증거ᄒᆞ고져 홀진디 긔쟈는 몬져 몸과 집과 나라 세 가지 정황의 변쳔된 거스로써 보고져 ᄒᆞ노라
>
> ―「논설」, 1909.7.15

보다시피 여기서는 인류의 진보를 상고, 중고, 근세의 세 단계로 나누고, 이를 인류의 역사라는 하나의 개념으로 포착하고 있다.

여기서 역사는 상이한 시대를 거치며 진보하는 것이 되고, 각각의 시대는 다른 시대와 비교하여 진보된 것인지 그 반대인지를 가려 말할 수 있게 된다. 이어지는 논설에서는 이러한 시기구분과 더불어, 몸, 집, 국가라는 세 개의 상이한 층위가 고려되는 양상에 따라 다시 네 개의 '단계'가 등장한다.

> 이 네가지 시긔의 스이가 그년디의 오릭기는 오륙천년에 지나디 사롬의 진보된 샹티는 대략이 몸과 집과 국가 세가지에 더 지나지 못ᄒᆞ여 데일긔에 는 주긔몸만 싱각ᄒᆞ엿고 데이긔에는 주긔의 집만 싱각홀 뿐이며 데삼긔는 집 과 나라 두 가지 싱각이 홈믜 잇셧고 데ᄉᆞ긔에 니르러셔 비로소 국가의 싱각 이 크게 셩ᄒᆞ엿도다
>
> —「논설」, 1909.7.17

이런 식으로 특정한 기준을 배열해놓고 그 기준에 따라 역사의 단계를 나누는 것은 생시몽이나 콩트의 고전적인 경우를 다시 떠올리게 한다. 물론 여기서 제시된 기준이 자기 몸이나 가족만 생각할 게 아니라 나라 전체를 생각하며 살아야 한다는 규범적 주장을 하기 위한 것임은 두말할 것이 없다. 하지만 가령 사회학자라면 사회성의 정도 내지 규모에 의해 그것이 확장되어가는 과정으로서 역사를 진화적으로 파악하려는 것이라고 말할 수도 있을 것이다. 이런 점에서 이러한 역사의 관념은 19세기 서구에 출현했던 근대적 역사발전의 관념에 매우 근접한 것이다.

이러한 역사 발전의 관념은 물론 선형적이다. 즉 여러 가지 역사적 발전의 가능성은 고려되지 않으며, 다만 하나의 보편적 발전 법칙이 있을 뿐이다. 역사에 대한 이러한 보편적이고 선형적인 발

전·진보의 관념을 설명하기 위해 1910년 1월 9일의 논설에서는 인구증가의 논리를 제시한다. : "인구는 더디로 몃 빅식 느러나가는 것이라 호 사름의 소싱이 흥샹 두 사름식만 되면 쳔년이 지나지 못ᄒ야셔 호 시조의 ᄌ손이 디구에 편만ᄒ리라ᄒ니 한국의 력ᄉ가 잇슨후ᄉ 년디로만 말ᄒ야도 이믜 ᄉ쳔여년이 될지라."

이 글은 선형적 진보의 논리를 떠받치고 있는 것이 맬더스가 말하는 '기하급수적 증가'의 인구학적 논리라는 것은 분명하다. 이는 어떤 것이 더해지고 누적되며 증가하는 선형적 시간의 논리와 동형적이라는 것은 길게 말할 필요가 없을 것이다. 이러한 생각에 19세기적 진화론의 역사 관념이 강하게 각인되어 있음은 쉽게 짐작할 수 있다. 다윈의 것으로 알려진 진화론은 이런 역사관의 형성에 직접적인 영향을 미친 것으로 보인다. 1909년 8월 11일 논설에는 역사에 비추어보면 인류는 원래 진보하는 것이라는 식의 문장이 다윈을 언급하면서 직접 나타난다. "짜위인씨가 나기에 밋쳐셔는 셰계의 진리를 숇히며 력ᄉ의 공변된 전례를 미루워 인류는 원리 진보ᄒ는 거시오 퇴보ᄒ는 거시 아님을 발명훈지라." 그리고 이러한 역사적 발전의 경로를 따라서, 혹은 역사적 발전의 논리를 따라서 한국민족이 진보해야 한다는 지점에 이르면 『대한매일신보』에서 역사라는 말이 단지 용어상의 과잉에 그치는 게 아니라 19세기적인 역사 개념에 아주 가까이 근접하게 되었음을 확인할 수 있다. : "한국 민족이 직금 이 모양의 눌니여셔 일향 침몰홀 ᄲᅮᆫ인가 혹 디리샹이나 력ᄉ샹의 발전됨을 ᄯᅡ러셔 점점 압흐로 진보가 될가 일폭 디도를 잡고 쟝리의 꿈을 말ᄒ노라."(1910.2.20)

누적적이고 선형적인 진보의 관념과 결합되면서 역사는 '원래 진보하는 것'이 된 것이고, 이런 점에서 이 시기 『대한매일신보』
에서는 근대적 역사의 개념에 매우 근접한 진보와 역사의 관념을
보여준다고 할 수 있을 것이다. 그러나 여기에 근본적인 난점이
끼어든다. 왜냐하면 장대한 기원에서 시작하여 원래 진보하기 마
련인 역사가, 비록 그 전개의 양상에서 다양함이 있을 순 있다고
해도, 식민지 직전의 상황으로 전락한 '현재'의 상황을 설명할 수
없기 때문이다. 즉 역사의 근대적 관념을 따르는 한 현재는 그 역
사적 연속성 속에 포함될 수 없고, 현재의 상태를 주시하는 한 진
보와 결합된 역사의 관념을 받아들일 수 없다는 근본적 딜레마가
출현한다는 것이다. 진보라는 개념이 앞서 본 것 같은 개념적 요
소들을 다 갖추고 있었음에도 불구하고 역사발전의 논리가 되어
제시되기보다는 그와 분리된 규범적 요청, 즉 현재의 이 비참한
상황을 극복하자는 규범적 요청의 언어가 되었던 것은 이런 사정
때문이었을 것이다.

3. 기원의 관념과 역사

1) 단군과 기자의 문제

앞서 말한 것이지만, 근대적 역사 관념에서 기원의 지위는 매우
근본적이다. 그것은 실체화된 역사가 시작되는 근원일 뿐 아니라

역사적 발전이 자신의 목표로 삼는 종착점이다. 이런 점에서 기원은 『독립신문』에서처럼 단지 소급하여 계산되는 계산의 시점이 아니다. 또한 그것은 역사적 연속성을 갖는 '민족' 같은 어떤 집단의 기원이기에 아무리 위대한 것이라도 '자기의' 기원이지 않으면 안된다. 따라서 『황성신문』에서처럼 중국적 문명의 전달이라는 결정적 사건이라도, 자기 민족이나 국가의 위대함을 입증하는 것이 되지 못하면 역사적 기원으로서의 역할을 수행할 수 없다.

이에 반해 『대한매일신보』에서는 이러한 근대적 역사관의 기원 개념에 부합하는 기원의 관념이 아주 뚜렷하게 등장한다. '단군'과 그의 시대가 그것이다. 이 신문의 경우 단군이나 단군·긔ᄌ라는 말은 1907년 7월 9일 긔셔에 처음 등장하며, 논설에서 처음 등장하는 것은 1907년 8월 22일이다. 7월 9일 긔셔에서부터 이 말은 "우리 대한국은 단군 긔ᄌ의 ᄉ쳔여년 샹젼ᄒ던 나라이라 강토는 쳔리오 동포는 이쳔만이니 ……" 하는, 나중에 상투구로 사용되게 되는 문구로 등장한다. 8월 22일 논설에서 역시 단군·긔ᄌ라는 말은 비슷하게 사용된다. : "대한 인죵은 본리 단군과 긔ᄌ의 성신 후예로 성질이 온화ᄒ고 졍직ᄒ며 풍속이 진실ᄒ고 슌후ᄒ야 ᄉ쳔년리에 례의 렴치를 슝샹ᄒ던 나라이라." 하지만 여기서 단군·기자는 역사의 통합되어 역사의 기점으로 사용되고 있지만, 그것에서 시작되는 역사는 예의 영치를 숭상하던 나라라는 점에서 사실 아직은 『황성신문』에서의 그것과 뚜렷하게 구별된다고 하기는 어렵다. 단군기자의 옛나라로 예의를 아는 '예의지국'이라는 식의 표현(가령 「긔셔」, 1907.9.19) 이상으로 그 기원은 확대되지 않는다. 이는 1907년 전반에 걸쳐서 비슷하다.

그런데 1908년 들어와서 큰 변화가 발견된다. 1907년에는 단군과 긔즈라는 말이 거의 대부분 함께 붙어서 사용되었는데, 거기서 단군에게는 개국와 창업의 자리가, 기자에게는 예의와 문명을 시작한 자리가 할당되었다. 하지만 1908년에 들어오면 단군은 기자와 분리되어 사용되는 경우가 크게 늘어나고 긔즈라는 단어 자체가 현저히 감소하게 된다(단군은 46회 사용되는데 반해 긔즈는 12회 사용된다). 사용하는 방식도 "ᄉ쳔 이빅여년을 독립ᄒ던 단군의 현손되는 이쳔만 동포여"(『긔셔』, 1908.1.9)나 "단군이 긔국ᄒ신 ᄉ쳐이빅여년 이리로 ᄌ유ᄒ고 ᄌ지ᄒ던 민족"(『긔셔』, 1908.1.26)에서처럼 단군만으로 단일한 기원을 삼는 표현이 대다수를 차지하게 된다. 이제 역사의 기원은 단군으로 단일화되며 민족은 '단군성조의 자손'으로, 역사는 '단군 자손의 역사'로 명확하게 단일화된다.

물론 단군긔자의 자손이라는 표현 역시 지속적으로 남아서 사용되긴 하지만 그 빈도는 아주 줄어들게 된다. 그리고 부루왕이 긔즈를 대체하기도 하는데, 그리하여 단군과 부루, 단군과 부여를 민족의 기원으로 언급하는 경우들이 점차 늘어난다. : "셰계에 나가셔 ᄒ 나라를 볼진딘 나라는 곳 ᄒ집 가족이라 단군과 부루왕이 곳 공능의 혈족 조샹이오 부분노와 을지문덕이 다 그디네 션디ᄉ 명조이오 ᄉ쳔년 력ᄉ가 곳 젼릭ᄒᄂ 족보디오 삼쳔리 강산이 다 셰젼ᄒᄂ 뎐로이니 이쳔만 형뎨ᄌ미즁에 그 뉘가 텬륜지친이 아니리오."(1908.6.11) 나중에는 민족의 이름으로 아예 '부여민족'이라고 쓰는 경우도 흔해진다. 예를 들면, "ᄉ쳔년을 단군성조의 혈통을 닛고 이쳔만 부여 민족의 동렬이되ᄂ 쟈"(1910.2.17)라든가 "부여 민족은 신을 숭비ᄒ 쟈ㅣ오 물건을 숭비ᄒ 쟈ㅣ 아니로다"(1910.3.11)

등이 그렇다.

한편 중국적인 역사나 중국적 문명에 기대려는 관념을 비판하는 글이 출현하기 시작한다. 가령 '국한문의 경중'을 다루는 1908년 3월 21일자 논설은 자기 나라 역사에 대한 인식의 중요성을 강조하며, 중국적 역사에 기운 태도를 명시적으로 비판한다. : "ᄌᆡ긔 나라의 언어로써 ᄌᆡ긔 나라의ㅅ 문ᄌᆞ를 만들고 ᄌᆡ긔 나라에셔 만든 문ᄌᆞ로써 ᄌᆡ긔 나라의 력ᄉᆞ와 디지를 편즙ᄒᆞ야 전국 인민을 ᄀᆞ르치기도 ᄒᆞ고 비호기도 ᄒᆞ여야 그 텬셩으로 잇는 국가의ㅅ 졍신을 보젼ᄒᆞ며 순젼ᄒᆞᆫ 외국심을 분발케 ᄒᆞᆯ지어놀 어제 한국인을 볼 작시면 지나의ㅅ 요 슌을 ᄌᆡ긔 나라의ㅅ 단군과 부루보다 뎌 앙모ᄒᆞ며 지나의ㅅ 은탕과 쥬문왕을 ᄌᆡ긔 나라의ㅅ 혁거세와 동명왕보다 뎌 존숭ᄒᆞ며 한무뎨와 당태종은 텬하에 업는 큰 영웅으로 알되 광긔토왕과 태종 문무왕은 불과 쇼국의 변변치 아니ᄒᆞᆫ 인물노 알며 ……."

여기서 좀더 나아가 1909년 1월 28일자 논설에서는 한국에서 수백년간 교과서로 사용된 『동몽선습』에서 조선을 소중화라 하면서 그것을 긔ᄌᆞ의 교화 덕으로 돌리는 태도를 명시적으로 비판한다.

우리나라이 비록 바다ㅅ 모통이에 잇셔셔 ᄯᅡ이 좁으나 례악법도와 의관문물을 일쳬로 중화의 졔도를 준힝ᄒᆞ여 중화ㅅ사롬이 닐ᄋᆞ기를 적은 중화ㅣ라 ᄒᆞ니 이거시 엇지 긔ᄌᆞ의 씻치신 교화가 아닌가 차홉다 너희 쇼ᄌᆞ들은 맛당히 보고 감동ᄒᆞ야 흥긔ᄒᆞᆯ진뎌 ᄒᆞ엿슨즉 풍속과 의관을 중화와 ᄀᆞ치 ᄒᆞ여 중화ㅣ라 ᄒᆞᆫ 일홈을 엇은 거슬 됴와ᄒᆞᄂᆞᆫ 국민이 무슴 영광을 나타내리오 ᄒᆞ엿더라. …… 한무뎨의 ㅅ군을 차ᄒᆞᆫ 거슨 다만 긔씨와 위씨의 여얼을 구축홈이라 한국사롬의 조샹되는 부여국 사롬에게는 샹관이 업거늘 뎌ㅣ 이거슬

인증ᄒ야 한국이 이왕 강혼 쟈에게 굴복혼 ᄉ실을 지엇스니 이거시 혼가지 허무혼 말이오

이 논설은 소중화의 이유로 기자가 끼친 교화를 비판하는 것에서 더 나아가 한국 사람의 조상을 부여국이라고 말하면서 한4군이나 기자, 위만조선을 한국사람과 무관한 것이라고 말하다.

또 다른 논설은 기자의 교화로 예의를 숭상하던 나라를 자랑삼던 과거와 반대로 그로 인해 문약해지고 무력해진 것을 비판하면서 그 결정적 계기로 기자 이래의 문화를 들고 있다. : "셩호션싱이 닐ᄋ디 우리나라이 다만 ᄯᅡᆼ이 적고 빅셩이 간난혼 ᄲᅮᆫ 아니라 긔ᄌ 이러로 문화가 ᄯᅳᆫ허지지 아니ᄒ야 모다 례의지방이라 일ᄏᆯ럿ᄂᆞ니 문화를 슝샹ᄒ면 무비가 약히지ᄂᆞᆫ 것은 ᄌᆞ연혼 ᄉᆞ셔라."(1909.10.2) 즉 성호 이익을 인용하며 기자 이래 문화가 끊어지지 않아 '예의지방'이 된 것이 무비가 약해지고 대국 섬기기를 부리전히 하여 작은 규모의 나라를 지키기에 급급했다는 것이다. 이것이 일본에 패하여 구권을 잃게 된 사태의 원인이라고 말하려는 것임을 알기는 쉬운 일이다.

2) 위대한 기원의 '발견'

다른 한편 단군의 자손으로서 한국 사람이 '동양 삼국 중에 우등한 인종'이라는 말도 1908년 초기부터 나타난다(1908.1.11. 별보). 단군을 빌어 우등한 인종, 위대한 과거를 가진 민족임을 주장하는

생각들이 형성되기 시작했음을 보여주는 사례인 셈이다. 이러한 생각들은 이후 더욱더 표면화되고 강화되어 기원의 위대함을 상기시키는 것으로 자리잡게 된다. 1908년 7월 28일자 논설은 이를 잘 보여준다. : "오호 ㅣ 라 한국동포여 그디네는 수천년 신성호 력수중 인종이 아닌가 그디네가 삼천리 텬부금탕을 웅거ᄒ여 사는 인민이 아닌가 그디네는 총명영오호 황인종중 상등인이 아닌가 그디네가 문명호 단군의 주손이 아닌가 그디네가 례의지방으로 주칭ᄒᄂ 조선사름이 아닌가 그디네가 수천년전에 문명이 이믜 열녀서 일본을 교도ᄒ던 삼한 민족이 아닌가."

그러나 이러한 위대한 과거는 비참한 현재와 극명하게 대비된다. "…… 한반도ㅣ여 너도 녯날시디에는 영웅도 낫고 부강도 ᄒ엿스며 문명도 ᄒ여서 지나와 인도가 홈의 그 국광을 나타내일 젹에 너도 ᄀᆞ치 니러낫스며 일본 ᄀᆞᄐᆞᆫ 나라는 초창ᄒ여 나라 일홈도 업셧슬 ᄯᅢ에 너는 이믜 문화의 발달홈이 나타낫스니 …… 엇지 이제를 당ᄒ여 녯젹 영광은 모다 업셔지고 그 비참호 운슈를 맛남이 이에 니르럿ᄂᆞᆫ가."(1909.3.27) 이는 분원자기 같은 과거의 미술품을 볼 때에도 마찬가지로 환기되는 대비다. : "한국은 만가지 수업이 모다 진보ᄒ고 기화ᄒᄂ 것과 뒤잡혀서 녜를 싱각ᄒ고 이졔를 보미 후셰ㅅ 사름으로 ᄒ여곰 혼탄ᄒᄂ 눈물이 흐름을 ᄆᆞ지 못ᄒ게 ᄒᄂᆞ니 곳 제조ᄒᄂ 미슐픔들도 다 이와 일톄라 …… 수천년전 한인의 조샹들은 그 지됴와 싱각이 엇지 그리 장ᄒ며 수천년 후 그 주손되는 한인들은 그 우미홈이 엇지 그리 심호고."(1909.9.17)

이런 대비 속에서 현재를 "단군 이후 수천년을 퇴보"(「긔셔」, 1908.9.27)한 것으로 보게 된다. 역사가 진보의 법칙을 갖고 있음을 지적하면서, 진보를 말하기에는 현재가 그것을 받쳐주지 않기 때문에 발생하는 이런 대비 속에서 기원적 과거의 위대함은 현재의 비참함을 달래는 위안이 아니라 현재 보이지 않지만 우리에게 있는 어떤 잠재력을 상기시키며 그 위대한 과거를 현재로부터 나아갈 목적으로 삼게 만드는 이유가 된다.

> 한국 사름은 동양 삼국 중에 우등한 인종이라 크게 진보할 희망이 잇다하니 이로 볼진디 우리 대한민족이 원리 야만이 아니오 실상 량선한 종족인 거슬…… 몸을 단합하여 뜻은 단군 긔자의 녯 강토를 회복하느디 잇고 하놀을 그르치고 힘을 밍셰하야 므음은 동족의 멸망하는 거슬 구원하는디 잇셔셔……
> ― 「별보」, 1908.1.11

현재 비참하다 하나 우리 민족이 원래 야만적이지 않으며 오히려 과거를 돌아볼진대 동양 삼국중 우등한 인종이라 크게 진보할 희망 내지 잠재력이 있으니, 이로써 단군·기자의 옛 강토를 회복하여 동족을 멸망에서 구하자는 것이다. 이런 식으로 기원은 목적이 되고, 기원적 과거는 미래가 된다. 즉 "한국 민족의 쟝릭를 헤아리건디 쟝춧 촌촌전진하여 고구려의 녜ㅅ디경을 다시 츠즈며 단군의 씻쳔 력ㅅ를 다시 빗나게 홀 시디가 쏘 잇"으리라는 것이다(1910.2.20). 한국 민족의 장래, 혹은 미래가 바로 고구려의 옛 영토를 회복하고, 단군 시대의 위대한 역사를 다시 빛나게 하는 날이라는 것이다.

요컨대 『대한매일신보』에서 단군이라는 기원의 기표는 중국적 요소로부터 단절되어 민족의 기원이라는 독자적인 자리를 확보하게 되었으며, 위대하고 장대한 것으로 치장되게 되었으며, 그것을 통해 한편으로는 민족의 위대한 잠재력을 환기시키며 다른 한편으로는 민족의 장래, 민족의 미래라는 지향점이 됨으로써 목적으로 기능하는 기원의 자리를 차지하게 된다. 이로써 기원은 역사의 시작에서부터 그 종말/목적에 이르기까지 역사 전체를 관통하며 움직여가는 근원적 동력의 자리를 차지하게 된다. 여기서도 『대한매일신보』는 『독립신문』이나 『황성신문』과 달리 근대의 역사적 시간 관념을 구성하는 핵심적 성분을 확보했다고 말할 수 있을 것이다.

이러한 기원의 관념은 민족의 잠재적인 능력에 대한 증거로서 언급되고 이용된다. 그러한 거대한 동력이 역사의 기원에 있었던 한, 지금은 비록 눈에 보이지 않는다고 해도, 언젠가 그 힘이 발휘되기 시작하면, 현재의 퇴락한 상태를 넘어서는 장대한 미래를 만들어낼 것이 분명하리라는 믿음, 그것이 오래된 과거의 역사를 상기시키며 현재와 미래에 대해 말하는 이유일 것이다. 그리고 이러한 사정이 또한 역사를 비참한 현재와 대비하여 과거의 우월성을 강조하고 과장하는 방식으로 기원의 신화를 만들어내고, 그 신화에 현재의 요구를 투여하는 방식으로 이미 그 자체로 목적이자 미래인 과거를 만들어내게 했던 게 아닐까? 위대한 과거와 현실의 대조, 원래 진보해야 하는 역사와 실제로는 퇴보에 지나지 않았던 사천년 역사의 대비가 이런 조건에서 역사의식이 표현되는 일반적 형식으로 자리잡게 되었던 것은 아닐까?

4. 역사적 주체의 이중화

1) 역사적 개념으로서의 민족

역사에 대한 관념이 형성되는 것과 나란히 그러한 역사의 담지자 내지 역사적 전개의 체현자로서 '역사적 주체'에 대한 관념 또한 형성된다. 앞서 『황성신문』의 경우에는 이천만 생령이나 이천만 인구, 이천만 민중, 이천만 국민 등의 말들이 드물게나마 사용된 바 있지만, 이것이 역사라는 관념과 결합되지는 못하고 있었다. 반면 『대한매일신보』에서는 여러 가지 유사한 단어들 가운데서 '민족'이 새로이 출현하며, 역사와 짝하는 개념으로서 확고하게 자리잡게 된다.

사실 '민족'이란 말은 처음부터 인종이나 종족 등의 말과 매우 유사한 의미로 사용되었다. 애초에 『황성신문』에서 사용될 때도 그랬지만, 1908년 『대한매일신보』에서 사용될 때에도 사정은 비슷했다. 이 신문에서 이 말이 처음 등장한 것은 1908년 1월 11일자 별보에서였다. 이는 이미 인용한 것이기도 한데, 편의를 위해 해당되는 부분을 다시 보면, "한국 사롬은 동양 삼국 중에 우등흔 **인종**이라 크게 진보홀 희망이 잇다ᄒ니 이로 볼진디 우리 대한**민족**이 원리 야만이 아니오 실상 탕션흔 **종족**인 거슬 이 미국에 가 잇는 동포를 쟈뢰ᄒ야 세계에 발명되엿슨즉 그 공덕이 우리 **국민** 전톄에 밋츤 거시 쏘흔 크지 아니ᄒ뇨."

이 짧은 문단 안에서 인종·민족·종족·국민이라는 네 가지

단어가 함께 사용되고 있는데, 의미상으로 국민을 제외한 세 단어
는 바꿔써도 상관이 없는 말로 보인다. 즉 민족이란 말은 여기서
도 한국에 사는 '종족'을 지칭하기 위해 사용된 셈이다. 민족이란
단어는 이 논설의 뒷부분에서도 두 번 더 나오지만 그 의미는 이
와 비슷하다. 1908년 2월 12일의 긔셔에서는 '대한인종'이나 '대한
민족'이란 말이 동일한 의미로 나란히 병치되어 사용되고 있다.

이런 식으로 인종이나 종족 등과 섞여 혼용되던 '민족'이란 말
이 나름대로 그 단어들과 구별되는 의미를 획득하게 되는 것은
'사천년 역사'나 '국가'와 결합하면서부터인 듯하다. 그렇지만 민
족이란 말이 역사 계열의 단어들과 결합되는데 결정적인 고리를
제공한 것은 아이러니하게도 종족이나 부족보다 더 협소한 '가족'
이라는 은유를 통해서였다. 즉 가족이라는 은유를 통해 구성원 전
체를 단군이라는 하나의 조상의 자손으로 묶는 것이다.

> 시조 단군이 태빅산에서 탄싱ᄒ샤 이나라롤 긔창ᄒ샤 후셰 ᄌ손에게 씻쳐
> 주시니 삼쳔리 강토ᄂ 곳 그집 산업이오 ᄉ쳔년 력ᄉᄂ 곳 그집 족보ㅣ며 력
> 디 데왕은 곳 그집 종통이오 디경을 둘너잇ᄂ 산하ᄂ 곳 그집 울타리라 오직
> 이 이쳔만 ᄌ손이 여긔셔 나셔 여긔셔 자라고 여긔셔 홈끠 살고 여긔셔 홈끠
> 의지ᄉ지ᄒ고 여긔셔 즐기고 슬허홈을 홈끠ᄒᄂ니 집과 나라이 무엇이 다르
> 리오
>
> — 1908.7.31

이럼으로써 민족은 단군이란 공통의 조상에서 시작된 역사와
결부되게 되고, 그 역사를 공유한 집단으로 간주되게 된다. 동시에
민족은 대개는 단일성과 순수성의 이미지를 동반하는 '핏줄'로 연

결된 집단, 즉 혈연 공동체로 표상되게 된다. 역으로 역사 역시 이런 가족과 핏줄의 은유로 인해 순수성과 단일성, 동질성의 이미지를 획득하게 된다. '사천년 역사를 이어온 단일민족으로서 한민족'이라는, 지금까지도 지속되고 있는 '민족'의 개념은 이런 방식으로 탄생한 것이다.

이는 한국에서 '민족'의 개념이 서양에서 민족 개념과 크게 달라지는 지점이기도 하다. 시장이나 경제 등이 강조되는 서구의 민족 개념과 달리, 여기서는 가족의 은유 속에서 혈연이, 그리고 혈연에 잇닿은 역사의 공유가 민족 개념을 구성하고 있는 것이다. 역사라는 개념이 이러한 민족 개념의 구성에서 매우 역설적인 방식으로 중요한 기여를 한 셈이다. 즉 가족의 확장으로서 민족을 정의하고, 족보의 확장으로서 사천년 역사를 정의하지만, 역사라는 개념이 애초부터 종족이나 부족으로 귀속되지 않으며 상이한 종족이나 부족을 포괄하는 것이란 점이, 민족과 역사의 순환적인 정의 속에서 민족을 종족이나 부족과 다른 개념인 것으로 만들어 주고 있는 것이다. 아마도 이것이 민족이란 개념과 역사라는 개념이 강한 인접성을 갖게 된 이유이기도 할 것이다. 이로써 상이한 지역에 사는 부족이나 종족 등의 집단들이 하나의 민족이란 개념으로 통합되게 된다. 혹은 다른 시대를 다른 나라로서 살아간 사람들조차 하나의 민족으로 통합되게 된다. 방금 전의 논설보다 약간 앞선 6월 11일자 논설이 이를 잘 보여준다.

> 나라는 곳 흔집 가족이라 단군과 부루왕이 곳 공능의 혈죡 조샹이오……
> 수쳔년 력스가 곳 젼리ᄒᄂᆫ 족보이오 삼쳔리 강산이 다 셰견ᄒᄂᆫ 면로이니

이천만 형뎨ᄌ민중에 그 뉘가 텬륜지친이 아니리오 그런고로 리해를 셔로 돕히고 고락을 셔로 관계ᄒ야 동도의 **민족**이 환난을 혹독히 밧으미 셔도의 **민족**이 홀노 리익홀 수 업스며 남도의 **민족**이 비운을 졸디에 맛ᄂ미 북도의 **민족**이 홀노 안락할 수 업슴은 텬디간에 흔흔 원측이니 ……

여기서 확장된 가족으로서 민족의 개념이나 공동의 족보로서 사천년 역사가 동·서·남·북의 '민족'들이 하나의 민족으로 엮어주고 통합해주고 있는 것이다. 이런 식으로 역사는 상이한 공간, 상이한 시간을 산 여러 '종족'이나 '나라', '부족'들을 하나로 통합하여 민족으로 만들어준다. 확장된 가족으로서 민족은 이제 '이천만 인구, 삼천리 강산, 사천년 역사'라는 경계를 갖는 집단으로 파악되게 되고(가령 1908.10.7), 이후 이 세 개의 요소는 민족의 운명이나 역사, 과거나 미래를 말할 때 항상 즐겨 사용되는 상투구가 된다. 그리고 민족은 단군자손이라는 이름으로 하나의 신체, 하나의 생명을 갖는 실체로 등장하게 된다(「긔셔」, 1909.3.17).

요약하면, 이전의 신문들과 달리 『대한매일신보』에서는 역사와 대응되는 주체로서, 혹은 역사의 체현자로서 민족이란 '주체'가 1908년 등장한 이래 명확하고 일관된 용법으로 사용된다. 그 의미는 종족에 가까운 것이었지만, 가족의 은유를 통해 단군과 연결되면서 역사와 결부된 개념으로 자리잡게 된다. 이 경우 민족은 상이한 부족이나 나라, 상이한 시간을 산 다른 종류의 집단들조차 하나의 동질적인 집단으로 묶을 수 있게 만드는 기능을 하게 된다. 역으로 이것이 여러 '나라'나 여러 시기, 여러 부족들에 하나의 연속성을 부여하여 '역사'를 실체화하는 데 중요한 역할을 했을 것이란 점은 길게 말할 필요가 없을 것이다. 이런 점에서 역사는 민족이란 말이 종족이나 인종 등과 구별되는 개념이 되는 데 매우 결정적인 요인이며, 역으로 민족은 역사적인 개념이라고 할 수 있을 것이다.

2) 민족과 국민

따라서 하나의 핏줄을 갖는, 같은 조상의 같은 자손이라는, 지금까지도 지속되고 있는 민족의 관념이 다른 민족과의 차이로서 강조될 뿐 아니라, 민족들이 모이거나 섞여서 이루어지는 국민이란 개념과도 다르게 민족을 파악해야 함을 강조하게 된다. 아마도 다음의 인용문은 이를 잘 보여주는 예라고 할 것이다.

우리 대한민족도 쪼흔 황인종의 일파로 인민이 이쳔만에 달ㅎ고 나라된지가 스쳔년이 지낫스며 또 우리 민족을 종파로 보든지 언어로 보든지 풍쇽으로 보든지 력스로 보든지 그외에 어듸로 보든지 결단코 뎌 라틴 민족과 스클라부 민족이 모혀셔 오디리국 인민이 된 것이나 뎌 희랍족과 토이기족이 모혀셔 토이기국 인민이 된 것 곳치 지나에셔도 건너오고 인도에셔도 건너오며 일본에셔도 건너와셔 우리 국민을 일운거시 아니오 명명빅빅ㅎ게 곳흔 조샹의 ㅈ손으로 ㄴ려오ᄂ 일파종족이 아세아 동북에셔 굴긔ㅎ여 졈졈 동남으로 발달ㅎ 쟈ㅣ라

—「긔셔」, 1910.5.11

오지리(오스트리아)나 토이기(터키)의 경우를 들어 여러 민족이 모여서 '인민'이 되었다고 말하고, 한국은 지나나 인도, 일본에서 건너온 여러 민족이 우리 '국민'을 이룬 게 아니라고 말하면서 같은

조상의 같은 자손으로서 단일한 민족임을 강조하고 있다. 여기서 일단 확인할 수 있는 것은 '국민'이나 '인민'이란 여러 민족들이 결합되어 만들어지는 것으로 이해하고 있다는 점이다. 또 하나는 한국의 국민이 단일한 민족으로 구성되었음을 강조하면서 그 가족적 혈통의 단일성을 강조하고 있다는 점이다. 즉 국민에 대해서는 여러 민족, 여러 혈통이 섞일 수 있음을 인정하는 방식으로 사용하지만, 민족에 대해서는 그런 식으로 사용하지 않으며 특히나 한국에 대해서는 그 혈통의 단일성과 순수성을 강조하고 있다. 이 것이 '사천년 역사를 순수한 혈통을 유지해온 단일민족'이라는 관념, 혈통적 순수성의 이미지로 표상되는 민족의 관념을 만들어냈을 것이라는 점은 길게 말하지 않아도 좋을 것이다. 이것이 민족과 국민을 구별하려는 또 다른 이유기도 했을 것이다.

민족과 국민이 구별되어야 한다는 생각은 사실 민족이란 말이 사용되기 시작한 1908년부터 상당히 분명하게 의식되고 있었다. 예컨대 '민족과 국민의 구별'이라는 제목을 가진 『대한매일신보』의 1908년 7월 30일자의 논설에서 양자를 다음과 같이 구별하고 있다.

> 민족이란거슨 다만 ᄀᆞᆺ흔 조샹의 ᄌᆞ손에 미인 쟈ㅣ며 ᄀᆞᆺ흔 디방에 사는 쟈 ㅣ며 ᄀᆞᆺ흔 력ᄉᆞ를 가진 쟈ㅣ며 ᄀᆞᆺ흔 종교를 밧드는 쟈ㅣ며 ᄀᆞᆺ흔 말을 쓰는 쟈ㅣ 곳 이민족이라 칭ᄒᆞᄂᆞᆫ 바ㅣ어니와 국민이라는 거슬 이와ᄀᆞ치 히셕ᄒᆞ면 불가ᄒᆞᆯ지라 …… 국민이란 쟈ᄂᆞᆫ 그 조샹과 력ᄉᆞ와 거디와 종교와 언어가 ᄀᆞᆺ흔외에 ᄯᅩ 반ᄃᆞ시 ᄀᆞᆺ흔 졍신을 가지며 ᄀᆞᆺ흔 리해를 ᄎᆔᄒᆞ며 ᄀᆞᆺ흔 힝동을 지어셔 그 니부에 조직됨이 ᄒᆞᆫ몸에 근골과 ᄀᆞᆺᄒᆞ며 밧글 디ᄒᆞᆫ 졍신은 ᄒᆞᆫ 영문에 군ᄃᆡᄀᆞᆺ치 ᄒᆞ여야 이거슬 국민이라 ᄒᆞᄂᆞ니라

조상, 영토, 역사, 종교, 언어를 공유하고 있는 집단이 민족이라면, 국민은 여기에 같은 정신, 같은 행동, 같은 이해관계를 갖고 유기체처럼 조직되어 군대처럼 하나로 행동하는 집단이라는 것이다. 여기서 전자가 어떤 사실적 상태를 공유하고 있는 개념이라면, 후자는 이해와 정신을 같이 하여 함께 행동해야 할 규범적 개념임을 쉽게 확인할 수 있다. 물론 국민 역시 조상, 영토, 역사 등의 요인을 공유하고 있는 집단이라고는 하지만, 그것의 실질적 용법이나 강조점이 정신, 이해, 행동 등에 가 있다면, 국민이 민족에 비해 실질적으로 혈연이나 종교, 역사와의 상대적 거리가 먼 개념임을 뜻하는 것이라고 하겠다. 민족의 개념과 달리 국민은 이 시기 책임이나 권리, 의무나 정신 등을 상기시키는 개념이지만, 근본적으로 영토적 경계와 대응되는 영토적 개념이다.[2] 따라서 국민이 공간적 개념인 반면 민족은 시간적 개념이라고도 말할 수 있을 것이다.

또한 민족은 이미 앞서 인용한 논설들에서 반복하여 나타나듯이, 역사의 기원인 단군에 직접 혈연으로 연결되고, '단군 민족'이라고도 불리는 존재로서, 민족의 장래 또한 위대한 과거의 고토를 회복하고 단군시대의 빛나는 역사를 다시 체현하는 것으로 이해되고 있다. 즉 역사의 기원은 민족의 기원이고, 역사는 민족의 역사며, 역사의 미래는 민족의 미래다. 역사의 기원이 위대한 영광을 갖고 있는 것으로 서술되는 한, 기원에 피로써 잇닿은 민족이란 개념은 그 위대함을 다시 체현할 능력을 잠재적으로 갖고 있는 존

---

2) 이에 대해서는 박태호, 「근대계몽기 신문에서 영토적 공간개념의 형성」, 『근대계몽기 지식의 발견과 사유지평의 확대』, 소명출판, 2006 참조.

재로서 서술되게 된다. 다음의 글은 이를 아주 잘 보여준다.

> 합심동력만 ᄒᆞ고 보면 스쳔년 력ᄉᆞ상 우리 동포의 뇌슈에 굿은 이국셩으로 엇지 이 나라를 일죠에 국가 명의가 업셔지게 ᄒᆞ겟ᄂᆞᆫ가 우리 민족이 잇고야 우리 한국을 엇던 나라이던지 병탄케ᄒᆞ겟ᄂᆞᆫ가 우리 동포가 유순ᄒᆞ나 의리를 위ᄒᆞᄂᆞᆫ 곳에는 셩명을 앗기지 아니ᄒᆞ니 가샹ᄒᆞ도다 대한 인죵이여 장ᄒᆞ도다 대한민족이여 우리 국민은 덕의를 슝상ᄒᆞᄂᆞᆫ 민족이라 강국이 우리 한국을 병탄ᄒᆞ고 우리 민족을 진멸코져 ᄒᆞ여도 결단코 하늘이 노ᄒᆞ샤 허락지 아니ᄒᆞ시리로다
>
> ―「긔셔」, 1908.2.12

이런 이유에서 민족은 단일한 핏줄로 표상되는 순수성의 관념, 과거의 위대한 역사를 다시 미래에 구현할 거대한 잠재력을 갖고 있는 존재라는 관념을 수반한다.

그러나 이러한 개념만으로는 근본적인 난점에 봉착하게 된다. '대한 민족'이 그토록 위대한 능력과 영광스런 역사를 가지고 있었다면, 국권을 잃고 식민지로 전락하기 직전인 당시의 상황을 어떻게 이해할 수 있을 것인가? 이를 이해하기 위해선 '사천년 퇴보의 역사'를 설명할 수 있는 무언가가 필요했을 뿐 아니라, 위대한 능력을 발휘하지 못한 채 무력하게 국권을 잃게 된 상황을 설명할 수 있는 어떤 것이 필요했다. 그리고 그것은 역으로 그러한 상황을 타개하기 위해 개명하자고, 진보하자고, 자기의 몸이나 집만 생각하지 말고 국가를 생각하자고, 그것이 당신들의 책임이요 의무라고 말하고 촉구해야 할 무언가가 필요했다. '국민'이라는 말이 수많은 여러 가지 의미로 다양하게 사용되고 있음에도 불구하고, 위에서 말한 것처럼 민족과 대비되어 같은 정신, 같은 이해관계를

갖고 같은 행동을 하여 단일한 유기체나 단일한 군대와 같이 일치하자고 말해야 할 대상이 되었다면, 그것은 아마도 이런 이유에서가 아니었을까?

그래서였을 것이다. 민족이 앞서 본 것처럼 대부분 기원적 과거의 위대함과 결부되어 사용될 뿐 아니라, "단군ᄌ손의 력ᄉ를 류뎨쥬 전파ᄒ며 고려민족의 명예를 만국에" 드러내는 것이 가히 눈물을 흘릴만한 일(1909.8.25)이라고 하여, 역사와 민족이 명예로 이어지는 방식으로 사용되는데 반해, 국민은 '독립할 사상이 전무한 노예성질'을 갖고 있는 존재(1907.7.7. 별보)로 간주되기도 하고, "한국에도 새ᄉ샹이 발발ᄒ게 니러나셔 ᄒ번 크게 진보될 긔틀이 점점 낫타나거니와 다만 이왕에 전국인심을 관할ᄒ던 감쇠케ᄒᄂ 말이 …… 뇌슈에 오러 박"힌 존재로 간주되기도 하여(1908.8.13), 아무런 준비도 없고 아무런 생각도 없어 "ᄉ쳔지 력ᄉ가 마귀의 굴혈노 점점 써러져드러가도 분발ᄒ고 힘쓸줄을 모르며 삼쳔리강토가 홍슈로 날마다 ᄽᅥ져드러가도" 손 써볼 수 없게 된 사태를 국민에게 돌리며 국민이 정신을 분발하고 힘을 배양하여 국가를 호위하자고 촉구하고 있다(1909.12.21).

요컨대 민족이란 말은 위대한 과거, 거대한 잠재력을 말하는 단어들과 계열화되는 경향이 있는 반면, 국민은 그와 반대로 현재의 퇴보나 퇴락을 말하면서 정신을 차려 합심하여 그러한 상태를 넘어서자고 촉구하는, 그래서 책임이나 권리, 의무 등의 단어들과 계열화되는 경향이 있다. 또한 민족이 대개 좋은 것, 영광스런 이미지로 채색되어 사용된다면, 국민은 현재의 퇴락을 서술하는 나쁜 것, 제거되어야 할 대상이란 이미지로 채색되어 사용된다. 그리고 민족이 혈통적 순수성의 이미지로 표상된다면, 국민은 그와 달리 혼합의 가능성이 있는 말로 사용된다. 그런데 이 시기『대한매일신보』의 논자들이 한국의 국민이 단일 민족이란 점에서 민족과 동일한 외연을 갖는 것으로 생각하고 있음을 안다면, 민족과 국민은 동일한 집단, 동일한 사람들을 지칭하는 두 가지 상반되는 역할을 나누어 맡고 있는 것임을 이해하기는 어렵지 않을 것이다. 이런 점에서 민족과 국민은 좋은 것과 나쁜 것, 과거와 현재, 거대한 잠재력과 무력한 현재의 상태를 분담하는 '이중체'라고 해야 할 듯하다. 국민이나 민족이 모두 nation이라는 한 단어의 번역어지만, 그것이 역사가 법칙대로 발전해주지 않은 식민지 직전의 나라에서 번역되어야 했던 두 가지 방식이었다고도 해야 할 듯하다. 진보해야 하는 역사와 퇴보한 현재 사이의 간극, 이 시기 역사 관념 내부에 존재하는 균열과 모순이 서구에는 없는, 원본에는 없는 민족/국민이라는 이 이중체를 만들어 낸 것이라고 해야 할 것이다.

5. 근대적 역사 개념의 탄생

지금까지 본 것처럼 '력ᄉ'라는 말이 급증하기 시작한 1908년을 전후해『대한매일신보』에서는 그 자체로 주어나 대상이 될 수 있는 실체성을 갖는 역사의 관념이 서서히 등장하기 시작한다. 이러저러한 나라나 시기를 모두 하나로 통합하여 포괄하는 것으로서

'역사(History)'가 개별적인 역사들(histories)과 다른 차원에서 성립된다. 이러한 역사의 관념이 좀더 명확하게 되어 그 자체로 존립하며 발전하는 역사, 다시 말해 '즉자대자적인 역사'로서 확고하게 자리잡는 것은, 『대한매일신보』의 편집진이었고 거기에 『독사신론』이라는 역사론을 연재했던 신채호에게서였다. 시간이 좀더 지나서였지만, 가령 「조선상고사 총론」에서 신채호는 이렇게 쓰고 있다.

> 역사는 역사를 위하여 역사를 지으란 것이다. 역사 이외에 무슨 딴 목적을 위하여 지으라는 것이 아니다.3)

역사를 쓰는 것 자체마저도 다른 별개의 목적이 아니라 역사 자체를 위한 것임을 명시하는 이 말처럼 역사가 스스로 존립한다는 것을, 그리고 일종의 '반성'으로서 역사적 기록이란 역사 자체가 스스로를 의식하는 것임을 분명하게 말하기는 쉽지 않다. 뿐만 아니라 그 책에서는 역사를 '시간적 계속'과 '공간적 발전'(이는 상이한 공간으로 확장가능한 보편성을 의미한다)을 통해 규정되는 하나의 연속체로 정의하고 있다. 공간적인 일부분이나 시간적인 일부 시대에 국한되지 않는 연속적 전체로서의 역사. 이는 역사란 "'아'와 '비아'의 투쟁이 시간부터 발전하며 공간부터 확대하는 심적 활동 상태의 기록"이라는 유명한 정의에서 다른 형태로 나타난다.4)
이런 관점은 그가 이미 1908년 8월 27일부터 50회에 걸쳐 『대한매일신보』에 연재했던 『독사신론』에서, 약간은 소박한 형태로 나

---

3) 신채호, 「조선상고사 총론」, 『신채호 역사논설집』, 현대실학사, 64면.
4) 위의 책, 65, 61면.

타난 것이기도 하다. 거기서 그는 "사천년 우리 역사는 부여족의 흥망성쇠의 역사"라고 정의하면서 역대의 주인된 종족을 부여족의 한 종족이라고 간주하며, 한국 땅에서 진행된 모든 '역사들'을 그 민족발달의 단계를 달리하는 것으로 서술하고 있다.[5]

하지만 이러한 역사의 관념이 표명된 의미에 실제로 부합하기 위해서는 역사 자체가 스스로 존속하고 발전하는 독자적인 논리나 법칙의 관념에 의해 지지되어야 한다. 이와 관련해서 『대한매일신보』에서는 진보나 발전이라는 관념이 누적적이고 선형적인 시간의 개념을 포함한 채 등장하며, 나아가 다윈이나 인구에 대한 입론들을 통해서 역사란 진보하기 마련이라는 식의 관념도 나타난다. 그러나 이러한 역사의 개념은 과거로부터 진보했다고는 결코 말하기 힘든 당시의 상황과 대립되는 것이었고, 이로 인해 진보의 개념은 현실적 구체성을 갖고 사용되지 못한다. 반대로 역사는 사천년간의 퇴보의 역사로 간주되고 진보는 그런 역사의 논리에서 이탈하여 그 퇴보의 역사를 뒤집어 돌려놓자는 규범적 요청의 언사로 사용되고 있다. 그리고 이런 조건에서 역추론하여 퇴보 이전의 역사로서 과거가 현재의 퇴보에 반하는 위대한 시대로 구성되며 현재의 상황을 타개하기 위해 되돌아가고 회복해야 할 목적으로서, 민족의 장래 내지 미래로서 제시된다. 규범적 요청으로서의 진보는 바로 그 과거, 기원적 과거로 되돌아가자는 호소가 된다. 그리고 이러한 호소를 위해 과거의 위대함과 현재의 비참함 간의 차이는 더욱더 강조되고 과장된다.

---

5) 신채호, 「독사신론」, 『신채호 역사논설집』, 현대실학사, 1995, 16~17면.

역사의 기원으로서 단군의 의미가 급격히 부상되며, 역사의 중심적 자리를 잡게 되는 것은 이런 맥락에서였을 것이다. 시간이 지나면서 단군시대의 위대함은 더욱더 강조되고, 광개토왕이나 을지문덕 등 위대한 과거의 인물들이 현재의 비루함과 대비되면서 강조되게 된다. 이런 점에서 과거의 영웅들에 대한 강조는 새로이 미래의 영웅이 되어줄 것을 촉구하는 호소의 형식이란 점에서 진보의 개념과 비슷한 규범적 의미를 갖고 반복되어 사용된다. 마치 역사를 연구하는 것은 과거의 그 위대한 시대, 위대한 영웅을 찾아내고 알려주기 위한 것이라도 되는 듯이. 물론 새로이 요청되는 영웅은 그런 소수의 큰 영웅보다는 국민 개개인이 다수의 작은 영웅들이 되어달라는 형태로 제시된다는 점에서, 영웅은 국민의 행동을 촉구하는 '호명'의 형식이었다고 해야할 것이다.

이런 점에서 보자면, 단군이라는 기원은 처음부터 사실은 미래를 의미하는 것이었다. 역사의 기원이 역사의 종말 내지 목적이 되는 역설적 관념은 이런 이유로 인해 처음부터 사실 매우 명료하고 쉽게 포착되었던 셈이다. 과거의 위대함, 그것은 곧 되돌아가야 할 미래의 위대함의 다른 표현법이었던 것이다. 거기에는 식민지로 전락하기 직전이라는 현재의 위급한 상황이, 그 상황에서 벗어나기 위한 간절함이 배어 있었고, 따라서 그 기원은 다른 민족에게 기대어 시작한 것이어선 결코 안되었다. 이런 이유에서 이전에 단군·기자의 형태로 등장하던 기원의 명칭에서 기자는 분리되어 가기 시작하며, 단군이 홀로 위대한 기원이 되고 그의 아들 해부루나 아니면 "단군의 적통으로 이어지는"[6] 부여민족이 새로이 단군 옆에 붙어서 등장하게 된다. 심지어 1909년에는 기자의 교화나 기자 이후 문화가 중국적인 것, 문약화를 초래한 것으로 비판되기도 한다. 물론 그럼에도 불구하고 "단군·기자 이후 사천년"이라는 식으로 역사를 말하는 표현이 그 뒤에도 간혹 나타난다는 점에서(가령 1909.10.28 기서; 1910.7.1 논설), 단군으로부터 기자를 분리하는 것조차 민족의식의 대두와 더불어 자연스럽게 진행된 것만은 아님을 단서로 달아두어야 하지만 말이다.

신채호는 단군으로부터 기자를 분리하는 이런 역사적 관점의 형성에서 매우 주도적인 역할을 한 것으로 보인다. 1908년의 『독사신론』, 그것도 앞부분에서 그는 이미 기자를 역사의 기원에 두는 견해를 비판할 뿐 아니라 기자가 조선에 와서 왕이 되고 기자조선이 존재했다는 사실 자체에 대해서도 부인하고 비판한다.[7] 뿐만 아니라 기원이 역사에서 갖는 의미를 역사관 자체에 관한 것으로 이해하는데서도, 즉 역사를 기록하고 역사적 사건이나 사실, 인물이나 왕조 등에 대해 평가하는데서도 매우 앞선 인식을 보여준다. 다시 말해 근대적 역사관에서 기원이 갖는 척도적 기능을 그는 인식하고 사용한다. 이는 춘추사관 내지 강목사관의 그것과 대비되는 것이다.

춘추사관이나 강목사관은 유교적 의리와 정통성의 관념에 따라 왕조나 역사적 사건에 대해 평가의 기준으로 삼는데, 이 경우 가령 한 왕조에 대한 평가는 이전 왕조와의 관계에 의해 이루어지게 된다. 반면 기원을 역사적 평가의 척도로 삼는 관점에서 그는 모든 역사적 사건이나 왕조를 앞선 왕조와의 관계가 아니라 그 기원

---

6) 앞의 책, 24면.
7) 앞의 책, 25~30면.

과의 관계에 의거해 평가한다. 그래서 가령 김춘추를 삼국을 통일한 인물이라는 평가에 반하여 중국을 끌어들어 "단군조선의 옛영토의 반을 지금에이르기까지 9백여년 동안 잃어버린" 계기를 제공한 인물로서 "죄만 있고 공은 없는" 인물이고 따라서 "매도하고 책망하여 배척" 인물로 평가하며, 고려 태조의 통일조차 그 반쪼가리 통일이었다는 점에서 비판적으로 평가한다.8) 나아가 그는 "왕통이 정통이다 비정통이다 하여 다투는" 춘추사관 자체를 비판의 대상으로 삼아 반복해서 비판한다.9) 김부식의 『삼국사기』 역시 이와 동일한 이유에서 비판한다.10)

근대적 역사관을 구성하는 또 하나의 요소가 역사의 담지자 내지 체현자로서 역사적 주체인데, 『대한매일신보』에서는 '민족' / '국민'이라는 이중체가 이러한 지위를 확보하게 되었음을 확인한 바 있다. 여기서 민족이라는 개념이 일차적으로 역사적 주체의 지위를 갖게 된다. 가령 신채호의 『독사신론』은 가장 첫 문장부터 이를 좀더 분명하게 명시하고 있다. : "국가의 역사는 민족의 소장성쇠의 상태를 가려서 기록한 것이다. 민족을 버리면 역사가 없을 것이며, 역사를 버리면 민족의 국가에 대한 관념이 크지 않을 것이니, 아아, 역사가의 책임이 그 또한 무거운 것이다."11)

그러나 원래 민족은 종족이나 인종, 부족 등의 말들과 유사하게 사용되던 말이었는데, 이것이 그 말들로부터 벗어나 새로운 의미

---

8) 같은 책, 54~55면.
9) 같은 책, 24~25면; 「조선상고사 총론」, 72면.
10) 「독사신론」, 59면.
11) 같은 책, 12면.

를 획득하게 된 것은 역사와 계열화되는 것을 통해서였다. 하지만 종족이나 부족에서 벗어나 '민족'이란 개념이 되는 과정은 역설적이게도 부족이나 종족보다 더 협소한 가족의 은유를 통해서였고, 여기에 일종의 족보로서 '사천년 역사'가 부가됨으로써였다. 이런 이유에서 민족은 역사적 주체를 표현하는 개념이 된 이후에도 부족이나 종족이란 함축을 사실상 유지하고 있었다. 이는 토지역사와 민족역사를 구분하는 신채호의 『독사신론』에서도 명확하게 드러난다.

> 우리나라 사람들 가운데 역사를 읽는 사람들은 하나의 큰 미혹이 있으니, 미혹은 무엇인가. 토지역사가 있는 것만을 알고 민족역사가 있음을 알지 못하는 것이 그것이다. 우리나라의 땅을 차지했던 종족이면 그들이 어떤 종족인지도 묻지 않고 모두 우리 조상으로 인정하며, 우리나라의 토지를 관할했던 종족이면 그들이 어느 나라 사람인가를 생각하지 않고 이를 모두 우리나라의 역사에 놓고 있으니, 그 어리석음이 어찌 이에 이르렀는가.12)

한 나라의 '영토' 안에는 여러 종족이 살게 마련인데, 그 종족들 모두가 아니라 특정한 종족만이 민족역사를 구성한다는 것이다. 이런 관점에서 신채호는 "우리나라 인종을 대략 여섯 종류로 나누"어 그 가운데 부여족만이 "신성한 종족인 단군의 자손"이라고 하여 사천년 간 이 땅의 주인이 된 종족이라고 하며, "사천년 우리 역사는 부여족의 흥망성쇠의 역사"라고 단언한다.13) 결국 그가 말하는 민족역사란 사실 부여족이라는 한 종족의 역사, 그것의 확

---

12) 앞의 책, 30면.
13) 앞의 책, 15~16면.

대된 역사가 되며, 그가 말하는 민족이란 사실 부여족이라는 한 종족의 다른 이름에 지나지 않게 된다.

민족이 서구에서의 고전적인 정의와 달리 혈연이 강조되는 개념이 된 것은 이런 이유에서다. 민족이 단일한 혈통을 갖는 종족적 개념이기에, 그 민족은 당연히 핏줄의 순수성을 갖고 있는 순수한 존재로 표상된다. 또 이러한 민족 개념은 조상으로서의 단군에 이어지기 때문에, 단군시대가 위대한 기원인 한 민족 역시 그 위대함에 부응하는 존재여야 했고, 따라서 민족이란 말이 역사와 관련하여 사용될 때는 대개 이런 위대함과 결부되어 사용되게 된다. 민족의 순수성이나 위대함이란 실제 역사에서 진행된 것과 무관한 일종의 '선험적' 본성이 된다. 반면 현실에서 대면할 수밖에 없는 비참함이나 무력함은 본래 민족의 본성과는 무관한 어떤 것에 그 책임이 돌아가야 한다. 그렇지 않고선 민족의 순수성이나 위대한 능력은 유지될 수 없는 허구에 지나지 않게 되기 때문이다.

그래서 역사적 과정을 진보 아닌 퇴보로 대체해야 했던 것과 동일한 이유에서 민족을 대신하는 다른 실체가 필요했다. 그것은 퇴보의 이유에 대해 책임을 져야 하지만, 그런 만큼 그 퇴보의 과정을 역전시켜 새로운 미래로 나아갈 수 있는 대상이다. 정신이나 행동, 단합, 책임이나 의무 등과 결부되어 사용되는 '국민'이란 말이 이런 용법을 위해 선택되었다. 이런 점에서 국민이란 선험적 위대함과 대비되는 경험적 비참함, 그 위대함 과장된 과거와 대비되는 무력한 현재를 담지하는 경험적 주체였던 셈이다. '국민'은 그 모든 경험적 고통과 무력함, 혹은 혼재 내지 혼혈의 책임을 담지함으로써 '민족'을 위대하고 순수한 개념으로 존속할 수 있게 해준 '민족'의 이중체인 것이다. 서구와 달리 현재를 긍정할 수 없는 조건이 서구에서 연원한 nation이라는 하나의 동일한 개념을 서구에 없는 이중적 방식으로 번역하여 사용하게 만든 것이고, 서구에 없는 새로운 민족/국민 이중체를 만들어내게 한 것이다.

요약하면, 실체화된 역사는 실체화의 결정적 요소인 역사적 진보·발전의 논리를 포기한 채 탄생했던 셈이다. 또 역사적 과정을 밀고 가는 추동력으로서의 기원 내지 목적의 개념은 그 위대함이 오직 과거에 멈추어 선 역사 속에서 장대한 과거와 비참한 현재의 대비로 대체되었지만 바로 그렇기에 '목적'으로서 진보의 개념을 끌어당기는 자리를 기원에게 쉽게 부여할 수 있었다. 마지막으로 식민화의 목전에 선 나라들이 겪어야 했던 이런 역사의 딜레마로 인해 멈추어선 위대한 과거에 대응하는 순수하고 위대한 존재로서의 '민족'과, 실재하는 현재의 고통과 비참함을 담지해야 하는 '국민'의 이중체가 역사적 주체로서 등장하게 되었다. 이 변형된 형태의 세 요소들을 중심으로 구성되는 개념적 배치가 이 시기 역사적 시간의 관념이 작동하며 근대적 역사 개념을 만들어낸 이론적 공간을 만들어냈다고 말할 수 있을 것이다.

『대한매일신보』에 나타난 국가 개념

김동택

1. 들어가면서

이 글은 『대한매일신보』에 나타난 국가 개념을 검토하고 그것이 근대 이행기에서 차지하는 역사적 위상을 밝히는데 목적이 있다. 『대한매일신보』가 발간되었던 시기는 러일전쟁 직후 일본의 본격적인 침략으로 인해 국권이 위협받게 되어 국가의 생존 문제가 무엇보다도 중요했던 시기였다. 때문에 국가에 대한 『대한매일신보』의 논의를 검토하는 것은 당시 사회를 이해하는데 대단히 중요한 과제라고 할 수 있다. 『대한매일신보』는 여러 매체들 가운데 가장 많은 발행부수를 가지고 있었고 한글 영어 국한문 혼용의 세 가지 형태의 신문을 발행하여 많은 독자층을 가지고 있었을 뿐만 아니라 영국인인 베셀이 발행인으로 있어서 일본의 탄압으로부터 상대적으로 자율성을 누릴 수 있었던 까닭에 당시 시대의 논의를 이해하는데 중요한 매체라고 할 수 있다. 따라서 『대한매일신보』에 나타난 국가 개념을 검토하는 작업은 당시의 역사적 정세와 사회의 지향을 읽어내고 나아가 이 시기가 갖는 역사적 맥락과 위상을 이해하는 데 도움이 될 것이다.

『대한매일신보』가 발행되었던 1904년부터 1910년의 시기는 러일전쟁이후 일본이 본격적으로 대한제국의 내정에 간여하고 병합을 시도하였던 시기다. 한반도에 대한 영향력을 국제적으로 인정받은 일본의 개입으로 대한제국의 정치적 자율성은 심대하게 훼손되었다. 이러한 상황을 반영하여 기존 연구들 대부분은 이 시기를 일제에 의한 일방적인 병합과정으로 규정하고 있지만 이에 대응하기 위한 한국인들의 활발한 움직임이 분명 존재했고 그 과정은 의병운동과 계몽운동으로 크게 나뉘어진다. 이 글의 관심은 계몽운동에 있다.

국권 침탈의 가속화와 계몽운동의 활성화라는 양면적인 상황을 특징짓는 양상은 국가라는 커다란 의제를 중심으로 전개되는 다양한 계몽 담론의 출현이었다. 즉 현실을 타개하기 위해 다양한 계몽담론이 제기되었으며 그것의 정점에는 근대국가의 형성이라는 의제가 위치하고 있었다. 일본에 의해 나라가 망할 수도 있다는 주어진 상황 속에서 근대적인 정치 체제에 대한 구상은 최고의 가치를 지닌 것으로 판단된다. 당시 많은 사회 조직과 매체들에 의해 계몽·진보·민족·국민 등 근대를 지향하는 개념들이 수입·번역·소개·해석·구상되었으나 이 개념들은 근대 국가라는 최고 목표의 하위 범주로 배치되었다. 그런 점에서 당시의 매체 가운데서 가장 큰 영향력을 발휘했던 『대한매일신보』에 나타난 국가 관념을 살펴보는 것은 당시 사회를 이해하기 위해 필수적인 작업이라고 할 수 있다.

이하에서는 『대한매일신보』가 갖는 매체로서의 특성과 그것이 발행될 당시의 정치사회적 환경을 살펴보고, 그러한 역사적 상황 속에서 근대국가에 대한 구상들이 어떠한 방식으로 펼쳐지고 있었는지를 『대한매일신보』와 관련시켜 검토한 다음, 『대한매일신보』에 나타난 국가 개념들을 논설 분석을 통해 검토해 볼 것이다. 그리고 그러한 분석의 결론으로 『대한매일신보』에 나타난 국가 개념의 역사적 위상과 성격을 평가하려한다.

2. 『대한매일신보』의 역사적 맥락

『대한매일신보』가 갖는 매체로서의 특성은 이미 다른 연구들을 통해 자세히 검토되었다.[1] 때문에 여기서는 이 글의 이해를 돕기 위해 필요한 정도만큼, 『대한매일신보』가 갖는 역사적 맥락을 검토할 것이다. 『대한매일신보』는 1904년 7월 18일에 창간하여 1910년 8월 28일 폐간하였다. 1904년 7월 18일 창간 때부터 1905년 3월

---

1) 한국언론사 연구회 편, 『대한매일신보연구』, 커뮤니케이션북스, 2004; 이광린, 유재천·김학동 저, 『대한매일신보연구』, 서강대 인문과학연구소, 1986 등이 있다.

10일까지는 영문 4면 국문 2면을 포함하는 총 6면으로 발행하였다. 그리고 일시적으로 휴간하였다가 1905년 8월 11일부터 다시 발행되었는데 이때부터 1907년 5월 22일까지는 *The Korea Daily News*라는 제호로 발생된 영문판과 국한문 혼용판을 각각 발간하였다. 그리고 1907년 5월 23일부터 1908년 5월 31일까지는 영문판, 국한문 혼용판, 한글판 등 3종을 발행하였다. 이 기간은 신민회의 결정, 국채보상운동의 전개 등 활발한 활동을 하였다. 이어서 1908년 6월 1일부터 1910년 8월 28일까지의 기간은 발행인이 배설로부터 만함으로 바뀌었고 6월 1일부터 영문판 신문의 발행을 중단하고 국한문 혼용판과 한글판 두 가지 신문만 발행했는데, 1909년 1월 30일에 영문판을 다시 발행하였다. 그러다가 1909년 5월 1일부터 영문판 발간을 다시 중단하였다. 그리고 1910년 8월 28일 일제의 탄압으로 결국 폐간되었다. 발행 초기부터 영국인 E. T. 베셀(한국 이름 裴說)이 창간 때부터 줄곧 발행인을 맡아왔으나 일제의 탄압으로 그만두게 되었다. 그 후 1908년 5월 27일부터 1910년 6월 9일까지는 A. 만함(한국 이름 萬咸)이 발행을 담당하였다. 그리고 마지막으로 1910년 6월 14일부터 폐간될 때까지 이장훈이 인수해 발행하였다.

『대한매일신보』가 창간되었던 시기는 일제의 침략과 간섭이 노골화되었던 시기로, 언론활동도 엄격한 감시와 탄압을 받았다. 일본은 1904년 2월 23일 한일의정서를 체결하여 한국의 영토에 전략적인 지역을 사용할 수 있도록 했고 이어서 1905년 제2차 영일동맹을 통해 한반도에 대한 영향력을 국제적으로 인정받았으며 7월 29일에는 미국과 카스라―테프트 조약을 맺어 일본이 한국을 보호할 권리가 있음을 인정받았다. 그리고 1905년 11월 17일에는 을사보호 조약을, 이어서 1905년 7월 24일에는 한일신협약의 체결을 강제하여 한국의 외교권과 재정, 경찰, 사업권 등을 완전히 장악하였다.

최초의 발행인인 베셀은 애초에 런던 데일리 뉴스의 특파원으로 한국에 취재차 왔다가 양기탁과 신문 창간을 계획하였다. 신문이 발행되었던 초창기에는 발행인인 베셀이 영국인이어서 일제의 검열을 피해갈 수 있었다. 당시의 검열은 이미 광무정권하에서 시행되고 있었던 것에다 일본이 침략 목적을 달성하기 위해 더욱 강화되었다. 대한제국은 1899년과 1906년 2차례에 걸쳐 신문 조례를 제정하여 정권에 반대하는 세력들을 탄압하였다. 여기에 1907년 7월 24일 일본에 의해 주도되어 만들어진 광무신문지법은 본격적으로 언론을 탄압하기 위해 제정되었다. 러일전쟁의 승리에 이어 강제적으로 을사조약의 체결을 시도했던 일본은 군사관계를 이유로 신문에 대한 사전검열을 실시하고 나아가 항일 분위기의 구심점이 된 신문을 보다 직접적으로 탄압할 수 있는 명문화된 법이 필요했다. 그리하여 신문지법은 고문통치를 보다 강력한 차관통치로 바꾸면서, 항일 봉기를 염두에 둔 보안법이 제정되기 사흘 전에 발효되었다. 광무신문지법의 기본적인 내용은 신문을 발행할 때 반드시 내무대신의 허가를 받아야 하는 허가제, 보증금제도, 납본(納本)을 강제한 사전검열제도와 더불어 이에 대한 구체적인 형벌사항까지를 포함하고 있었다.

신문지법의 제정으로 통감부와 대한제국 내각은 대다수의 신문들을 규제할 수 있었으나 『대한매일신보』의 경우 발행인이 치외법권을 갖고 있었던 영국인 베셀이었던 까닭에 신문지법을 적용할 수가 없었다. 따라서 가장 강력한 반일 전선에 서있던 『대한매일신보』를 탄압하기 위해 1908년 4월 20일 추가적인 조항을 덧붙여 외국에서 발행하는 한국어 신문과 외국인이 국내에서 발행하는 외국어 신문 모두에게도 이 법이 적용되도록 만들었다. 이러한 일련의 과정을 통해 『대한매일신보』에 대한 본격적인 탄압이 가능해 졌던 것이다. 이 법에 의해 베셀은 1908년 6월 재판에 회부되어 금고형을 받기도 했다.

베셀과 함께 초창기부터 『대한매일신보』의 발행에 깊숙하게 개입한 인물로는 양기탁이 있다. 양기탁은 편집과 경영에서 중요한 역할을 했고, 중요한 논설 또한 그가 상당부분 집필했다. 신문은 또 국채보상운동에 참여해 애국운동에 앞장섰다.[2] 『대한매일신보』와 관련한 또 하나의 중요한 변수는 신민회이다. 『대한매일신보』가 강력한 반일, 자주 독립의 논조를 유지해 나갈 수 있었던 배경에는 신민회와의 조직적인 결합이 중요했다는 견해가 있다.[3] 신민회는 국내외의 개화 자강 세력들이 일제에 반대하여 국권회복을 목적으로 창건한 전국적 규모의 비밀결사 조직으로 1907년 4월에 안창호(安昌浩)의 발기에 의하여 평양을 중심으로 한 서북지역과 서울 지역 인사들의 참여로 발족하였다. 1906년 말 미국 캘리포니아 주 로스앤젤레스 남쪽 리버사이드에서 안창호의 발의로 미주에서 대한신민회가 조직되었고 이어서 한국에서도 이를 조직하기

---

2) 박정규, 「『대한매일신보』 참여인물과 언론활동」, 『대한매일신보연구』, 커뮤니케이션북스, 2004, 72~74면.
3) 신용하, 「신민회의 독립운동기지 창건운동」, 『1900년대의 애국계몽운동연구』, 아세아문화사, 1993.

로 결의하였다. 이에 따라 안창호는 1907년 2월 귀국하여 신민회의 결성에 적극적으로 나섰다. 안창호는 국권회복을 위한 실력양성, 교육과 산업의 진흥을 역설하는 한편, 『대한매일신보』 주필인 양기탁과 더불어 신민회의 창립을 제의했다. 그리하여 양기탁·전덕기·이동휘·이동녕·이갑·유동렬·안창호 등 7명이 창건위원이 되어 신민회가 창립되었다. 『대한매일신보』를 중심으로 하는 언론활동은 신민회의 활동 가운데 하나였다. 특이한 점은 신민회가 일제의 보호국 체제하에서 지향해야할 정치체제로 공화정체를 구상했다는 것이다. 즉 당시 널리 논의되었던 입헌군주제는 물론이고 입헌공화제도 뛰어넘어 공화정체를 구상했다는 것이다. 물론 방법적으로 먼저 실력 양성을 함으로써 이후 독립의 기회에 대비해야 한다는 '선실력 후기회론'을 주창하였지만, 정치체제 구상에서 공화정체를 생각했다는 점은 대단히 혁명적인 발상이 아닐 수 없다.4) 따라서 이 글에서 다루고자 하는 『대한매일신보』와의 관계 속에서 이 문제가 어떻게 드러나고 있는지를 검토하는 것 또한 중요한 작업이라고 할 수 있다.

『대한매일신보』는 다양한 의사소통을 매개하는 대중 매체로서의 특성을 십분 활용하였다. 예를 들어 독자적인 기사작성은 물론이고 독자들의 기고, 기존 발행 책자와 다른 신문에서 연재된 주요한 기사들을 싣기도 하는 등, 당시 정세에 대응하기 위해 다양하고도 활발한 활동을 하였다. 이에 비추어 볼 때, 『대한매일신보』가 당시 지식계에서 이루어지고 있었던 의제나 상황에 민감했으

---

4) 신용하, 앞의 글, 109면.

며 활발한 의사소통구조를 마련하고자 했음을 알 수 있다. 실지로 근대 정치체제의 구상과 관련하여 당시 상당히 활발한 논의가 전개되고 있었다.

3. 러일전쟁 전후의 국가 구상

1899년에서 1905년까지의 시기는 광무정권에 의한 정치적 탄압이 심각했던 시기였다. 고종은 1897년 대한제국을 선포한데 이어 1898년 황제권을 위협하는 독립협회를 강제로 해산시켰다. 독립협회를 무력화시킨 광무황제는 1899년 황제의 권력을 최초로 조문화한 대한국국제를 반포하였다. 대한국국제에서 황제권력은 절대적인 것으로 선언되었다.5) 그러나 취약한 권력기반 위에다 계속되는 쿠데타와 암살의 위협 속에 광무황제는 정치적 불안감을 갖게 되었고 이를 해소하기 위해 군사적으로는 원수부를 설치하고 치안을 위해 황실 직속의 경위원을 설치하는 등 황제권의 강화를 위해 최대한의 노력을 기울였다.6) 즉 황제권에 위협이 되는 어떤 움직임이나 논의도 탄압을 받았던 상황에서 정치체제에 대한 논의 자

---

5) 김동택, 「19세기 말 근대국가 건설과정에서 나타난 정치적 균열-갑오개혁과 광무개혁을 중심으로」, 『한국정치학회보』, 2000; 서진교, 「1899년 대한국 국제반포와 전제 황제권의 추구」, 『한국근현대사연구』 5, 1996, 67면.
6) 차선혜, 「대한제국기 경찰제도의 변화와 성격」, 『역사와현실』 16, 1996, 98면; 서영희, 「광무정권의 형성과 개혁정책 추진」, 『역사와현실』 26, 1997.

체가 위축될 수밖에 없는 상황이 1905년까지의 상황이었다.

러일전쟁의 종결과 이어진 일본의 영향력 확대는 이러한 정치
정세를 급변시켰다. 먼저 일본은 1905년 11월 17일 을사보호조약
을 체결하여 대한제국의 외교권을 박탈하였다. 이어서 1906년 2월
통감부가 설치되고 3월에 이등박문(伊藤博文)이 통감에 취임하였다.
이런 일련의 사태 전개는 황제의 권력을 급격하게 약화시켰다. 그
런 와중에 1907년 7월 헤이그 사건을 계기로 일본은 광무황제를
강제로 양위시키고 한일 신협약(정미 7조약)이 체결하여 황제권력은
더 이상 유지될 수 없을 정도의 타격을 입게 되었다. 이러한 맥락
에서 보면 1905년 이후 활발하게 나타났던 계몽 운동과 다양한 정
치적 움직임 그리고 활발하게 논의되었던 정치체제구상은 역설적
이게도 황제권의 약화로 인해 초래된 측면이 강했다. 결국 황제권
이 모든 정치적 논의를 제약하고 있었던 상황에서 황제권 강화에
근거한 근대 국가건설노선이 실패로 돌아가면서 비로소 새로운
정치체제에 대한 논의의 활성화가 이루어지게 되었던 것이다.[7]

이러한 사회상황을 반영하여 각종 학회들이 설립되었고 출판
분야에서도 활발한 움직임이 나타났다.[8] 여러 분야에서 서구의 저
작들이 번역 출판되었는데, 정치나 국법 그리고 국가와 관련된 저
서들도 많이 소개되었다. 먼저 국가학이나 헌법학 관련 문헌들을
보면 나진 김상연이 역술한 『국가학』이 1906년에 출간되었는데 이
책은 독일의 블룬칠리의 일본어 번역본을 중역한 것으로 1906년

---

7) 조항래 편저, 『1900년대의 애국계몽운동 연구』, 아세아문화사, 1993.
8) 정치, 법, 헌법, 국법과 관련된 당시 출판물들에 대한 상세한 내용은 김효전,
『서양 헌법 이론의 초기 수용』, 철학과현실사, 1996 참조

황성신문에 책의 출간을 선전하는 광고가 게재되었다. 또 만세보에 국가학이 1906년 9월 19일부터 11월 22일까지 연재되기도 했는데, 국가전체론·입법편·원수편·행정편으로 구성되어 있다.[9] 당시 중국의 양계초에 의해 소개되어 상당한 영향력을 가지고 있었던 블룬츨리의 『국가학』은 안중화가 역술하여 1907년에 출판되었다.[10] 이 책은 1장 국가의 고대, 15세기 하반기 및 현대의 열강 국가의 개명에 대해, 2장 국가의 성립 및 조직과 사회, 3장 건국의 연혁과 멸망, 4장 입국의 연원과 외교, 5장 국가의 책무 등의 내용이 실려 있다. 블룬칠리의 다른 저작인 『국가사상학』은 1908년에 정인호에 의해 출판되었다.[11] 정인호의 선술(選述)은 양계초가 1901년 한문으로 번역하여 청의보에 실은 블룬칠리의 논문 「국가사상변천이동론(國家思想變遷異同論)」과 그 이전인 1899년에 번역한 「각국헌법이동론(各國憲法異同論)」을 붙여서 출판한 것이다. 정치학 관련 저작으로는 헌정연구회가 황성신문에 1905년 7월에서 8월에 걸쳐 연재한 『헌정요의(憲政要義)』가 있으며 1906년 저자 미상의 『국민수지(國民須知)』가 출판되었다. 또 널리 읽혔다고 전해지는 김대희의 『이십세기 조선론(二十世紀 朝鮮論)』[12]은 치안 방해 명목으로 1909년 일제에 의해 발매 및 판매금지처분을 받았다. 이외에도 다양한 정치, 외교, 행정, 법 관련 저작들이 봇물처럼 출판되었다.

황제권의 약화, 국권의 약화, 이와 대조적인 다양한 정치적 논

---

9) 이 글은 김효전 『동아법학』 제7호, 1988, 229~280면에 번역 수록되어 있다.
10) 伯倫知理 著, 안중화 역, 『國家學綱領』, 廣學書舖, 1907.
11) 伯倫知理 著, 鄭寅琥 選述, 『國家思想學』, 右文館, 1908. 이 책은 본문 22면에 부록으로 各國憲法略付를 추가하고 있다.
12) 김대희, 『이십세기 조선론(二十世紀 朝鮮論)』, 중앙서관, 1907.

의의 활성화라는 다소 역설적인 상황의 전개는 당시 지식인들이 다양한 정치체제 구상을 시도했다는 것을 보여준다. 이러한 상황의 전개에도 불구하고 정치체제의 논의에서 넘지 말아야할 금기 사항이 있었음을 알 수 있는데 바로 황제권이 그것이었다. 황제권의 존재는 당시 정치체제 논의에서 넘지 말아야할 한계선을 제시하였다. 광무황제가 전제적인 권력을 행사했을 때에는 존재하는 황제권력에 대한 어떤 도전도 허용되지 않았다. 광무황제가 퇴위한 이후에도 황제권 자체를 철폐한다는 발상은 허용되지 않았다. 비록 두 시기 사이에 커다란 차이가 존재했지만, 그럼에도 황제권의 존재를 인정해야한다는 한계선은 지켜지고 있었던 것이다. 그런 맥락에서 당시 제기되었던 대부분의 논의들은 황제권과 결합될 수 있는 정치체제를 구상하였다. 계몽기의 정치적 논의에서 다양한 형태의 입헌군주제가 거론되었던 까닭은 이런 맥락에서 이해될 수 있을 것이다.13)

이러한 상황을 감안해 볼 때, 당시의 논의는 흔히 지적되고 있는 것처럼 국민국가를 지향했다고 보기는 힘들다. 예를 들어 독립협회가 추구했던 정치체제는 입헌군주제·공화정·민주정이라고 할 수 없으며 다만 군주제를 보완하는 정도의 구상을 했다고 판단된다.14) 이러한 상황은 1905년 이후에도 지속되었다. 1905년 5월 24일에 헌정연구회는 헌정(정치)체제의 연구를 취지로 내걸었는데,

---

13) 김동택, 「근대(近代) 국민(國民)과 국가(國家) 개념(槪念)의 수용에 관한 연구(研究)」, 『대동문화연구』 41, 성균관대 대동문화연구소, 2002.
14) 김동택, 「독립신문의 근대국가 건설론」, 『근대계몽기 지식의 발견과 사유지평의 확대』, 소명출판, 2006, 209면.

그 취지서에서는 입헌군주제이되 흠정헌법의 실시를 목적으로 한다고 되어있다.[15] 그러나 일본의 탄압에 의해 헌정연구회는 해산되었고 이어서 1906년 4월 14일에 대한자강회가 발족했다. 여기서는 입헌군주제가 주장되었으나 명시적으로 그것이 어떠한 체제인지에 대해서는 분명하게 드러나 있지 않다. 대한자강회를 주도한 윤효정의 경우 헌정의 채용을 강조하였고[16] 나아가 선거법과 국정참의권을 부여하도록 하였으나,[17] 그러한 구상은 기본적으로 지방자치의 차원에 한정되고 있었다. 즉 전국적 차원에서 대의제 문제는 여전히 거론되지 못하고 있었던 것이다. 여기에는 일본의 정치적 탄압이라는 역사적 상황이 존재했지만, 여전히 한편으로는 황제권을 다른 한편으로는 민의의 정도를 의식한 논의라 생각된다.

이러한 논의들은 서구의 여러 정치체제에 대한 지식에다 현실적인 판단을 근거로 해서 나타난 것이었다. 즉 당시 지식인들은 서구의 다양한 정치체제에 대해 잘 알고 있었고 그런 만큼 그들이 내리고 있는 결론은 대단히 현실적인 것이었다고 할 수 있다. 앞서 지적했던 다양한 출판물들에서 쉽게 찾아볼 수 있는 국가론은 국가요소설과 국가유기체론이었다. 먼저 국가 요소설을 검토해보면 다음과 같은 저작들이 대표적으로 거론될 수 있다. 유성준은 『법학통론』에서 국가요소설을 소개하였는데 이에 따르면 국가는 국가·인민·통치권의 삼요소를 갖추어야한다고 정의되었다.[18] 주정균의

---

15) 「잡보-憲會員選定」, 『황성신문』, 1905.5.25.
16) 윤효정, 「專制國民은 無愛國思想論」, 『大韓自强會月報』 제5호, 21면.
17) 윤효정, 「國家的 精神을 不可不發揮」, 『大韓自强會月報』 제8호, 8면.
18) "國家는 一定호 土地와 多數호 人民과 一定호 統治權의 三元素로 爲要호
   야 其 有形호 各個人 以外에 無形的으로 一體를 成호는 者라. 詳論호면 國家

경우 『법학통론』에서 국가를 인간, 토지, 권력의 삼요소를 갖추어
야한다고 정의하였다.[19] 1906년 9월 19일부터 11월 22일까지 『만세
보』에 연재된 「국가학」에서도 토지·인민·정치기구가 있어야 국
가라 할 수 있다고 설명되고 있다.[20] 김대희(金大熙)의 경우 『이십
세기 조선론(二十世紀 朝鮮論)』(1907)에서 토지·인민·군주가 합쳐서
국가라 한다고 설명했다.[21] 유치형은 『헌법』에서 토지·인민·주

는 多數한 人民을 統一ᄒᆞ야 一個의 無形體를 組成ᄒᆞ야 其 無形體가 獨立의
意思로서 獨立의 行爲를 施爲ᄒᆞᄂᆞᆫ 者라 謂ᄒᆞᆯ진니라."(유성준, 『법학통론』, 국
민교육회, 1907, 65면; 아세아문화사 1981; 한국법제연구원, 1997)

19) "具象的으로 國家의 何物됨을 觀察ᄒᆞ면 國家ᄂᆞᆫ 人類의 團體됨은 多言을 不
俟ᄒᆞ지나 然이나 人類의 團體ᄂᆞᆫ 獨히 國家뿐 아니오 家族 社會 會社 組合 등
도 또ᄒᆞᆫ 人類의 團體니 故로 國家의 特色을 不示ᄒᆞ면 國家의 性質이 明白지
못ᄒᆞᆯ지니 今에 其 特色을 擧示ᄒᆞᆯ진ᄃᆡ 左의 三要素에 不出ᄒᆞ니 (一) 國家에
ᄂᆞᆫ 一定한 人類가 有홈을 要홈이라. 國家가 人類結社的 生活의 一現象되ᄂᆞᆫ
以上은 人類를 離ᄒᆞ야 國家를 想像ᄒᆞ기 不得ᄒᆞᆯ지니 國家組織의 要素로 人類
가 其一됨은 理의 當然ᄒᆞᆫ 者—니 其 要素되ᄂᆞᆫ 人類ᄂᆞᆫ 國家組織上에 特히 人
民이라 名ᄒᆞᄂᆞᆫ 바—라. ……(二) 國家에ᄂᆞᆫ 一定한 土地가 有홈을 要홈이라
……(三) 國家에ᄂᆞᆫ 一定ᄒᆞᆫ 固有의 權力이 有홈을 要홈이라. …… 要ᄒᆞ건ᄃᆡ
國家를 其 形象上으로 觀察ᄒᆞ면 一定ᄒᆞᆫ 人類가 一定ᄒᆞᆫ 土地에서 一定ᄒᆞᆫ 固
有權力下에 服從ᄒᆞᄂᆞᆫ 團體라 云홈으로 足ᄒᆞᆯ지나 ……"(주정균, 『법학통론』,
광학서포, 1908, 100~102면)

20) "土地曰國. 人民曰家. 合而是之謂國家. …… 夫國家者. 人族聚合. 領有一定
之土域. 而設有一定之治. 故 雖有土地焉. 有人民焉. 未有政治之具. 則不成
爲國家. 如遊牧之人. 兄得爲部落者."(김효전 역주, 『동아법학』 7호, 1988, 229
~380면)

21) "國家者ᄂᆞᆫ 何也오 曰 一定ᄒᆞᆫ 土地에 一定ᄒᆞᆫ 人民이 有하고 一定ᄒᆞᆫ 君主가
有ᄒᆞ야 此 三者가 合成한 것을 謂之國家라 ᄒᆞ니 三者中에 一이라도 無ᄒᆞ면
國家가 成立ᄒᆞ지 못ᄒᆞᄂᆞ니라. 初也 太古時節에ᄂᆞᆫ 力强智能者가 所謂 酋長이
되야 羣衆을 指揮命令ᄒᆞᄂᆞᆫ 者이니 此 酋長이 羣衆을 領率ᄒᆞ고 可食之物이 豊
足ᄒᆞᆫ 處에 占據ᄒᆞ야 生活ᄒᆞᆫ 것이 是—國家成立의 始니라."(김대희, 『20세기 조
선론』, 중앙서관, 1907; 『근대한국공연예술사 자료집 1—개화기~1910년』, 1984
에 재수록, 195면)

권이 존재해야 국가라 칭할 수 있다고 지적하였다.[22] 필자 미상의 『국민수지(國民須知)』[23]에서는 국가(國家)의 본의(本義)를 인민·토지 그리고 정치조직이 존재해야 국가라 규정할 수 있다고 설명하고 있다.[24] 오석유(吳錫裕)은 『태극학보』에 실린 「국가」[25]라는 기사에서 국가(國家)가 국(國)과 가(家)를 병칭한 것이 아니라 국(國)과 동의어라고 설명한 다음 토지 인민 권력을 갖추어야 근대 국가라 할 수 있다고 지적하고 있다. 설태희(薛泰熙)는 대한협회보의 기사 「헌법(속)」[26]에서 국가는 토지·권력·인민의 3요소로 이루어진다고

---

22) "憲法法理를 解釋홈에는 爲先 國家의 觀念을 明白케 홈이 必要ᄒ느니 夫 國家는 一定ᄒ 土地와 一定ᄒ 人民을 基礎ᄒ고 其 上에 一定ᄒ 主權으로써 統治ᄒ는 團體라……."(유치형, 『헌법』, 양정의숙, 1908)

23) "國家는 國民萬姓의 共同體니 君主一人의 私有物이 아니라 故로 其本義를 釋ᄒ면 土地曰國이오 人民曰家니 此二者를 合稱홈이라 然ᄒ나 土地와 人民이 有ᄒ야도 國家라 遽稱ᄒ기 不能ᄒ야 政治가 組織ᄒ 後에 可ᄒ니 政治組織은 何를 謂홈인고 政府를 設ᄒ야 治體를 立홈을 謂홈이니 君主國에는 帝王이 有ᄒ고 共和國에는 統領이 有ᄒ야 其下에 百般政令을 擧行ᄒ는 大小官吏가 國家事務를 辦理홀지니 萬一不然ᄒ면 此는 水草를 逐移ᄒ는 部落의 烏合人衆이라 엇지 國家體制를 成ᄒ리오 昔에 漢土孟子는 曰 民이 重ᄒ고 社稷이 其次오 君이 又 其次라ᄒ니 其謂홈바 民과 社稷은 卽國家를 謂홈이니 然吾國家及 君主의 先後輕重可知홀지니라."(현채(玄采), 「국민수지」, 『유년필독석의(幼年必讀釋義)』 4권 2책, 1909) 「국민수지」는 『황성신문』, 현채의 『유년필독』, 『유년필독석의』, 『대한자강회월보』, 『헌정요의』, 『대한교육회보』 등에 실려있다.

24) 김동택, 앞의 글, 2002 참조

25) "國家라 稱할 時에는 一見ᄒ면 國과 家를 倂稱한 말 갓ᄒ나 그러치안코 單히 國이라 함과 同義一니 國家라는 것은 一定한 土地와 밋 人民으로 基礎를 삼아 成立한 無形의 團體라. 最高의 權力으로써 統御홈을 意味홈인 故로 近世의 國家의 觀念은 左의 三個條件을 具備ᄒ 然後에야 可得ᄒ느니 …… 國家는 以上 三個의 要素로써 組織ᄒ야 獨立自存ᄒ는 人格이 有ᄒ니 人格이라는 것은 스사로 權利를 得ᄒ고 스사로 義務를 負ᄒ야 恰然이 한 사람갓치 諸般行動을 ᄒ느니라."(『태극학보』 제12호, 1907, 29~30면)

26) "今日 一般 認ᄒ는바 社會現象이라 ᄒ는 國家의 觀念에 依ᄒ면 國家라 홈 은 一定ᄒ 土地에 定着ᄒ고 固有ᄒ 權力에 依ᄒ야 結合된 人民의 團體를 指

설명하고 있다.

국가 요소설과 더불어 국가 유기체설도 널리 사용되고 있었다. 나진(羅晉)과 김상연(金祥演)은 『국가학』에서 국가는 국민들로 이루어진 공동체라고 지적하였다.[27] 김성희는 대한자강회월보에 「독립설」[28]을 실어 국가유기체설을 설명하고 '국민적 내치 국민적 외교'[29]에서도 개인과 사회는 상호관계에 입각한 유기체이며 군주와 개인은 종복 관계가 아니라, 그 모두가 유기체의 한 부분임을 지적하고 있다.

여기서 당시의 정치 상황과 관련하여 눈여겨 볼 필요가 있는 것은 주권을 구성하는 요소에 대한 규정이다. 국가요소설의 경우 인민, 토지는 모두 공통적으로 사용하고 있으나, 주권을 구성하는 요소들은 논자에 따라 군주·정치조직·주권 등 다양한 표현을

홈인 故로 國家의 要素ᄂ 左의 三者ᅳ니라 第一 人民 루ᅳ소ᅳ 氏ᄂ 國家要素되ᄂ 人民은 小不下 一萬人 以上이라 說明ᄒ나 一般의 說에 依ᄒ면 其 多少ᄂ 不問홀 者ᅳ라 ᄒ니라 第二 土地 今日 國家의 要素라 홈은 一定ᄒ 土地를 必要ᄒᄂ 故로 其 人民의 住居ᄒᄂ 土地가 一定치 못ᄒ 時ᄂ 此를 國家라 稱키 不得홈이니라. 第三 固有權力 國家의 要素라 ᄒᄂ 固有ᄒ 權力은 國權 즉 統治權을 云홈이니라."(『대한협회회보』 제5호, 1908, 29면)

27) "國家ᄂ 즉 國民全體로 此에 屬한 各個人의 生活發達로 爲ᄒ야 必要ᄒ 事業으로 個人의 獨力과 又 社會的 統合力을 依ᄒ야 經營存立ᄒ 一大公共體라 ……."(羅晉·金祥演 역술, 『국가학』, 4~5면)

28) "泰西政學家日 國家ᄂ 有機體의 組織이라 ᄒ고 又 曰 國家ᄂ 集合民人之筋肉關節ᄒ야 綜錯以構造라 ᄒ니 何也오 人者ᄂ 四肢五官과 血球線緯가 俱從生理上 組織ᄒ야 其體及成ᄒᄂ니 是ᄂ 個人一己之團體也오."(『대한자강회월보』 제7호, 1906, 15~16면)

29) "個人과 社會의 關係ᄂ 有機的 關係를 持ᄒ 者이오 封建的 關係를 有홈은 아니니 卽 自己ᄂ 君主되고 他人은 臣僕된다 홈과 或 他人은 君主되고 自己ᄂ 臣僕된다ᄂ 關係가 아니오 四肢五體가 互相依賴ᄒ고 互相助力홀 뿐 아니라 互相 方便이되고 互相 目的이 됨이며"(『대한협회회보』 제4호, 1908, 25면)

사용하고 있다. 이러한 다양성은 당시의 시대적 상황을 반영한 것으로 볼 수 있다. 군주를 주권체로 규정하는 경우는 현재 군주의 권력이 강하거나 아니면 군주가 주권체가 되는 것이 마땅하다는 희망을 담고 있는 것이다. 시간이 지나갈수록 군주에 대한 강조점이 점차 약화되고 있음을 눈여겨 볼 필요가 있는데 그와 동시에 인민의 규정에 대해서도 주목될 만한 부분이 있다. 인민은 국가를 구성하는 요소의 하나이지만 주권과는 별개의 것으로 간주되고 있음을 알 수 있다.

국가유기체설의 경우 국가와 다른 것들과의 관계를 중시하는데 특히 군주를 국가를 구성하는 하나의 요소로 병치하고 있음에 주목할 필요가 있다. 이른바 국가유기체설의 특징은 하나의 유기체를 전제하고 그것의 특성이 비기계적·비외부적·비상부적·비강제적·비원자론적·비개인주의적·비개별주의적이라고 주장하는 데 있다.

군주의 위상과 관련하여, 두 이론들은 주권 문제를 직접적으로 거론하지는 않았지만, 군주의 존재를 주권의 일부 혹은 상징적 대표체로 거론함으로써 군주가 곧 국가라는 대한국국제의 규정을 부정하고 있다. 이러한 관점은 나아가 국가는 군주의 소유가 아니라는 규정으로 발전하여, 국가와 군주의 관계를 엄격하게 구분하고 있다. 하지만 이 경우에도 주권이 어떻게 발생하는지에 대해서는 여전히 애매한 태도를 취하고 있다.[30] 이에 비추어, 계몽기 지식인들은 소극적이나마 군주주권설을 부정하고 군주는 다만 국가

---

30) 「國家及皇室의 分別」, 「君主의 主權」, 『국민수지』 참조.

의 일 구성 부분임을 강조했음을 알 수 있다.

전체적으로 국가 그리고 정치체제의 구상에서 주목해야할 부분은 1908년 중반을 전후로 국가에 대한 규정에서 그 강조점이 바뀌고 있다는 점이다. 1907년의 『태극학보』에서는 국가가 국(國)을 뜻한다고 분명히 제기하고 있음을 알 수 있다.[31) 그리고 이러한 논의를 이어받아 『대한협회보』 5호에서는 국가를 이전의 국가유기체 및 국가요소설의 전통에서 설명하고 있다.[32)

이와 대조적으로 『대한협회보』 2호에서는 국가를 가족개념에 비유했고[33) 이러한 논조는 이후 『대한매일신보』에서 드러나는 큰 집이라는 개념과 상통한다. 즉 시기적으로 완전히 일직선상에 놓여있지는 않지만, 대략 1908년 중반을 전후로 그 이전의 논의에서는 법제적이고 정치체제적인 지향이 더욱 강조되었던 반면 그 이후의 논의에서는 추상적이고 이념적인 지향이 더욱 강조되고 있음을 알 수 있다.

---

31) "國家라 稱할 時에는 一見ᄒᆞ면 國과 家를 倂稱한 말 갓흐나 그러치안코 單히 國이라 함과 同義—니"(『태극학보』 제12호, 1907, 29~30면)

32) 『대한협회회보』 제5호, 1908, 29면.

33) "今 夫 國이란 者는 一家族의 結集體(西諺에 云 國家란 者는 家族 二字의 大書)며, 歷史란 者는 一國民의 譜牒이라. 此 譜牒 中에 吾祖吾宗의 功烈도 記ᄒᆞ며 恥辱도 記ᄒᆞ며 ……."(『대한협회회보』 제2호, 1908, 5면)

4. 『대한매일신보』에 나타난 국가 관념

국가라는 개념은 기왕의 동아시아적 전통에 존재하고 있었던 개념이었고 따라서 별도의 번역어 없이 활용될 수 있었다. 다만 영어의 state 즉 근대적 의미의 국가를 의미하는 적절한 번역어로 성립되기 위해 방국(邦國)·국(國) 등의 다양한 개념들과의 경쟁을 거쳐야 했다.[34] 이러한 일련의 경쟁을 거쳐 국가라는 단어는 현재와 같은 의미로 사용될 수 있었는데, 이러한 상황은 『독립신문』에서 사용된 용례에서 발견될 수 있다. 『대한매일신보』에서도 사정은 마찬가지여서, 당시의 용례를 검토해보면 『독립신문』에서 사용된 용법과 별다른 차이가 없음을 알 수 있다.

〈표 1〉 『독립신문』에 나타난 국가 용어의 출현 회수[35]

	1896	1897	1898	1899
국가	30	39	94	47

〈표 2〉 『대한매일신보』 한글판에 나타난 국가 용어의 출현 회수[36]

연도	1904	1905	1907	1908	1909	1910
등장회수	2회	14회	39회	242회	437회	275회

그럼에도 『대한매일신보』에 나타난 국가 관념에서 주목할 만한

---

34) 예를 들어 유길준의 『서유견문』(1895)에서는 邦國·國·국가라는 단어가 혼용되어 사용되고 있다. 김동택, 2002년, 앞의 글 참조
35) 이 표는 『독립신문』의 전체 논설을 조사하여 만들었다.
36) 이 표는 『대한매일신보』 한글본을 기초로 만들었다.

점이 몇 가지 발견된다. 먼저 정치체제에 대한 비교사적 논의이다. 이 논의는 당시 세계정세와 관련하여 다양한 정치체제들에 대한 검토를 한 다음 이를 근거로 한국이 가야할 방향을 비교적 논리적으로 제시하고 있다. 이와 관련하여 주목되는 개념이 국가주의인데, 대한매일신보에서 제기된 국가주의의 내용을 검토해보면 사상이나 주의라기보다는 독립된 정치체제로서 일국적 발전을 주장하는 것이다. 예를 들어 식민지와 보호국의 차이, 식민지와 속국의 차이, 식민지와 연합국의 차이를 설명하면서 식민지의 성격을 제시하고 있다.[37] 식민지에 대한 이러한 설명방식은 국제정치체제와 연계된 국가 체제를 부각시키는 것인데, 이러한 논리의 연장에서 세계주의와 동양주의를 거부하고 그에 대한 대안으로서 국가주의를 제기하고 있다. 세계주의는 이상일 뿐이요[38] 동양주의는 주장

---

37) "긕이 굴ㅇ디 그런즉 식민디는 보호국 권한만 그 강국의 졀졔롤 밧을 뿐이나 식민디는 그럿치 아니ᄒ니 국가의 형톄가 도모지 업셔셔 그 샹티가 완연히 사룸업는 뷔인 짱을 새로 기쳑흔 것과 ᄀᆺ흐니라 긕이 굴ㅇ디 그러면 식민디가 쇽국과 엇더ᄒ뇨 굴ㅇ디 쇽국이라는거슨 다른 강국에 부쇽흔바ㅣ 되여 그 일쳬 졍치롤 모다 그 강국의 지휘디로 홀 뿐이어니와 식민디는 그러치 아니ᄒ니 강국의 인민이 옴겨살아셔 본토 인죵은 일니어 멸망ᄒᄂ디 니ᄅᄂ니 긕이 굴ㅇ디 그러면 식민디가 련합국과 엇더ᄒ뇨 굴ㅇ디 련합국은 약흔나라 두엇이 강흔나라를 항거ᄒ기 위ᄒ여 그 졍부만 통합ᄒ여 그 힘을 젼일케 홀 뿐이어니와 식민디는 그러치 아니ᄒ여 그 토디롤 뎜탈홈ᄋ로 목뎍을 숨ᄂ니라."(『대한매일신보』, 1908.11.18, 433호)

38) "오늘날 한국사롬이 셰계쥬의롤 쥬쟝홈이 가ᄒ뇨 굴ㅇ디 불가ᄒ다 동양쥬의를 쥬쟝홈이 가ᄒ뇨 굴ㅇ디 불가ᄒ다…… 쟝리 셰계가 과연…… 텬하만국 통일 졍부가 싱겨셔 온 셰샹이 흔 졍부롤 밧들어 온 셰샹이 흔 국가가되고 온 셰샹 인류가 그밋혜셔 싱활ᄒ여 오늘날 닐은바 이나라ㅅ사롬 뎌나라ㅅ 사롬이라ᄒᄂ 구별이 업늘지 모르거니와 셜혹 이러케 될지라도 이는 몃쳔만년 이후ㅅ일이라 오늘날 렬국이 각각 즈긔나라롤 위ᄒ여 경졍ᄒᄂ 시디에 이런 범위 넓은 셰계 쥬의롤 말홈은 어리셕은사롬의 꿈속말이오 쏘 혹 엇던 사롬의 말은 쟝리에

은 이상적이지만 실제적으로는 식민 지배를 정당화하는 침략주의 논리일 뿐이며[39] 따라서 국가주의만이 한국의 독립을 유지하고 발전을 담보할 수 있다는 주장을 하고 있는 것이다. 그러면서 국가주의는 아무리 강조해도 지나치지 않으며 반복해서 강조될 필요가 있다고 지적하고 있다.[40] 이때 국가주의는 요즘 해석되고 있는 개인을 희생한 전체주의적 사고라기보다는 제국주의와 동양주의에 맞서는 일국적 독립의 중요성을 강조한 것으로 해석되어야 할 것이다.

다음으로 주목해야할 부분은 제도화된 정치체제의 중요성이다. 예를 들어, 청의 헌법제정 움직임을 논의하면서 헌법을 갖추는 것이 왜 중요한지를 역설하고 한국도 이러한 헌법을 갖추어야한다고 주장하고 있다.[41] 나아가 이러한 정치체제를 설명하면서 인민

황인종은 황인종과 단톄가되고 빅인종은 빅인종과 단톄가되여 흔번은 큰 전쟝을 일울지라 그런고로 오늘날은 황빅 량인죵이 각기 동죵을 위흐여 힘을 쓰는 거시 가흐다흐나 오늘날 렬국사롬들이 각각 즈긔나라 민족을 위흐여 분력흐는 시디에 이런 오활흔 인종쥬의롤 말흐리오 …… 그런고로 …… 모다 국가쥬의쑌이라 …… 텬하ㅅ사롬이 모다 세계쥬의롤 쥬쟝홀지라도 한국인은 국가쥬의롤 쥬쟝홈이 가흐며 온 텬하ㅅ사롬이 모다 인종쥬의롤 쥬쟝홀지라도 한국인은 국가쥬의롤 쥬쟝홈이 가흐니 …… 동양쥬의는 엇던사롬이 챵론흐거신지 알지는 못흐거니와 근리 수년이리로 더욱 전국에 퍼져서 허다흔 큰 단톄들이 거거히 동양쥬의를 가지고 닷토와 니러나는디 …… 동양쥬의가 오릭 셩흐면 한국의 싱명이 영영 쓴허지리로다 한국의 싱명이 영영쓴허지리로다 …… 일인들의 챵론흐는 동양협회와 동양쳑식회샤들도 쏘흔 동양쥬의가 아닌가 굴ㅇ디 일인의 동양이라홈은 국가롤 확쟝흐여 동양을 합병홀쑛을 포함홈이어니와 한인의 동양이라홈은 동양을 쥬쟝흐여 국가롤 쇼멸코져홈이니라."(『대한매일신보』, 1908.12.17, 457호)

39) 「동양쥬의에 디흔 평론」(『대한매일신보』, 1909.8.8, 645호)과 「동양쥬의에 디흔 평론(쇽)」(1909.8.10, 646호) 참조.
40) 「한인의 맛당히 직힐 국가쥬의」, 『대한매일신보』, 1909.6.18, 602호.
41) 『대한매일신보』, 1908.11.29, 442호.

이 권리보호를 위해 국가를 창조하고 정부를 설치하며 정부에 대해 정치행동에 참여하는 것이 당연한 권리이며, 인민의 국가와 인민의 정부와 인민의 정치와 인민의 법률을 찾아와야함을 역설하고 있다.[42]

아울러 국권을 빼앗길 상황에서 헌법을 이야기하는 것은 의미가 없지만 그럼에도 불구하고 독립을 대비하여 헌법을 연구할 필요성을 강조하면서 헌법정치연구회의 설립을 촉구하고 있다. 그리고 그 과정에서 국가는 인민의 행복을 위해 세우고 유지되는바 인민에게 해로움을 가하는 정치를 물리치기 위해 공화정치를 하거나 임금과 인민이 서로 제한하는 헌법정치를 행한다고 하면서 세계는 헌법정치를 행하는 나라가 흥하는 시대인 까닭에 한국에서도 헌법정치가 필요하며 앞으로의 대비를 위해서라도 헌법정치를 준비할 필요가 있다고 지적하고 있다.[43] 이때 헌법정치란 입헌군주제를 의미하고 있는 듯하다.

그러면서도 명시적이지는 않지만 공화제에 대한 구상을 적극적으로 내보이고 있는 점도 눈여겨 볼 필요가 있다. 앞서 인용했던 민권과 관련한 언급 그리고 국가의 권리를 빼앗기더라도 재산을

---

42) "인민이 권리를 보호하기 위하여 국가를 창조하엿스며 권리를 보호하는 긔관을 두기 위하여 정부를 셜치호 거시 아닌가 국가에 디하여 싱존하는 복리를 청하는 거슨 인민의 당연호 권리가 아니며 정부에 디하여 정치힝동에 참예하는 것은 인민의 당연호 권리가 아닌가…… 우리가 우리 권리를 보호하기 위하여 창조혼 국가가 디옥이 되며 우리가 우리 권리를 보호하는 긔관을 두기 위하여 셜치호 정부가 싁량이 되어 우리의 피를 쌜고 우리의 살을 긁어 내니…… 도라올지어다 민권이여…… 인민에게 하놀이 주신 권리를 보호하여 인민의 국가와 인민의 경부와 인민의 졍치와 인민의 법률을 추ᄌ오라 민권이여 도라올지어다."(「민권을 부르는 글」, 『대한매일신보』, 1909.3.17, 526호)
43) 「헌법졍치 연구회의 필요」, 『대한매일신보』, 1910.3.19, 817호.

보전하면 국권이라도 찾을 날이 있다고 지적하면서 인민이 국가의 주인임을 분명히 강조하고 있는 대목을[44] 감안하면 『대한매일신보』에서 논의된 정치체제 구상은 입헌군주정에서 공화정에 이르기까지 다양하게 제시되고 있음을 알 수 있다. 따라서 대한매일신보에 나타난 정치체제 구상은 흠정헌법 내지 입헌군주제에 머물고 있었던 다른 매체나 단행본의 내용과 달리 입헌군주제, 민정헌법, 나아가 공화제까지 폭넓게 제기되고 있음을 알 수 있다. 다만 공화제의 경우 명시적으로 그것이 주장되지는 않고 있다.

한편으로는 국가 없이 어떻게 인권이나 국민이 존재할 수 있겠는가라고 반문하면서[45] 국가의 중요성을 부각시키지만, 국권이 붕괴되고 국가가 사라질 상황에 대하여 『대한매일신보』는 정신의 문제를 부각시켜 국가의 존재를 지속시키려는 전략을 구사하고 있다. 국가가 흥하고 망하는 것은 토지나 인민의 많고 적음에 달린 것이 아니라 국민의 독립 정신이 있고 없는데 있다는 논의에서[46] 국가정신이란 다름 아닌 독립정신이라고 규정하고 있다. 이러한 논의를 거쳐 국가정신을 발양하는 것이 『대한매일신보』의 발행 목적임을 분명하게 밝히고 있다.[47] 국가에 대한 정신을 가져야 한다는 주

---

44) "오호ㅣ라 국가의 권리는 쎄앗겻슬지라도 인민의 쥐산을 보전ᄒ면 국권이라도 ᄎᆞ즐 날이 잇스려니와 토디가옥을 뎐당잡히는 쟈에게"(『대한매일신보』, 1910.6.7, 882호)
45) 「국권이 업소셔 민권을 싱각ᄒ는 어리셕은 무리」, 『대한매일신보』, 1909.10.26.
46) "국가의 흥ᄒ고 망ᄒ는거시 토디의 크고 젹은더 잇는가 그럿치 안토다 인민의 만코 젹은더 잇는가 그럿치도 안토다 다만 그 나라 국민의 독립 졍신이 잇고 업는더 잇ᄂᆞ니라."(「졍신이 잇스면 ᄉᆞ실이 반ᄃᆞ시 나타ᄂᆞ니라」, 『대한매일신보』, 1908.2.8)
47) "본문에 [국가의 졍신을 발양ᄒ랴]ᄒᆞᆫ 이 열ᄉᆞᄌᆞ로다 …… 대뎌 본보는 [국가] 두 글ᄉᆞᄌᆞ를 가지고 이쳔만 동포의게 향ᄒᆞ야 쟉일에도 국가 국가라 ᄒᆞ며 금일에

장은 독립이 점점 어려워지는 현실 속에서 정신으로 된 국가를 제창하는 논의로 옮아간다. 국가는 국가의 정신이 먼저 있고 그 다음에 형식이 있다는 것, 형식이 없어져도 정신만 살아있으면 형식은 언제든 살릴 수 있다고 지적하는데서[48] 사라질 국가와 다시 되찾을 국가를 매개하는 것으로서의 국가정신이 강조되고 있다. 여기서 국가 정신, 즉 정신으로 된 국가란 다름 아닌 민족의 독립할 정신, 자유할 정신, 생존할 정신, 굴복하지 않을 정신, 국권을 보전할 정신, 국가위엄을 발양한 정신, 국가의 영광을 빛나게 할 정신이다. 나아가 당시 유행하던 실력양성은 국가 독립의 필요조건이지 충분조건은 아니라고 비판하면서 국가 정신은 단순한 실력양성이 아니라 독립에 대한 의지임을 분명히 하고 있다.[49]

도 국가 국가라ᄒᆞ야 날마다 부르기를 마지아니ᄒᆞᆫ 지가 우금 오륙년이거늘."(「국가의 정신을 발향ᄒᆞ라」, 『대한매일신보』, 1909.1.5, 469호)

48) "셰계에 엇던 나라를 물론ᄒᆞ고 몬져 국가의 졍신부터 잇슨 연후에 국가의 형식이 비로소 셔ᄂᆞ니 …… 오호 ㅣ 라 국가의 정신은 곳 국가형식의 어미라ᄒᆞᆯ진뎌 정신으로 된 국가 ㅣ 라 ᄒᆞᆷ은 무엇을 닐옴인가 그 민족의 독립ᄒᆞᆯ 졍신 ᄌᆞ유ᄒᆞᆯ 졍신 싱존ᄒᆞᆯ 졍신 굴복지 아니ᄒᆞᆯ 졍신 국권을 보전ᄒᆞᆯ 졍신 국가 위엄은 발양ᄒᆞᆯ 졍신 국가의 영광을 빗나게 ᄒᆞᆯ 졍신 등을 닐옴이니라 형식으로 선 국가이라 ᄒᆞᆷ은 무엇을 닐옴이뇨 강토와 님금과 경부의 의회와 관리와 군함과 대포와 륙군과 희군 등의 나라 형톄를 일운 것을 닐옴이니라 오호 ㅣ 라 국가의 정신이 망ᄒᆞ면 국가의 형식은 망ᄒᆞ지 아니ᄒᆞ엿슬지라도 그 나라는 이믜 망ᄒᆞᆫ 나라이며 국가의 정신만 망ᄒᆞ지 아니ᄒᆞ면 나라의 형식은 망ᄒᆞ엿슬지라도 그 나라는 망ᄒᆞ지 아니ᄒᆞᆫ 나라이니라 …… 그 나라의 민족된 쟈 ㅣ 독립과 ᄌᆞ유의 졍신만 잇스면 정부와 의회 등 형식이 업슬지라도 그 ᄆᆞ음에 나라이 완연히 잇고 그 눈에 나라이 분명히 잇셔셔 …… 필경 그 국가를 셰우는 날이 잇슬지니."(「정신으로 된 국가」, 『대한매일신보』, 1909.4.29, 560호)

49) "대뎌 국가를 보젼ᄒᆞ는 법은 그 국민의 국가 정신이 굿은 거시 필요ᄒᆞ거늘 오늘날 한국동포 이쳔만 즁에 능히 국가와 민족의 관계가 엇더ᄒᆞᆯ 거슬 아ᄂᆞᆫ쟈ㅡ 몃 사름이며 능히 그 힘을 국가에 밧치는 자ㅡ몃사름이며 …… 대뎌 독립을 조셩ᄒᆞᄂᆞᆫ 듸 ㅣ ᄂᆞᆫ 실력 ᄒᆞᆫ 가지가 크게 긴요ᄒᆞ다 ᄒᆞᆷ은 가커니와 실력이 독립을 조

그렇다면 국권이 상실될 위기에서, 어떠한 종류의 독립적인 정치체제 구상도 현실성이 없는 상황에서 논리적으로 이러한 국가 정신을 어떻게 그리고 누가 살릴 수 있는가? 이 질문에 대한 대한매일신보에서 나타난 논의는 분명하지 않다. 그러나 논설의 분석을 통해 크게 두 가지 정도의 대답을 유추할 수 있다. 그것은 바로 정신으로 된 국가의 추상화 작업 즉 어떠한 역사적 변화에도 변하지 않을 정치체로서 국가를 재규정하는 작업이며 다음으로 그러한 정치체제를 유지시켜 나갈 다양한 주체의 모색이다.

먼저 현실적인 위기에 처한 국가를 어떠한 역사적 상황변화에도 지속될 수 있는 정치체제로 추상화하는 전략이 나타나고 있다. 이를 대표하는 것이 국가는 큰 집이라는 용례이다. 언뜻 이런 식으로 국가를 규정하는 것은 정치제도로서 국가를 논의해왔던 상황을 무시하고 과거로 회귀하는 느낌을 주는 것이 사실이다. 그러나 현실을 극복하기 위한 대안으로, 한국인들에게 가장 친근하고 쉽게 이해될 수 있는 가족이라는 범주로 국가를 은유하는 방법을 구사하고 있다. 물론 이러한 용례는 그 이전에도 나타나고 있다. 예를 들어 협성회 회보에 전통적인 위계적 질서 개념에 입각하여 "임금은 집안 어른이요 백성은 자식들"[50]이란 형태로 우리 뜀을 설명하려는 시도가 있었다. 여기에 한 걸음 더 나아가 대한매일신보에서는 의식적으로 국가를 큰 집으로 비유함으로써, 전통적인 관념을 활용하여 새로운 개념을 만들어 내고 있는 것이다. 한편으로 한국인

성훈다 흠은 불가훈지라 ·······."(『대한매일신보』, 1909.6.18)

50) 『논설－협성회회보』, 1898.3.5.

들의 가장 큰 문제가 가족주의라는 점을 지적하면서도 다른 한편으로 그것을 작은 가족으로 규정하고 큰 가족인 국가의 사상을 가지라고 역설하고 있다.[51] 또 교육의 정신은 큰 가족(곧 국가)를 유신케 하는 것[52]이라는 기사, 황실을 국가로 믿거나 정부를 국가로 믿는 자도 있지만 국가는 곧 한 집 족속[53]이라고 지적한 기사, 그리고 '나라는 곧 일개 큰 집'이란 기사에서 그러한 관념을 발견할 수 있다.[54] 이 개념은 매우 적극적으로 활용되어 1907년 무렵 국가란 결국 국을 뜻한다는 규정이 1908년을 기점으로 가를 뜻한다는 규정으로 바뀌고 있음을 알 수 있다.[55] 그리고 '시조'와 '나라 집' 그

---

51) "적은 가족의 스샹을 ㅂ리고 큰 가족 국가의 스샹을 두며 흔집의 조샹만 위ㅎ지말고 여러집의 조샹되는 단군을 위ㅎ며 한집 ㅈ손만 스랑하지 말고 곳 전국의 도조샹 단군의 ㅈ손ᄭ지 스랑ㅎ며 흔집안 지산만 앗기지 말고 전국 지산을 앗기라 흔 말을 여러번 본보에 긔지치 아니ㅎ엿는가."(「가족 스샹을 타파홈」, 『대한매일신보』, 1908.9.4, 375호)

52) "가족교육에 유지ᄒ신 졔군ㅈ여 교육의 범위ᄂᆫ 적은 가족(곳 동죵)을 유지케 홈에 한명홀지라도 교육의 정신은 큰가족(곳 국가)을 유신케홈에 ᄒᆞᆼ샹 둘지어다."(「가족 교육의 젼도」, 『대한매일신보』, 1908.6.11, 304호)

53) "국가ㅣ라 국가ㅣ라 ᄒ니 국가ᄂᆫ 과연 무슴 물건인고 …… 인민이 국가에 ᄃᆡᄒᆞᆫ 정신이 국가의 발달홈을 ㅂ라리오 이졔 셔양사룸의 속담에 닐온바 국가ᄂᆫ 곳 흔집 족쇽을 크게 말흔 바ㅣ라 …… 집과 나라이 무엇이 다르리오 …… 그런고로 굴ᄋᆞᄃᆡ 국가ᄂᆫ 곳 큰집의 족쇽이라 ᄒᆞᄂᆫ 바ㅣ니"(「국가ᄂᆫ 곳 흔집 족쇽이라」, 『대한매일신보』, 1908.7.31, 347호)

54) "대뎌 나라ᄂᆫ 곳 일개 큰 집이라. 더 녯 사룸의 닐은바 나라이라 ᄒᆞᄂᆫ 쟈ᄂᆫ 집의 큰 거슬 닐읭이라 흔 말이 실노 허ㅅ된 말이 아니로다. 동셔에 널녀잇ᄂᆫ 각국이 모다 뎌의 큰 민족의 주졉ᄒᆞᄂᆫ 집이니 그런고로 그 민족이 그 나라롤 일흐면 곳 그 집을 일흠과 ᄀᆞᆺᄒᆞ며 그 나라를 보존ᄒᆞ면 곳 그 집을 보존홈과 다름이 업ᄂᆞ니라 …… 제 군ㅈᄂᆫ 힘을 극진히 ᄒᆞ여 긔초롤 굿게 ᄒᆞ며 몸을 ㅂ려셔 들ㅅ보가 되어 대한뎨국이라ᄒᆞᄂᆫ 일개 큰집을 화려ᄒᆞ고 졍슉ᄒᆞ게 셰워셔 타족이 감히 엿볼 틈이 업게 홀지어다."(『대한매일신보』, 1909.5.13)

55) "國家라 稱할 時에ᄂᆞᆫ 一見ᄒᆞ면 國과 家를 倂稱한 말 갓흐나 그러치안코 單히 國이라 함과 同義−니"(『태극학보』 제12호, 1907, 29~30면)와 "今 夫 國이

리고 '자손'이란 은유로 국가를 설명하는 경우56) 그리고 "나라는 곧 일개 큰 집"이니 "대저 민족이 집을 잃으면 그 민족은 멸망되기 마련"57)이라는 표현에서도 이러한 관념이 발견된다.

　이와 함께 국가를 시간을 뛰어넘은 초역사적 실체로 규정하려는 시도도 발견되고 있다. 국가의 이름을 정하고 이 국가가 개국한 년도를 정해야 한다는 논의에서 한반도에서 역사적으로 존재했던 모든 조정(왕조)을 넘어서는 국호가 필요한데 그것을 동국으로 하자고 제안하고 있다. 또 바로 이런 국가의 역사를 서술하기 위해서라도 한반도의 역사적 시간대를 규정하는 단일한 역사적 시점을 가져야한다는 주장58)을 하고 있다. 이러한 설명 속에는 현

　란 者는 一家族의 結集體(西諺에 云 國家란 者는 家族 二字의 大書)며, 歷史란 者는 一國民의 譜牒이라. 此 譜牒 中에 吾祖吾宗의 功烈도 記ᄒ며 恥辱도 記ᄒ며 ……"(『대한협회회보』 제2호, 1908, 5면)를 비교해 볼 것. 또 "…… 今에 西諺에 云ᄒ바 國家는 卽 家族 二字의 大書라 …… 故로 曰 國家는 卽 一大 家族이라 ᄒ는바니 ……"(『대한매일신보』, 1908.7.31)과도 대조해 볼 것.
56) "우리 시조 단군께서 / 태백산에 강림하사 / 나라집을 창립ᄒ여 / 우리 자손 주시셨네."(『대한매일신보』, 1909.8.6)
57) '나라는 곧 일개 큰 집', 『대한매일신보』, 1909.5.13.
58) "(일) 국호 토디와 인민이 잇스미 반ᄃ시 국가가 잇고 국가가 잇스미 반ᄃ시 그 일홈이 잇ᄂ니 그런즉 우리 나라의 일홈은 무엇이라 홀가 죠션이라 홀가 삼한이라 홀가 고구려라 홀가 신라라 홀가 빅졔라 홀가 굴ᄋ디 아니라 이는 모다 당시에 죠뎡의 일홈이니 죠뎡의 범위는 좁고 국가의 범위는 넓으며 죠뎡의 운명은 따르고 국가의 운명은 쟝원ᄒ거늘 죠뎡의 일홈을 가지고 국가의 일홈으로 쓰는거시 올치아니ᄒ며 …… 그런즉 우리나라 국호는 쟝츳 무어시라홀가 굴ᄋ디 동국이라 홈이 가홀진더 …… ᄒ 국가의 존망을 ᄒ 죠뎡의 존망으로 그릇알고 ᄒ 민족의 흥쇠를 ᄒ집안 ᄒ셩의 흥쇠로 그릇 짐작ᄒ야 …… 이거슨 역스롤 져슐ᄒ는 쟈의 ᄒ가지 크게 주의를 홀 바ㅣ오 (이) ᄀ년 지금 각국에셔 쓰는 ᄀ년을 볼진더 혹 나라를 창립ᄒ던 시조로 그 원년을 긔록ᄒ며 혹 교문을 챵셜ᄒ던 시조로도 원년을 긔록ᄒ야 그 긔원 이젼을 긔록ᄒ미 긔원젼 몃ᄒ이라ᄒ고 긔원이후를 긔록ᄒ미 긔원후 몃ᄒ이라 ᄒ야 스긔롤 닉는 쟈가 긔억ᄒ기에 편리ᄒ기도 홀뿐더러 쏘ᄒ 국민의 정신을 통일ᄒ는 ᄒ가지 방법이니 이제 우리나라 스긔도

실의 고달픈 상황을 넘어서 변치 않을 새로운 희망을 가져다줄 추상적 실체를 구상하려는 의도가 엿보이고 있다. 이 글의 직접적인 분석 대상은 아니지만 이 추상성을 담보할 주체들로서는 국민, 민족, 동포, 인민 등이 거론되고 있다. 이런 용어들이 구체적으로 어떻게 배열되고 있는지는 별도의 검토가 필요할 것이다. 다만 〈표 3〉에서 볼 수 있듯이, 19세기 말 널리 사용되었던 백성이나 신민의 개념은 점차 사라지고 그 자리를 대신하여 평등한 인간집단 혹은 가족이라는 비유에 의해 경계 지워지는 국민 민족 동포 인민 등이 널리 사용되었다는 점은 분명했다. 그럼으로써 다가올 미래에는 과거와 달리 새로운 주체가 등장할 것이라는 함의를 강력하게 제시하였다.

〈표 3〉『대한매일신보』 기사별 단어 빈도수[59]

1908 논설	1908 시평	1909 논설	1909 시평	1910 논설	1910 시평
국가 35	77	438	294	275	42
충군애국 2	13	5	0	1	1
국민 325	38	426	190	275	16
인민 452	85	419	266	594	29
민족 4	3	155	34	121	9
동포 365	103	512	353	446	79

이를 본밧아 번잡훈 력디 임군의 긔년을 브리고 우리나라롤 창립ᄒ던 단군으로 긔록ᄒ야 …… 낡는 쟈의 졍신의 현황홈도 업슬거시오 또 력ᄉ롤 디ᄒ미 ᄒ 조상 훈 죵족의 ᄉ샹이 졀노 싱ᄒ야 이국ᄒ는 ᄆ음을 불너 니르키ᄂ디 크게 유익ᄒ리라 ᄒ노라."(「력ᄉ에 디ᄒ 좁은 소견 두가지」, 『대한매일신보』, 1908.6.17, 309호)

59) 김동택, 앞의 글, 2002 참조.

5. 『대한매일신보』의 국가 개념이 갖는 역사적 위상

서구라는 외부의 압력과 민의 저항이라는 내부의 압력에 대응하기 위한 해결책은 바로 근대국가의 건설이었다. 개항 이후의 근대국가 건설과정은 역사 속에서 잘 알려져 있거니와 이런 다양한 노력들이 좌절을 겪으면서 현실의 난관을 돌파하고 현재를 역사의 일부로 돌리면서 보다 긴 시간대 속에서 한반도의 위상을 검토할 필요성이 대두되었던 시기가 바로 『대한매일신보』가 발행되었던 시간대였다.

『대한매일신보』에서 가장 중요한 개념어 가운데 하나는 국가이다. 국가는 국민과 더불어 그것을 구성하는데 사용되었던 민족, 동포, 인민 등의 다양한 인간 범주들을 포괄하는 핵심적인 제도 혹은 정신적 실체로서 자리 잡고 있음을 알 수 있다. 왕, 전통관료, 개화관료, 개화지식인들의 근대 국가 건설구상과 투쟁과정이 실패로 돌아가면서, 국제질서가 대한제국의 붕괴를 재촉하는 과정에서 대한매일신보는 계몽운동의 전면에서 활동하였다. 『대한매일신보』는 당시 활발하게 제기되었던 다양한 정치체제 구상을 흡수하면서도 경향적으로 독자적인 구상을 제기하고 있다. 먼저 바람직한 정치체제로서 인민과 군주가 합의하여 통치하는 헌정체제 즉 입헌 군주제를 하한선으로 잡고 명시적으로 주장하지는 않았지만, 군주를 배제한 공화제를 함의하는 기사를 수차례에 걸쳐 싣고 있다. 그리고 공화제를 뒷받침할 근거로서 인민들이 갖고 있는 정신으로 된 국가라는 주장에서 정신이 살아있으면 구체적인 국가가 없어져도 국가는 다시 살아난다는 주장을 펴고 있다. 바로 이러한 내용을 지닌 계몽의 확산이 식민지 시대 내내 독립운동을 이끌었던 담론의 시발점이자 이후 정치체제 구상이 제국에서 민국으로 자연스럽게 전환될 수 있는 근거로 작용하고 있다고 판단된다. 또 당시의 국제정세를 설명하면서 세계주의나 동양주의는 외견상 사해동포주의를 주장하는 것이지만 실질적으로는 모두 침략주의의 다른 얼굴이라 규정하고 국가주의만이 살길임을 역설하고 있다. 이때 국가주의는 국가를 위해 모든 것을 희생한다는 전체주의적 발상이 아니라 일국적 발전을 추구한다는 의미를 담고 있었다.

그러나 국가가 붕괴될 상황에 처해 『대한매일신보』의 논조는 현실적이고도 구체적인 정치체제 구상, 근대국가 구상에서 한발 물러나 보다 추상적인 정신세계를 강조하게 되었다. 한편으로는 국가를 초역사적인 존재로 부각시키고 그럼으로써 일시적인 국권 상실을 장기적인 역사 속에서 그야말로 무시해도 좋을 일시적인 것으로 규정하였다. 동시에 다른 한편으로는 초역사적인 국가의 존재를 정신 속에 존재하는 것으로 규정함으로써 국가를 지키겠다는 정신이 유지되는 한 언젠가는 구체적이고 형식적인 국가가 가능할 것이라는 기대 속에서 정신으로 된 국가를 강조하였다. 그리고 이를 지키기 위한 구성원들을 등장시켰는데, 먼저 국가를 전통적인 가족 개념에 비유하여 보다 큰 범주의 가족 즉 큰 집이라 규정하여 결속의 정도를 강화시키고자 했다. 그러면서도 큰 집을 지킬 주인이 누구인지에 대해서는 다양한 인간 범주를 제시함으로써 그 가능성을 열어두고 있었다. 국가가 붕괴한 상황에서 국민이 존재할 수 없다는 점을 감안하면, 『대한매일신보』에서 두루 강조된 동포, 인민, 민족 등의 개념들 혹은 그 가운데 어떤 것이 이후 역사의 전개에 따라 주권의 실체를 담지하게 될 개연성을 갖고 있었다.

『대한매일신보』와 '병리학'의 담론적 배치

고미숙

1. 프롤로그-세 개의 문서

〈문서 1〉

천천우(踐天佑) 보유(保有) 만세일계(萬世一系) 황조(皇祚) 대일본국(大日本國) 황제(皇帝)는 충직하고 성실하며 용맹스러운 너희들에게 알리노라. 나는 이에 러시아에 대해 전쟁을 선포하노라. 나의 육군과 해군은 마땅히 러시아와의 전쟁에 온힘을 다해 적극 종사하라. 나의 모든 관리와 관청은 각자 자기 직무를 좇아 자기의 권한과 능력을 힘껏 발휘하여 국가의 목적을 달성토록 노력하라. 무릇 국제법의 범위 안에서 모든 수단을 남김없이 발휘하여 기어이 빠짐없이 그 일을 도모토록 하라.

나는 오직 평화 속에서 문명의 진보를 이루고 세계 여러 나라와 우호관계를 돈독히 하며, 동양의 치안을 영원히 유지하려고 생각했다. 또 세계 여러 나라의 권리와 이익을 손상시키지 않고서, 일본제국의 안전을 영구 보증하는 사태를 확실하게 정하려고 했다. 일찍부터 외교 관계의 중요한 뜻을 인식하고 아침저녁으로 이를 어기지 않기를 바랐다. 관련된 일을 맡은 나의 신하들도 역시 나의 뜻을 본받아 일을 처리하니, 세계 여러 나라와의 그 관계는 해가 갈수록 서로 친해져 우의가 두터워졌다.

이제 불행하게도 러시아와 전쟁을 벌이게 되었는데, 이 어찌 나의 본뜻이겠느냐? 일본 제국이 한국의 보전에 치중해 온 것은 하루 이틀의 일이 아니다. 이는 단지 두 나라의 여러 대에 걸친 관계에서만도 아니다. 한국의 존속이냐 멸망이냐 하는 문제는 실로 일본 제국의 안위와 관계되는 바이다. 러시아는 청나라와 맺은 굳은 약속 및 세계 여러 나라에 대해 여러 차례 밝힌 선언에도 불구하고, 전과 다름없이 만주를 점거하고 있다. 갈수록 더욱 자신들의 지위를 공고히 하며, 마침내는 강제로 집어삼키려고 한다. 만약 만주가 러시아의 영유로 귀속되어 버리면, 한국의 보전을 유지하지 못하고 극동지역의 평화도 역시 희망할 수 없다.

그러므로 나는 이 기회에 타협하여 시국을 해결하고 영원토록 평화를 유지하길 기대했다. 외교 업무를 맡은 관리를 시켜 러시아에게 제의한 지가 반년이 되었다. 여러 차례에 걸쳐 절충했지만, 러시아는 털끝만큼도 서로 양보할 의지를 가지고 대응하지 않았다. 헛되이 시일만 보내며 오랫동안 단지 시국의 해결을 질질 끌어왔다. 겉으로는 평화를 앞장서 외치면서 속으로는 육군을 증강하고서 우리를 굴복시킬 준비를 해왔다.

대체로 러시아는 애초부터 평화를 아끼고 사랑하는 정성스런 마음을 가지고 있지 않았으며, 털끝만큼도 승인할 기색이 없었다. 러시아는 이미 일본 제국이 제의한 한국의 안전에 관한 문제를 받아들이지 않았다.

바야흐로 위급한 상황이 임박했으며, 일본 제국의 국가 이익은 장차 침해받고 핍박받게 생겼다. 일이 이미 이 지경에 이르러 버린 것이다. 일본 제국은 평화교섭을 통해 장래 문제에 대한 보증을 구하고자 했지만, 오늘날엔 전쟁을 통한 문제 해결의 길 외에는 달리 내가 의지할 방안이 없다. 너희들은 충직하고 성실하며 용맹스럽게 속히 영원한 평화의 길을 힘껏 이루어, 일본 제국의 영광스런 미래를 보전하는 것을 기대할 수 있도록 하라.

—『대한계년사』 권7[1]

〈문서 2〉

을사 5조약

제1조 지금부터 한국의 외교 사무는 일본 동경의 외무성으로부터 감리지휘를 받으며, 한국 신민으로 외국에 거주하는 자의 이익은 일본의 외교 대표자 및 영사로 하여금 일체 보호받도록 한다.

제2조 한국과 다른 나라 사이에 현존하는 조약은 완전하게 실행할 책임을 모두 일본이 담당한다. 또한 한국 정부는 지금부터 일본 정부의 중개 없이는 국제적 성격을 지니는 어떠한 조약도 체결하지 못한다.

제3조 일본 정부는 그 대표자로서 통감 1명을, 한국 황제의 대궐 아래에 두어 외교 사항을 전부 관리하되, 경성에 주재하며, 아울러 한국 황제를 직접 내알(內謁)할 권리를 지닌다. 또한 일본 정부는 한국의 개항장 및 기타 일본 정부가 필요하다고 인정되는 지역에 이사관(理事官)을 두어 그 권리가 있는 곳을 소유하되, 통감 지휘하에 전일 영사 업무를 장악하여 일체의 직권으로 집행한다. 아울러 본 협약의 조문을 실행하기 위하여 일체 필요한 사무를 관장 처리한다.

제4조 일한 양국간에 현존하는 조약은 본 협약의 조약에 저촉되는 내용 외에는 모두 그 효력이 계속된다.

제5조 일본 정부는 한국 황실의 유지, 안녕, 존엄의 방도를 보중한다.

—『매천야록』 권4[2]

〈문서 3〉

謹賀國文申報發刊

感祝하오 感祝하오 國文申報 感祝하오 大韓每日申報紙는 大韓全國 耳目이라

奉讀한 지 三四年에 證驗한 일 不少하다 珍書申聞 發行하여 世界上에 名譽 얻고

國文申報 또 내시니 우리 同胞 뉘 안볼가 精神 나는 論說이며 效驗 있

---

1) 정교 저, 조광 편, 변주승 역주, 『대한계년사』 7, 소명출판, 2004, 33면.
2) 황현 저, 임형택 외역, 『역주 매천야록』 하, 문학과지성사, 2005, 253면.

는 筆法이라

　貴社申報 아니드면 우리 同胞 귀먹었지 좋은 消息 일로 조차 文明知識 漸漸 늘어

　愛國精神 가득하니 남의 羞恥 어찌 받어 우리나라 獨立基礎 이 申報에 매였으니

　男女間에 뉘 안보며 京鄕間에 누가 마대 致賀할 말 다 못하나 國文申報 奉祝하오

　　　　　　　　　　　　　　　　　— 春史生 朴永鎭, 1907.5.26

여기 세 개의 문서가 있다. 〈문서 1〉은 메이지 황제의 대러시아 선전포고문이다. 청일전쟁 이후 조선과 만주에서의 패권을 둘러싸고 팽팽하게 대립하던 러시아와 일본 사이에 마침내 전쟁이 발발한 것이다. 러시아의 일방적 승리를 점쳤던 초기의 예상과는 달리 전쟁은 일본의 완전한 승리로 끝났다.

〈문서 2〉는 러일전쟁의 결과물이다. 청일전쟁을 통해 조선을 중화제국으로부터 '해방'시켜준 일본은 마침내 조선의 외교권을 완전히 장악하게 되었다. 말이 외교권이지, 실제론 국정 전반을 좌우하게 된 거나 다름없었다. 청일전쟁 이후 '열강의 잠정적 공백기'를 틈타 일시적으로 추진되었던 고종의 광무개혁은 이로써 허망하게 막을 내렸다.

흔히 1905년에서 1910년까지는 '애국계몽기'라 부른다. 근대계몽기 내에서도 애국적 열정이 가장 뜨겁게 고취된 시기이기 때문이다. 역설적이게도, 식민지 병탄을 위한 프로그램이 본격적으로 진행되던 이 시기에 계몽담론은 폭포수처럼 쏟아져 나왔다. 매체와 단체 등 담론이 웅성거리는 공간이 우후죽순처럼 번성하게 되

었던 것이다. 황현의 말을 빌리면, "이때 추도회다 환영회다 하며 사람을 꼬이는 것이 하나의 풍속을 이루었다. 또 무슨 교(教), 무슨 회(會), 무슨 단(團)이니 하는 것들이 날마다 새로 생겨나서 정신없이 분주한 것이 마치 도깨비와 같았다."[3]

이같은 변화의 원인을 명확히 규명하기는 어렵지만, 일단은 러일전쟁과 을사조약으로 다소 모호하게 은폐되었던 '안개정국'이 걷히면서 '적대적 전선'이 명료해졌다는 것, 그리고 정국의 급변과 더불어 개인과 집단의 이합집산이 교차하면서 '공론장'이 대폭 확대되었다는 것 정도는 꼽을 수 있을 듯하다. 이런 흐름 속에서 개항 이후 다양하게 흘러들어왔던 계몽담론들이 '공작새가 날개를 펴듯' 활개를 치게 되었다.

그리고 바로 그 열정의 중심에 『대한매일신보』가 있다. 『대한매일신보』는 근대계몽기 계몽담론의 정예이자 최전방이었다. 무엇보다 소위 한국적 근대성의 기원이라 할 만한 담론의 원형들이 총망라되어 있다는 점에서 그렇다. 『대한매일신보』에는 세 가지 버전이 있다. 첫째, 1904년 창간 초기의 순국문판. 이때는 영자신문 *Korea Daily News*의 번역본적 성격이 강하다. 둘째, 1905년 이후 나온 국한문판. 이때부터 신채호·양기탁 등 계몽주의자들의 참여로 가장 강력한 매체로 부상한다. 그리고 마지막으로 1907년 국한문판과 짝을 이루는 순국문판을 내면서 독자층이 비약적으로 확대된다. 내용과 형식 양면에서 명실상부하게 국민의 '눈과 귀'가 된 것이다. 〈문서 3〉은 바로 국문판 발행을 축하하는 메시지다.

---

3) 황현 저, 임형택 외역, 『역주 매천야록』 하, 문학과지성사, 2005, 455면.

'우리 나라 독립기초 이 신보에 매였으니'에서 보이듯 '계몽의 중추'라는 자신감이 충만하다.

이 글은 '근대계몽기 위생 개념의 담론적 배치'를 규명하는 작업의 세 번째 완결판이다. 제1편은 『독립신문』(1895~1900)을, 제2편은 『황성신문』(1900~1904)을 대상으로 하였고, 이제 마지막 편에선 『대한매일신보』(1905~1910)를 대상으로 하였다.

2. 범람하는 언표들

『대한매일신보』의 담론적 스펙트럼은 실로 드넓다. 일상의 사소한 에피소드에서부터 진화론과 역사, 제국주의와 동양평화론 등과 같은 거대담론에 이르기까지 모든 영역을 전방위적으로 포괄해낸다. 병리학적 언표 역시 마찬가지다. 『독립신문』을 통해 위생과 의료에 관한 파격적인 언급이 터져 나온 이래[4] 『황성신문』은 거의 공백이라 해도 좋을 정도로 언표들이 희박했다.[5] 그에 반해, 『대한매일신보』에는 기이할 정도로 병리학적 언어들이 난무한다.

먼저, 이런 방식이 있다.

---

4) 그에 관해서는 다음을 참조할 것. 고미숙, 「독립신문에 나타난 위생 개념의 배치」, 『근대계몽기 지식 개념의 수용과 그 변용』, 소명출판, 2004.
5) 고미숙, 「황성신문에 나타난 '위생' 개념의 담론적 배치」, 『근대계몽기 지식의 발견과 사유지평의 확대』, 소명출판, 2006, 227~258면.

① 향로방문의생이라 속(1906.1.21)

이 내 향적 말할진대 신농유업 본을 밧아 의서를 배운 후에 약국을 개설하고 맥문동 천민동과 진피반하 강활독활 천가백지 각종 약을 봉지봉지 달아 놓고 병자의 징세 보아 이것저것 기입하여 병근을 다스릴 제 한가지 잘못하면 병세가 변할지니 범연하고 될 터인가 정부에 대신들도 의원과 같은지라

② 〈淸潔神法：1908.1.8〉

ㅇ 一日은 白頭山靈이 東海神을 請邀하여 一問題를 提出하되 貴管下에 汚穢物이 蓄積하야 敝掌內 衛生에도 障碍가 不少하니 淸潔法을 迅速實施 하고지고

ㅇ 헛文書 꾸며들고 남의 權利 勒奪하는 저 汚穢物

ㅇ 남의 집을 斗護한다 稱託하고 통제로 상키려는 저 汚穢物

ㅇ 제 것 두고 남의 것 慾心 내는 저 汚穢物

ㅇ 남의 物件 經界 없이 奪取하는 저 汚穢物

ㅇ 아래 우통 벌거숭이 가짐이만 찬 저 汚穢物

ㅇ 四寸끼리 婚姻하고 兄嫂 다리고 사는 저 汚穢物

ㅇ 兩소매는 팔낭팔낭 나목신은 딸각딸각 저 汚穢物

ㅇ 勸告니 同意니 運動費만 貪食하는 저 汚穢物

ㅇ 外面은 平和하나 中心에는 懷劍한 저 오穢物

ㅇ 男子 보면 손목 잡고 强請賣淫하는 저 오穢物

ㅇ 文明하다 自稱하나 行事는 野蠻이라 저 오穢物

ㅇ 同種을 壓視하고 奴隷로 待遇하는 저 오穢物

ㅇ 無辜良民 搆捏하여 捕捉惡刑 濫施하는 저 오穢物

ㅇ 土地家屋 典執하고 利上加利 奪取하는 저 오穢物

ㅇ 남의 집에 雇傭살이 月給만 貪食하는 저 汚穢物

ㅇ 各地方에 橫行하여 婦女를 겁奸하는 저 오穢物

ㅇ 商店物品 出示하고 抑勒으로 放賣하는 저 오穢物

ㅇ 仁川港에 軍艦 대여라 가득가득 실어다가 太平洋 넓은 바다 風雨같이 몰아가서

풍덩실 풍덩실

①은 「향로방문의생」, 즉 '시골노인이 의원을 찾아와 나라정세를 의논한다'는 뜻을 제목으로 삼은 이 글은 1905년 12월 21일부터 1906년 2월 2일까지 연재된 대작이다. 기본적으로 산문형식이고, 중간중간 운문이 섞여있다. 형식면으로나 내용면으로나 실험성이 워낙 짙어 『대한매일신보』의 문체적 저력을 보여주는 대표적 케이스에 속한다. 제목도 그렇거니와, 정부대신들의 역할을 의원이 병을 고치는 것에 비유하는 '병리학적 은유'가 활용되고 있다는 점이 주목할 만하다.

②는 청결법의 시행이라는 사건을 바탕으로 나라와 민족에 해가 되는 온갖 집단을 오예물에 비유하는 방식으로 언표가 구성되어 있다. 질병과 치료라는 대쌍 못지 않게 청결과 오물이라는 대쌍 역시 매우 폭넓게 활용된 은유적 패턴이다.

검가 申童의 童謠(1907.8.30)

청룡도 드는 칼을 힘까지 갈아 들고
사양풍 저문 날에 쉬파람 한소리로
락락히 배회타가 우주를 바라보고
서리날 만지면서 시험할 곳 생각하니
베힐 것 적지 않고 끊을 것 하도 많다
사지가 온전하여 자유를 할 만 한데
제 생활 저 못하고 의뢰심 끊고 지고
시세도 모르시고 위생도 모르시는
야만인 세벌 상투 일시에 베고 지고
이 사람 잘한 일은 저 사람 반대하여
못되게 방해하는 시기심 끊고 지고
풍설을 지어내여 민심을 선동하며

나라를 해케 하는 혀밑을 베고 지고
(… 중략 …)
교육을 방해하여 못하게 하는 날은
우리는 노예되어 멸망을 당할지니
교육을 더 잘하여 상등국 되온 후에
태극기 높이 들고 만만세 불러 보세

이 작품은 전통가사형식을 원용하여 계몽을 촉구하는 노래형식을 취한다. '청룡도, 사양풍, 휘파람, 우주' 같은 어휘들을 통해 웅대하고 비장한 분위기를 연출함으로써 계몽의 열정을 한껏 고양시키고 있는데, 특이하게도 위생을 아주 시급한 과제로 전면에 배치하고 있다. 같은 시기에 이 비슷한 운문형식이 대량으로 실험되었다. 노래가 계몽의 열정을 불러일으키는데 큰 효과가 있다는 전략에서였을 것이다. 흥미롭게도 이 작품들은 한결같이 위생을 매우 시급하고도 중요한 이슈로 다루고 있다. 예컨대, "동포형제야 걱정마소 살 구멍이 생겼네 / 이 구멍을 모르면 야만멸망을 당하네 / (… 중략 …) / 위생하랴도 이리 오고 건강하랴도 이리 와 / 설치하랴도 이리 오고 압제하랴도 이리 와 / 자녀 있거든 이리 보내 살 구멍이 여기로세 / 그 구멍을 모를진대 글자 써놓고 세어보소 / 배울 학자가 십삼혈 학교 교자 열세 구멍 / 살 구멍이 이것이니 이 구멍으로 들어오소〈학교가 씨스童의 童謠〉, 1907.9.7)"가 대표적인 경우다. 이렇듯 위생은 명실상부하게 계몽담론의 중심을 차지하고 있다.

대한매일신보의 이념은 민족주의로 집약된다. 특히 1907년 국문판의 발행 이후 민족주의는 이념적으로 더더욱 견고해짐으로써 문명·개화·독립·자유 등 모든 개념들을 흡인하는 블랙홀이 되었다. 국가의 상실 속에서 발견된 민족, 즉 이때의 민족주의란 '부재' 속에서만 자신의 존재를 표현하는 까닭에 언제나 비극적 파토스를 동반한다. 병리학적 언표는 그 파토스를 끌어올리는데 매우 주요한 역할을 수행한다. 예를 들면 이런 경우다.

> 파괴라 하는 것은 저것을 파괴하여 이것을 보전하려 함이니 이것은 무엇이뇨 하면 국가가 이것이오. 동포가 이것이며 저것은 무엇이뇨 하면 국가의 병든 것이 저것이오. 동포의 고통한 것이 저것이니, 국가에 병이 있고 동포가 고통이 있으면 국가를 보존키 어렵고 동포가 생존키 어려울지라. 그런 고로 그 병들고 고통함에 원인이 풍한서습이든지 종기든지 물론하고 깊이 연구하여 적당한 약을 쓰고 리한 침으로 파종을 하여야 그 병이 없어지고 그 기운이 소생하리니 / (2.16) 만일 인순고식으로 목전에만 지내려다가는 병 많은 마경이 일어날 기한이 없을지라. 그런고로 파괴할 자를 기다리며 파괴하는 자를 옳다고 할 수밖에 없으니 그러나 다만 병근은 궁구치 아니하고 방문만 헛되이 시험하여 오장을 썩게 하며 맥락을 틀리게 하면 도리어 그 죽음을 재촉할 뿐이니 그런즉 파괴를 주장하는 자 가히 파괴할 만한 자를 파괴치 아니함도 옳지 아니하고 가히 파괴치 못할 만한 것을 파괴함은 더욱 불가한지라 …… 신병의 파괴를 시험코저 할진대 원기를 상하지 말 것이오. 나랏병의 파괴를 행코저 할진대 나라 정신을 보전할 것이니 나라 정신은 무엇이뇨. 자기 나라의 역대를 존숭하며 자기 나라의 영웅을 공경하여 자기 나라의 정신을 발달케 함이라.
>
> 「논설-파괴를 주장하는 자의 오해」, 1908.2.15

이 글이 지닌 강렬함과 절박감은 많은 부분 병리학적 언표에 기대고 있다. 신병과 소생, 병근과 오장, 원기, 죽음과 고통 등의 어휘들이 나라와 국가, 동포 등의 핵심어에 '유기체적 신체성'을 부여함으로써 정서적 강렬도를 수반한다. 이외에도 병리학과 민족담론의 견고한 결속을 보여주는 예들은 얼마든지 존재한다.

이처럼 『대한매일신보』에는 병리학적 담론들이 다채로운 방식으로 산포되어 있다. 이미 언급했다시피, 대한제국기의 핵심매체인 황성신문의 경우, '언표의 희박성'을 특징으로 한다면, 『대한매일신보』는 '언표의 범람'이 두드러진다 할 것이다. 이 '이상열기'의 원인을 정확하게 진단하기란 쉽지 않다. 다만 이제 본격적으로 '생체권력'의 기제가 작동하기 시작했다는 것만은 충분히 짐작할 수 있다. 즉 통감부측이건 그에 저항하는 민족진영이건 사회 구성원들을 근대적 주체로 재탄생시켜야 할 시기가 목전에 임박한 것이다.

그런 구도하에서 본다면, 『대한매일신보』의 위생담론은 크게 두 가지 지층을 지닌다. 하나는 식민권력이 조선인들의 신체를 병리학적으로 재편성하는 측면이고 다른 하나는 계몽주체들이 병리학을 민족담론 내부에 적극 포획, 전유하는 측면이다. 둘은 마치 '샴쌍둥이'처럼 등은 공유하되 얼굴은 서로 반대쪽을 향하고 있다.

3. "신체와 일상을 개조하라"—식민권력과 위생경찰

위생과 의료는 식민권력이 가장 일상적으로 자신의 위용을 과시할 수 있는 장이었다. 그것은 제국의 시혜를 표현하는 문명적 지표이자 동시에 식민지 민중의 신체를 확실하게 틀어쥘 수 있는 통치의 영역이었다. 이런 맥락에서 통감부는 그 이전에 입에서 입으로만 떠돌아다니던 담론들을 제도와 정책을 통해 하나씩 구체화시켜 갔다.

먼저, 통감부는 '문명의 이식자'로서의 임무를 수행하기 위해 각지역에 현대식 병원을 설립하였다. 1907년 서울 한복판에 초현대식 건물에 최고의 의료진을 갖춘 대한의원을 창설하는 한편, 1909년에는 지방 곳곳에 자혜의원을 설치하기 시작하여, 이후 한국강점이 완료되는 1910년 9월 전국 13도에 각각 하나씩 병원 설립을 완료하였다. 대한의원이 첨단의 의술로 최고의 권위를 자랑하는 곳이었다면, 자혜의원은 그것을 방방곡곡에 전파하는 메신저였던 셈이다.[6] 아울러 위생경찰을 내세워 신체를 병리학적으로 전유하기 위한 작업을 시행해나갔다. 위생경찰이란 경찰이 의료와 관련한 법의 집행을 담당하는 것을 말한다. 18세기 후반 오스트리아와 독일에서 연원한 위생경찰 제도는 메이지 유신때 일본에 수입되었고 갑오개혁 이후 조선에도 그대로 이전되었다. 통감부 설치와 더불어 일본제국의 위생경찰이 그 일을 떠맡게 되면서 본격적으로 임무를 수행하기 시작한 것이다.[7]

위생경찰의 주력 사업은 분뇨수거와 변소개량, 위생비 수거 등이었다. 이 사안들은 김옥균, 박영효 등 초기 급진개화파들에 의해 주장되어 왔던 것이고, 대한제국기에도 나름대로 제도를 정착하기 위해 노력해왔던 사항이다. 하지만 이제 상황은 급박하게 돌아갔다. 그것은 더 이상 권장사항이나 선택사항이 아니었다. 법대로 따르거나 아니면 처벌을 받거나. 둘 중의 하나밖에 없었다. 『매천야

---

6) 신동원, 『호열자, 조선을 습격하다』, 역사비평사, 2004, 241면.
7) 앞의 책, 65~66면.

록』에선 이 상황을 이렇게 전달하고 있다. "서울에 일본인들이 청
결비를 징수하는데, 가옥에 대해 매칸에 2전씩 받아 성화같이 재
촉하니, 사람들이 매우 괴롭게 여겼다."[8] 느닷없이 변소를 개량해
야 했고, 분뇨수거를 강요당했으며 다시 청결비를 징수당하는 것
도 기가막힌데, 농사짓는데 거름이 필요하면 다시 돈을 주고 거름
을 사와야 하는 어처구니없는 상황이 벌어진 것이다. 당하는 처지
에서는 도저히 이해할 수도, 받아들일 수도 없는 일이었다. 경제적
토대는 하나도 달라지지 않았는데, 일상을 둘러싼 조건을 인위적
으로 바꾸도록 강요한 셈이기 때문이다.『대한매일신보』에서는 이
상황을 이렇게 표현하고 있다.

> ○ 원수로다 원수로다 위생국이 설시되면 가가호호 청결하여 무병할 줄 알
> 았더니 푼전난득 이 내 산업 일본순사 저 등쌀에 식정까지 전당잡혀 똥통설
> 시 하였는데 놀보집이 아니어든 똥천지가 못마일고 그 중에도 청결비를 매
> 호매간 이전식에 제 똥 주고 값을 내니 개화ㅅ 법은 이러한가 장래위생 고사
> 하고 금일 당장 못살겠네 남의 탓을 할 것 있나 똥구멍이 원수로다
> ——『시사평론』, 1908.10.23

> ○ 또 한 사람 하는 말이 위생위생 원수로다 쌓더래도 무방하고 불태여도
> 예사로되 전날 만량 가든 집을 몇 천량에 팔라해도 살 사람이 없고 보니 일
> 인들은 리가 되나 한인이야 무삼 쒼고
> ○ 또 한 사람 하는 말이 위생위생 원수로다 상봉하솔 이내 몸이 어물낫과
> 술밥 팔아 근근득생 지내더니 오예장을 만든 후로 사람마다 피해가니 일인
> 들은 리가 되나 한인이야 무삼 쒼고
> ○ 또 한 사람 하는 말이 위생위생 원수로다 똥통 잘못 하였다고 일순사가

---

8) 『매천야록』 하, 533면.

달려들어 우리집에 여편네들 볼 치떠러 놀랬는데 낙태까지 하였으니 일인들
은 리가 되나 한인이야 무삼 죈가

— 『시사평론』, 1908.11.8

　ㅇ 못살겠네 못살겠네 나는 진정 못살겠네 의복음식 요족하여 기한 없게
하는 것이 위생상에 필요인데 전재고갈 이 천지에 조석으로 절화하여 부모
처자 주린데도 구제방침 없건마는 위생비를 내라 하고 불볶듯이 독촉하니
정신 없어 못살겠네
　ㅇ 못살겠네 못살겠네 나는 진정 못살겠네 신체강건 하려니와 십지활발 하
는 것이 위생상에 필요인데 근근득생 우리다려 인정없는 일순사가 문앞 쓸
지 않았다고 구타하며 공갈한다 군도 끄는 소래에 몸서리가 절로 나니 경겁
하여 못살겠네
　ㅇ 못살겠네 못살겠네 나는 진정 못살겠네 남녀간에 짝을 지어 서로 살림
하는 것이 위생상에 무해인데 유부녀의 매음함은 치지불문 하면서도 과부되
어 개가코저 한두 남자 선본 것을 매음녀로 잡아다가 병 있다고 검사하니 경
위없어 못살겠네

— 『시사평론』, 1909.4.16

　『시사평론』이란 '잡보'란의 사회적 이슈에 해당되는 기사이다.
당대의 가장 첨예한 문제들을 풍자와 반어, 해학과 비장 등 미학
적 효과를 최대한 살려서 표현하는 매우 독특한 담론형태이다. 가
사형 운문으로 조직되어 있기 때문에 '계몽가사'라고도 부른다.
　이 작품들이 보여주는바, 일본 순사들의 위생사업은 한마디로
임의적이며 폭력적이었다. 위생비 독촉은 말할 것도 없고 똥통을
잘못 놓았다고 낙태를 시키거나 문앞 청소를 하지 않았다고 구타
를 하거나 과부를 매음녀로 잡아 검사를 하는 등등. 집값이 폭락
하고 장사에 치명적 타격을 입는 식의 피해는 말할 것도 없다. 한

마디로 일상의 재조직화가 폭력적으로 수행되고 있는 것이다. 『시사평론』뿐 아니라, 잡보란에는 위생관련 기사가 끊이질 않고 있다.

이러한 힘의 자의적 행사는 병인체론이라는 과학에 기대고 있다. 질병의 원인은 특정세균이고, 세균은 더러운 환경 속에서 배양된다는 확고한 믿음이야말로 청결과 위생이라는 기치 아래 일상을 인위적으로 통제, 관리할 수 있는 명분을 제공해준 것이다. 따라서 전염병이 유행할 때 위생경찰의 힘이 더욱 막강해지는 것은 지극히 당연한 결과이다. 황성신문의 주요이슈가 우두법의 시행이었다면 이 시기에는 또 다시 콜레라가 뉴스의 초점이었다. 1902년에도 한바탕 휩쓸고 지나갔지만, 1907, 1909년에 또다시 콜레라가 광풍처럼 지나갔다. 『매천야록』의 기록을 참조해보자.

> 1907년
> 서울에 전염병이 발생하여 검역소를 설치하였다. 토속에서는 '괴질'이라고 부르는 것이며, 서양 사람들은 '호열자' 혹은 '흑사병'이라고 부르는 종류였다. 이로부터 전염병이 발생할 때마다 바로 관원을 선발하여 검사하고 방역하는 방도를 시행하였으니, 이름하여 검역이라고 하였다. 그러나 구제한다고 하는 것이 해를 끼치는 데 알맞은 것이었다.(438면)

> 1909년
> 괴질이 청국 안동현에서 관서 지방으로 들어왔는데, 그 병명은 '호열자'라고 하기도 하고, 또 '흑사병'이라고 하기도 하는 것이었다.(588면)
> 서울에 전염병이 크게 돌아 우리 나라 사람으로 사망한 자가 1,500여명이고, 일본인 또한 수백 명이 죽었다. 전염병은 의주에서부터 철로를 따라 곧바로 서울에 들어왔는데, 그 병에 걸린 사람은 물설사를 두 번만 하면 바로 죽었다. 이렇게 2차를 넘기면 치료가 되어 병이 나았다. 일인들은 그 병을 매우 두려워하여 순사를 내보내 집집마다 조사하여 신음하는 자가 있으면 병

원으로 실어가고 그 집 사람이 따라가 간호하지 못하게 했다. 그래서 횡사자가 많아 서울 안이 크게 소란하여 난리가 난 것 같았다. 한달 남짓해서야 비로소 수그러들었다. 앞서 기묘년에 서울에 전염병이 크게 돌아 1만여 명이 죽었고, 병술년(1886)에도 전염병이 크게 돌아 수만 명이 죽었다. 그렇지만 백성들이 각자 치료하다가 제각기 죽었던 까닭에 민심은 안정되었으며, 횡사자도 적었다. 이때에는 일본인이 검사하는 것으로 말미암아 민심이 흉흉한 것이 기묘년과 병술년보다 열 배가 더 하였으나 실제로 사망자는 기묘년과 병술년에 비해 십분의 일도 안된다고 하였다. 방역비는 19만원에 이르렀고, 경우궁을 피병하는 곳으로 삼았다.(595면)

위의 자료가 보여주듯이, 위생경찰의 주요 임무는 검역의 강화와 환자의 피병원 격리, 두 가지였다. 하지만 방역은 명분에 불과했다. 당시 의학의 수준에서 콜레라를 근원적으로 막을 수 있는 방도는 별로 없었기 때문이다. 석탄산수로 소독을 하는 이상의 대처법이 없었던 것이다. 그렇기 때문에 황현도 지적하고 있듯이, 검역을 한답시고 실제로는 더 많은 피해를 주었으며 피병원으로 강제격리를 시도함으로써 민심은 더욱 흉흉해졌다. 그리고 피병원은 치료소가 아니라 강제수용소나 다름없었기 때문에 노숙자들이 아니고는 누구도 가고싶어 하지 않았다. 결국 총칼과 법을 동원하여 환자를 빼앗다시피 하거나 혹은 환자가 아닌데도 끌려가는 일이 벌어지곤 했던 것이다.

『대한매일신보』에는 이 상황이 이렇게 기록되어 있다.

○ 삼각산아 무러 보쟈 콜레라가 발생하매 죽는 수를 비교컨대 한인들이 더 많으니 그것 무슨 곡절인가 위생예방 하는 것도 다소관계 있지마는 어떤 병을 물론하고 지옥같은 피병원에 한번 잡혀 가고 보면 죽고 마는 까닭이지
—『시사평론』, 1909.9.25

○ 금역순사 행위 보소 한일순사 몰려가며 괴질검사 한다 하고 배 앓는 자 두통 난 자 배 고픈 자 술취한 자 분별 않고 움켜다가 피병원에 몰아간다 곳곳마다 원망하니 알 수 없다 그 순사들 어찌 그리 열이 났노 괴이할 것 무엇 있나 병인 일명 찾아내면 상여금이 이환일세

—『시사평론』, 1909. 10. 12

말하자면, 검역소와 피병원은 의료권력이 방역을 명분으로 조선인의 신체를 좌지우지할 수 있는 힘의 각축장이었다. 따라서 식민권력은 전염병이 한번 휩쓸고 지나갈 때마다 조선인의 신체와 일상을 통제할 수 있는 영역을 더욱 확장해나갔던 셈이다.

우두법의 강제적 시행 역시 마찬가지 맥락에 있다. 대한제국기에 상당한 성과를 올린 분야이긴 하지만, 이때부터는 황제가 의사를 불러 직접 종두를 시술하거나 종두를 원하지 않을 경우 총칼로 협박을 가하는 등 권력의 직접적 행사가 가해진다. 병인체론이 그 권력에 정당성을 부여하는 무기였던 것은 말할 나위도 없다. 앞서 언급한 대한의원이 그 무기의 제공처 역할을 하였다. 그런 점에서 위생권력은 일종의 '앎의 권력'이기도 하다.

병인체론이 막강한 위력을 지니는 건 그것이 병의 원인인 세균을 눈으로 직접 볼 수 있게 해준다는 사실 때문이다. 『독립신문』이 박테리아에 대한 유별한 관심을 보인 것, 『황성신문』이 콜레라균의 관찰을 특별한 뉴스로 보도한(1902.10.28일자 기사) 것 등이 바로 그 뚜렷한 증거이다. 즉 병인체론은 질병의 원인을 단 하나의 세균으로 환원하는 투명성의 원리와 더불어 '가시적인 것만이 진리'라는 근대적 앎의 원리가 작동하고 있다. 19세기말 이래 세균들이 속속 발견되면서 병인체론은 더욱 더 확고부동한 진리로 자리잡

게 되었다.

이 시기에 쥐잡기가 본격적으로 시행된 것도 같은 맥락에 있다. "이 무렵 쥐로 인한 전염병을 예방하자는 의론이 나왔다. 병균이 쥐에 의해서 옮겨지기 때문에 각항구에 외국 선박을 검사하도록 하여, 쥐가 있으면 때려잡았다. 또 쥐 한마리에 3전을 주고 사들여 서 인천과 부산 두 항구에서는 매일 4~50마리의 쥐가 잡혔다."9) 그런가 하면 대한매일신보에는 이런 류의 우화적 운문이 나오기 까지 했다.

　○ 인천항구 쥐무리들 제재조를 가장 믿고 못된 짓만 하다가서 괴질병이 발생하매 박살령에 도마하여 한성으로 피란올 제 한성내의 파리떼는 구축령 에 쫓겨나서 오다가다 서로 만나 각기내력 평론할 제 양편 말이 다 우습다
　○ (파리) 절통하다 너의 쥐들 좀도적질 수단 나서 괴질병의 창귀되어 본 국인종 해하다가 박살령에 남은 목숨 구구하게 피란하니 가련하지 너의 신 세 어딜 가면 살겠느냐
　○ (쥐)내 행실은 그러하니 박살령이 싸다마는 네 행사를 볼작시면 더군다 나 가소롭다 냄새 맡고 너러다녀 생명기관 남의 음식 염치없이 덤비여서 빨 어먹기 일삼더니 괴질병에 춤을 추고 괴질 벌레 인도하여 전국멸망 하랴다 가 구축령에 혼이 나니 더럽기도 짝이 없다 네 죄악을 징치차면 유리옥이 마 땅하다
　○ (파리) 왜○— 왜— 쇄—쇄— ㄴ 말 잠간 들어보니 네 행위나 내 행사 나 동공인 체 일반이니 추한 죄명 면할소냐 하로 바삐 회개하야 악한 행실 다 바리고 장공속죄 하여 보세
　○ (쥐) 찌ㄱ— 찌ㄱ— 찍—찍— 얼사사 좋다 좋을시고 네 말대로 하여 보자
　　　　　　　　　　　　　　　　— 「아속생」, 『시사평론』, 1909.10.23

---

9) 『매천야록』 하, 578면.

이 자료는 파리와 쥐가 서로의 죄를 고발하는 방식으로 되어 있다. 요점은 파리와 쥐는 괴질병을 옮기는 매개자이고, 그래서 악한 존재라는 것이다. 매우 간략한 수준에서이긴 하지만, 세균－보균자－악이라고 하는 병리학적 인식론이 고스란히 담겨 있다.

이렇게 '가시성의 권력'이 작동하면서 질병을 둘러싼 복잡한 조건들, 예컨대 기후나 절기, 체질과 성정 등은 의학적 시야에서 일거에 사라지고 말았다. 투명하게 포착되지 않는 것들이기 때문이다. 죽음이 내팽겨쳐진 것도 같은 맥락에서이다. 근대 이전에는 괴질이 휩쓸 때면 사회 전체가 천지자연의 비의와 교통하기 위해 총력을 기울였고, 그와 더불어 죽음이 일상 깊숙이 들어오는 계기가 되었지만, 병리학은 정확히 그와 반대 방향으로 작동한다. 즉 세균 박멸에 총력을 기울이는 동시에 죽음을 철저히 일상과 분리시켜 버린다. 푸코의 말처럼 근대권력은 죽음을 알지 못한다. 오직 살아 있는 신체만을 주목할 뿐이다. 검역제도와 피병원에서 자행된 폭력은 바로 이같은 '생체권력'의 적나라한 초상이었던 셈이다.

전염병이 '오랜 전통을 자랑하는' 질병이라면, 성병은 새로운 시대의 징후이다. 『대한매일신보』를 장식하고 있는 주요 이슈 가운데 매음녀에 대한 것을 빼놓을 수 없다. 1904년 경무사 신태휴는 삼패 기생 및 밀매음녀를 서울 시동에 모아 '상화실'이라는 매매춘 지역을 조성하였고, 이후 그것은 인천 화개동 등지로 확산되어 나갔다. 그 결과, 1909년 서울에서만 비밀 매음하는 자가 5,6천 명이 넘을 정도로 매춘사업은 크게 성행하게 되었다. 이들은 성의 상품화를 실현하는 존재이면서 동시에 성병의 잠재적 보균자이기도 하다. 당연히 위생경찰의 관리, 통제를 받아야 한다.

○ 경찰관의 말들은즉 한성 안에 매음녀로 지금 검사 받는 외의 은군자로 칭호하고 비밀 매음 하는 자가 오륙천명 넘은지라 미구검사 한다하니 놀랍고도 가련하다 붓을 잡고 기록하야 두어 마대 경고하세

(…중략…)

○ 매음녀야 매음녀야 여자행신 하는 법이 수족 잠ㅅ간 남 뵈여도 욕보았다 할 터인데 매음녀로 붙잡히면 병이 있나 검사할 제 깊이 깊이 감춘 몸을 생전초면 남자에게 해괴망측 다 내뵈니 가련하다 네 신세여

— 『시사평론』, 1909.3.31

『독립신문』의 성담론이 주로 자유연애와 결혼을 둘러싼 풍속과 매너에 관한 것이었다면,[10] 『대한매일신보』의 성담론은 매춘과 성적 타락에 대한 경계가 주내용을 이룬다. 성병은 '삶 속에 미끄러져 들어와 그것을 파먹어 점진적인 죽음에 이르게 하는 것이므로 갑자기 덮치는 죽음인 전염병보다 더 위험하다.' 더구나 성은 인구번식 및 사회윤리와 직접적 연관성을 지니는 것이라 항상적으로 엄격하게 통제되고 관리, 조절되어야 한다. 성의 상품화가 가속화되는 한편, 그와 동시에 일상의 성윤리에 대한 억압은 한층 강화되는 근대적 양상이 서서히 부상하기 시작한 것이다. 그리고 이에 관한 한 일본제국과 민족진영 사이에 근본적인 차이는 없다. 위의 자료를 비롯하여 『대한매일신보』에 기생을 비롯한 매음녀, 음녀 혹은 방탕한 여자계에 대한 비난과 질타가 끊이지 않는 것도 그 때문이다. 이를테면, 위생경찰은 매음녀의 몸을 지속적으로 체크하고, 계몽주체들은 매음녀를 통해 여성 일반, 나아가 국민 전체의 성에 대한 훈육을 시도하고 있는 것이다.

---

10) 고미숙, 「독립신문에 나타난 위생 개념의 배치」, 앞의 책 참조

이상에서 보듯, 애국계몽기의 식민권력은 병인체론이라는 과학의 완장을 차고 배설에서 성생활까지, 문앞 청소에서 방역제도에 이르기까지 조선인의 신체와 일상을 재배치하는 작업을 수행해나 갔다. 이제 조선인들의 신체는 이 권력이 펼쳐놓은 병리학적 장 위에서만 '생로병사'를 영위할 수 있게 되었다.

4. "뇌수(腦髓)를 개조하라"-민족담론과 병리학

이미 앞에서도 충분히 드러났듯이, 위생 혹은 병리학적 대전제 는 민족주의 진영에서도 자명한 것이었다. 위생정책의 불합리성과 일본인 위주의 편향을 지적할지언정 병리학 그 자체에 대한 의문 은 어디서도 제기되지 않았다. 급진개화파가 주축이 된『독립신문』 은 말할 것도 없고, '동도서기'의 노선을 취한『황성신문』조차 병리 학의 진군 앞에선 속수무책이었다.

애국계몽기에 이르면 그 열기는 더욱 고조된다. 병리학의 도입 은 문명의 구현이자 민족 구원의 방편이라 간주되었기 때문이다. 대표적인 논설 '덕육과 지육과 체육 중에 체육이 요긴함'(1908년 2월 11일자)이라는 글을 보면, '오호라 구라파 바람과 일본 비가 머리를 치는 이 시대를 당하여' '목하에 이천만중 한국사람이 돌연히 한 번 뛰어 개개히 문명한 나라에 건강한 민족으로 변하기는 이치 밖 이라 바랄 수가 없거니와 우선 위생하는 신체교육에 관계되는 서책이나 몇 권씩 사두고 조석으로 읽어보았으면'이라는 결론으로 마무리된다. 즉 한국인이 건강한 민족으로 변하려면 체육이 급선무인데, 그것을 위해서는 일단 '위생하는 신체교육'이 필요하다는 것이다.

이와 더불어 전통 한의학, 곧 '양생'적 사유는 완전 퇴장하고 말았다. 『황성신문』에선 '양생과 위생 사이'의 동요가 역력했지만,[11] 『대한매일신보』에 이르면 양생에 대한 일말의 미련조차 보이지 않는다. 오직 메타포로서만 그 흔적이 남았을 뿐이다.

① 나라형세 위급함이 몸의 병과 일반이라 수십 년을 신음하니 잡시방약 쓸 데 있나
천하명의 맞어다가 증세대로 치료할 제 일신혈맥 살펴본다

체중맥을 살펴 보니 모대신의 농락으로 십삼조건 맺었구나 국민곤란 불계하고 큰 화근을 빚었으니 내종병이 염려로세

뇌수맥을 살펴보니 내각지위 요동키로 돌에 때린 머리 같이 정신들이 어질하다 백가지로 주선하나 진정하기 극난하니 현기증이 염려로세
　　　　　　　　　　　　　　　　　　　—『시사평론』, 1908.2.14

② 각지방을 유람하니 인민들과 관리 중에 병 없는 자 희소하다 내 의술이 용렬하나 시험하여 집중하고 동침 한 대 급히 빼어 정문혈에 노와 보세
사족가를 돌아드니 양반들이 모여 앉아 자제교육 생각 없고 아모조상 자손이라 아모 편색 문벌이나 평론키로 분주하니 정문침을 노와 볼까
각향교를 돌아드니 김지리지 재임들은 폐포파립 하고 앉어 주식이나 닷토면서 제관차첩 방매키로 일을 삼아 협잡하니 정문침을 노와 볼까

---

11) 고미숙, 「황성신문에 나타난 위생 개념의 담론적 배치」를 참조할 것.

—『시사평론』, 1908.9.2

③ 광하천간 넓은 집에 자손들도 만당하고 남녀노비 족족하나 집주인은 병들어서 여러 해를 신음터니 더벙머리 두 아해가 꿈에 왕래 황홀하다 그 병세를 치료코저 천하명의 청해다가 방문부터 적어내네

기백씨를 청하여서 먼저 집중 하여 보니 병근원을 얻은 지가 일조일석 아니로다 신체 건강 할 때부터 보양법이 소홀하여 원기진탈 되엿고나 기력부터 소복차로 인삼숙변 위군하여 보원탕을 내여 놓고

편작씨를 청하여서 다시 집중 하여 보니 이상하다 그 병세는 병든 사람 정신 없고 집안 식구 지각 없어 무녀배만 믿었으니 고칠 도리 있을소냐 가인부터 경성차로 원지창포 위군하야 익지환을 내여 놓고

—『시사평론』, 1909.7.10

체중맥·뢰수맥·정문혈·기백씨·편작씨 등은 전통한의학적 용어이다. 이런 류의 수사학에 기댈 수밖에 없었던 건 아직 인구에 회자될 만한 임상의학적 용어를 만들어내지 못했기 때문이다. 다시 말해, 시대적 절박감을 위해 동원된 것일 뿐, 양생적 기저와는 전혀 무관한 것이다. 왜냐하면 이미 계몽주체들이 요구하는 신체는 양생과는 거리가 먼, 질병의 침입으로부터 스스로를 지켜내는 위생적 몸이었기 때문이다.

그렇다면 건강한 신체는 왜 필요한가? 그것은 무엇보다 "국가적으로는 부강의 근원이요 개인적으로는 행복의 요소"(1909.2.5. 「논체육설」)인 까닭이다. 그런데 여기서 말하는 건강한 신체의 기준은 '순수한 피, 순수한 혈통'을 의미한다. 이 시기 민족담론에서 피의 메타포는 매우 광범하게 활용되고 있다. "오늘날 세계는 피세계라.

문명도 피가 아니면 사지 못하며, 부강도 피가 아니면 이루지 못하며, 부패할 사회도 피가 아니면 개혁하지 못하며, 한 걸음을 나아가려 하여도 피가 아니면 못하며, 한 일을 행하려 하여도 피가 아니면 못할지라. 그런 고로 그 창자에는 피바퀴가 항상 돌아다니며 그 눈에는 피눈물을 항상 흘리며, 그 몸은 피로 목욕을 하며, 그 마음은 피로 갈아서 그 백성은 피백성이 되고, 그 나라는 피나라가 되어야 나라 땅이 엄정하게"(「논설 - 학계의 꽃」, 1908.5.16) 된다는 식의 원색적 표현이 자연스럽게 받아들일 정도로 피에 대한 집착은 대단했던 것이다. 그리고 이것은 그저 은유로 끝나지 않는다.

　　內外國人 相婚의 可禁

　　邇來 韓國人이 往往 外國人과 相婚ᄒᆞᄂᆞᆫ 者ㅣ 多하야 男子ᄂᆞᆫ 淸女 或 日女를 娶ᄒᆞ며 女子ᄂᆞᆫ 淸男 或 日男에 嫁ᄒᆞᄂᆞᆫ 者 比比ᄒᆞ더 其中에 아직 正式의 婚을 結ᄒᆞᆫ 者ᄂᆞᆫ 未有ᄒᆞ나 窮寡未路에 髮이 喚侶ᄒᆞ며 豪客側室에 漆齒가 嬌ᄒᆞ야 滔滔流風이 攸를 不知ᄒᆞ깃도다

　　或者가 妄叫ᄒᆞ야 曰 異國人과 相婚ᄒᆞ며 其生이 必蕃ᄒᆞ리니 外國人과 嫁娶홈이 何害리오 ᄒᆞ나니 噫라 此ᄂᆞᆫ 其壹만 知ᄒᆞ고 其二ᄂᆞᆫ 不知홈이로다

　　卽今 韓國人이 外國人과 嫁娶ᄒᆞ야 子를 生하고 孫을 生하면 將來에 必也 韓父淸母者도 有ᄒᆞᆯ지며 淸父韓母者도 有ᄒᆞᆯ지오 淸父日母者도 有ᄒᆞᆯ지니 日父韓母者도 有ᄒᆞᆯ지니 如此ᄒᆞ면 數拾年을 不過ᄒᆞ야 種界도 泯ᄒᆞ며 國界도 泯ᄒᆞ리니 **愛國觀念이 何處를 從ᄒᆞ야 生出하리오**

　　希臘人이 曰 希臘人은 何處에 在ᄒᆞ던지 希臘人은 自希臘人이오 土耳其人은 自土耳其人이라 ᄒᆞ야 希土 兩國人이 終乃 混同되지 아니 홈은 兩國人 婚路不通의 結果며 滿洲人이 支那人을 人據ᄒᆞᆫ 지 數百餘年에 今尙漢人은 漢人을 歧視ᄒᆞ며 滿人은 漢人을 歧視하야 終乃和合ᄒᆞ지 못홈은 兩國人 婚路不通의 結果라 萬壹 婚路가 早通ᄒᆞ얏스면

希土兩國이 壹國이 되며 漢滿兩簇이 一族된지 已久ᄒ얏슬진져

然則 韓國도 東洋中壹國의 地位를 長保ᄒ야 此國이 他國에 合倂
되지 아니ᄒ며 此族이 他族에 同化ᄒ지 아니ᄒ고져 하라진딘 第壹自
家血統中에 他族의 참人흠을 不許ᄒ이 可ᄒ니 **種界를 先泯ᄒ면 愛國
心 獨立心이 何處에셔 生ᄒ리오**

異國人과 相婚에 其生이 繁殖ᄒ다 흠은 人種學上 公理에 據하야
已然ᄒ 바이나 但 國家的 情神이 漸盡ᄒ야 淸國도 自國으로 視ᄒ며
日本國도 自國으로 視ᄒ야 異類의 呪吟中에 螟蛉됨을 不辭ᄒ며 强者
의 鞭策下에 牛馬됨을 不恥ᄒᄂ 人種이야 日日蕃蕃ᄒ며 日日殖ᄒᄃ
何用이리오

古代 斯巴達人이 九千에 不遇ᄒ얏스되 西歐의 覇權을 握ᄒ야 名譽
歷史가 後世에 垂ᄒ얏사니라

       —「논설 997호」, 1909.01.10(강조는 필자)

이 장황한 논의를 압축하면, '피가 섞이면 애국심이 생길 수 없
다'는 것. 혈통의 순수성이 곧바로 애국심과 직결되고 있는 것. 이
어지는 대목을 보면, 민족이 잘 살기 위해서는 애국심으로 무장한
인종이 번식해야 하는데, 그러기 위해서는 '경제의 유족' '위생의
발달' '법률의 공평' '정치의 발달' 등이 필요하다고 설파한다. 그
리고 마지막으로 이렇게 경고한다. "其尤可驚흘 者ᄂ 淸國及西國
에 留學 或 旅居ᄒᄂ 者ㅣ 往往 外女를 帶ᄒ 者 有ᄒ니 嗚呼라
外女를 娶ᄒᄂ 日이 卽 愛國心을 殺ᄒᄂ 日이 아닌가"

위생관념은 개인과 개인 사이의 엄격한 '거리화'를 전제로 한다.
병으로부터 몸을 보호하기 위해선 쫀쫀하다고 할 정도로 몸과 몸
사이의 거리를 유지해야 한다—근대적 매너의 탄생.12) 그런데 이

---

12) 고미숙, 앞의 논문.

렇게 개별적으로 쪼개진 몸들은 그냥 자유롭게 방치되어선 안되고, 다시금 인종이나 민족이라는 거대한 집합체로 묶여야 한다. 푸코식으로 말하면, "근대 권력의 인체 장악은 개인화가 아니라 전체화", "다시 말하면 육체로서의 인간이 아니라 종(種)으로서의 인간을 향해 행해지는 권력행사였다."13) 『독립신문』의 언표들이 상대적으로 개별화에 초점을 두었다면, 『대한매일신보』는 과격하리만치 '인종적 전체화'에 매진한다. 위의 자료가 그 단적인 예이다.

물론 피의 순결성만 있으면 저절로 애국심과 독립심이 보장되는 것은 아니다. 그것은 출발점이자 최소조건이고, 궁극적 목표는 각 구성원들의 몸에 그러한 정신을 부여하는 것이다. 그런데 이 과정에서 '초월론적 전도'가 일어난다. 피의 순결성을 극단적으로 밀고가다 보면 어느 순간 육체는 홀연 사라지고 오직 정신만이 남게 되는 역설적 상황이 펼쳐진다.

> 대저 일개 육신으로 이 세상에 잠시간 왔다가 홀연히 가는 자를 내라 이르며 과거와 / 현재와 미래를 관통하여 영구히 없어지지 아니 하는 자는 사회라 이르나니 나는 죽드래 / 도 사회라는 것은 죽지 아니하며 나는 멸하드래도 사회라는 것은 멸치 아니하며 나는 한 / 이 있드래도 사회는 한이 없는 것이라 이러므로 일개 나 하나가 세상 사회에 있는 것이 / 비유할진대 태창에 좁쌀 한낱과 같으며 태산의 흙 한덩이만 할 뿐이로다 …… 세계가 모 / 두 나의 가택이며 억조인생이 모두 나의 신체니 억조인생이 다 수척하드래도 나 혼자 살 / 지며 억조인생이 다 애통하드래도 나 혼자 즐거워함이 가할까 이것은 반드시 되지 못할 / 일이라 그런고로 내가 한 번 사회상에 출생한 이후에는 부득불 이 사회의 사원에 일부분 / 이 되는 책임을 담임하며 직분을 극진히 하

---

13) 미셸 푸코, 박정자 역, 『사회를 보호해야 한다』, 동문선, 1998, 281면.

여 사회를 보조도 하며 개량도 하여야 사회가 / 영구하며 나도 좇아 영구할지 며 사회가 멸망치 아니하며 나도 좇아 멸망치 아니할지니 / 생각하여볼지어다

是我의 身體라 하며, 是身體를 指하여 曰 是我라 하니, 嗚呼라 我가 과 연 여차히 微 / 하며, 我가 果然 여차히 小한가. …… 彼는 精神的 我가 아 니라 物質的 我며, 彼는 靈魂的 / 我가 아니라 軀殼的 我며, 彼는 眞我가 아니라 假我며, 大我가 아니라 小我니, 萬一 物 / 質的. 軀殼的의 假我. 小 我를 我로 誤解하면 是는 必死하는 我라…… 精神的. 靈魂的의 眞 / 我. 大 我를 我로 快悟하면 一切 萬物이 不死하는 者-惟我라. …… 大我는 何오. 卽 我의 / 精神이 是며, 我의 思想이 是며, 我의 目的이 是며, 我의 主義가 是니, 是는 無限 自由 / 自在의 我니, 往코자 하매 必往하여 遠近이 無한 者-我며, 行코자 하매 必達하여 成敗 / 가 無한 者-我라. 輕氣球를 不借 하여도 我가 空中에 能走하며, 旅行券을 不得하여도 / 我가 外國에 能往하 며, 歷史를 不憑하여도 我가 千萬世 以前 千萬世 以後에 遍在하나 / 니, 何人이 我를 能遏하며, 何物이 我를 能推하리오. …… 無量恒沙 無量蓮花 에 無量의 / 我가 在하여 蓮花의 東에도 一我가 現하며, 蓮花의 西에도 一 我가 現하며, …… 盖 我의 / 眞面目이 本來 如是하니라. (「大我와 小我」)
—「논설-나와 사회의 관계」, 1908.3.6

세계에 어떤 나라를 먼저 국가의 정신부터 있은 연후에 국가의 형식이 비 로서 서나니 비스마르크의 철석같은 정신으로 나라를 경략한 연후에 오늘날 덕국이 있으며 십삼주의 회의 백절불회하는 정신으로 나라를 세운 연후에 오늘날 북미합중국이 있으며 소년 이태리의 위험을 불피하는 정신으로 나라 를 세운 연후에 오늘날 이태리가 있으며 그외에도 어떤 나라이든지 모다 그 러하니 오호 ㅣ 라 국가의 정신은 곧 국가 형식의 어미라할진저 정신으로 된 국가라 함은 무엇을 일음인가 그 민족의 독립할 정신 자유할 정신 생존할 정 신 굴복지 아니할 정신 국권을 보전할 정신 국가의 영광을 빛나게 할 정신들 을 일음이니라 형식으로 된 국가라 함은 무엇을 일음이뇨 강토와 임금과 정 부의 의회와 관리와 군함과 대포와 육군과 해군 등의 나라 형체를 이룬 것을 일음이니라 오호 ㅣ 라 국가의 정신이 망하면 국가의 형식은 망하지 아니하

였을지라도 그 나라는 이미 망한 나라이며 국가의 정신만 망하지 아니하면 나라의 형식은 망하였을지라도 그 나라는 망하지 아니한 나라이니라 어찌하여 그러하뇨하면 그 민족이 독립할 정신이 없으며 자유할 정신이 없으며 굴복지 아니할 정신이 없으며 국권을 보전할 정신이 없으며 나라의 위엄을 발양할 정신이 없으며 나라의 영광을 빛나게 할 정신이 없으면 강토가 있어도 쓸데 없고 님금이 있어도 쓸데 없으며 정부가 있어도 쓸데 없고 의회가 있어도 쓸데 없으며 …… 이같은 나라는 오늘에 망하지 아니하면 명일에는 망할 것이오 명일에 망하지 아니하면 필경에 망하고 말지니라

이렇지 아니하고 그 나라의 민족된 자 독립과 자유의 정신만 있으면 정부와 의회 등 형식이 없을지라도 그 마음에 나라가 완연히 있고 그 눈에 나라가 분명히 있어서 그 나라의 인민의 머리 위에는 그 나라의 하늘이 있고 그 나라의 인민의 발 아래에는 그 나라의 땅이 있으며 그 나라 인민의 일신에는 그 나라의 독립과 자유하는 실력과 광채가 있어서 필경 그 국가를 세우는 날이 있을지니 이러한 나라는 오늘에 흥하지 아니하면 명일에는 흥할지며 명일에 흥하지 아니할지라도 필경은 흥하고 말지니라 그런고로 국가의 형식을 세우고저 할진대 먼저 국가의 정신을 세울지며 국가의 형식을 보전코저할진대 먼저 국가의 정신을 보전할 것이오 국가의 형식이 망함을 근심하는 자는 먼저 국가의 정신이 망함을 근심할지니라

— 「논설-정신으로 된 국가」, 1909.4.29

이 글들에는 민족주의의 인식론적 정수가 담겨 있다. 나와 사회, 육체와 영혼, 물질과 정신 등의 대립항을 기반으로 하되 후자 속에 전자를 고스란히 흡인하는 것이 그 요체이다. 완벽한 비대칭성. 몸에서 출발하였으되, 정신이 우뚝 자립하게 되고, 그리하여 마침내 '정신으로 된 국가'라는 형이상학적 실체가 이데아로 자리잡기에 이른다.

병리학과 관련하여 주목해야 할 점은 여기서 정신은 전통적으로 '심'이라고 지칭했던 것과 전혀 다른 개념이라는 사실이다. 심이

심장과 관련된 활동이라면, 정신은 뇌수와 관련된 활동이다. "한의학에서는 심장을 마음과 정신활동이 머무는 기관으로 간주했고, 성리학에서는 이런 가정에 입각해서 인간의 본성을 논했다."14) 그에 반해 병리학은 마음이나 감각의 작용을 뇌의 작용으로 보는 뇌주설의 입장을 취한다. 심주설에서 뇌주설로의 이동—이 또한 의학적 패러다임의 근대적 변환을 말해주는 주요지표이다.

심장에서 뇌수로의 이동은 그저 위치변환만을 의미하지 않는다. 그와 더불어 다른 기관들과의 관계 역시 동시적으로 바뀌기 때문이다. 심주설에서 심장은 신체의 주재자이면서 우주와 교감하는 기관이다. 따라서 안팎을 가로지르는 능동적 소통이 아주 중요하다. 반면, 뇌주설에서 뇌는 외부와 뚜렷하게 구획되는 기관일 뿐 아니라 신체의 모든 기관을 좌우하면서 독점적 지위를 점유하게 된다. 즉 다른 기관들은 뇌의 명령을 전달받아 그대로 수행하는 부속품으로 기능할 뿐이다.

병리학이 기독교와 결합되는 지점도 여기에 있다. 기독교의 관점에서 인간이 만물의 영장이 되는 이유는 '정신' 또는 '영혼'을 가진 존재이기 때문이다. 창조주와 소통할 수 있는 건 오직 이 영혼을 통해서이다. 따라서 '정신(영혼)'은 인간의 가장 핵심적인 속성으로 간주되었다. 그런데 이 정신의 신체적 거처는 심장이 아니라, '뇌수'였다. 그러니까 결국 이 뇌수를 개조하기만 한다면 신체를 온전히 장악할 수 있는 것이다.

그런 점에서 민족주의와 기독교가 긴밀하게 결합하는 건 지극

---

14) 신동원, 앞의 책, 295면.

히 당연하다.[15] 앞서 언급한 '육체／영혼'의 이분법은 말할 것도 없고, 죄에 대한 끊임없는 회개와 성에 대한 근원적 죄의식, 악에 대한 무한증오 등을 완벽하게 공유할 수 있었던 것이다.

아무튼 애국계몽기 민족담론은 전방위적으로 국민의 정신에 순결한 애국심을 불어넣기 위해 전력을 기울였다. 신체에 대한 직접적 영향을 행사할 수 없었기 때문에 그 열정은 더더욱 처절할 수밖에 없었다. 한국의 민족주의에 '유기체적 전체성론'의 성격이 특히 두드러진 것 역시 이런 맥락에서 이해가능하다.

5. 마무리

한국의 계몽담론에서 병리학이 차지하는 위상은 각별한 바가 있다. 김옥균의 「치도약론」과 『독립신문』의 논설들을 필두로 하여 『대한매일신보』에 이르기까지 병리학적 언표는 언제나 계몽담론의 심층을 장악하고 있는 까닭이다.

『대한매일신보』의 '범람하는 언표'들은 크게 위생경찰이 주도한 '신체와 일상의 개조 프로젝트'와 '민족주의자들의 정신 개조 프로젝트'로 나눌 수 있다. 이 두 가지는 병리학이라는 과학을 지반을 공유하되 그 표현되는 바는 서로 반대쪽을 향하는 형식을 취한다.

---

15) 이에 대해서는 고미숙, 『한국의 근대성, 그 기원을 찾아서』, 책세상, 2001, 제 1장을 참조할 것.

먼저, 위생경찰은 일상적 청결을 강요했다. 이때 청결이란 철저히 병리학적 틀에 입각한 것이다. 이제 사람들은 무엇보다 '똥'과 격리되어야 했다. 길거리에서 함부로 똥을 누어서도 안되고, 똥을 아무데나 버려서도 안된다. 똥을 둘러싼 더러운 환경은 세균의 온상이기 때문이다. 변소개량과 분뇨수거, 위생비 납부 등 이 시기의 주요 이슈들은 사소한 풍속개량처럼 보이지만, 그것을 바탕으로 신체에 대한 인식 전반을 바꾸는 기능을 수행한다. 검역제도나 피병원 설치, 매음녀 검사 등의 사안도 마찬가지이다. 그것은 전염병이나 성병의 예방이라는 차원에 그치지 않고, 죽음과 성에 관한 인식론적 변환을 수반한다. 이렇게 하여 병리학은 조선인들의 신체와 일상 깊숙이 또아리를 틀기 시작하였다.

다른 한편, 민족주의자들은 이 위생적인 신체에 민족정신을 불어넣기 위해 전력을 기울였다. 민족담론은 '건강한 신체, 순수한 피'라는 명제를 극단적으로 밀고 가다 어느 순간 홀연 정신이 자립하면서 육체가 실종되는 '초월론적 전도'를 감행한다. 병리학적 관점에서 볼 때, 여기서 정신이란 '심'이라는 포괄적 영역이 아니라 뇌수의 활동으로 한정된다. 그리하여 민족주의자들은 이 뇌수에 순결한 영혼, 곧 뜨거운 애국심을 불어넣기 위해 온힘을 기울였다. 민족주의와 기독교의 황홀한 결합은 바로 이 열정의 배치 하에서 가능한 것이었다.

결국 애국계몽기 병리학의 배치를 정리하면 이렇게 될 수 있을 것이다. ─ '몸은 위생경찰에게 정신은 애국지사들에게!' 근대적 주체생산을 향한 이같은 파워게임은 이후 다양한 변주를 거치면서 더욱 치밀하고도 강도높게 진행되어갔다.

근대적 한국상의 창출과 제국지배
대한협회를 중심으로

함동주

1. 서론

1904년 러일전쟁이 시작되면서 일본의 제국주의적 행보는 급속히 확대되었고, 한국은 사실상 일본의 지배하에 놓이게 되었다. 그렇다면 일본은 어떻게 한국의 식민지화에 성공할 수 있었을까? 이 질문에 답하는 길은 다양한 것 같다. 우선, 일본의 강력한 군사력을 지적할 수 있을 것이다. 일본은 한국을 둘러싸고 경쟁하였던 청과 러시아를 전쟁에서의 군사적 승리에 의해 제거하면서 국제사회에서 한국에 대한 배타적 지배권을 승인받았다. 보다 넓은 시각에서는 일본정부가 메이지 초기부터 치밀하게 전개한 정략적 정책들이나 주변국에 비해 일찍이 근대국가의 건설에 성공한 점을 들 수도 있을 것이다. 이러한 설명의 공통점은 주로 일본의 한국지배를 물리적·가시적 측면에서 접근한다는 것이다. 그러나 일본의 한국지배는 군사력에 의거한 정치적 측면에만 국한된 것이 아니었다. 일본의 한국지배가 논리와 명분 면에서도 동시에 진행되고 있었음에 주목해야 한다. 다시 말해, 이 시기 일본은 한국의 낙후된 이미지를 바탕으로 식민지화를 기정사실로 하는 식민지적 한국상을 통해 한국지배를 확정해갔던 것이다.

그동안 근대일본의 한국상이 한국사회를 부정적으로 규정하면서 식민지 지배의 토대가 된 점에 대해 이미 다양한 연구가 진행되었다. 그에 반해 한국에서의 '한국상'의 전개양상과 성격에 대한 논의는 그 중요성에 비해 충분하지 않다.[1] 이글은 일본의 한국상이 서구의 오리엔탈리즘이 그랬듯이 지배사회인 일본에서만 통용된 것이 아니라 차별의 대상인 한국사회에도 영향을 미치고 있었음을 보고자 한다. 구체적으로, 1905년 이후 애국계몽운동이 활발해지면서 '문명'의 가치를 중시하는 논자들 사이에 한국사회의 낙후성을 식민지화의 원인으로 보고 한국의 책임을 강조하는 주장이 강하게 제기되었다. 일본에 의한 '식민지적 타자상'이 한국의 문명론자에 의한 '근대적 자아상'과 겹쳐지는 접점이 본격적으로 생성된 것이다.

이 글은 1905년 을사보호조약을 계기로 본격화된 애국계몽운동

---

1) 물론 1960년대부터 본격화된 식민사관에 대한 비판은 한국사회 자체에 자리 잡은 왜곡된 한국상을 문제시하며 그 극복을 주장하였다. 그렇지만 비판의 중심은 식민지 권력에 의한 왜곡에 있으며 한국의 자기인식을 대상으로 한 것이라고 보기 어렵다.

의 참여자들 사이에서 어떠한 한국상이 모색되고 있었으며, 그것
이 일본이 구축한 식민지적 한국상과 어떤 관계를 지녔는가를 검
토하고자 한다. 애국계몽운동은 일본이 제시한 식민지 한국상의
핵심인 '문명론'에 기반을 두고 있다는 점에서, 일본의 한국지배를
문명과 미개의 관계로 규정하는 일본의 주장을 수용한 논리적 가
능성을 배태하고 있었다. 그렇다면 애국계몽운동은 한국상을 어떻
게 구축해갔으며, 그것은 일본의 한국상과 어떠한 차별성을 지녔
는가? 이러한 문제의식을 바탕으로 이 글에서는 대표적 애국계몽
단체의 하나인 대한협회가 발간한『대한협회회보』속의 논의들을
중심으로 검토하고자 한다. 대한협회[2]는 문명개화에 의한 실력양
성론, 정당정치와 입헌제 실시 등, 근대국가 수립의 지향성을 분명
히 하였을 뿐 아니라 친일적 인사가 다수 참여하여 일본적 문명론
에의 친근성이 두드러진 단체로 평가되고 있다.[3] 따라서 이글에서
대한협회의 기관지인『대한협회회보』가 일본의 논리에 대한 애국

---

[2] 이현종, 「대한협회에 대한 연구」,『아세아연구』13-3, 1970; 유영렬, 「대한협회
의 애국계몽사상」,『이재룡박사 환력기념 한국사학논총』」, 1990; 김항구, 「한말
대한협회의 자강독립론」,『한국교원대 교수논총』7~2, 1991; 김항구, 「대탄장부
연구-대한자강회와 대한협회 고문으로서의 활동을 중심으로」,『중재 장충식박
사 화갑기념논총』, 1992; 김명구, 「한말 대한협회계열의 정치사상의 성격」,『부대
사학』21, 1997; 한명근, 「대한협회의 현실정치론-3파연합운동과 합방인식론을
중심으로」,『숭실사학』12, 1998; 김정구, 「대한협회의 정치활동 연구」,『동서사
학』5, 1999; 한명근,『한말한일합방론연구』, 국학자료원, 2002; 정관,『韓末期 民
族啓蒙運動硏究』, 형설출판사, 1995; 김항구,『大韓協會(1907~1910) 연구』, 서
울 단국대 사학과 박사학위논문, 1992; 박찬승, 「한말 자강운동론의 각 계열과 그
성격」,『한국사연구』68, 1990; 박찬승,『한국근대정치사상사연구-민족주의 우
파의 실력양성운동론』, 역사비평사, 1992.
[3] 예컨대 이현종, 「대한협회에 대한 연구」; 박찬승, 「한말 자강운동론의 각 계열
과 그 성격」참조

계몽운동의 대응양상을 검토하는데 적합하다고 보고 그에 실린 글들을 중심으로 분석하고자 한다.

2. 1900년대 초 문명담론과 근대적 '한국상'의 성립

1) 일본의 문명담론과 식민지적 한국상의 성립

근대 서양 열강의 식민지 지배는 문명국이 야만국을 문명화하기 위한 것이라는 문명론적 논리를 바탕에 깔고 있다. 일본의 경우도 문명지도론이 한국지배의 가장 중요한 바탕이었다. 한국이 낙후되었다는 이미지를 고정시키고 그에 근거하여 일본의 지배가 불가피하다는 주장이 되풀이 되었다. 즉 '문명국' 일본이 '낙후'된 한국을 지배하는 것이 당연하며 불가피하다는 지배의 논리가 자리 잡았던 것이다.

근대일본의 한국상은 일본이 문명개화에 성공한 것을 전제로 형성되었다. 1880년대가 되면 일본이 반개국이라는 시각은 일본이 '동양의 영국'[4]이라는 평가로 대치되었다. 일본정부도 1881년의 '국회개설의 조'를 통해 입헌제 실시를 약속함으로써 '인지(人智)의 미발달'이라는 기존의 주장을 철회하고 일본의 문명성취를 인정하

---

4) 『自由新聞』, 1882.9.5.

는 입장을 취했다. 이러한 자신감에 따라 일본이 조선의 문명화를 지도할 충분한 자격을 지녔다는 주장이 제기되었다. 더구나 1882년의 임오군란, 1884년의 갑신정변과 같은 일련이 발발하면서 조선을 둘러싸고 청일 양국의 대립이 심화됨에 따라 일본 국내의 조선 문제에 대한 관심이 크게 증폭되면서 한국에 대한 문명지도론도 활발하게 제기되었다. 그렇지만 그 논리는 강화도 사건 당시와 크게 다르지 않았다. 이러한 문명지도론의 대표적 인물이었던 후쿠자와 유키치(福澤諭吉)는 "일본은 강대하고 조선은 소약(小弱)하다. 일본은 이미 문명으로 나아갔고 조선은 아직 미개하다"5)라고 양국을 문명·미개의 이분법에 따라 규정하였다. 이에 따라 양국의 관계는 지도자와 지도받는 자의 것이 되었다. 일본은 맹주이며 조선은 "'반드시 우리나라를 본받아서 최근의 문명에 참여"6)해야만 했다.

이와 같이 일본이 조선의 문명지도를 할 의무를 지녔다면, 그것을 실천하기 위한 수단은 어떠했는가? 동학란과 청일전쟁의 발발은 무력사용이 문명화의 수단으로 정당한가라는 문제를 제기했다. 이에 대해 대부분 망설임 없이 무력사용의 정당성을 주장하였다. 예컨대 후쿠자와는 동학란 발발 이후 일본이 자국민 보호와 무역의 이익을 지키기 위해서는 자국의 군사력을 동원하는 것이 불가피하다고 주장하였고, 동학란이 진정 국면에 들어선 후에는 "조선과 같이 수구 일변도의 나라는 문명 사업의 발기와 백반 제도의 개량을 하게 되면 그에 대해 갖가지 방해가 생기는 것이 자연의

---

5) 福澤諭吉, 『福澤諭吉全集』 제8권, 岩波書店, 1958, 28면.
6) 『福澤諭吉全集』 제8권, 30면.

추세"이므로 조선의 문명화를 지속하기 위해서는 일본이 동학란을 진압한 후에도 쉽게 병력을 철수하지 말라고 했다.[7] 이처럼 무력사용이 문명화의 정당한 수단이라는 인식은 청일전쟁에 대한 당시의 평가들 속에서 쉽게 찾아볼 수 있다. 일본의 전쟁 포고와 함께 후쿠자와가 이를 적극 지지하면서 청일전쟁을 "문명개화의 진보를 꾀하는 자와 그 진보를 방해하는 자와의 전쟁"이며 "문야(文野)의 전쟁"[8]이라고 규정한 것을 비롯하여, 전쟁의 성격을 "서구적 신문명과 동아적 구문명과의 충돌"[9]로 보는 주장을 쉽게 찾아볼 수 있다.

이러한 문명의 논리는 일본의 조선정책이 도덕적으로 정당하고 불가피하는 신념을 일본인들에게 심어주었다. 조선의 경우는 단발령에 대한 저항에서 보이듯이 일본의 문명론적 주장이 수용되지 않았던데 비해 일본의 대중들은 정부와 각종 대중매체가 쏟아내는 '문명의 전쟁'이라는 논리를 거부감 없이 받아들였고, 일본사회에는 조선을 지배하는 것이 당연하다는 태도가 확고하게 자리 잡아갔다.

일본의 문명론적 시각은 러일전쟁 무렵에도 큰 차이 없이 제기되었다. 러일전쟁 직전의 한 서적을 보면 다음과 같이 한국의 후진성을 생생하게 묘사되었다. 즉 "위생관념 같은 것은 일반 한인의 머릿속에 거의 없다"라고 하면서 경성의 뒷골목의 '오예(汚穢)'가 놀랄 정도라고 하였다.[10] 이러한 한국의 장래는 어떠한가? "한

---

7) 『福澤諭吉全集』 제14권, 415면.
8) 『福澤諭吉全集』 제14권, 491~492면.
9) 무쓰 무네미쓰, 김승일 역, 『건건록』, 범우사, 1993, 65면.

국에는 지식 없고 자력(資力) 없고 또한 행정의 정황은 전술과 같다. 그리고 그 유래는 일조일석에 의한 것이 아니기 때문에 여러 문명사업의 개발과 진척(進陟)을 해국인(該國人)에 도저히 기대할 수 없다"고 하였다. 즉 "한국에서의 문명적 사업의 개발진척은 아방인(我邦人)에게 기대하는 것은 자연의 추세라고 할 것이다…… 앞으로 수십만, 수백만의 방인(邦人)이 그곳에 재주(在住)하며 농상공에서 제반 문명사업을 실지(實地)에서 경영함으로써 한국인을 교도유액(敎導誘掖)하며 더불어 문명의 덕택을 입도록 하여 비로소 동양 선진국인 아방인(我邦人)의 천직을 다해야 한다고 할 것이다"[11]라고 하였다.

한국의 문명이 낙후되어 거의 발전이 없다는 인식은 새로운 것이 아니었다. 러일전쟁을 계기로 가장 크게 변한 것은 한국 문명의 실태를 '식민지 지배'와 직접 연결시킨데 있다. 단순히 한국의 빈약함과 일본의 우월적 지위를 지적하고 한국에 대한 문명지도론을 주장하는데 그치지 않고 그 지도의 형태를 '식민'이라는 형태로 구체화하면서 한국의 식민화가 불가피하다는 당위성을 도출한 것이다. 즉 한국의 낙후성은 스스로에 의해 해결될 수 없다는 주장이 반복되었다. 한국의 발전가능성을 긍정적으로 본 경우도 '일본'을 그러한 발전 가능성을 실현시키는 주체로 지목하고 있다. "어쨌든 한국은 문명의 정도가 유치하다. 독립하여 상공업을 영위하는 사람이 조금은 있을지 모르기만, 어쨌든 일본인 쪽이 지혜도 있고 경험도 있으며 부력도 있다. 그렇기 때문에 큰 사업을 일으

---

10) 吉川祐輝, 『韓國農業經營論』, 大日本農會, 1904, 15~16면.
11) 吉川祐輝, 21~22면.

키는데 있어서는 조선은 어쨌든 일본인의 수하가 되어 일하지 않으면 안된다"[12]라고 하거나, 한국인들 사이의 정치적, 사회적 생활은 한국 자신도 알고 있듯이 부패가 극도에 달하며 그것은 근본적으로 고치지 않는다면 도저히 개량할 수 없는 상황이지만 한국인들 스스로는 도저히 변할 수 없다고 하면서, 일본인들이 한국인들과 섞여 살기 시작하면 개혁 가능할 것이라고 주장하였다.[13] 결국 보호국 시기 일본의 한국상은 결코 문명화의 주체가 될 수 없다고 단언한 것이다. 이는 문명지도론이 식민론과 결합하게 되면서 '문명' 개념 속에 내재된 침략적 논리가 전면에 드러난 것으로 볼 수 있다.

한편, 한국 지배가 당면 현실이 되면서 일본의 지배가 불가피한 이유로 한국 지배층에 대한 비판론이 제기되었다. 즉 한국사회의 쇠퇴와 혼란이 지배층의 오랜 부패에 기인한 것으로 설명하면서 일본 통감부 지배가 당연시되었다. 즉 "한국의 정치계는 세인(世人)의 상상과 마찬가지로 실로 부패의 극에 달한 것이다. 지방관의 수렴이 심각하여 표면적 세력이 거대하면 거대한 만큼 이면적 원망도 심각한 것을 알 수 있다. 그럼에도 한인은 그것을 어떻게도 하지 못하고 누습이 오래되어 결국 일국의 활동력을 상실하게 하고 저축의 정신 결핍되고 단지 그 날에 쫓겨 내일의 계획을 하지 않는다. 가련히 여겨야 하겠지만 지금 우리 통감부가 이미 세워져서 이들 폭리(暴吏)들을 도태시키고 일천만의 세민(細民)을 구제하는 것은 아마도 멀지 않을 것이다."라는 것이다.[14] 보호국 시기 한국의

---

12) 大隈重信, 「韓國經營意見」, 『大隈伯演說集』, 早稻田大學編輯部, 1907, 174면.
13) 伊藤淸藏, 『韓國殖民管見』, 全國農事會, 1907, 9~10면.

상황을 서술한『현대한성의 풍운과 명사(現代漢城の風雲と名士)』[15]는 한국의 3천년 역사를 그 대부분 사대주의, 당쟁, 양반의 부패 등으로 점철된 것으로 서술하였다. 즉 조선이 "위로는 제왕으로부터 아래로는 서민에 이르기까지 예부터 아무런 일관된 국시도 없고 이상도 없이, 인국의 모만적 간섭을 거친 것이 수십 회에 이르러도 누구도 국욕의 어찌한 바를 모른다. 단지 대국에 아부미종(阿附媚從)하여 그 비호에 의지하며 고식의 소강(小康)에 만족하여 스스로 즐거워한다"라고 하여, 사대주의가 고질화된 것으로 그려졌다. 또한, 조선의 정치가 당쟁에 의해 혼란에 빠졌다는 견해를 받아들여, "그들의 이른바 정쟁이라는 것은 모두 사람들이 서로를 먹는 이욕(利慾)의 다툼으로, 가국(家國) 백년의 대계에 관계되는 것은 하나도 없다. 붕당을 만들어 눈을 흘기고 이빨로 으르렁거리며, 눈앞 촌척의 일을 쫓는데 바쁘다. 따라서 그 민(民)은 권세와 허영을 사랑하는 것이 색식(色食)을 좋아하는 것보다 심하다"고 혹평하였다. 또한, 양반층에 대해서는 "양반이라고 하는 유식타면(遊食惰眠)의 계급은 문역(門閾)의 우산 아래에 권위를 맘대로 하면서 폭렴주구(暴斂誅求)에 물릴 줄을 모른다. 민력은 매년 이와 함께 피폐해지며 국운은 더욱더 쇠잔해 진다"고 하였다. 결론적으로 조선의 "연면한 3천년의 역사는 이 무기력하고 무절제하며 또한 무정견한 국민에 의해 만들어진 국욕의 기록이다"[16]이라고 단정되었다. 이에 따라, 조선의 식민지화는 조선의 "상하가 초래한 운명일 뿐"이고 하여, 그 역사적

---

14) 堀內奉吉, 竹中政一,『韓國旅行報告』, 神戶高等業學校, 1906, 8~9면.

15) 細井肇,『現代漢城の風雲と名士』, 日韓書房, 1910.

16) 細井肇,『現代漢城の風雲と名士』, 1~2면.

전개에 의한 자연적 귀결로 기술되었다.

2) 대한협회의 문명론과 한국상의 특징

1905년 을사보호조약의 체결을 계기로 한국내에는 의병의 항일 투쟁과 더불어 '실력양성'을 주장하는 애국계몽운동이 본격화되었다. 그 중에서 애국계몽운동은 국권회복을 위해서는 개화를 통해 국가를 부강하는 것이 필요하다고 주장하면서 정치, 경제, 사회 전반의 근대화를 지향하였다.

그런데 애국계몽운동은 이미 지적되어온 바와 같이 결코 단일한 세력과 입장을 지닌 것이 아니었다.[17] 그 중에서 대표적 단체였던 대한협회는 통감부에 의해 해산된 대한자강회를 바탕으로 1907년 11월 10일에 조직되어 1910년 한일합방 이후 강제 해산되었다. 설립 당시 총재에 남궁 억(南宮檍), 부회장에 오세창(吳世昌), 총무에 윤효정(尹孝定), 평의원으로 장지연(張志淵)·권동진(權東鎭)·유근(柳瑾)·정교(鄭喬)·이종일(李鍾一) 등이었고, 찬의원으로 지석영(池錫永)·김중환(金重煥)·정봉시(鄭鳳時) 등이 있었다. 또한 기관지로 대한협회회보를 1908년 4월 25일 창간하여 1919년 3월까지 총 12호를 발간하였다.

대한협회의 행보에 대해 기존의 연구들은 친일로의 변절을 한계로 지적했지만, 그러한 한계의 원인에 대해서는 충분히 설명하

---

17) 박찬승, 「한말 자강운동론의 각 계열과 그 성격」, 『한국사연구』 68, 한국사연구회, 1990.

지 못한다. 이 문제를 제대로 설명하기 위해서는 이런 점에서 대한협회의 논리를 일본의 논리와 직접 비교해 보는 것이 필요하다. 당시 일본에서 문명론은 이미 일본을 통해 한국의 후진성을 강조하면서 일본의 지배를 정당화하는 논리로 자리 잡고 있었다.[18] 대한협회 또한 서양의 근대문명을 이상시하는 문명론에 입각하고 있었다. 그렇다면 대한협회의 문명론은 일본의 논리에 대해 어떠한 입장을 지녔는가?

먼저, 대한협회는 문명론에 입각하여 모든 사회는 궁극적으로 '문명부강지역(文明富强之域)'[19]에 들어가는 것을 목적으로 하며, 그것의 성취여부에 따라 문명국과 야만국으로 구분되었다. 여기서 문명국은 "歐美列强中(구미열강중)의 英美法德等國(영미법덕등국)과 東洋日本(동양일본)"으로 "文明(문명)과 富强(부강)이 丝호 第一位(제일위)"에 있고 "東洋(동양)의 淸國波斯暹羅越南印度等(청국파사섬라월남인도등) 諸邦(제방)과 西歐(서구)의 西班牙土其耳葡葡牙等(서반아토기이포포아등) 數國(수국)"은 "其國威(기국위)와 國光(국광)을 不揚(불양)"하였다.[20] 따라서 서양열강과 일본은 앞으로의 발전 모델이었으며 그들의 문물과 제도는 수용하고 배워야 할 대상이었다. 한편 한국에 대해서는 미개 내지는 반개로 규정하였다. 전형적인 문명단계론에 입각하여 "我韓未開之民(아한미개지민)"[21]이나 "今我韓之民(금

18) 함동주, 「근대일본의 문명론과 그 이중성─청일전쟁까지를 중심으로」, 『근대계몽기 지식 개념의 수용과 그 변용』, 소명출판, 2004 참조
19) 湖南支會視察員 金光濟, 「六派의 習慣을 劈破然後에 可以自保」, 『대한협회회보』(이하 『회보』) 6, 75면.
20) 呂炳鉉, 「義務敎育의 必要」, 『회보』 2, 11면.
21) 金成喜, 「政黨의 事業은 國民의 責任」, 『회보』 1, 27면.

아한지민)이 居於半開未開之間矣(거어반개미개지간의)"[22]라고 평가하는 것을 여러 곳에서 찾아볼 수 있다. 따라서 한국이 반개 상태를 벗어나 개화로 나아가는 것은 무엇보다도 중요한 과제로 인식된 것이다.

대한협회가 한국을 '반개'로 규정한 이유는 먼저 설립 목표를 통해서 엿볼 수 있다. 즉 대한협회는 설립 취지를 "我韓(아한)이 國於東亞一隅(국어동아일우)ᄒ야 不能與世運伴進者(불능여세운반진자)ㅣ 迄數百年(흘수백년)"[23]이라서 개화에 뒤쳐졌기 때문에 보호국이 되었다고 보고, 이를 극복하기 위해서 "專在乎實力之如何(전재호실력지여하)ᄒ니 實力維何(실력유하)오 曩所謂政治教育産業之講究發達(낭소위정치교육산업지강구발달)이 是耳(시이)라"라고 하여 실력양성의 중요성을 강조하였다. 그에 따른 행동강령으로 "교육의 보급, 산업의 개발, 생명재산의 보호, 행정제도의 개선, 관민폐습의 교정, 근면저축의 실행, 권리, 의무, 책임, 복종의 사상을 고취"라는 7가지를 정하였다.[24] 다시 말해, 한국사회의 주요 문제점으로 첫째, 관리들의 부정부패 척결과 입헌제 도입 등과 같은 정치적 측면, 둘째로 교육의 보급을 통한 국민적 수준의 향상, 셋째는 산업과 저축심의 결여라는 경제적 측면으로 정리할 수 있다. 이러한 주장들을 한국의 현실에 따른 것으로 볼 수도 있겠지만 일본의 문명지도론의 논리와 전혀 차이를 보이지 않는다는 사실은 매우 의미심장하다.

---

22) 金成喜, 「政黨의 事業은 國民의 責任(前號續)」, 『회보』 2, 25면.
23) 「大韓協會趣旨書」, 『회보』 1, 1면.
24) 「大韓協會趣旨書」, 『회보』 1, 1면.

그러면, 대한협회는 한국의 미래에 대해 어떠한 정치적 비젼을 제시했으며, 그것이 국권회복이라는 당시의 과제에 어떤 역할을 하였는가? 앞서 보았듯이, 러일전쟁기 일본의 문명론은 한국이 스스로 후진성을 극복하는 것이 불가능하다고 주장하였다. 이에 반해 대한협회는 한국의 개화 가능성과 독립의 필요성에 대해 긍정적 입장이었다.

대한협회의 가장 기본적인 정치적 입장은 보호국의 지위에 놓인 한국의 국권회복에 있었다. 대한협회는 한국이 서양(일본)과 같이 문명개화를 통해 부국강병을 이루어 자주독립국이 되는 것을 이상시하였다. 즉 "自今(자금) 以後(이후)로 國民(국민)이 協同一致(협동일치)하야 文明(문명)을 吸收(흡수)ᄒ고 施政(시정)을 改善(개선)하야 能(능)히 國富國强(국부국강)을 增進(증진)하며 列國(열국)에 並肩(병견)함을 期日可待(기일가대)할새"[25]라는 목표를 제시하였다. 대한협회는 한국이 보호국으로 국권을 상실한 것이나 마찬가지라는 점을 크게 우려하고 있다. "竟至於失自立之力而引友邦之援(경지어실자립지력이인우방지원)ᄒ니 興言及此(흥언급차)에 俯仰愧怍(부앙괴작)이라"[26]이며, "國權(국권)이 日日(일일) 縮小(축소)ᄒ야 外人(외인)의 指揮監督(지휘감독)을 受(수)ᄒ야 我四千年(아사천년) 神聖祖國(신성조국)에 二千萬靈秀(이천만령수) 民族(민족)이 自國(자국)의 事(사)를 自國人(자국인)이 處置(처치)키 不能(불능)ᄒ올 뿐 不是(불시)라. 我國官吏(아국관리)가 汲汲(급급)히 外國人(외국인)에게 阿諛附從(아유부종)ᄒ야 奴顔童面(노안동면)으로 吮癰咀痔(연옹저치)도 尙(상) 且(차) 不辭(불사)ᄒ을

---

25) 尹孝定,「大韓協會의 本領」,『회보』1, 47면.
26)「大韓協會趣旨書」,『회보』1, 1면.

見(견)홈이 國家滅亡(국가멸망)의 兆朕(조짐)이 全(전)히 此輩(차배)에 在(재)홈으로 認(인)ᄒ고 切齒慷慨(절치강개)ᄒ며 痛歎激怒(통탄격노)ᄒ야 不平(불평)을 大鳴(대명)ᄒ니 ……"27)라고 하여 한국이 일본의 보호국으로 국권상실의 위기에 놓이게 된 것을 개탄하였다. 이 점은 대한협회의 궁극적 목표가 독립이었음을 보여 준다.

그런데 대한협회는 개화된 독립국이라는 이상과 달리 현실에서의 한국은 미개한 보호국임을 강하게 인식하고 있었다. 이러한 괴리를 극복할 방법론에서 대한협회는 '독립'을 궁극적 목표로 설정하면서 그 실천방안으로 '개화'를 우선시하는 문명우선주의와 그에 근거한 약육강식의 질서를 당연시하는 사회진화론을 주장하였다. 한국의 애국계몽운동 연구에서 사회진화론적 세계관의 존재는 커다란 딜레마를 제공한다. 김도형에 따르면,28) 애국계몽운동의 사회진화론 수용은 제국주의 침략에 항전하는 논리로, 국민과 민중을 새롭게 발견하여 국민을 주체로 국권회복을 전개할 수 있었던 논리로, 그리고 역사의식의 고조와 새로운 민족사관 형성의 논리로 발전할 수 있었다는 긍정적 평가29)와 더불어, 그 이면에는 강자의 약자 지배, 제국주의 침략을 긍정하는 논리로도 작용하고 있었다는 부정적 평가를 받고 있다.30) 사회진화론의 논리는 문명

---

27) 尹孝定, 「時局의 急務」, 『회보』 2, 61~62면.
28) 김도형, 「계몽운동과 의병항쟁」, 『한국사연구입문』 3, 지식산업사, 1990, 245~246면.
29) 이광린, 「한말 진화론의 수용과 그 영향」, 『世林韓國學論叢』 1, 1977; 신용하, 「한말 애국계몽사상과 운동」, 『韓國史學』 1, 1980; 이송희, 「한말 애국계몽사상과 사회진화론」, 『부산여대사학』 2, 1984.
30) 김도형, 『대한제국기의 정치사상연구』, 지식산업사, 1994; 박찬승, 앞의 글; 이송희, 「한말 사회진화론의 수용과 전개」, 『부산사학』 22, 1992.

론과 깊은 관계를 갖고 있다. 문명론에 따르면 사회진화론의 '약육강식'을 결정하는 힘의 차이는 문명의 발달정도에 의해 결정되는 것이기 때문이다. 따라서 사회진화론적 세계관에 따르면 문명이 발달된 세력이 문명의 발달 정도가 낮은 세력을 지배하는 것은 자연적 현상이 된다. 이는 곧 서구열강에 의한 비서구 세계의 지배를 당연시하는 것이며, 한국의 경우 일본에 의한 지배를 자연적 결과로 보는 것을 의미한다.

그렇다면 대한협회의 사회진화론적 세계인식은 구체적으로 어떠한 모습을 띠고 있었는가? 먼저 지적할 점은 사회진화론적 논리에 근거하여 서양열강에 의한 제국주의를 약육강식의 원리에 따른 것으로 보았다는 점이다. 예컨대, 「의무교육(義務敎育)의 필요(必要)」라는 글을 보면 열강에 의한 위협이나 식민지화가 국민의 교육이 발달하지 않았다는 내부적 원인에 의한 것으로 파악한다. 즉

東洋의 淸國波斯暹羅越南印度 等 諸邦과 西歐의 西班牙土其耳葡萄牙 等 數國은 國民의 敎育이 不振흠으로 今日에 至흐야 或 其 國威와 國光을 不揚흐며 或 强隣의 脅制와 呑噬물 未免흐며 或 其彊土는 他國의 管轄을 已受흐고 人民은 他族의 奴隷를 甘作흐니 此 皆明確흔 鑑轍이라 謂흘지라.[31]

다시 말해 스스로 발전을 이루지 못해 약소국이 된 국민은 강대국의 지배를 받는 것이 불가피하다고 주장한 것이다.

이러한 논리에 따라 일본에 의한 지배에 대해서도 그 책임을 한국측에서 찾는 주장이 강조되었다. 이러한 시각은 「대한협회취

---

31) 呂炳鉉, 「義務敎育의 必要」, 『회보』 2, 11면.

지서」에도 다음과 같이 명기되었다. 즉,

嗚呼라 我韓이 國於東亞一隅ᄒ야 不能與世運伴進者ㅣ 迄數百年에 政
治焉紊廢ᄒ며 敎育焉弛退ᄒ며 産業焉衰乏ᄒ야 竟至於失自立之力而引友
邦之援ᄒ니 興言及此에 俯仰愧怍이라

　다시 말해, 대한협회의 출발 자체가 한국이 개화되지 못한 채
정치, 교육, 산업 모두 피폐해져서 결국 자립능력을 상실했다면서
스스로를 부끄러워해야 한다는 인식에 근거한 것이다.
　한국 보호국화의 원인을 낙후된 스스로에게서 찾으며, 잘못의
책임도 한국사회 내부에 있다고 하는 논리는 독립의 길을 외부적
요인보다 내부적 변화에 있다는 주장을 낳았다. 일본의 보호국에
서 벗어나는 길도 스스로 낙후성을 벗는 길 밖에 없다는 것이. 즉
"夫(부) 國家悲運(국가비운)은 非激昂(비격앙)의 所能救(소능구)며 人民
幸福(인민행복)은 非騷亂(비소란)의 所能致(소능치)오 專在乎實力之如
何(전재호실력지여하)ᄒ니 實力維何(실력유하)오 曩所謂政治敎育産業
之講究發達(낭소위정치교육산업지강구발달)이 是耳(시이)라"[32]라고 하여
문명개화에 의한 실력양성만이 자립의 유일한 방법이라고 주장하
였다. 이처럼 실력양성을 독립의 필요조건으로 보는 입장에 따라
교육이 중요시되었다.[33] 동시에 당시의 의병활동에 대해 실력양성

---

[32] 「大韓協會趣旨書」, 『회보』 1, 1면.
[33] "다만 敎育 二字에 從事ᄒ되 各各自己의 資格과 權限을 隨ᄒ야 或 敎育의
職務를 負擔ᄒ며 或 學校 或 社會의 敎育을 身受ᄒ며 或 其 子女와 兄弟을
敎育ᄒᄂ 事에 對ᄒ야 終始不懈然後에야 可謂 血誠愛國의 英雄이며 實心憂
國의 志士ㅣ오 亦 可謂 盡職服務의 國民이라 然後에야 將來에 國權을 可復
이며 獨立을 可期며 自由를 可得이리니 同胞ᄂ 勉之哉어다."(呂炳鉉, 「義務
敎育의 必要」, 『회보』 2, 11면)

에 도움이 안된다는 이유에서 비난[34]한 것은 실력양성론의 성격을 보여주는 좋은 사례라 할 수 있다.

이상에서 보았듯이 대한협회는 한국의 실력양성과 문명국으로서의 발전 가능성에 대해 긍정적 입장을 견지하였다. 교육과 사회개혁이 이루어지면 모든 문제가 해결될 것이라고 본다던가,[35] 정당의 활동과 입헌제의 실시로 정치적 발전을 이룰 수가 있다고 기대하거나,[36] 문명을 성취한다면 약소국의 위치를 얼마든지 벗어날수 있다는 전망[37] 등은 한국의 발전 가능성에 대한 낙관적 시각을 보여준다. 다시 말해, 대한협회의 실력양성론은 한국의 독립 가능성에 대해 낙관론을 바탕에 깔고 있었다. 이러한 낙관론 자체는 당시 정세의 심각성을 과소평가한 문제점을 안고 있다. 그렇지만 독립국으로서의 한국의 미래를 극히 부정적으로 그리고 있던 일본의 한국상과는 분명히 거리를 두고 있다.

그러나, 대한협회의 실력양성론에 담긴 낙관적 한국상은 중대한

---

34) 尹孝定, 「大韓協會의 本領」, 『회보』 1, 47면.

35) "但 以社會之實施와 教育之擴張으로 自修ㅎ면 地方之擾도 自歸寢息이오 外兵之勞도 亦 解矣리니 是於國際에 爲平和之大誼니 天下 萬國이 孰不稱道리오"(湖南支會視察員 金光濟, 「六派의 習慣을 劈破然後에 可以自保」, 『회보』 6, 75면)

36) "政黨이 成則立憲之制를 可以行矣오 立憲이 行則君王之威가 尊ㅎ고 政府之權이 益伸ㅎ야 國家人民이 共享幸福ㅎ리니 其所以然之由를 試欲一陣於全國公眼ㅎ노라."(金成喜, 「政黨의 事業은 國民의 責任」, 『회보』 1, 27면)

37) "嗚呼라 此 何時也오 則全球人族의 生存競爭ㅎ는 二十世紀라. 此 競爭의 結果가 必歸於優者勝劣者敗는 勢之固然인디 今日 我韓民族의 位置가 不幸히 劣者敗의 地에 處홈은 其 故何也오 人은 文明에 爭進ㅎ는디 我는 昏愚에 甘處ㅎ며 人은 實質的 學問을 是務ㅎ는디 我는 虛文의 學問을 崇尙ㅎ얏스니 此 其大原因也라. 然則 勝者終勝ㅎ며 敗者終敗乎아 曰 否라 豈有是理리오" (呂炳鉉, 義務教育의 必要, 『회보』 2, 9~10면)

결함을 갖고 있다. 한국의 발전에 대한 긍정적 가능성이 일본의 문명지도와 깊은 관계를 갖고 있는 것으로 인식되었기 때문이다.

嗚呼라 我國은 亞細亞大陸東隅에 僻在하야 世界文明에 進步가 失時함으로 今에난 先進文明國의 指導에 依하야 國事를 整理하고 人文을 獎勵하야 自今 以後로 國民이 協同一致하야 文明을 吸收ㅎ고 施政을 改善하야 能히 國富國强을 增進하며 列國에 並肩함을 期日可待할새[38]

日本은 東洋의 文明先導者ㅣ라. 一手를 張ㅎ야 西潮大迫의 勢를 障ㅎ며 一手를 張ㅎ야 東隣迷夢의 枕을 撓ㅎ니 雙手雙力이 其 勞ㅣ 如何타 謂ㅎ리오. 噫라, 我는 韓國의 一分子로 自家를 不家ㅎ며 自身을 不身ㅎ야 友邦의 百方提撕를 百方違越ㅎ며 好箇模範을 惡箇模範으로 錯認ㅎ더니 東洋平和의 大同方針이 空空濱에 歸ㅎ가 恐ㅎ는 日本 政略家의 手法으로 韓滿의 大鞭을 執ㅎ야 勒樂的 方法을 施ㅎ니 服則病祛는 智算을 不待홀지나.

雖然이나 我韓은 病이 沈重ㅎ며 兼ㅎ야 拒醫忌藥ㅎ는 習性이 有훈 者ㅣ라. 醫人이 此症에 對ㅎ야 感化의 手段으로 一邊開諭ㅎ야 其 心을 和悅케 ㅎ며 一邊投劑ㅎ야 其 疾을 除治호더 看護者를 置ㅎ야 衣食이 適宜를 得ㅎ며 動靜이 度數에 合ㅎ면 宿崇는 舊迹을 斂ㅎ며 現效는 新喜를 報ㅎ리니 是時에 在ㅎ야 韓者도 亦 人情地라. 悅服心을 生ㅎ야 悖慮色을 加ㅎ랴 悅服의 美果는 萬口咸誦曰 賢醫師賢醫師라 ㅎ야 賢醫師의 顔色下에 在훈 者ㅣ 自有의 巨貲豊廩을 必不惜ㅎ리니 是ㅣ 醫人手段中美福이어눌[39]

위의 글들은 일본의 문명지도론을 그대로 수용한 예로서, 특히 후자의 글을 매우 적극적인 친일의 논리를 담고 있다는 점에서 극

---

38) 尹孝定, 「大韓協會의 本領」, 『회보』 1, 47면.
39) 吳世昌, 「對照的의 觀念」, 『회보』 5, 1~2면.

단적 경우로 볼 수 있다. 그런데 중요한 것은 이러한 친일의 논리가 근대적 문명론에서 파생되었다는 점이다. 근대적 문명론에 입각해 바라본 한국은 '미개'일 뿐 아니라 국권상실의 위기에 처해 있는 약소국이었으며, 약육강실의 질서에 따라 부강한 일본이 한국을 지배하는 것은 불가피한 것으로 인식되었다. 근대문명론은 한국의 주체적 역량에 대한 자신감을 얻기에는 지나치게 냉혹한 지배자의 논리였다. 따라서 그에 바탕을 둔 대한협회의 '한국상'은 그만큼 암울할 수 밖에 없던 것이다.

이와 같이 대한협회는 독립 가능성에 대한 전망을 제외하고는 일본의 한국지배론을 적극적 비판없이 답습하였다. 그뿐 아니라 당시 일본사회에 확산되고 있던 부정적 한국상을 별다른 문제의식 없이 수용하여 반복하고 있다.

이러한 대한협회의 설립 취지는 여러 논설 속에 나타나 있다. 구체적인 사례를 보자면 다음과 같다.

> ○ 然則 士者의 黨論과 農者의 懶作과 工者의 假造와 商者의 賺利等 舊染의 惡習을 洪爐一點 春雪에 付擲ᄒ며[40]
> ○ 吾儒의 學術이 失道ᄒ고 政府의 制治가 失宜ᄒ고 人民이 義務를 不踐ᄒ 所以然이라.[41]
> ○ 往日의 絶望的 思想과 消極的 言論과 頑古ᄒ 性質과 過激ᄒ 行動과 墮落ᄒ 志氣ᄂ 九霄之 外에 抛棄ᄒ고[42]
> ○ 우리 大韓으로 말ᄒ면 今日黑洞中野蠻族에 處ᄒ이 非但 民會가 업슬 ᄲᅮᆫ 外라. 一言蔽之 曰 兩班이니 常人이니 區別ᄒ ᄭ닭이올시다. 政府로

---

40) 元泳義, 「人民의 共同的 責任」, 『회보』 8.
41) 湖南支會視察員 金光濟, 「六派의 習慣을 劈破然後에 可以自保」 6, 75면.
42) 呂炳鉉, 「義務敎育의 必要」, 『회보』 2, 11면.

말ᄒ면 所謂 老論은 少論을 壓制ᄒ고 少論은 老論을 仇視ᄒ며 南人 北人이 相峙ᄒ며 中人庶族이 相分ᄒ야 各各 自己의 心腸을 一任ᄒ얏고 下鄕으로 말ᄒ면 所謂 舊鄕은 新鄕을 蔑視ᄒ고 新鄕은 舊鄕을 仇讐로 ᄒ야 曰 校生이니 曰 左族이니 百圭千角이 層層迭作ᄒ얏스니 大抵 一天之下에 仁義禮智 四德을 均賦ᄒ고 金木水火土 五行의 氣를 同得ᄒ 人으로셔 엇지 虛無ᄒ 名位를 一定ᄒ야 貴種賤種을 區別ᄒ리오. 또 公益上에 一大器械를 作成ᄒ거나 物品을 製造ᄒᄂ 것을 一般 賤人으로 待之ᄒᄂ 고로 進取ᄒᄂ 人이 업고 硏究ᄒᄂ 力이 업슴으로 오날날 內國에 製造ᄂ 極惡極劣ᄒ야 自國의 需用도 못되야 各種 利益을 全혀 外國으로만 議與ᄒ야 全國內에 財政狀態가 蕭條罄渴ᄒ 境遇를 이럿스니 이럭케 二千萬 人心이 各自其心ᄒ야 今日 暗昧地位에 自處ᄒ얏스니 野蠻의 名稱을 惡得免乎리오. 43)

위의 예들을 보면 일본의 한국상과 매우 중요한 유사점과 차이점을 지니고 있음을 알 수 있다. 먼저 유사점을 보자면, 지배층의 부패와 당파싸움(士者의 黨論, 墮落ᄒ 志氣, 政府의 制治가 失宜), 일반인의 나태함(農者의 懶作, 근면저축의 실행)을 들 수 있다. 반면에 입헌제에 대한 적극적 주장(人民이 義務를 不踐, 今日黑洞中野蠻族에 處홈이 非但 民會가 업슬 뿐 外라)은 일본이 관심을 갖지 않았던 점이었다.

이상과 같이, 대한협회는 근대적 문명론이라는 세계관에 기초하여 실력양성에 의한 국권회복을 주장하였다. 대한협회의 세계관은 상당 부분이 일본을 통해 소개된 근대적 문명론에 입각한 것으로, 세계를 문명과 야만의 이분법적 구도에서 바라보면서 문명국에 의한 야만국의 지배를 '문명지도'라는 이름으로 정당화하는 논리를 담고 있었다. 이러한 입장에서 성립된 대한협회의 한국상은 문

---

43) 龜城支會員 金秉祚, 「一心丹이 活我同胞之無上良藥」, 『회보』 12, 62~63면.

명이 낙후된 후진국으로 일본의 호의적 지도를 통해 발전을 이룬 후에 독립을 이룰 수 있는 존재라고 규정하였다. 물론 한국의 발전 가능성에 대해 긍정적인 입장을 지녔지만 대부분의 논의는 현재의 부정적 측면을 강조하면서 일본의 역할을 중시하는 것을 볼 수 있다. 따라서 일본의 식민적 한국상과 많은 부분 유사성을 지니면서 일본의 침략적 성격을 과소평가한 한계를 지녔으며, 결국 친일적 성격에 함몰되고 말았다.

3. 자주적 한국상의 모색과 가능성

앞서 문명론적 한국상이 지닌 가장 큰 문제점이 주체적 역량에 대한 확신의 결여와 일본에 대한 의존적 태도였음을 보았다. 그렇다면 대한협회에는 문명론적 한국상에 내포적 문제점을 인식하고 그 대안을 제시한 논의는 없었는가?

이러한 한계에서 벗어나 일본의 지배로부터 국권회복을 이루기 위해 자주적인 '한국상'을 제시하려는 움직임을 보인 사례로 신채호가 제시한 '한국상'을 들 수 있다. 신채호는 『대한협회회보』에 「대한의 희망」(제1호, 1908.4), 「역사와 애국심의 관계」(제2호, 1908.5), 「대아와 소아」(제5호, 1908.8) 세편의 글을 발표했다. 그 중에서 「대한의 희망」은 한국의 문명화와 독립의 가능성을 적극 역설하여 다른 문명론적 주장들과 차별된 한국상을 제시하였다. 특히 일본의 한국상에 담긴 정치적 의도를 파악하고, 그것을 조목조목 비판한 점에 주목할 필요가 있다.

첫째로 신채호는 사대주의에 대한 일본의 주장을 비판하였다. 일본의 주장은 한국이 오랜동안 사대정책을 유지하면서 자주적 능력을 상실했기 때문에 중국이 아닌 일본의 지배를 받는 것이 문제될 것이 없다는 것이었다. 이에 대해 신채호는 중국에 대해 형식상 사대정책을 취했다고 해도 실제로는 "內政(내정)의 自主(자주)를 觀(관)하야도 獨立(독립)이며 外交(외교)의 締約(체약)을 觀(관)하야도 獨立(독립)이며 官吏(관리)의 黜陟(출척)을 觀(관)하야도 獨立(독립)이며 貨幣(화폐)의 自鑄(자주)을 觀(관)하야도 獨立(독립)"이었기 때문에 "名義上(명의상) 不獨立國(불독립국)으로 內容(내용)의 獨立(독립) 權利(권리)를 優持(우지)"했다고 하였다. 다시 말해, 전통적 사대주의에도 불구하고 한국의 자주적 능력은 완전히 구현되었다고 본 것이다. 나아가, 그는 임진왜란이나 동학과 같은 경우에 중국의 군사적 지원을 요청한 것을 외세의 개입이 아니라 한국의 주체적 결정이라는 시각에서 해석했다. 즉 "間或(간혹) 遠寇(원구)의 來侵(내침)과 內地(내지)의 騷擾救(소요구)가 起(기)하면 彼(피) 所謂(소위) 大邦者(대방자)를 招(초)하야 曰(왈) 爾(이)가 我(아)하라 하야 彼(피)을 反(반)히 奴隸(노예)갓치 使喚(사환)하얏스며"[44]라고 하여, 한국 정부가 계속 자주적 자세를 견지했다고 보았다.

둘째로, 그는 한국정부와 관리가 부패하였기 때문에 일본의 개입으로 개혁이 불가피하다는 주장에 대해서도, 한국국민이 자유롭

---

44) 申采浩, 「大韓의 希望」, 『회보』 1, 11면.

게 선택하여 살아가는 것이 외세의 간섭을 받는 것보다 낫다고 반박했다. 그는 한국이 오랫동안 전봉건제도 속에서 일부 권문세가에게 권력이 독점되어 여러가지 폐해가 있었음을 부정하지는 않았다.[45] 그럼에도 불구하고 그는 "國民(국민)이 自來(자래)로 專制政治下(전제정치하)에 蟄伏(칩복)하얏다 하나 深山(심산) 中(중)에서 隱居(은거) 獨樂(독락)하랴도 我(아)의 自由(자유)며 城市間(성시간)에 欺人騙財(기인편재)하랴도 我(아)의 自由(자유)며 詬酒雜技(후주잡기)로 平生(평생)을 誤送(오송)하랴도 我(아)의 自由(자유)며 沿門持鉢(연문지발)에 乞食(걸식)으로 終身(종신)하랴도 我(아)의 自由(자유)니 理論上(이론상) 不自由民(부자유민)으로 實際(실제)의 自由身分(자유신분)을 快作(쾌작)하고 間或(간혹) 豪族(호족)의 凌侮(능모)로 侵奪(침탈)을 當(당)하더래도 傍蹊曲逕(방혜곡경)만 善穿(선천)하면 彼(피)의게 反(반)히 壓抑(압억)을 加(가)하얏스니 비록 古者(고자)에 羈絆(기반)이 甚又甚(심우심)하고 虐欲(학염)이 酷(혹) 又(우) 酷(혹)한 時代(시대)라도 目下(목하) 二十世紀(이십세기)의 保護云(보호운) 壓制云(압제운)과난 天壤(천양)이 判異(판이)"[46]라고 하였다. 과거의 전제정치나 지배세력의 억압에도 불구하고 일본의 보호국이 되는 것보다는 낫다는 것이다. 다시 말해, 그는 왕실의 전제정치나 지배층의 부패와 탄압에 의해 어려움이 있더라고 독립과 자주성을 견지할 수 있는 것이 훨씬 값

---

45) "幾百年은 部落酋長에게 任하며 幾百年은 封建制度에게 任하고 幾百年은 寡人政治에게 任하고 幾百年은 世家貴族에게 任하야 彼가 善政을 行하던지 惡政을 施하던지 官爵을 賣하던지 法律을 弄하던지 都是 不問하고 我난 涅槃淨士에 大自在함 갓치 優遊無事하던 國民"(申釆浩, 「大韓의 希望」, 『회보』 1, 12면)

46) 申釆浩, 「大韓의 希望」, 『회보』 1, 12면.

지다고 역설하였다. 일본의 한국상에 담긴 지배의 논리를 정면에서 반박한 것이다.

그렇다고 해서 그가 당시의 현실을 무시하고 과거지향적 주장을 편 것은 아니었다. 그는 "國(국)이 有(유)흠이 歷史(역사)가 必有(필유)ㅎ리니 强國(강국)뿐 아니라 弱國(약국)도 歷史(역사)가 有(유)홀지며 旺國(왕국)뿐 아니라 衰國(쇠국)도 歷史(역사)가 有(유)홀지며 文明國(문명국)뿐 아니라 野蠻國(야만국)도 歷史(역사)가 有(유)홀지어놀 今(금)에 言(언)ㅎ되"[47)라고 하였다. 즉 강대국과 약소국, 문명국과 야만국의 현실적 차이를 인정한 것이다. 또한 한국의 현실에 대해 국권을 사실상 잃었으며 근대국가로서 충분한 실력을 갖추지 못했다고 보았다. 즉,

> 嗚呼 今日 我大韓에 何가 有한가 國家난 有하건마난 國權이 無흔 國이며 人民은 有하건마난 自由가 無한 民이며 貨幣난 有하건마난 鑄造權이 無有하며 法律은 有하건마난 司法權이 無有며 森林이 有하건마난 我의 有가 아니며 鑛山이 有하건마난 我의 有가 아니며 郵電이 有하건마난 我의 有가 아니며 鐵道가 有하건마난 我의 有가 아니니 然則 敎育에 熱心하야 未來 人物을 製造할 大敎育家가 有한가 此도 無有며 然則 識見이 優越하야 全國民智을 啓發할 大新聞家가 有한가 此도 無有며 大哲學家 大文學家도 無有며 大理想家 大冒險家도 無有라 空空無存의 國에 悵悵無適의 人이 되야 其 慘淡의 光景은 小兒飢啼에 甁粟有이 已罄한 貧戶의 窮冬이며 其 悽惻의 情狀은 征夫遠戍에 孤枕獨處한 思婦의 長夜오. 其 生活은 塗炭水火가 方深한 日이며 其 産業은 支離破碎가 已極한 後니…….[48)

---

47) 申采浩, 「歷史와 愛國心의 關係」, 『회보』 3, 3면.
48) 申采浩, 「大韓의 希望」, 『회보』 1, 11~12면.

이처럼 그는 한국의 실태에 대해 정치적 자주권뿐 아니라 경제, 학문의 영역에서도 실력이 부족하다고 하였다.

그러나 신채호는 다른 대한협회의 회원들이 흔히 이러한 한국의 현실을 친일의 논리로 해석한 것에 비해 장래에 대해 비관론에 빠지지 않고 긍정적 입장을 견지했다. 그는 "今日(금일) 我韓國民(아한국민)의 所有(소유)가 何(하)라 云(운)할고 嗚呼(명호)라. 我膺(아응)을 捫(문)하고 徘徊三思(배회삼사)컨대 一長物(일장물)이 尙有(상유)ᄒ니 長物維何(장물유하)오 曰(왈) 希望(희망)이 是已(시이)로다"라고 하면서 "今日(금일) 我韓(아한)이 果然(과연) 希望(희망)이 尙有(상유)한 時代(시대)인가. 曰(왈) 今日(금일) 我韓(아한)이 富(부)난 他國(타국)만 不如(불여)하나 富(부)의 希望(희망)은 他國(타국)보다 大(대)하며 强(강)은 他國(타국)만 不如(불여)하나 强(강)의 希望(희망)은 他國(타국)보다 深(심)하며 文明(문명)은 他國(타국)의 不及(불급)하나 文明(문명)에 對(대)한 希望(희망)은 他國(타국)보다 遠過(원과)하다 ᄒ노니 大(대)하다. 我韓(아한) 今日(금일)의 希望(희망)이며 美(미)하다 我韓(아한) 今日(금일)의 希望(희망)이여"[49]라고 하여 한국의 장래를 매우 희망적으로 그렸다.

신채호는 한국의 장래가 희망적인 이유로 다음과 같은 점을 들었다. 첫째는 한국의 역사적 경험이었다. 그는 과거의 역사 속에서 외적을 물리치고 국가의 발전에 기여한 인물들의 예를 들어 한국인들이 얼마든지 그러한 역량을 지니고 있다는 점을 강조하였다.[50] 둘째는 현재의 고통이 미래의 희망이라고 하면서 역경을 이

---

49) 申采浩, 「大韓의 希望」, 『회보』 1, 12면.

50) "壯하다新羅高句麗의 武略이여. 日本을 東禦하며 支那을 西征하고 契丹을

겨낸만큼 한국이 앞으로 발전할 수 있게 된다는 주장이다.[51]

물론 이러한 희망적 한국상은 비현실적 측면이 있다고 볼 수 있다. 그러나 신채호가 의도한 것은 무조건적인 낙관론이 아니었다. "或(혹)이 又(우) 曰(왈) 我韓(아한)이 如此(여차)히 希望(희망)이 有(유)하다 하니 然則(연칙) 幾十(기십) 幾百年(기백년) 後(후)일지라도 韓國(한국)은 終當(종당) 韓國人(한국인)의 韓國(한국)이 되야 他國(타국)의 羈絆(기반)을 不受(불수)할가 曰(왈) 其(기) 國民(국민)이 其(기) 國(국)을 自國(자국)으로 知(지)하면 其(기) 國(국)이 自國民(자국민)의 國(국)이 되며 其(기) 國民(국민)이 其(기) 國(국)을 他國(타국)갓치 視(시)하면 其(기) 國(국)이 他國人(타국인)의 國(국)이 되나니 此(차)는 難逃(난도)의 公例(공례)라"[52]라는 지적에서 알 수 있듯이 그의 목적은 당시 급증하고 있던 한국의 미래에 대한 부정론을 견제하는데 있었다.

신채호의 「대한의 희망」은 '한국상'의 중요성을 인식하고 있는 대표적인 사례였지만 그 외에도 나름대로 지배 의도가 담긴 일본의 한국상이나 다른 문명론적 패배론 등과 차별화된 예를 찾아볼 수 있다.

첫째로, 한국이 문명개화에 매진한다면 언제든지 선진국과 같은 발전을 이룰 수 있다는 자신감을 강조하는 것이다.

擊破하며 女眞을 驅逐하얏스니 當年 豪傑을 今日에 再得할 수 有한가 盛하다. 列朝列宗이여 道德에난 趙靜庵李退溪며 經世에난 丁茶山柳磻溪며 將略에난 李忠武郭忘憂며 文章에난 崔簡易柳於于니 如此 盛運을 今日에 再挽할 수 有한가."(申寀浩, 「大韓의 希望」, 『회보』 1, 12면)

51) "大抵 希望의 萌芽가 恒常 苦痛時代에 在하고 安樂時代에 不在하나니 歷史上의 已例을 擧하건디 何國 何民이 不然한가……"(申寀浩, 「大韓의 希望」, 『회보』 1, 14면)

52) 申寀浩, 「大韓의 希望」, 『회보』 1, 17~18면.

西人之言에 曰 未開國今日之敗는 來日文明之價値라 ᄒ고 語에 曰 前車旣覆에 後車可戒라 ᄒ니 我韓이 東亞一隅에 在ᄒ야 世界進化에 暗昧ᄒ음을 因ᄒ야 今日 境遇에 至ᄒ 비라. 其 敗績ᄒ 原因을 是究ᄒ며 新發明ᄒ 農工商業을 學得ᄒ야 先進列邦과 竝肩齊進ᄒ면 足히 現世文明의 價値를 回復홀지니 惟 我同胞는 勖哉勉哉어다.[53]

이러한 자신감이 중요한 것은 자신의 능력에 대한 자신감 상실이 자포자기로 이어지면서 결국 타국에 의한 지배를 수용하기에 이르게 된다고 보기 때문이다.

猛省홀지며 奮發홀지어다. 吾人이 吾人의 國을 不保ᄒ면 誰가 吾人의 國을 是保ᄒ리오. 我가 能力이 無라 智識이 無라 ᄒ면 自暴自棄에 甚홈이라 各負ᄒ 重任을 誰에 委托코져 ᄒ나뇨. 千拜萬拜로 深祝ᄒ노니 他를 防禦ᄒ며 我를 自守ᄒ랴면 雖無一備나 我의 精神은 保存ᄒ얏스니 吾人은 精神으로 土地를 守ᄒ며 精神으로 種族을 愛ᄒ야 萬般戲魔를 防禦홀지니 確實無疑ᄒ고 堅忍不拔ᄒ는 國家的 精神을 特立養成홀지어다. 精神이 不完全ᄒ면 千萬大砲와 千萬戰艦이 有홀지라도 反히 同族을 泯滅케 ᄒ는 一個自滅器에 不過ᄒ도다.[54]

둘째로, 독립을 성취하기 위해서는 무엇보다도 자주적 정신이 중요하다는 입장이다.

一國의 存亡은 其國民의 自存自亡홈을 由홈이요 他國의 能存能亡홈을 受홈이 아이니 國民의 自存性이 有ᄒ면 萬斤의 他力으로 壓滅코져 홀지라도 能히 自存홀 것시오 若 其 自存性이 無ᄒ면 一毫의 他力이 橫加치 아니홀지라도 自亡홈을 未免ᄒ리니 今日 我國의 現狀을 觀察ᄒ면 他力의 橫

---

53) 大韓子, 「土地와 國家人民의 關係」, 『회보』 6, 12면.
54) 李鍾浩, 「今日吾人」. 『회보』 7, 7~8면.

加를 受홈이 埃及과 印度에 何異ᄒ리오. 然이나 我國의 人種은 不遠의 今
日에 羈絆을 脫ᄒ고 世界上 一等國民의 地位에 超登ᄒ 줄로 豫言ᄒᄀᆺᄉ
나 此 豫言의 應不應은 國民自存性의 養不養에 在ᄒ고 ……

我國人도 前日의 畏縮心을 革除ᄒ고 冒險心을 培養치 아니ᄒ면 競爭ᄒ
ᄂ 活世界에 共進文明키 難ᄒ지라. 然則 全國의 敎育家와 靑年學生은 學
術上 敎育보다 精神的 敎育을 益加勉勵ᄒ야 以上에 說明ᄒ 바 自治心과
獨立心과 冒險心의 三種 元素로 成立ᄒ 國民自存性을 培養ᄒ지어다.55)

셋째는 과거의 역사에서 긍정적 요소를 찾아내서 한국사회에
대한 부정적 평가에 대응하였다.

然이나 專制政治下에ᄂ 輿論이 常少ᄒ고 共和政治ᄂ 立憲政治下에ᄂ
輿論이 恒多ᄒ 故로 或者ㅣ 言ᄒ되 我國은 四千年 專制政治를 行ᄒ얏ᄉ
즉 輿論이 豈有ᄒ리오 ᄒ나 此ᄂ 今日의 現狀만 觀察ᄒ고 古昔의 美風을
不知ᄒᄂ 者의 言이라도 專制政治下의 人民이 參政權이 無홈은 古今東西
의 通例나 然이나 我國則不然ᄒ야 士論을 甚히 尊崇ᄒ야 士論이 一起ᄒ
면 君主의 威權과 政治의 勢力으로도 能히 抑壓치 못ᄒ엿소. 朝廷에ᄂ 正
言, 持平, 掌令, 獻納, 執義, 司諫, 大司憲, 大司諫 等의 言官을 置ᄒ야
君主의 得失과 政府의 邪正을 規諫ᄒ고 野에ᄂ 館學 儒生 及 八道 儒生
이 互和聯絡ᄒ야 君主의 得失과 政府의 邪正을 監督ᄒᄂ디 國家社會에
重大問題가 現出ᄒ면 朝에셔ᄂ 各種 言官이 上疏極諫ᄒ고 野에셔ᄂ 館學
儒生이 上疏를 連上ᄒ며 八道에 通文을 飛傳ᄒ다가 君主나 或 執政者가
聽從치 아니ᄒ야 館學儒生이 捲學ᄒ야 門 外로 出ᄒ면 大駕가 親히 門 外
에 出御ᄒ샤 儒生을 撫慰ᄒ샤 還學케 ᄒ시고 畢竟은 允許ᄒ시니 我國人民
은 最下級의 無智無識者를 除ᄒ 外에ᄂ 他國民보담 優越ᄒ 參政權을 有
ᄒ엿고 是故로 輿論의 力이 甚大ᄒ얏소.56)

---

55) 呂炳鉉, 「國民自存性의 培養」, 『회보』 9, 12면, 14면.
56) 鄭雲復, 「輿論의 價値」, 『회보』 11, 60~61면.

위의 몇가지 예를 종합해 보자면 신채호는 한국의 개화와 독립을 위해서는 무엇보다도 한국 스스로의 역량에 대한 믿음과 함께 자주적 의식을 견지해야 한다는 입장 위에서 자주적 역량을 지닌 존재로서의 한국상을 모색했던 것이다.

4. 결론

근대일본은 러일전쟁의 승리를 바탕으로 제국 건설의 행보를 한층 강화하였다. 이에 따라 1905~1910년의 기간 한국사회에는 일본의 한국의 식민지화를 본격 추진하면서, 이를 둘러싼 대립과 갈등이 격화되었다. 이 글에서는 일본의 한국지배 과정을 식민지적 한국상의 성립과 대항이라는 관점에서 살펴보고자 하였다.

이 글은 러일전쟁 이후 구체화되어간 한국 관련 인식과 주장들을 세 가지 흐름으로 나누어서 검토하였다. 그 첫째는 일본 측의 시각으로, 러일전쟁을 계기로 한국의 식민지화를 정당화하는 이른바 '식민지적 한국상'이 구체화되었다. 둘째는 한국의 애국계몽운동에서 폭넓게 발견되는 흐름으로 '문명론적 한국상'으로 명명할 수 있다. 대한협회와 같은 애국계몽단체의 참여자들을 보면, 한국의 문명화가 낙후되었다고 보고, 문명의 발전에 의한 실력양성을 강조하였다. 세 번째는 신채호와 같은 논자에게서 보이는 '자주적 한국상'이다. 이 입장은 한국의 문명화와 실력양성 필요를 인정하면서도,

그 내부에 자주독립의 역량과 잠재력을 지녔음을 강조한다.

그런데 이 세 가지 흐름은 서로 밀접하게 연결되면서, 서로 영향을 주기도 하고 충돌하기도 하였다. 먼저, 일본의 식민지적 한국상은 문명론적 한국상은 한국의 식민지화에 대해서는 찬반으로 입장을 달리했다. 그러나 한국의 현실을 평가하는데 있어 문명의 낙후성, 지배층의 무능과 부패, 일반국민의 나태함 등을 강조한 점은 일치하고 있다. 대한협회의 애국계몽론자들이 일본의 식민지화 논리의 주요 부분을 무비판적으로 수용했음은 매우 의미심장하다고 할 것이다.

이에 비해, 신채호의 한국상은 식민지적 한국상의 논리에 대해 직접적 반론의 성격을 강하게 띠고 있다. 그는 한국이 사대주의와 관리의 부패 등의 병폐를 안고 있기 때문에 식민지화되는 것이 불가피하다는 논리를 반박하면서, 한국사회의 자주적 전통을 지적하면서 자주독립을 유지하는 것이 무엇보다도 가치 있다고 강조하였다. 다시 말해, 신채호는 일본의 식민지적 한국상에 대한 비판의식을 바탕으로 한국의 자주적 이미지 구축을 모색하는 움직임을 보여준다. 그러한 노력의 최종적 귀결점에 대해서는 아무런 결론을 내릴 수 없지만, 적어도 당시 일본의 식민론자들과 상당수 애국계몽론자들의 '한국상' 속에 담긴 식민화의 논리를 극복하려는 주체적 의도를 충분히 포착할 수 있을 것이다.

중국의 '자강(自强)'은 근대화 모델의 실패인가?
근대계몽기 한국 언론에 비친 중국근대화 시도[1]

전동현

1. 청·중국·지나

중국에서는 19세기에서 20세기로의 전환기에 보수주의적 변법파, 급진주의적 혁명파, 나름대로 자구책을 모색하였던 집권세력을 중심으로 다양한 개혁 실험이 이루어졌다. 그러나 그 모든 노

---

1) 본 연구는 3개년 계획에 의하여 근대전환기 한국과 중국의 관계를 조망하고 있다. 제1차년도에는 중국을 경유한 근대개념의 수용을 살펴보기 위하여, 한국 언론에 나타난 양계초의 논설과 민권개념의 이해 양상을 고찰하였다. 제2차년도에는 근대전환기 한국지식인들에게 가장 폭넓은 영향을 미쳤던 중국근대지식인으로서 양계초는 동시기 한국을 어떻게 인식하였나 하는 문제를 조선망국의 분석을 중심으로 고찰하였다. 그리고 마지막 단계로서 제3차년도에는 한국의 언론매체를 통하여 한국의 지식인들은 동시기 중국 특히 중국의 自强 시도를 어떻게 평가하였는가 하는 문제를 고찰하고자 한다.

력들은 목표했던 부르주아 민주주의를 중국에 실현시키는데 성공하지 못하였다. 그들의 시도 자체는 저마다 다른 색채를 지녔을지라도 중국의 전통, 정신적 가치의 우월성을 강조함으로써 실패에 대한 부담을 감소시키려는 태도를 공통분모로 삼고 있었다.

이러한 상황에 놓여있던 당시의 중국은 근대전환기의 한국에서 새로운 근대화, 새로운 자강의 모델로서 어떠한 위상을 차지하고 있었을까? 온건개화파가 일본을 대신하여 중국의 변법모델을 채택하는 과정에서는 일부 긍정적인 평가가 나타나기도 하지만 청일전쟁 패배 이후 몰락하는 중국의 근대화 노력을 낙관적으로 전망하였으리라고 보기는 어렵다. 그렇다면 중국의 자강 노력에 대한 평가는 다음 두 측면에서 검토되어야 한다고 본다.

하나는 동시대 정치현실과 개혁 실험들을 어떻게 평가하는가의 문제이다. 이것은 객관적 결과로 보아 긍정보다는 부정의 측면이 강하지만 당시 현실에 비추어 기존의 중국관이 변화하는지 여부를 관찰할 수 있는 단서를 제공한다.

또 하나 검토해야 할 측면은 당시 중국 지식인들에 의해 제기되고 있던 정치개혁 논의에 대해서는 어떻게 평가하는가의 문제이다. 이는 당시 한국의 지식인들의 근대화, 자강 구상과 어떠한 공통점과 차이점을 갖는가를 조망할 수 있는 단서를 제공한다.

따라서 이러한 두 가지 차원에서 근대계몽기 언론들을 분석하면서 중국에 대한 전체적 이미지와 더불어 자강 시도에 대한 평가는 어떻게 귀결되는지를 살펴보고자 한다. 이미 기존의 연구에서도 당시 주요 일간지에 나타난 중국인식은 대략 세 가지 경향을 지닌다고 본다. 첫째는 몰락하는 청에 대하여 "천한 청"으로 인식하는 측면, 둘째는 동양평화의 일원으로서 중국의 새로운 존재 의미에 대한 기대, 셋째는 개혁모델로서의 중국의 존재이다.[2] 본고는 그 중에서도 개혁모델로서의 중국에 집중하여 언론매체별 차이 여부, 시기별 변화 여부등과 관련하여 논의를 전개하고자 한다.

특히 개항기를 전후하여 지식인들은 소중화 사상, 화이관념으로부터 벗어나, 우리 민족도 중국과 대등한 민족이며, 중국도 어떤 신성불가침의 존재가 아니라 세계 여러 나라 중 하나에 불과하다는 인식이 자라나기 시작하였다. 이러한 인식변화와 병행하여 용어상으로도 중국(中國)을 대신하여 지나(支那)가 사용되는 경우도 나타나기 시작한다는 점에도 주목해볼 수 있다. 박은식, 신채호 등 주요 논객들에 대한 기존 연구에서도 '지나'가 조선의 독립적 위상을 강조하기 위한 의도적 표현이었다고 설명하고 있다. 그러나 그렇다고 해서 일거에 지나로 대체될 수는 없었던 과도기적 상황은 중국, 청(淸國), 지나의 혼용에서 단적으로 드러난다. 본론에서 인용되는 논설들에서도 심지어 제목을 청 또는 청국으로 지칭하면서도 막상 본문에서는 지나라는 표현을 사용하고 있기도 하였던 것이다.

여기에서는 한국 측 언론매체에 나타난 중국근대화모델에 대한 인식을 분석하고자 한다. 근대계몽기 한국의 언론에 나타난 중국 관련 논설들을 검토하면서 전달된 사실의 정확성 여부도 진단할 수 있을 뿐 아니라 일본과는 또 다른 근대화 모델로서의 중국에 대한 평가, 그리고 변화된 국제관계에서 중국과의 관계를 어떻게

---

2) 백영서, 「대한제국기 한국 언론의 중국 인식」, 『한국근대언론과 민족운동』(위암장지연선생기념사업회 편), 커뮤니케이션북스, 2001, 98~120면.

인식하는가를 통해 새로운 국제질서에 대한 인식 정도도 가늠해 볼 수 있는 기회를 제공할 수 있을 것으로 기대한다.

이 주제와 관련된 전반적인 정치적 입장과 분위기에 대해서는 기존 연구에서 상당한 논평이 이루어져 있다. 중국에 대한 태도는 관영신문기의『한성순보』가 약간 호의적인 데 반해 민영기의『독립신문』과『황성신문』은 부정적 편향성이 매우 강하였으며『대한매일신보』에 이르러 관심도가 극히 낮아지기는 하였으나 균형적 태도로 복귀하는 것으로 보는 것이 일반적이다.3) 본고에서 분석대상으로 하는 언론매체는 최초의 민간지『독립신문』(1896.4~1899.12),4) 한말의 대표적 민간지 『황성신문』(1898.9~1910.8), 항일논조의 외국인 발행 신문『대한매일신보』(1904~1910.8)를 설정하였다.5) 이들 신문들은 모두 동일하지 않는 성향을 드러내지

---

3) 김민환,『개화기민족지의 사회사상』, 나남, 1995, 59면; 채백,「주요 국가에 대한『독립신문』의 정치적 입장-논설의 보도태도를 중심으로」,『한국언론학보』43-1, 1998, 267~268면.

4)『독립신문』의 경우 중국관련 자료를 일부 소개한 선행 업적들이 있다(려증동,「"19세기 독립신문" 연구 ①-한국·청국·일본에 대한 논평 기사를 중심으로」,『배달말』5, 1981, 162~163면; 려증동,「"19세기 독립신문" 연구 ③-한국·청국·일본에 대한 논평 기사를 중심으로」,『배달말』8, 1983, 166~168면; 서울대 정치학과 독립신문강독회,『독립신문, 다시 읽기』, 푸른역사, 2004). 그러나 목록 자체가 극히 소략하고 제시한 사례들도 일부 표현을 중심으로 간략하게 소개됨으로써 전체상을 조망하기 위해서는 본 연구에서 제시한 바와 같은 보다 많은 논설들이 필요하다.

5)『독립신문』,『황성신문』,『대한매일신보』필진에 대한 설명은 박찬승,『한국근대정치사상사연구-민족주의 우파의 실력양성운동론』, 역사비평사, 1992, 69~72면; 신용하,『독립협회연구』, 일조각, 1976, 40~54면; 신용하,『한국독립운동사연구』, 을유문화사, 1985, 18~19면; 정진석,『한국언론사』, 나남, 2001, 235~236면; 정진석,『인물한국언론사』, 나남, 1995, 71~72면; 안종묵,「황성신문 발행진의 정치사회사상에 관한 연구」,『한국언론학보』46-4, 2002, 244면 등 참조.

만 『황성신문』과 『대한매일신보』에 모두 글을 게재하였던 박은식, 신채호 등의 논객들의 경우에서처럼 일정한 연관성도 부정할 수 없는 독특한 특징을 보인다. 또한 『황성신문』은 독립협회 회원 중에서도 국내의 개신유학적 전통을 배경으로 해서 개화를 추진하는 흐름의 회원이 중심이 되어 창간된 신문이었으며 『독립신문』과 함께 독립협회의 기관지의 역할을 한 신문으로 본다.[6]

본 연구에서는 그 이미지를 구체적으로 복원하면서 기존 연구에서 소략하게 다루어졌던 각 입장에서 채용하는 논거와 해석의 문제에도 주목하고자 한다. 중국이나 중국 황제 그리고 중국민들이 왜 천한지, 왜 한심한지, 왜 불쌍한지에 대한 구체적 분석은 역으로 한국의 활로를 모색하였던 필진의 정치적 입장을 반면교사의 방식을 더욱 정확하게 반영할 것으로 기대할 수 있기 때문이다.

개혁노력에 대해서도 당시 중국의 각 정치세력들을 어떻게 평가하는지에 따라 정치성향의 편차를 반영한다. 예를 들어 체제 내 개혁을 시도했던 중국정부의 신정(新政)과 혁명파에 대한 의견은 곧 언론담당자들의 정치성향이라는 스펙트럼을 거친 결과이기도 했다.

---

6) 신용하, 『박은식의 사회사상연구』, 서울대 출판부, 1998, 10~11면.

2 중국, 중국인에 대한 인식

1) 중국을 보는 눈

『독립신문』에서 제시한 중국의 이미지를 대표하는 표현은 역시 "세계에서 제일 천한 청국"이라는 표현일 것이다.[7] 왜 청이 천한 이미지로 전락하였는가를 설명하는 가장 중요한 상황은 제국주의 열강에 의해 분할될 위험 속에 속수무책으로 방치되어있다는 점일 것이다. 러시아 언론을 빌어 영국의 속셈을 소개하는 다음 글에 들어있는 "청국 정부의 못생긴 것들"이라는 극단적 표현은 그러한 인식을 뒷받침한다.

> 아라사(러시아)신문에 말하였으되 영국이 청국 토지를 뺏지 않겠다고 한 말은 속에 다른 경영이 있어 그리 한 것이라. 토지는 뺏지 않더라도 청국정부의 못생긴 것들을 으르고 꾀어 토지보다 더 중한 권리를 은근히 뺏으려고 하는 경영이나 이런 꾀는 지금은 행하지 못하리라 하며.[8]

물론 청국에 대해 쟁탈전을 벌이고 청의 주권을 유린하고 있는 국가들은 한 두 국가가 아니고 그러나 청국은 잇따른 패전으로 짊어지게 된 천문학적 배상금 때문에 일본·프랑스·러시아 등에 대해서 저자세로 일관하고 있다고 소개하고 있다.[9]

---

7) 「논설」, 『독립신문』, 1896.9.12.
8) 「외국통신」, 『독립신문』, 1898.2.26.
9) 「전보」, 『독립신문』, 1898.2.15.

그러나 무엇보다도 중국을 '천한' 지위로 전락시킨 존재는 역시 국가의 운영을 책임진 지배층세력들이 된다. 그들은 일본과의 싸움에서 매번 지기만 하고 백성의 재물을 피가 나도록 긁어모으면서도 북경의 국고는 탕진하여 항상 외국 차관에 기대거나 하고, 또 글 읽는 선비라는 사람들은 문구만 숭상하며 세월을 보내고, 법관들도 한갓 뇌물과 개인사정을 중시하여 누구든지 돈과 세력만 있으면 무사하고 반대로 만만한 백성들은 재판도 못 받은 채 고생만 하고 있다는 것이다.[10] 더구나 정부가 아편에서 나는 세금만 귀히 여겨 금하지 않고 있다고 소개하고 돈을 위해서 백성을 살해하니 스스로 '중화(中華)'라 자칭하지만 결국 '야만'에 불과하다고 비난하고 있는데서 그러한 인식은 절정을 이룬다.[11]

『황성신문』의 경우에도 제국주의 열강에 의해 영토 분할(瓜分)의 위험에 처한 중국의 상황에 개탄을 금하지 못하였다.

> 청의보(淸議報)에 동아사세(東亞事勢)를 논하여 말하기를 방금(方今)에 청국(淸國)을 과분(瓜分)할 형세가 비록 아직 이루어지지는 않았으나 과분할 기미(幾微)는 이미 나타났으니 소위 과분한다 함은 어찌 토양(土壤)과 판도(版圖)를 나눈다 할 뿐이리오 철로(鐵路)와 조운(漕運)과 채광(採鑛)과 전교(傳敎)하는 제반사(諸般事)가 다 타국인의 손에 떨어져[12]

그 원인의 한 축이 청측에 있다고 본 한 논설에서는, 당시의 중국 상황을 다음과 같이 안내한다. 법률에는 두 가지가 있는데 오

---

10) 「논설」, 『독립신문』, 1899.1.11.
11) 「각국 악습」, 『독립신문』, 1899.1.16.
12) 「논설」, 『황성신문』, 1899.3.1.

래 전부터 집정자들이 사욕을 채우기 위해 만든 포학한 법과 근래에 인민을 학대하는 것은 멸망의 길이라 생각하고 인민과 국가를 위하는 만국공통의 공평한 법이 그것이다. 만국공법을 알지 못하는 나라는 미개, 야만으로 칭해지며 만국공회에 참여하지 못하니 그러한 나라는 국민이 곤고할 뿐 아니라 타국사정에 어두워 국가가 쉽게 망하게 마련이다. 일찌감치 서구식 법을 받아들여 만국공회에 가입한 일본과 달리 중국은 아직도 외국을 오랑캐라 칭하는 교만하고 완고한 태도로 구식 법제를 고수하며 다른 나라를 끌어들이고 국민들을 학대하며 관직과 작위를 매매하고 문구(文具)만을 숭상하는 나쁜 태도를 개량하지 못하고 있으니 몇 년 지나면 국가가 사분오열되어 인근에까지 해를 끼칠 것이다. 그런데도 한국은 중국을 본받아 외국을 오랑캐라 하고 스스로는 소중화(小中華)라 칭하면서 중국만을 따르려 할 뿐 국민을 개명하게 하거나 외국사정을 파악하고 국가를 보존할 사업은 조금도 생각하지 않고 있다.[13]

물론 이 글은 당시 한국이 청의 나쁜 사례를 본받으려는 것을 비판하려는 목적에서 출발하고 있다. 그러나 이 글을 통해서 청에 대한 분석을 읽을 수 있는데 그 요점은 일단 새로운 세계정세에 신속히 대응하려 하지 않는다는 점, 교만하여 과거의 법체제를 고수하는데 그나마도 가혹한 악법이라는 점, 다른 나라에 땅과 항구를 빌려주고 외국의 힘을 빌려 스스로를 지키려는 어리석음을 범하고 있을 뿐 아니라 관직과 작위를 매매하는 구습과 문구를 숭상

---

13) 「논설」, 『황성신문』, 1898.9.12.

하는 악태를 고치지 못하고 있다는 점, 결국 인민을 개명하게 하거나 외국사정을 통찰하거나 국가를 보존할 계획은 조금도 염두에 없다는 점 등 무능하고 부도덕한 지배층에 대한 비판이라는 점에서 중국의 현상은 일본의 성공과 대비되며 극히 부정적이다. 또한 소위 새로운 국제질서 즉 만국공법체제를 개명, 개화라는 관점에서 긍정적인 측면만 부각시키고 있는 점은 논란의 여지가 없지 않다.

『대한매일신보』의 경우에는 청정의 개혁을 바라본 한 논평에서 '교만, 나태, 부패, 무능'의 이미지를 보여주기는 하나 여전히 '지구상 구시대에 가장 앞선 문명한 계통을 계승하였으며 아주(亞洲) 전체에서 가장 크고 가장 부유한 강토(疆土)를 용유한 제일등 명국 (第一等 名國)'으로서의 위상을 재확인하고 있다. 또한 제목에서는 '청'으로 지칭하면서 본문에서는 '청'과 '지나'를 혼용하고 있는 점이 눈이 띈다.

> 청국정부가 금일(今日)에야 개혁을 실시하는구나. 실로 환영하고 축하할 만도 하도다. 저 허오자대(虛傲自大)하던 청인이 금일에야 숙몽(宿夢)을 환성(喚醒)하고 구습(舊習)을 탈각(脫却)하는구나. 구차하게 게으름만을 쫓던 청인이 금일에야 진보를 사상(思想)하고 지기(志氣)를 고려(鼓勵)하는가. 부패 무능하던 청인이 금일에야 정신을 쇄신하고 사업을 진취(進取)하는가. 세계에 최고(最古)한 지나국토(支那國土)가 장차(將次) 신면목(新面目)을 정출(呈出)하며 동양 최대의 정부가 신제도를 발표하겠도다. (…중략…) 하물며 지나는 지구상 구시대에 가장 앞선 문명한 계통을 계승하였으며 아주(亞洲) 전체에서 가장 크고 가장 부유한 강토(疆土)를 용유한 제일등 명국(第一等 名國)이라. 그 오만하고 자존(自尊)하고 거만하고 자족하는 기습(氣習)이 어찌 쉽게 변하리오.[14]

『대한매일신보』 전체를 통해서 가장 눈길을 끄는 중국관련 논설은 단연 「광서제 및 서태후 붕어 후의 중국문제에 관한 연구(光緒及西太后崩逝後支那問題에 對한 硏究)」가 될 것이다. 1908년 11월 24일부터 12월 1일까지 7회에 걸쳐 연재된 논설시리즈로서 청의 상황을 만주족과 한족의 경쟁관계라는 관점에 입각해서 역사적 전개과정을 서술한 글이다.[15]

이 글에서는 중국이 현재의 지위로 전락한 중대 원인을 독재주의의 남용, 군신(君臣)주의의 오해라는 유교적 정치문화에서 찾고 있는 점이 흥미롭다. 즉 이민족이나 폭군이라도 황제에 오른 다음에는 그에 반항하는 것이 무조건 불경(不敬) 또는 반역(叛逆)으로 간주, 저항할 수 없게 한 것이 잘못된 권력을 바로잡지 못하게 한 원인이었다는 것이다.[16] 이러한 정치문화에 대한 인식은 청일전쟁, 러일전쟁보다도 광서제와 서태후의 죽음이 지나인들에게 더욱 강한 충격이었던 이유로 "지나가 군주전제의 국가인 까닭이며, 저가 4천년이래로 국가와 황실을 혼동 동일시하여 황실을 곧 국가라 하며 국가를 곧 황실이라 한 까닭"이라고 설명하는 데에서 국가와 황실의 동일시라는 점에서 더욱 분명하게 제시된다.[17]

---

14) 「논설-淸政改革의 好望」, 『대한매일신보』, 1907.10.6.
15) 「논설-光緒及西太后崩逝後支那問題에 對한 硏究(1)」, 『대한매일신보』, 1908. 11.24. 본래 7회에 걸친 연재에는 각 글의 말미에 "미완"이라고만 표시되어 있고 각 글의 번호는 표시되어 있지 않다. 필자가 인용의 편의를 위해 번호를 부여한 것임을 밝혀둔다.
16) 「논설-光緒及西太后崩逝後支那問題에 對한 硏究(2)」, 『대한매일신보』, 1908.11.25.
17) 「논설-光緒及西太后崩逝後支那問題에 對한 硏究(6)」, 『대한매일신보』, 1908.11.29.

2. 중국인을 보는 눈

대체로 중국과 중국인에 대한 인식은 같은 맥락에서 다루어지므로 특별히 중국민족의 특성에 대한 논평을 찾기는 쉽지 않다. 그런데 『독립신문』의 경우 특별히 논설과 외국통신, 잡보 등 다양한 지면을 할애해서 중국인들의 행태에 대한 신랄한 비판을 전개하였다. 얼핏 보기에 사소한 사건들의 연속인 듯한 인상을 주기도 하나 그 사건들은 다분히 『독립신문』의 의도에 의해 소개되었던 것이다. 다음에 예시되는 각 기사들의 논평에 주목한다면 그 의도가 한층 분명해질 것이다.

우선 국제사회에서 중국인이 대접받지 못하는 이유를 세계경쟁 속에서 약육강식의 논리에서가 아니라 중국인들에게 원인을 돌리고 있다.

> 미국서 각국 사람들을 모두 와서 살게 하며 보호를 잘 하여 주되 청국 사람은 미국 정부에서든지 백성들이 오는 것을 좋아 아니하고 온 청인들은 내어 쫓는 것은 다름이 아니라 청인은 외국을 가더라도 그 나라에 조금치도 유조하지(도움되지) 않는 것이 첫째는 청인들이 미국 사람 사는 것과 같지 않은 즉 정한(깨끗한) 동리라 청인 까닭에 더러워지고 의복 음식이 싸기가 미국 사람보다 십분지 일이 되는 지라 그런 즉 공가(임금)를 미국 사람 보다 십분지 일을 받아도 넉넉히 사니 이로 인하여 전국에 있는 일하는 사람들이 공가가 싸지고 또 청인들이 개화한 나라에 가서라도 저의 야만의 풍속을 고치지 않은 즉 그 나라 사람과 당초에 섞이지 못하여 대접받기는 국중에 제일 천한 인생이 되니 어찌 교제가 되리요. 근년에 청인들이 조선으로 오기를 시작하여 조선 사람 할 일과 할 장사를 뺏어서 하며 가뜩 더러운 길을 더 더럽게

하며 아편연을 조선사람들 보는데 먹으니 청인이 조선에 오는 것은 조금치도 이로운 일이 없고 다만 해만 많이 있으니 조선서도 얼마 아니 되어 백성들이 청인 내어쫓자는 말이 있을는지도 모르겠더라.[18](강조는 필자)

즉 생활습관의 미개함과 저임금으로 중국인들에게 일자리를 빼앗길지도 모른다는 우려를 소개한 점은 서구의 황화론과 연결되어 있는 것으로 보인다. 청국정부의 차관요청과 말바꾸기를 비판하여 신의문제를 거론하기도 하였지만[19] "청국 사람의 버르장이는 세계상에 제일 못된 종류들이라"라고 칭한 글[20]에서도 가장 큰 폐단으로 지적한 아편흡연 및 판매가 가장 심각한 문제였다.

그 밖에도 자주 지면을 장식한 심각한 문제는 중국인들의 난폭한 성질로 인한 폐해였다. "청국 백성 중에 못된 것들이 대한 땅에 와서 인민의 재산을 겁탈하며 손해를 끼치는 폐단"[21]과 "못된 청인들이 요술 등으로 사람들의 눈을 현혹하여 돈을 뺏는" 정황[22]은 폭행,[23] 아편,[24] 금전 문제,[25] 노름[26] 등의 반복되는 보도들에

---

18) 「논설」, 『독립신문』, 1896.5.21.
19) 「전보」, 『독립신문』, 1898.3.8. 영국 외부대신이 말하되 영국에서는 청국 토지를 다른 나라와 같이 뺏지 아니 할 터이요 다만 바라는 것은 청국을 열어 세계 각국이 서로 장사하여 이익을 같이 모는 것이 목적이라 하며 아무쪼록 어느 나라가 거기에서 특별한 권리를 차지하지 못하게 하겠노라고 하였다더라. 청국이 영국에 돈을 빌려달라 하기에 청국을 위하여 영국에서 변리도 적고 이(利)도 없이 돈을 빌려주마 하였더니 또 다른 나라 시기하는 말을 듣고도 마다고 하고 상해 향항 은행에서 중변을 주고 돈을 빌렸으니 이걸 보거드면 청국이 신의 없는 것을 가히 알지라.
20) 「잡보」, 『독립신문』, 1897.7.1.
21) 「잡보」, 『독립신문』, 1899.1.16.
22) 「잡보」, 『독립신문』, 1899.4.6.
23) "(청인악습) 공동 사는 김춘화가 구리개 사는 청인 손지헌에게 돈 3천8백량 찾을 것이 있어서 일전에 어음을 가지고 가서 2천팔백량은 먼저 찾고 1천량은 날

서 구체적으로 제시된다.

즉 중국인들에 대한 이미지는 더럽고 (또는 생활이 미개하고), 아편을 즐기고, 신의가 없고, 사기성이 있고 폭력적이라는 일련의 부정적 표현들로 점철되어 있다. 이러한 인식을 구체적 사건들에서 확인되듯이 한국인들의 경험 속에서 도출된 측면도 있으나 양계초의 애국론을 소개한 다음 글에서도 "태서 사람이 청국을 논하여 가로되 저 사람들이 나라를 사랑하는 성질이 없는 고로 그 형세가 허해지고 마음이 게을러 어느 나라 사람이든지 다 가히 그 땅을 노략하고 그 백성을 종 삼을 지라"[27])라는 논평을 인용하고 있고

이 어두워서 엽전으로 주는지라. 김춘화가 말하기를 날이 저물었으니 이 돈은 내일로 찾아 가겠노라 한 즉 그 청이니 주먹으로 김춘화의 뺨을 쳐서 부었는지라. 해 방내 순검이 그 청인을 잡아 청국 순사에게 부쳤다니 해 공관에서는 타국 사람을 무리하게 친 죄를 어떻게 처치하려는지 알 수 없거니와 청인이 그 우악한 버르장이를 지금도 간간히 행하는 것이 극히 통탄할 일이로다."(「잡보」, 『독립신문』, 1899.2.15)

24) "(청인악풍) 남대문 안에 거류하는 청국 상민이 일전에 지포를 놓는데 그 소리가 성내에 진동한지라 순검들이 금지하였다. 하나 대저 청인들의 패려한 관습들은 가통타고 할만 한지라. 천하에 괴이한 아편연을 저희가 먹을 것이기 남의 나라 사람 유인하여 아편연 먹이며 창기 놀려 남의 나라 인민의 이목을 현훤케 하고 돈 뺏기며 제반 기기괴괴한 일이 모두 악풍이로다."(「잡보」, 『독립신문』, 1899.3.18)

25) "(청인 행위) 대한 사람 팽헌주, 림언화 양가가 청국 상민 강운경과 작년에 조삼하기로 서로 약조하였는데 청인 창가가 헛 어음으로 론간하다가 흘지 배악하여 팽과 림 양씨가 3만여원을 손해당하였다니 참 그리하였을진대 청인의 못된 행위는 세계에 제일인듯 하다더라."(「잡보」, 『독립신문』, 1899.3.24)

26) "(청인악습) 청인 창시 노름하는데 내부 주사 김명일씨가 지나다가 문틈으로 보았더니 청인 왕금산이란 자가 내달아 김씨를 무수히 난타하여 사경한 고로 보교를 태워 경무청에서 병원으로 보내었다하니 김씨가 관인으로 그런 노름에 구경하는 것도 실수한 일이거니와 청인 왕씨는 아무리 무지한들 남의 나라 사람을 그다지 난타하였는지 청인의 악습이 또 성하는도다."(「잡보」, 『독립신문』, 1899. 3.29)

27) 「논설－애국론 : 청국 哀時客(양계초)의 애국론 요약」, 『독립신문』, 1899.7.29.

또 양계초가 발행한 『청의보』의 기사를 자주 인용하고 있는 데서도 확인되듯이 당시 유행하던 양계초 등 중국인 스스로 국민계몽을 위하여 부정적으로 논평한 이미지를 일부 차용한 측면도 있을 것으로 추정된다.

3. 중국의 개혁 평가와 삼국공영론

1) 중국의 개혁을 보는 눈

중국이 몰락한 이유는 개혁에 실패하였다는 점도 있지만 당시 한국 언론이 주목한 더 근원적인 원인은 개혁을 하려하지 않는다는 점 즉 자신의 잘못을 고치려 하지 않는다는 데에 있었다. 중국이 그러한 입장을 갖게 된 가장 큰 이유는 중국 자신이 생각하는 중국과 외부에서 보는 중국의 격차에 있는 듯 하다.

청국 사람들이 몇천 년을 생각하기를 청국이 세계 중에 제일 개화한 나라요, 제일 강하고 제일 부유하고 제일 큰 줄로 생각하여 몇천 년 전에 만든 법률과 풍속과 정치를 오늘날까지 숭상하다가 영길리(영국)와 싸움하여 북경을 모두 불질르고 배상을 여러 천만 원을 물고 향항(홍콩)을 영국에게 빼앗기고 그런 후에도 종시 구습을 고치지 아니하고 문명개화한 나라 사람들을 보면 오랑캐라 하고 귀족들은 외국에 가기도 싫어하고 새 학문 배우는 사람을 천히 여기고 그저 몇 천 년 된 풍속으로 나라를 다스리는 고로, 나라가 점점 약하여져서 백성이 도탄에 있고 국중에 완고당이 점점 성하여 가더니 불란서(프랑스)가 싸움하여 안남(베트남)을 빼앗고 섬라국(태국)이 청국에 조공을 보내지 안고 자주독립이 되어도 청국 정부에서 감히 할 말을 못하고 일본이 류구국(오키나와)을 뺏어가도 다시 꿈쩍을 못 하더라. 또 작년에 일본과 다시 싸워 일본 군사가 조선 청국 등지에서 백전백승하고 필경 북경을 범하게 되는 고로 청국 정부에서 리홍장씨를 일본에 보내어 빌면서 싸움을 그쳐달라하는 고로 일본 정부에서 청국에게 배상 팔억 팔천만원을 바치고 대만을 일본으로 붙이면 싸움을 그치겠노라 한즉, 청국이 너무 감지덕지하여 그렇게 약조하고 겨우 목숨을 도모하였으니 청국 사람들이 만일 사람의 자식들 같으면 일본에게 이렇게 망한 것을 분히 여겨 물을 주워먹고라도 아무쪼록 진보하여, 이왕에 있던 풍속과 제도와 정치와 법률을 개정하여 사람마다 이 수치를 씻으려는 마음이 있으련마는, 그저 꿈들을 못 깨고 그저 구습으로 나라를 다스리니 청국 사람은 세계에 웃음거리요 아무 나라에 가도 청인이라면 천대가 무수하더라. 조선사람들이 이 본보기를 곁에다 놓고 보면서도 꿈을 아니 깨고 세계에 제일 천대받고 제일 약한 청국을 본받으려 하니 이런 조선사람들은 관민 간에 다 원수요 나라를 망하려는 사람들이라.[28]

이 인용문에서도 알 수 있듯이 중국은 객관적인 상황을 파악하지 못하고 일본에 비굴한 자세까지 감수하며 나라의 운명을 겨우 부지하고 있는 것으로 그려지고 있었다. 그리고 그러한 인식은 차라리 러시아의 속국이 되는 것이 중국 국민들에게 도움이 될 것 같다는 극단적 제안[29]으로까지 이어지기도 하였다.

물론 이러한 인식은 선진국이 식민지를 경영하여 진보된 문화와 민주정치의 혜택을 누리게 해야 한다는 제국주의적 침략논리를 비판없이 수용한데서 기인한 판단 착오라는 지적을 받고[30] 있

---

28) 「논설」, 『독립신문』, 1896.8.4.
29) 「논설」, 『독립신문』, 1896.11.12.
30) 김민환, 『개화기민족지의 사회사상』, 나남, 1995, 53면. 이 책 314~315면에서

기는 하나 중국이 "교만하여 스스로 자기의 허물을 고치지 못하는, 가망이 없는 나라"라는 판단을 하는 한 지나친 논리의 비약은 아니었다.[31]

그렇다면 중국에 가장 먼저 시급하게 추진했어야 할 변화로는 무엇을 상정하고 있었을까? 개화기 언론인들 대부분이 지니고 있는 교육자강론의 영향은 중국에 대한 논평에서도 역시 그대로 적용되고 있었다.

> 오늘날 조선 인민에게만 그(청국) 학문이 도움될 것이 없을 뿐 아니라 청국 인민에게도 해가 대단히 있는 것은 오늘날 청국을 보면 가히 알 일이라. 청국에 사서삼경을 잘 아는 사람이 조선 보다 많이 있고 토지와 인민이 조선 보다 커 그러하되 구라파 속에 청국 십분지 일 밖에 못되는 나라라도 세계에 대접받기를 청국 보다 십 배나 더 받고 정부와 백성이 백배나 강하고 부요하니 그것은 다름이 아니라 구라파 각국에서는 적든지 크든지 인민들이 남녀 없이 적어도 십여 년을 학교에서 배운 연고요 청국은 그저 오랜 사서삼경을 공부하는 까닭이라. 그런 고로 싸움하면 청국이 늘 외국에게 지는 것은 문명 개화한 나라 사람들은 군사를 조련할 줄 알고 이로운 병장기와 화륜선과 철도와 전신과 전화와 편한 의복과 유익한 음식과 정갈한 거처를 만들 줄 알고 나라 일에 죽는 것을 영광으로 아는 연고로 사람의 몸이 강하고 마음이 굳세고 지혜가 높아지거니와 청국은 이 중에 한 가지도 공부 안한 즉 인민이 약하며 천하며 어리석으며 더러우며 나라 위할 마음이 없으며 남에게 천대를 받아도

는 개화기 언론에서 공유하고 있는 사회적 개화자강사상은 지나친 서구 지향성으로 인해 결국 고유의 전통과 민족문화에 대한 자긍심을 손상하고 서구에 대한 사회문화적 사대주의를 야기하였다는 점을 인정해야 한다고 지적하였다.

31) 「논설」, 『독립신문』. 부끄러운 일 "일본은 어찌 하여 동양에 일등국이 되고 청국은 어찌하여 세계에 잔약한 나라가 된 이유를 물으면 일본은 자기의 단처(단점)를 부끄러워하여 고치고 청국은 교만하여 자기의 허물을 고치지 못 함이라. 수치를 모르는 사람의 나라에야 무슨 가망이 있으리오"

천대인 줄 오르고 업수이 여김을 받아도 분한 줄을 모르는 지라. 일본같은 조
그마한 나라가 싸움을 하여서 청국 병정 무찌르기를 풀 베는 것 같이 하고
청국 내지와 항구에 들어가기를 평지 밟는 것 같이 하며 대만같은 큰 나라를
빼앗고 배상을 이억 팔천만원을 받았으니 그것은 다름이 아니라 일본도 삼
십년 전 같으면 나라 형세와 청국과 똑 같았으니 어찌 조그마한 나라가 청국
같은 큰 나라를 이기리오마는 일본사람들이 서양 각국이 부강한 곡절을 아
고 곧 백성 교육하는 일을 힘써 학교가 하나도 없던 나라가 지금 전국에 공
립 소학교가 오만여 개요 중학교가 삼십여 개니 못 만들던 화륜선을 만들고
못 놓던 철도를 놓고 (…중략…) 이것은 모두 학교에서 인민이 학문을 배운
까닭이라.[32]

유럽과 일본의 사례를 거론해가면서 설명한 교육 구국의 힘은
중국이 회생할 수 있는 가장 긴요한 개혁으로 설정되었다. 물론
중국에서도 그러한 교육개혁이 시도가 없었던 것은 아니나 실효
를 거두는 데는 실패했고 그 원인으로 흉내만 내고 장구한 계획이
없는 교육정책[33]을 지적하기도 하였다.

물론 단순히 교육정책의 실패로 국정이 어지러워진 것일 수만
은 없었다. 이 모든 개혁 시도가 불철저하게 시도된 것은 출발 의
도나 국민성에 기인한 것만은 아니었고 기득권을 고수하는 보수
세력 즉 완고당의 저항 때문임을 설명하고 있다.[34]

조정이나 궁궐 안의 기득권층의 평가는 단순히 정치성향이 보
수적이라는 데 있지 않았다. 사리사욕에만 치중하는 기득권층이
권력을 장악하고 있다는 점에서 중국은 더더욱 희망이 없는 상황

---

32) 「논설」, 『독립신문』, 1896.4.25.
33) 「논설」, 『독립신문』, 1899.9.20.
34) 「논설」, 『독립신문』, 1897.2.4.

으로 그려졌고 황제는 심지어 "불쌍한" 존재로 그려졌다.[35] 물론 그 불쌍한 모양새는 황제 개인에게만 적용되는 것은 아니었고 "청국정부는 점점 불쌍한 모양을 세계에 보이고 아주 이무 일도 못할 모양이라"[36]고 개탄하는 청국정부 전체에 대한 논평으로 이어졌다. 이 글에서는 실권이 서태후와 이홍장 등의 보수 세력에게 장악되고 황제의 노력이 번번이 좌절하는 양상을 희화해서 묘사하고 있다.

하지만 중국 정부의 개혁이 성공하였다면 부강한 중국을 이룩할 수 있었으리라는 기대도 한편에 존재하고 있었다.

청국은 지방으로 하던지 인구로 하던지 본래 개화 도수로 말하던지 세계

---

35) "청국 정부 속 이야기를 들으니 백성과 정부 사이가 점점 원수가 되어 가고 전국 인민이 나라 홍망을 조금치도 걱정 아니하며 태서 각국들은 이 계계를 타 청국 권리를 차차 다 빼앗는데 황제는 완고당 신하들에게 매여 나라가 어떻게 되어가는 것을 모르고 걱정하는 모양이니 불쌍하더라."(『독립신문』 외국통신, 1897.2.28); "@ 청국 소년들이 나라가 점점 찢겨 망하여 가는 것을 분히 여겨 북경서 크게 소년들이 모여 정부가 나라를 아라사에 팔아먹었다고 크게 연설하고 정부를 변혁하자고 하였는데 황제가 정부를 미워하여 속으로 이 일을 꾸미고 정부 대신들을 암살할 량으로 하였더니 그 일이 탄로가 나서 황제의 모양이 대단히 창피하게 되었다더라. @ 청국 황제가 국중에 조서를 내렸으되 전국 신민들이 나라에 충의가 있다고 상호하는 자는 많이 있으나 일하는 것은 모두 홍의에 반대되는 일만 하고 정작 나라에 큰 일 있을 대에는 한 사람도 나서서 일하는 자가 없고 (…중략…) 제사 지내는 것과 기도하는 하자는 일과 선현에 위하자는 말 뿐이니 지낸 경력을 생각하여 볼진대 제사 지내는 것과 기도하는 것과 선현에 욍하는 일만 하여 가지고는 타국이 우리를 압제하며 업수이 여기며 우리 토지를 침범하는데는 조금도 효험이 없으니 이 다음부터는 참 홍의 있다는 사람은 짐을 대하여 나라에 유조한 일만 말 하고 제례와 기도례와 존성례 이야기만은 말라고 하였더라. 이 조칙을 보니 청국 황제도 참 불쌍하더라."(「외국통신」, 『독립신문』, 1898.4.23)
36) 「외국통신」, 『독립신문』, 1897.5.25.

에 둘째 안 가는 큰 나라이라. 만일 정부에서 일찍이 세상이 변한 것을 깨닫고 그 교만한 마음을 버리고 그 단처(단점)를 부끄러워하며 남의 장처(장점)를 배워서 전국에 학교를 배설하여 인민을 교육하며 철도와 전신과 우편과 광산을 넓히 열어서 각색 상무를 흥왕케 하며 학생들을 많이 각국으로 보내어 문명한 기예와 학문을 배우다가 정부에 썼으면 몇 십년 안에 정국이 다만 아세아에서만 강국이 아니라 천하에 둘째 안 가는 나라가 되었을 줄 누가 의심하리요. (…중략…) 청국같은 큰 나라라도 정부가 그르면 나라가 망하게 되니 대한이 어찌 깊이 경계 아니 하리요.[37]

그러나 한편 정부의 모든 노력이 다 무가치한 것만은 아니었다. 『독립신문』의 경우 가장 가능성 있는 긍정적 노력으로 평가했던 정치시도는 보수 세력의 반격에 의해 100일 천하로 끝나고 만 황제 친위쿠데타 무술변법(1898)이었다. 황제 광서제와 개명유학자 강유위 등이 시도했던 이 개혁시도에 대해서는 보기 드문 상당히 우호적인 평가를 내리고 있었던 것이다.

일청 교전 이후에 청국 황제가 구폐를 쓸어버리고 새 법을 시행하여 태서 개화를 청국 18성에 전파하고자 하사 개화문견에 유식한 선비들을 많이 모아 중원 천지를 일신하게 하여 안으로 백성을 편안히 하고 밖으로 외교를 친밀히 하여 중흥지업을 일으려 하시다가 불행히 일이 뜻과 같이 못하여 간세배가 외국을 빙자하여 황제의 권세를 빼앗고 개화에 유의하던 강유위 등 충량한 신하들을 백반 모해하여 몇 해 적공이 헛되이 되었으니 청국을 위하여 누가 개탄치 아니하리요.[38]

특히 변법파의 지도자 강유위에 대한 각별한 위로와 지지는

37) 「논설-청국사정」, 『독립신문』, 1898.9.19.
38) 「청국형편문답」, 『독립신문』, 1899.1.11.

"강씨의 일이 잘 되었으면 비단 청국에만 다행이 아니라 동양에 다 같이 이익이 될 것을 이렇게 되었으니 어찌 애석하지 아니하리오"[39]라는 표현에서처럼 동양의 재기와 강유위의 운명을 동일시하는 데까지 이르기도 하였다.

강유위를 향한 각별한 관심은 『독립신문』 필진에만 국한된 것은 아니었고 『황성신문』의 사례에서도 두드러지는 현상이기도 하였다. 당시 박은식 등이 주도한 종교 대동교(大同敎)[40]에 미친 강유위의 영향력과 더불어 강유위의 개혁론에 대한 긍정적 평가를 가늠하게 한다.[41]

『황성신문』 역시 중국이 개혁에 적극적이지 않고 불철저한 시도조차도 좌절하고 있는 상황에 주목하였다. 그러한 상황은 일본에 대비될 때 한층 선명하게 부각되었다.

> 내가 유독 일본을 추숭함이 아니라 가까이에서 살펴보건대 청국은 그렇지 아니하여 폭원(幅員)의 광대함이 구라파 전체와 거의 같고 생치(生齒)의 번다(繁多)함이 세계에 제일(第一)이라. 만일 일본과 같이 당년(當年)부터 신법(新法)을 준행(遵行)하였던들 그 사이 30년에 무슨 일을 못 이루며 웅건맹려(雄建猛戾)하기가 영국, 프랑스, 러시아같은 제국(諸國)이라도 반드시 청국(淸國)의 위력을 외복(畏伏)할지니 어찌 일본에게 연전연패(連戰連敗)하여 수치(羞恥)를 당하였으리오. (…중략…) 군제(軍制)로 논하여도 저 일본은 갑오전쟁 시(甲午戰爭 時)에 청병(淸兵)의 부상한 자를 그 나라의 군사와 같이 일체 치료(一體 治療)하며 군대가 이르는 곳에 부하를 단속하여 인민을 해하지 아니하니 이는 다 서국(西國)의 선법(善法)이라. 일인(日人)

---

39) 「강유위씨」, 『독립신문』, 1899.4.21.
40) 박은식의 대동사상의 성격에 대해서는 신용하, 『박은식의 사회사상연구』, 서울대 출판부, 1998, 195~196면 참조.
41) 김도형, 『대한제국기의 정치사상연구』, 지식산업사, 2000, 57~58면.

은 본받아 행하거늘 유독 청국(淸國)은 아여귀(衙汝貴) 등 제장(諸將)이 군
사를 놓아 자국인민을 약탈하니 그 인(仁)과 폭(暴)의 구별이 어떠한고. 어
찌 한심치 아니리오.[42]

  중국정부의 고시와 교육개혁의 불철저한 실시를 비판하고 있는
이 글은 특히 인용문에 보이듯이 "서법(西法)"으로 지칭되는 서구
의 근대문화가 군사, 경제적 실력 뿐 아니라 도덕적 우위까지도
점유하는 것으로 설정하고 있다는 점이 눈에 띤다. 즉 일본의 군
대가 적군 부상자를 치료해주고 군기를 단속하여 민가에 피해를
주지 않았다는 점을 "서양 국가의 좋은 법(西國의 善法)"이라고 설
명한 점은 서구 제국주의를 비판 없이 선망의 대상으로만 바라보
는 한계를 드러내는 대목이기도 하다.
  『황성신문』 역시 중국에서 긴박하게 돌아가는 정세에 관해 관
심을 가지고 소개하였다. 특히 권력의 핵심에 있는 서태후와 이홍
장 등 권력층의 동정을 예의 주시하고 있었고,[43] 『독립신문』과 마
찬가지로 강유위·양계초 등 변법파에 대해 우호적 평가를 내리
고 있었다.

----

42) 「논설-淸日兩國論」, 『황성신문』, 1898.9.17.
43) 「外報」, 『황성신문』, 1899.9.12. (北京近情) 榮祿, 慶親王, 西太后 동정 소개;
   「外報」, 『황성신문』, 1899.10.3. ◎ (北京朋黨과 西太后) 서태후가 榮祿 일파와
   慶親王 일파의 불화를 듣고 직접 불러다 화목하게 협조할 것을 당부함; 『황성신
   문』 논설 北京近局. 1900.9.24. 의화단사건과 8개국연합군 파병을 배경으로 황제
   와 대신이 적극적으로 수습하지 않아 안녕질서를 언제 회복할지 미지수이고 중
   국내에 여러 의견이 분분하다는 것을 소개; 「外報」, 『황성신문』, 1900.9.24 ◎ (淸
   國大官과 러시아군대) 청 고위 관리들의 현재 소재. 황제와 서태후 수행 또는 은
   거 등등 ◎ (北淸의 各國軍) 각국 연합군 중에 가장 많은 군대를 파견한 나라는
   일본, 다음이 러시아. 영국은 6~7천, 독일 5천, 미국 및 프랑스 각 3천 ◎ (李鴻章
   의 幕下) 이홍장과 막료들 상해 출발 소식.

내가 근일(近日)에 청의보(淸議報)를 열람하다가 청국 애시객(哀時客. 양계초의 필명－필자)이란 지사(志士)의 애국론(愛國論)을 보니 그 격절적당(激切適當)함이 시국(時局)을 환회(換回)할 웅건필(雄建筆)이라. 그 최요(最要)를 적발(摘發)하여 아동포(我同胞)의 모색(茅塞)한 흉금(胸襟)을 개상(開爽)케 하노니 이를 날마다 권복(眷服)하야 인인(人人)히 애국자(愛國者)의 성질(性質)을 화(化)하기를 심망(深望)하노라.[44]

양계초보다도 더 높은 기대와 평가를 받았던 인물은 역시 강유위로서, 동양의 학자 중에서 왕양명, 증국번과 더불어 도덕의 진리를 두뇌로, 경세의 학문으로 활용을 삼아 때로는 불굴의 의지력으로 국가의 세력을 다시 일으키고 때로는 호소력 있는 웅변으로 국민들을 각성시켜 국가와 사회에 큰 복리를 가져온 이론가[45]라는 찬사를 받기도 하였다.

그러한 인식은 다음 글에서 볼 수 있듯이 서태후 사후 입헌파의 시도가 활성화되고 있다는 소식을 기쁘게 받아들이고 개혁의 적극적 추진을 기대하는 태도에서도 확인할 수 있다.

---

44) 「논설」, 『황성신문』, 1899.3.17; 양계초에 대한 관심은 1908년 12월 2일에 소개된 "梁啓超氏談話"에서도 드러난다. 양계초는 일본 大阪每日新聞 기자 인터뷰를 통해 광서제와 서태후의 별세 이후의 궁중 암투 우려, 袁世凱, 鐵良,, 張之洞, 康有爲에 대한 간단한 평가와 중국 정세에 대한 의견을 제시하고 있다.

45) 「논설－學論의 變遷」, 『황성신문』, 1909.4.25. "동양가(東洋家)에서 도덕(道德)의 진리그 두뇌(頭腦)를 삼고 경세(經世)의 학문(學問)으로 그 활용(活用)을 삼아 혹(或)은 불굴불요(不屈不撓)의 의력(毅力)으로 국세(國勢)를 재조(再造)하고 혹(或)은 대성질호(大聲疾呼)의 변설(辯舌)로 민지(民智)를 고무 개발하여 국가와 사회에 다대(多大)한 복리(福利)를 사여(賜與)한 자는 陽明(왕양명), 滌生(증국번), 南海(강유위)의 학론(學論)이 시(是)라. …… 我國 人士로 하여금 이 세 사람의 학론을 즐겨읽고 연구하도록 하면 經世의 志와 救國의 義와 濟物의 仁이 그 腦髓에 浸入하여 前日 固滯한 의견을 回改하고 活潑 有用의 學을 請求擴充함이 있을지니 어찌 國家와 生民의 福이 아니리오"

북경, 상해, 천진 등의 전보(電報)를 보면, 입헌 설비(立憲 設備), 군비 개량(軍備 改良), 교육 진흥(敎育 振興), 상공 발달(商工 發達), 농무 장려(農務 獎勵) 및 권리 유지 등의 소식이 날마다 도착하여 庶幾之望(庶幾之望)이 있음으로 오제(吾儕)는 차등래신(此等來信)을 접견할 때마다 기쁨을 이기지 못하더니 (…중략…) 섭정왕(攝政王)의 정치수단과 유신당(維新黨)의 모험용진(冒險勇進)을 원망(願望)하노라.[46]

강유위, 양계초의 변법론을 계승하는 입헌파의 약진에 환영을 표시하며 긍정적 평가를 내리고 있으나 입헌반대파의 저항으로 낙관할 수 없는 상황임을 우려하였다. 그리고 제목부터 본문에 이르기까지 시종일관 지나라는 용어를 사용함으로써 인식의 변화를 반영하고 있었다.

『대한매일신보』에서는 우선 청국의 입헌개혁인 "신정(新政)"에 주목하는 기사를 찾아볼 수 있다. 청국이 군대 정비, 유학생 파견, 재판 및 경찰제도 정비로 국내외 여행자 안전 보증 등을 통해 구라파를 모방하려는 노력을 엿볼 수 있다고 소개하였다.[47] 그리고 청국 입헌에 대한 각국 태도에 이르면 중국의 이러한 "입헌"이 민지(民智) 개발과 민권 신장에 기여할 것으로 낙관적으로 전망하였다. 즉 중국의 입헌은 중국에게도 유리하고 외국에게도 유리할 것이라고 전망하면서 중국의 안정이라는 측면에서 중국 자강은 외국열강에게 스스로 중국분할을 포기하게 함으로써 전체적으로는 안정을 확보하게 될 것이라는 것이다.[48] 그리고 일본의 침략의도

---

46) 「雜報－支那의 觀念」, 『황성신문』, 1909.5.23.
47) 「논설－淸國 注意」, 『대한매일신보』, 1905.11.30.
48) 「청국입헌에 대한 각국 태도」, 『대한매일신보』, 1906.11.3.

를 소개하면서도 청국을 일거에 정복하기는 어려울 것이라는 논평을 내놓기도 하였다.49) 물론 이 글의 경우에도 제목에서는 "청국"을 본문에서는 "지나"라는 표현을 혼용하고 있기는 하였다.

『대한매일신보』의 논평에서 가장 주목을 끄는 부분은 다른 지면과 달리 손일선(孫逸仙. 孫文)이 이끄는 혁명파에 대해 많은 관심과 긍정적 평가를 내리고 있다는 점이다. "(그 이전의 반란과는 비유할 수 없으니) 순전히 정치적이요, 적당한 혁명당이로다"라고 소개하면서 이들 혁명당은 조련되고, 군기(軍器)가 잘 준비되어 기병(起兵)까지 가능할 뿐 아니라 숙사양책(宿舍良策)으로 행동하는 것이 이전에 경험했던 움직임과는 다르다고 함으로써 국내 호응과 외국의 우호적 지원을 거론하면서 혁명당에 높은 평가를 부여하였다.50)

그러나 그렇다고 해서 혁명세력에 대해 일방적으로 긍정적인 평가를 부여한 것은 아닌 듯 싶다. 지금의 지나는 아직은 충분히 역량이 확보되지 않은 예비시대라는 다음의 지적은 중국의 미래를 전망하는데 조심스러운 입장을 반영하고 있다.

> 지나혁명가의 정신은 어떠하뇨. 대도회(大刀會), 소도회(小刀會) 등의 비밀회가 있으나 그 내용의 망탄결렬(妄誕決裂)함이 이미 심하여 이탈리아소년회의 고상한 목적이 없으며 손일선(孫逸仙)일파의 혁명론이 비록 열렬하나 러시아 허무당(虛無黨)의 견인(堅忍)한 성질이 없고 양계초(梁啓超)일파가 무술정변 이후에 시작하여 국치민욕(國恥民辱)에 공분(公憤)을 안고 해외성상(海外星霜)에 분주하며 국민정신을 환기하였으나 그 십여 년간의 짧은 시간은 수천 년 지나인의 완고하고 폐쇄적인 사상을 혁신하여 애국단체

---

49) 「논설 — 淸國」, 『대한매일신보』, 1906.11.6.
50) 「논설 — 淸國內叛亂」, 『대한매일신보』, 1907.8.18.

를 조직함은 아직 불가능하였을지니 그런 즉 그 당은 백만이라 하나 (…중략…) 혈단(血團)이나 사사(死士)가 없기 때문에 그들의 애국열렬이 비록 비등할지라도 부득불 고통을 참으며 세력을 길러 장래의 기회를 기대할 지어다. (…중략…) 금일의 지나는 예비시대요, 돌비(突飛)시대가 아니니라.[51]

물론 다른 지면과 마찬가지로 강유위 등의 변법시도 역시 선각자의 정치 개선 노력으로서 긍정적으로 평가하였다.

고통은 원래 사람의 각성을 촉구하는 것이라. 지나(支那) 지사(志士)가 분(憤)을 시국(時局)에 포(抱)하고 눈물을 국치(國恥)에 휘(揮)하는 자가 만은 중 그 선각자 강유위(康有爲)가 (…중략…) 궐하(闕下)에 들어가 시사(時事)를 통론(痛論)함에 광서(光緒)가 역시 총명한 인주(人主)라 이를 허심청납(虛心聽納)하여 정치를 개선하고자 하니라. (…중략…) 광서제와 신하들이 정치를 개선하고자 함은 만한(滿漢)을 구제(俱濟)할 목적이오, 어느 한편에 치우칠 것이 아니고 단지 만한(滿漢) 양하 각 대신의 부패를 제거하고자 함이어늘 저 만인(滿人)일파가 모두 지금 황제가 한족을 옹호하고 만주족을 배척한다하며 강씨가 한족을 도와 만족을 멸한다고 하여 이에 서태후를 옹립하고 광서제에 대적하니 광서제는 어려서부터 서태후를 호랑이처럼 무서워하고 또한 권한을 상실한 인주(人主)니라. (…중략…) 그러나 한인이 감히 정부 중앙에 나아가 만인(滿人)에 도전한 것은 강유위로 시작한다.[52]

그러나 광서제가 시도했던 변법개혁과 관련해서는 기본방향에 대해서는 비판적이지 않되 실행능력에 대해서는, 광서제는 실권이 없고 실권을 장악한 서태후는 민권 자유 등을 적대시하고 있기 때

---

51) 「논설—光緒及西太后崩浙後支那問題에 對한 研究(7)」, 『대한매일신보』, 1908.12.1.
52) 「논설—光緒及西太后崩浙後支那問題에 對한 研究(4)」, 『大韓每日申報』, 1908.11.27.

문에 입헌개혁은 외면(外面) 뿐이어서 국민의 악감(惡感)만 격발하고 있다고 회의적인 지적[53]을 하고 있다는 점도 간과해서는 안 될 것 같다.

따라서 『대한매일신보』의 경우 광서제의 변법 시도와 혁명파의 시도를 모두 긍정적으로 평가하면서도 그 한계에 대한 고려를 동시에 제시하고 있었던 것으로 보아야 할 것 같다.

2) 한국과의 관계를 보는 눈

『독립신문』이 중국과 한국의 관계를 보는 눈은 우선 청으로부터의 독립을 철저히 강조하는 데에서 출발하고 있다.

> 조선인민이 독립이라 하는 것을 모르는 까닭에 외국 사람들이 조선을 업수이 여겨도 분한 줄을 모르고 조선 대군주 폐하께서 청국임군에게 해마다 사신을 보내서 책력을 타 오시며 공문에 청국 연호를 쓰고 조선 인신을 청국에 속한 사람들로 알면서도 몇 백 년을 원수 갚을 생각은 아니하고 속국 인체 하고 있었으니 그 약한 마음을 생각하면 어찌 불쌍한 인생들이 아니리요.[54]

속국으로서의 처지를 분개하는 태도는 "하느님이 조선백성을 불쌍히 여기사 일본과 청국 사이에 싸움이 생겨 못된 일 하던 청인 놈들이 조선서 쫓겨 본국으로 가게 되었으니 이것은 조선에 천만번이나 다행한 일이라"[55]는 감회로 연결되었다. 일단 다른 강국

---

53) 「논설―光緖及西太后崩浙後支那問題에 對한 研究(5)」, 『大韓每日申報』, 1908.11.28.
54) 「논설」, 『독립신문』, 1896.6.20.

과의 관계 설정에 대한 고려보다는 중국을 대상으로 어떻게 독립할 것인가의 주제에 집중하는 태도를 엿볼 수 있는 대목이다.

그러나 물론 중국과의 관계가 그렇게 독립이나 단절로 처리될 수 없다는 인식도 함께 찾아볼 수 있다. 즉 강대국의 침략 대상으로서 중국과 비슷한 처지에 놓이게 된 한국은 중국의 패망이 곧 한국의 운명과도 직결되어 있다는 상황을 무시할 수 없게 되었던 것이다.

> 현금 세계 일이 조석으로 변환하는 터인즉 대한도 청국과 같이 외국의 농락을 받는지 시게 형편으로 말 하거드면 대한이 청국과 이와 입술의 관계가 없지 않은즉 비유컨대 들보에 불이 나면 연작의 보금자리 되기가 쉽다 할지라. 청국이 나누어진 후에까지 대한이 오늘과 같이 이 모양으로 가만히 있으면 그때는 청국에서 놀던 사냥꾼이 모두 대한으로 모일 줄은 사람마다 분명히 아는 바라.[56]

이러한 인식은 곧 중국으로부터의 독립만이 아니라 중국, 한국, 일본이 공동으로 생존을 모색해야 한다는 인식[57]으로 연결되었다.

> 우리가 근일에 외국통신을 열람한즉 청국 형편이 말이 못 되어 아라사(러시아)는 요동을 점령하고 덕국(독일)은 산동성을 점령하고 영국은 양자강 일대와 광동성 동북을 점령코자 하고 의대리국(이탈리아)은 절강에 뜻이 있고 법국(프랑스)는 광동성 서남을 웅거하고 미국은 기틀을 따라 직예성을 취하

---

55) 「논설」, 『독립신문』, 1897.3.9.
56) 「한청문제」, 『독립신문』, 1899.3.24; "대한과 청국은 사람의 순치와 같고 수레의 양륜(兩輪)이라. 입술이 없는 즉 이가 찰 것이요 바퀴가 상한 즉 수레가 넘어짐이리니."(「서풍정급」, 『독립신문』, 1899.5.11)
57) 이 시기 삼국공영론에 대한 논의는 김신재, 「『독립신문』에 나타난 '삼국공영론'의 성격」, 『경주사학』 9, 1990 참조.

고자 하며 일본서는 복건성을 점령하고자 한다 하였으니 이 소문을 적실히 믿을 수는 없으나 만약 그리 될 지경이면 이 여러 나라들이 청국 일판을 한 점씩 베어먹으려 할제 진평(陳平)이 같이 고기 나누기를 평균하게 할 사람이 없을까 염려하여 각기 욕심을 채우고자 할 터인즉 이것이 비록 청국이 당하는 일이나 동양세계의 위급한 존망의 기틀이로다. 동양에 다만 대한과 일본과 청국 세 나라가 있어서 일본은 30년 이래로 개명이 무던히 된 고로 세계에 행세할 만 하거니와 대한은 이가 망하면 입술이 찬 걱정이 없지 못 하여 어느 지경에 이를는지 알 수가 없으니, 우리가 미리 말하지 않거니와 이제는 동양에 큰일이 났으며 대한 정부의 당국하신 제공은 어떻게 들으실 터이오.58)

청일전쟁 이후 일본의 역할이 동아시아에서 크게 부상하자 독립신문은 인종론을 넘어서 문명론을 끌어들이면서 일본을 맹주로 하는 아시아 연대론을 주창하기도 하였으나 반면 『황성신문』은 그 연대의 중심에 일본이 아닌 중국의 역할을 중시하는 차이를 보였다.59) 『황성신문』 역시 동양 삼국의 협력이 필요함을 역설하였으나 역시 난관은 존재하여 청은 미개국으로 약세를 면하지 못하고 있고 일본은 자국 눈 앞의 이해관계에 얽매여 동양(東洋) 대국(大局)의 권(權)을 상실하였다고 비판하였다.60)

일본은 이 기미(서양제국의 동양침략－필자)를 선견(先見)하여 수정도치(收精圖治)한지 이삼십년에 국부민강(國富民强)하야 가히 동양일우(東洋一隅)를 지보(支保)할만한대 대한(大韓)과 청국(淸國)은 상금 몽중(尙今 夢中)에 와(臥)하여 세간(世間)의 갑자(甲子)를 망(忘)하였지라. 서인(西人)이 차(此)를 견(見)함이 욕랑(慾浪)이 대양(大洋)을 격기(激起)하야 병함상

---

58) 「큰일났다」, 『독립신문』, 1899.6.17.
59) 백영서, 「대한제국기 한국 언론의 중국 인식」, 『한국근대언론과 민족운동』(위 암장지연선생기념사업회 편), 커뮤니케이션북스, 2001, 109~114면.
60) 「논설」, 『황성신문』, 1898.12.24.

박(兵艦商舶)이 동구해면(東球海面)에 총집(叢集)하니 기(其) 대욕(大慾)하는 자(者)는 청국(淸國)이오 그 다음은 대한(大韓)이라. (…중략…) 영국, 러시아, 프랑스, 독일 4국은 차청입실지계(借廳入室之計)가 일가월첨(日加月添)하리니 연즉(然則) 청르국(淸國)이 비록 거륙(巨陸)이라하나 불과(不過) 기년(幾年)에 편토(片土)를 지보(支保)치 못할 것은 세계 형편(世界 形便)을 조금 아는 자(者)의 소동(所同)한 의견(意見)이라. 여피(如彼)한 대방(大邦)도 이렇게 곤란(困難)커든 하물며 아한(我韓)은 편소일국(偏小一國)이라 비록 수성자보(修成自保)할지라도 청국분쟁(淸國紛爭)하는 여풍(餘風)에 독보(獨保)하기 난(難)하리니 연즉(然則) 동양삼국(東洋三國)은 편시 일가(便是 一家)어늘 (…중략…) 동양삼국이 호상구조(互相救助)하야 권리(權利)를 서인(西人)에게 견양(見讓)치 말아야 가히 구전공보(俱全共保)할 것은 통실무여(洞悉無餘)하리니 ……[61]

『황성신문』의 입장에서 삼국 협력의 중심은 세력이 강하나 침략적 야심이 강한 일본이 아니라 동양 전체를 함께 아우를 수 있다고 기대한 중국이었다. 즉 동양의 세력을 규합하여 세계에 내세울 존재는 오로지 청국이며 청국이 과분되는 날에는 비록 일본보다 10배나 강한 힘이 있더라도 (동양이) 보존하기 어려울 것이라고 경고하였다. "청국의 불행이 어찌 동양 전국(全局)의 불행이 아니리오"라는 대목에서는 동양 협력관계에서의 청을 중심으로 삼고 있는 사고방식을 확인시켜주고 있는 것이다.[62]

이러한 인식에는 청을 "지나"로 지칭하는 독립적 사고와 더불어 서구 열강의 침투 앞에서 "아주(亞洲)", "황인종(黃人種)"으로서의 공동대응을 모색하려는 양면적 입장이 내포되어 있었다.[63]

---

61) 「논설」, 『황성신문』, 1899.3.25.
62) 「논설」, 『황성신문』, 1899.6.13.
63) 「關韓日淸三國地圖有感」, 『황성신문』, 1903.8.12.

또한 "황인종"으로서의 동류의식을 강조하는 태도는 세계대세를 황백(黃白)간의 인종경쟁의 시대로 보는 정세인식을 배경으로 하고 있었다.

세계대세를 관찰하건대 동서의 국제교섭이 분착(紛錯)하고 황백(黃白)의 인종경쟁(人種競爭)이 극렬한 시대에 처하여 아 동양 제국(我 東洋 諸國)의 세력이 서양에 대응하기에 약해진 지 오래라. 취중(就中) 동양(東洋)의 안위(安危)와 황인종(黃人種)의 존멸(存滅)관계가 있는 자는 지나(支那)이니 지나(支那)는 3만리 판도(版圖)를 옹유(擁有)하고 4억만 민족으로 성립한 일대 제국(一大 帝國)이라. 만약 지나가 부강발달하여 구미제국(歐米諸國)를 저적(抵敵)할 능력이 족하면 동양의 대세를 공고하게 할 행복이 있으려니와 만약 지나가 줄곧 부패부진(腐敗不振)하여 구미인(歐米人)의 과분(苽分)을 피하는 경우이면 아 동양제국(我 東洋諸國)이 모두 패할 것은 필지(必至)의 세(勢)라. (…중략…) 한국은 지나와 지리, 인종, 종교, 문학 등에서 밀접한 관계, 4천 년간 치란안위의 영향이 상호 흡인한 증거가 있다) 청국이 도함(道咸) 이래로 정치가 부패하고 국력이 타락하여 해외 제국의 유린을 당함이 광서조(光緒朝)에 이르러 극에 이르렀으니 최근 섭정왕이 당국(當國)한 이래로 상하인심(上下人心)이 발분자강(發憤自强)의 태도가 있어 헌정(憲政)을 예비한다, 교육과 실업을 장려한다, 해군을 부흥한다, 육군을 개혁한다, 만주(滿洲)의 이민간지(移民墾地)를 실행한다, 국회속개를 운동한다는 제반 사업이 조금씩 진흥하는데 저 구미 제국도 또한 청국을 대하여 강압을 가하지 아니하고 환심(懽心)을 얻고자 함으로 외교 정도(外交 程度)도 실로 진보된 미관(美觀)이 있도다.[64]

즉 협력의 상대로서 중국의 개혁노력에 긍정적 전망을 부여하면서도 개혁방향 자체에 대한 평가라기 보다는 대국으로서의 입장과 역량에 주안점을 두고 있는 것으로 보인다.

---

64) 「논설－淸國現狀에 對한 觀念」, 『황성신문』, 1910.2.3.

『대한매일신보』의 경우에는 이미 일본의 침략상황이 구체화됨으로서 동양 삼국 협조에 대한 기대는 표면화되지 않고 민족주의를 추구하는 방향으로 선회하는 것으로 본다. 다만 그래도 중국과의 상호관계는 지속적으로 강조하는 입장은 찾아볼 수 있다.

> 그래서 최근 4~50년간 열강의 치욕도 많이 받고 자국의 곤란도 극심하였으나 개혁사업의 동기(動機)는 요요무문(寥寥無聞)하더니 세계의 풍조가 날로 진탕(震盪)하고 인민의 사상이 점차 변천하니라. 일천구백육년에 이르러 청정부가 비로소 친왕(親王)과 대신(大臣)을 각국에 파견하여 헌정제도를 고찰하며 입헌예비 조칙(詔勅)을 반포하고 학교의 강제교육도 실행하고 지방의 자치국(自治國)도 설치하여 조금씩 개선사업을 기도하나 그러나 정계 완고한 무리들의 방해를 받아 (…중략…) 식자(識者)로 하여금 유감(遺憾)을 갖게 하더니 (…중략…) 동방 사천년 역사에 지나와 한국이 항상 안위치란에 상호관계가 있으니 그 풍기(風氣)와 성질(性質)이 상적(相適)하고 속상(俗尙)과 문자(文字)가 서로 멀지 않음으로 대저 지나의 문명발달의 날은 곧 한국의 문명발달의 시기이니 대한인사(大韓人士)는 권할지어다.[65]

지나의 운명과 한국의 운명은 국가 안위의 관계에서 밀접한 상호관계가 있음을 재확인하고 있는 것이다. 지나의 문명발달의 날이 곧 한국의 문명발달의 시기라는 점은 과거 속국 관계로부터는 이탈하지만 두 나라의 상황의 유사성에 근거하여 중국의 개혁 성공이 한국의 개혁에도 도움이 되리라는 낙관적 기대를 안고 있었음을 반영하고 있는 것으로 해석할 수 있을 것이다.

---

65) 「논설-淸政改革의 好望」, 『대한매일신보』, 1907.10.6.

4. 맺음말

이상에서 『독립신문』, 『황성신문』, 『대한매일신보』의 중국 관련 논설 및 기사들을 중심으로 당시 한국인들이 지니고 있던 중국 이미지를 복원해보고자 하였다. 독립신문의 경우 중국관련 인식을 다룬 선행연구들이 있으나 다른 연구들의 경우 전론적인 연구들은 없을 뿐 아니라 당시 언론계 전반을 통해 중국 인식을 다룬 선행 연구에서도 수량 분석에 치우쳐 있거나 간략히 주요 표현들을 소개하는데 그친 경향이 있어 보다 구체적인 논리구조를 종합적으로 정리할 필요가 있었다.

본 연구는 중국에 대한 표현 그 자체보다도 그러한 표현을 가능하게 한 논거와 논리들을 파악하고 정리함으로써 중국인식에 대한 전체적인 인상을 조망하였다. 중국을 전적으로 다룬 논설, 잡보, 외국통신 들을 중심으로 분석하였기 때문에 다른 기사들에서 부분적으로 언급되는 중국에 대한 이미지까지 포함하지는 못하였으나 당시 한국인들이 중국 또는 중국인 그리고 중국의 개혁에 대해서 어떠한 경험을 가지고 있었는지, 또 어느 정도의 정보를 가지고, 그 중에서도 어떠한 측면을 중시하였는지를 검토할 수 있는 기회를 제공할 수 있었다고 본다.

간략히 소개한다면 중국이나 중국인 자체에 대해서는 부정적 이미지를 지니고 있었다. 그 속성 자체는 장점이 거의 없다고 보는 것이다. 그러나 가지고 있는 자산 즉 전통문화, 국토, 인구 등의 측면에서는 잠재력을 가지고 있다고 인정하였으며, 그러한 측면이 중국의 미래에 대한 낙관과 연결되어 있다. 물론 실제로 실효를 거두었다고 평가하기 힘든 중국의 개혁노력에 대해서는 부정적인 평가가 불가피했다. 그러나 광서제와 변법파의 개혁시도, 청정부의 입헌 시도, 혁명파의 시도 등에 대해서는 비교적 긍정적인 평가를 내리고 있는데 거기에는 다음 두 가지 측면이 공존하고 있었다.

우선 지적할 수 있는 측면은 그 시도 자체가 지니고 있는 개혁방향의 성실성을 높이 평가하는 시각이 있다는 점이다. 그러한 측면은 완고당으로 표현되는 기득권층의 무능, 부패와 대비되어 더욱 부각되었다. 그러나 그보다 더 중요한 측면은 순치(脣齒)관계로 표명되었던 한국의 운명과의 연관성이다. 즉 상황의 유사성으로 인해 중국의 시도는 곧 한국의 가능성과 연결되는 것으로 인식되었고 한국의 낙관적 미래를 위해서 중국 개혁의 성공을 기원하는 입장이 중국개혁의 평가에 강하게 개입될 수밖에 없었던 것이다. 그러한 입장은 중국에 대한 논설이나 논평의 대부분이 한국의 지식인 독자들에게 한국의 상황과 관련하여 중국의 상황을 고찰해 달라는 요청과 함께 끝나고 있는 데서도 확인할 수 있다. 즉 당시의 중국과 중국 이미지는 한국이 탈피해야할 과거이자 한국이 열어나가야 할 미래로서 여러모로 복잡하게 착종된 감정과 관계들을 투영하고 있었던 것이다.

근대계몽기 한국의 독일 인식

문명 담론과 영웅 담론을 중심으로

고유경

1. 문제의 제기

　일본 조지대(上智大) 사학과 명예교수 나카이 아키오(中井晶夫)는 최근 발표한 논문에서 태평양전쟁중의 기억 한 자락을 펼치고 있다. 전황이 일본에 심히 불리했던 1944년 여름, 17세였던 그는 라디오 방송을 청취하고 있었다. 프로이센이 7년전쟁(1756~1763) 당시 오스트리아와 러시아에 거듭 패배했으나 마침내 최후 승자가 됨으로써 유럽의 열강으로 발돋움하게 되었다는 이 방송의 내용은, 곧바로 독일이 이번 전쟁에서도 불사조처럼 재기할 것이므로 일본 역시 최후 승리를 결코 단념해서는 안 된다는 메시지로 이어졌다. 나카이는 이를 7년전쟁 시기의 프로이센이 2차대전 말기의 나치 독일과, 그리고 다시 동시대의 일본과 등치되었다고 요약하면서, 이미 가망 없는 전쟁에 고전하고 있던 일본이 18세기의 프로이센을 '오용'했다고 표현한다.[1]

위의 일화에서 나타나듯이 외래문화는 전이되는 과정에서 그것을 수용하는 해당 사회 고유의 필요에 따라 선별되거나 변용된다. 태평양전쟁기의 일본이 메이지 시대 이래의 전통에 따라 '군사강국'으로서의 독일을 선택했던 사실은 한국의 근대화 초기에 나타난 서양 수용의 양상과 그 문제점, 나아가 오늘날 우리 안에 존재하는 옥시덴탈리즘의 기원에 대해 시사하는 바가 적지 않다. 일반적으로 '식민지 타자에 대한 서양 제국주의의 이미지화'로 요약되는 오리엔탈리즘의 상대 개념으로서의 옥시덴탈리즘은 '서양을 타자화함으로써 동양이 스스로의 정체성을 형성하는 방식'으로 이해할 수 있다. 이 글에서는 서양의 '근대성'을 전유하려는 양상으로 표출되었던 당시 한국의 '긍정적 옥시덴탈리즘'이 내포한 정치적/이념적 의도를 주로 살펴보겠지만,[2] 그 구체적인 작용방식보다는

---

1) Nakai Akio, "Das japanische Preußen-Bild in historischer Perspektive", Gerhard Krebs, ed., *Japan und Preußen*, München, iudicium, 2002, p.17f.

2) 박노자, 『하얀 가면의 제국—오리엔탈리즘, 서구 중심의 역사를 넘어』, 한겨레신문사, 2003, 9면; 샤오메이 천, 정진배·김정아 역, 『옥시덴탈리즘』, 강, 2001. 샤오메이 천은 5·4운동에서 천안문 시위에 이르는 현대 중국의 역사적 경험을 통해, 옥시덴탈리즘 역시 오리엔탈리즘과 유사한 기술과 전략을 채택하면서 마찬가지로 모종의 '목적'을 내포한다는 점에 주목한다. 즉 동양의 서양 수용에는 분명한 '의도'가 존재하며, 여기에는 '억압'과 '해방'의 이중적인 측면이 있다는 것이다. 국내 옥시덴탈리즘의 사례에 대한 경험적 논의로는 이영석, 「근대의 신화—한국의 영국사 연구에 나타난 옥시덴탈리즘」, 『담론 201』 8-4, 2005, 5~36면; 김진영, 「조선왕조사절단의 1896년 러시아 여행과 옥시덴탈리즘—서울—페테르부르그 여행기 연구 I」, 『동방학지』 131, 2005, 323~356면 참조.

형성 경로의 '간접성'에서 파생된 문제점에 좀더 주목하려 한다. 서양과의 직접적 접촉이 상대적으로 제한되어 있었던 근대화 과정 초기에, 서양의 이미지는 주로 그 매개자로 기능했던 일본·중국이 서양을 이해했던 방식에 따라 만들어졌다. 말하자면 서양은 문명 수용의 주체인 한국의 필요에 따라 선택적으로 받아들여졌지만, 그 과정에서 일본·중국에 의해 한 차례 걸러진 내용을 재수용하는 경우가 많았기에 '오독'의 가능성이 증가할 소지가 있었던 것이다. 이러한 오독은 당시의 정세에 대한 오판으로 이어질 위험을 내포하고 있었다.

그렇다면 20세기 전환기에 '근대' 서양의 대표주자 중 하나였던 독일은 외세의 위협 속에서 '문명개화'를 열망했던 당시 한국의 지식인들에게 어떻게 받아들여졌는가? 이러한 문제의식 하에 출발한 이 글은 한국과 독일의 초창기 관계사를 고찰하면서, 나아가 서구의 영향 하에 이루어진 한국적 근대성이 내포한 명암에 관심을 기울이려 한다. 이를 위해 독일에 관한 정보가 한국에 도달하기까지의 경로를 추적하고 그러한 정보 중 선택적으로 수용된 이미지들을 살펴봄으로써, 한국의 독일 전유 방식과 그것이 근대화라는 초미의 시대적 과제와 어떠한 상호 연관성을 지니고 있었는가를 파악하고자 한다.

이 글은 근대 담론이 신문, 학회지, 소설, 교과서 등의 언론매체를 통해 본격적으로 전개된 근대계몽기를 연구 대상으로 삼는다. 한독관계사에서 근대계몽기는 두 나라가 본격적으로 접촉하면서 오늘날까지도 이어지는 서로에 대한 이미지를 빚어낸 시기로서 중요한 의미를 갖는다. 대체로 계몽담론이 활성화된 1890년대부터

1910년까지를 지칭하는 근대계몽기와 동시대에 해당하는 빌헬름 제국(1890~1918)시기에 독일에서는 전근대적 지배세력인 융커 귀족이 군부·정부·산업을 장악하고 권위주의적인 지배구조를 고착화시켰으며, 그 과정에서 발생한 국내 불만세력의 관심을 해외로 돌리기 위해 제국주의를 본격적으로 추진했다. 즉 한국의 근대 전환기에 해당되는 시점의 독일은 그 역사상 국제적으로 가장 두각을 나타냈던, 공격적인 면모를 다분히 표출했던 제국주의 국가였다. 물론 독일 제국주의는 당시 유럽 열강 간의 세력관계에서 상대적으로 수세적인 상황을 타개하려는 목적에서 비롯되었다는 점에서 영국, 프랑스 같은 주변 강대국의 경우와는 차이가 있다. 그러나 당시 한국 언론매체에서 이러한 차이에 대한 인식은 거의 발견되지 않는다. 즉 근대계몽기 한국 지식인들의 인식세계 속에서 서양 열강 간의 역학관계와 그에 따른 제국주의 정책의 차이는 서양과 비서양 간의 크나큰 간극 앞에서 묻혀졌다.

독일은 이 시기 한국 지식인들의 근대 담론 내에서 어떠한 위상을 차지하고 있었을까? 당시의 언론매체에서 德國 / 獨國 / 獨乙 / 獨逸(Deutschland), 日耳曼 / 日牙曼(Allemagne : 독일의 프랑스어 표기), 普露士 / 普國(Preußen) 등의 다양한 명칭으로 등장하는 독일은 문명개화라는 지상과제 속에서 우선적으로 모방해야 할 긍정적인 사례로 표상되었다. 1883년 한독수호통상조약 체결 이후 해외를 향한 문명개화론자들의 시선에 공식적으로 포착된 독일은 세창양행(E. Meyer & Co.)이 수입, 판매한 상품들을 통해 근대적, 서구적 기술의 우수성을 전형적으로 보여주는 '문명국'의 이미지로 다가왔다. 무엇보다도 독일의 학문·군제·법제의 우수성에 대한 찬양과 흠모는 이 시기 언론매체를 통해 빈번히 나타난다.

을사늑약이 체결된 1905년을 전후한 시점에서 문명국으로서의 독일의 면모 중 특히 부각된 것은 '영웅의 나라'라는 이미지였다. 구미의 영웅 내지 위인에 대한 관심은 당시 문명개화론자들의 담론체계 내에서 하나의 보편적인 현상으로서 주목된다. 나폴레옹, 잔 다르크, 가리발디, 워싱턴, 비스마르크 같은 이른바 '구국'의 영웅들이 집중적으로 소개되었으며, 이에 상응하여 을지문덕, 강감찬, 이순신 같은 한국의 영웅들이 부지런히 발굴되었던 것이다. 영웅에 대한 갈망은 결국 백성 개개인이 '한국의 나폴레옹', '한국의 비스마르크'가 되어야 한다는 주장으로 증폭되었다. 이러한 서양 영웅의 소비 방식은 대중의 계몽을 통해 외세의 압력으로부터 벗어나고자 했던 당대 지식인들의 위기의식에서 비롯되었다. 그러나 그 간접적인 수용 과정이 내포한 문제점으로 인해 본래 해방의 담론으로 기능했어야 할 영웅 담론은 그 소비자들이 의식하지 못하는 가운데 역으로 억압의 담론으로 작용할 소지를 안고 있었음을 지적하는 것이 이 글의 목적이다.

지금까지 근대계몽기 한국과 독일의 관계에 대한 국내의 관심은 양국간의 외교, 경제, 문화교류나 각 분과 학문의 한국 수용사를 살펴본 몇몇 연구에 한정되어 있다.[3] 독일의 경우에도 일본이

---

3) 최종고, 『한강에서 라인강까지─한독관계사』, 유로, 2005; 정규화, 「한・독문화교류 120년사」, 『독어교육』 21, 2001, 571~606면; 한국사연구협의회 편, 『한독수교 100년사』, 1984; 李培鎔, 『韓國近代鑛業侵奪史硏究』, 일조각, 1993; 홍순호, 「대한제국시대의 한・독관계」, 『대한제국사 연구』(이화여자대학교 한국문화연구원 편), 백산자료원, 1999, 51~86면; 이영관, 『조선과 독일』, 국학자료원, 2002; 차봉희 편, 『한국의 독일문학 수용 100년』 1・2권, 한신대 출판부, 2001;

나 중국에 비해 같은 '극동'으로 분류되는 한국과의 관계사에 대한 깊이 있는 학문적 관심은 거의 찾아보기 어려운데,[4] 이는 무엇보다도 동아시아 3국이 갖는 현실정치적 위상의 차이가 원인일 것이다. 여하간 한독관계사 연구에서 공식적 교류의 역사를 넘어 그 과정에서 생성된 상호 인식의 내용에 주목할 필요가 있으며, 이는 궁극적으로 한국적 근대성 형성의 일면을 조명해 주는 역할을 할 것이다. 이 글은 선행연구의 부족이라는 '변명'을 앞세워, 이러한 연구의 필요성을 제기하고 그 시발점을 제공하는 역할을 하는 데 만족하려 한다.

2. 한국의 '시선'에 포착된 독일─제한된 접촉, 선택된 이미지

근대계몽기 한국과 독일 간의 직접 교류는 공식적 외교관계와 민간 접촉을 막론하고 여타 구미 선진국에 비해 상대적으로 제한되어 있었다. 한국인과 독일인의 만남의 역사는 1644년 소현세자와 아담 샬(Adam Schall)로부터 비롯되어 19세기에 들어와 1832년 프

김천혜, 『독일문학 속의 한국상과 한국문학 속의 독일상』, 부산대 출판부, 2002; 김효전, 『서양 헌법이론의 초기 수용』, 철학과현실사, 1996, 239~324면.
4) 한독관계사에 대한 독일측 문헌으로는 한독수교 100주년 기념으로 간행된 Komitee 100 Jahre Deutsch-Koreanische Beziehungen, ed., *Bilanz einer Freundschaft. Hundert Jahre deutsch-koreanische Beziehungen*, Bonn, 1994와 Gerhard Dambmann, *Von Ostasien her gesehen. Das Deutschlandbild in Japan, China und Südkorea*, Marburg, 1996 등이 있다.

로이센 선교사 귀츨라프(Carl F. Gützlaff)의 조선 입국, 1868년 오페르트의 남연군묘 도굴, 1882년 묄렌도르프의 외교고문 고빙으로 간헐적으로 이어졌다.[5] 하지만 양국 사이에 공식적 외교관계가 성립된 1883년 이후에도 그 관계의 밀도는 다른 서구 열강에 비해 상대적으로 높지 않았다. 독일은 다만 여러 강국, 혹은 '문명국' 가운데 하나일 뿐이었다.

이 때문에 독일에 대한 정보는 대부분 다른 동아시아 국가들을 매개로 한 우회적 경로를 통하여 수집되었다. 개항을 전후한 시기에 서양 관련 지식은 대개 중국에서 수입한 한역서학서들을 통해 전해진 경우가 많았다. 이는 한자문화에 익숙한 당시 개화파 인사들이 강유위(康有爲), 엄복(嚴復), 양계초(梁啓超) 등 청의 변법자강론자들에 기대어, 비슷한 처지에 있는 조선의 개혁을 고민했던 때문이었다.[6] 일례로 양계초의 『음빙실문집(飮氷室文集)』(1903) 일부가 5년 후 『음빙실자유서(飮氷室自由書)』라는 이름으로 국내에 번역, 소개되었는데, 이 책은 영웅 논설들을 비롯하여 비스마르크를 위시한 서양 근대의 위인들을 소개함으로써 근대계몽기 말기에 집중적으로 전개된 영웅 담론에 상당한 영향을 미쳤다.

이렇게 입수된 근대 지식은 당시 한국의 현실정치에 직접적인 영향을 끼치기도 했다. 대표적인 예는 1897년 대한제국 성립기에 고종의 황제 즉위를 놓고 벌어진 논쟁이다. 당시 농상공부 협판 권

---

5) 상세한 내용은 고유경, 「한독관계 초기 독일인의 한국 인식에 나타난 근대의 시선」, 『호서사학』 43, 2005.4, 277~310면 참조.
6) 이만열, 「개화기 언론과 중국−양계초를 중심으로」, 『한국 근대언론의 재조명』 (정진석 외), 민음사, 1996, 82면.

재형(權在衡)은 9월 25일자 상소에서 『공법회통(公法會通)』 84장 「러시아 황제」, 86장 「자주국」의 내용을 근거로 칭제의 자유를 주장했으며 의정부 의정 심순택(沈舜澤) 또한 10월 1일자 상소에서 같은 내용을 언급했다. 이러한 공론에 힘입어 고종은 10월 13일 황제즉위식을 거행할 수 있었다. 그런데 이때 칭제의 논거로 이용된 『공법회통』은 스위스 법학자로 독일에서 활동한 블룬칠리(Johann Caspar Bluntschli)의 저서 『근대국제법』(Das moderne Völkerrecht der civilisierten Staaten als Rechtsbuch dargestellt, 1867)을 미국 선교사 마틴(W. Martin)이 한역한 것이었다. 이 책은 1895년 학부 편집국에서 간행되어 여러 학교에서 교과서로 이용되었으며, 한국 최초의 성문헌법인 〈대한국국제〉 9조의 근간이 되었다. 그런데 권재형이 인용한 마틴 번역문은 물론 원전에 따르면 오히려 블룬칠리는 국력에 상응하지 않는 한 함부로 황제의 칭호를 사용할 수 없다고 설명하고 있다.[7] 이것이 권재형의 단순한 오독인지 의도적 왜곡인지는 확실치 않으나, 이는 문화 전이 과정에서 빚어지는 오해와 오용의 대표적인 예라 할 것이다. 또한 을사늑약이 체결된 후 이를 반대하는 상소를 올린 시강원 시독 박제황(朴齊璜)도 『공법회통』의 내용을 인용함으로써 '보호조약'의 부당성을 강변한 바 있다. 그가 인용한 구절은 "강하고 횡포한 나라가 타국의 자주 자립의 권리를 침탈하는 경우를 만나면 각국은 응당히 모두 일어나 이를 구한다"는 구절이었으나, 사실 이

---

7) 왕현종, 「대한제국기 입헌논의와 근대국가론─황제권과 권력구조의 변화를 중심으로」, 『한국 근대사회와 문화 I─19세기 말에서 20세기 초를 중심으로』(권태억 외), 서울대 출판부, 2003, 312~317면; 김용구, 『세계관 충돌의 국제정치학─동양 禮와 서양 公法』, 나남, 1997, 65면, 269면 이하.

부분은 약소국의 권리를 옹호하는 것이 아니라 특정 국가가 지나치게 강대해지는 것을 견제하는, 말하자면 세력균형을 옹호하는 논리로 사용되었다.[8] 즉 이 역시 원전의 맥락을 사상하고 수용자의 의도에 따라 오용한 예라 하겠다.

중국이 청일전쟁 패배로 동아시아 패권경쟁에서 물러나게 되면서 한국의 서양문명 수용 통로는 차츰 일본으로 바뀌게 되었다.[9] 구한말의 근대적 지식수용에 가장 큰 영향을 미친 것으로 평가되는 양계초의 사상 또한 상당 부분 1898년부터 시작된 14년간의 일본 망명생활 경험에서 형성된 것이다.[10] '동아시아의 프로이센'으로 자·타가 공인한 메이지 시대의 일본은 근대화에 대한 절박한 욕구에서 서양 각국을 적극적으로 모방했으며, 독일은 그중에서도 중요한 위치를 차지했다. 독일 문명 수용의 기초 작업으로 독일어 교육이 강조되어, 특히 의학,[11] 법학, 철학, 자연과학의 영역에서는 독일어가 제1외국어의 지위로 격상되었다. 그밖에도 일본은 금

---

8) 김용구, 위의 책, 276면 이하.

9) 조선은 1881년에 청에 領選使를, 일본에 朝士視察團을 동시 파견했다. 그러나 영선사가 주로 근대적 무기제조법과 그 사용방법을 배울 목적으로 파견된 반면 조사시찰단은 메이지 일본의 서구화된 문물, 제도를 전반적으로 습득한다는 목표를 지니고 있었다. 권태억, 「자강운동기 문명개화론의 일본 인식―일본 유학생을 중심으로」, 권태억 외, 앞의 책, 450면.

10) 전동현, 「대한제국시기 중국 양계초를 통한 근대적 민권개념의 수용」, 『근대 계몽기 지식 개념의 수용과 그 변용』(이화여대 한국문화연구원 편), 소명출판, 2004, 394면 이하 참조

11) 1870년 메이지 정부는 당시 일본 주재 프로이센 대사였던 브란트에게 독일인 의사를 파견해 달라고 요청했고, 그 결과 이듬해에 뮐러(Benjamin C. L. Müller)와 호프만(Theodor Hoffman)이 일본에 파견되었다. 당시 한국과 독일의 의학 교류에 관한 설명은 이종찬, 『동아시아 의학의 전통과 근대』, 문학과지성사, 2004, 182면 이하, 202~206면, 218면 이하 참조

융, 우편, 경찰, 임학, 음악, 광산 등 다양한 분야에서 독일의 학문, 제도, 기술을 받아들였다. 역사학 분야에서도 19세기 독일 역사주의의 아버지 랑케의 제자인 리스(Ludwig Rieß)가 동경제대 교수로 부임하여 일본 근대 역사학의 초석을 놓았다.[12)]

그러나 일본이 가장 적극적으로 수입한 독일의 제도는 바로 군제였다. 메이지 초기인 1870년 유럽에서 귀국한 야마가타 아리토모(山縣有明)는 보불전쟁에서 완승한 독일 군대에서 크게 감화를 받아 군제개편을 시도했으며, 후일 가츠라−태프트 밀약으로 악명을 떨친 가츠라 타로(桂太郞)는 프랑스 식 군제를 프로이센 식으로 바꾸는 데 일조했다.[13)] 그는 19세기 중엽의 프로이센 참모총장 몰트케(Helmuth von Moltke)의 군제개혁을 본받아 참모부를 조직했으며, 역시 독일의 예를 따라 이를 정부로부터 독립된 기관으로 만들었다. 또한 사관학교를 건립하고 독일 장교 메켈(Klemens Wilhelm Jakob Meckel)을 교관으로 초빙했다. 1873년 3월 3주간 베를린에 체제하면서 통일 이후 독일의 강국으로의 발돋움을 관찰할 수 있었던 이와쿠라 사절단은 귀국한 뒤에 "프로이센이 영국이나 프랑스보다 훨씬 유용해 보인다"고 보고했다.[14)] 제국의 길로 나아가려는 메이지 일본의 지배세력에게, 권위주의적인 독일제국은 상대적으로 '자유

---

12) 박용희, 「한국사학의 오리엔탈리즘−실증사학과 유물사학의 과학관과 민족사 인식의 문제를 중심으로」, 『이화사학연구』 32, 2005.12, 35~54면, 특히 37면 이하; Margaret Mehl, "Japan und die preußisch-deutsche Geschichtswissenschaft", Krebs, ed., *op. cit.*, pp.233~247 참조.

13) 박지향, 『일그러진 근대−100년 전 영국이 평가한 한국과 일본의 근대성』, 푸른역사, 2003, 227면. 야마가타는 육군대장을 거쳐 일본 총리를 두 차례(1889~1891, 1898~1900) 역임했다. 가츠라는 러일전쟁 당시 총리로 활약했다.

14) Nakai Akio, op. cit., p.20.

주의적이고 민주적인' 인상을 풍기는 앵글로색슨 국가들보다 더 유용한 모델이었던 셈이다.

일본이 적극적으로 받아들인 군사대국 독일의 이미지는 한국에 고스란히 전달되었다. 1881년 조사시찰단(朝士視察團)이 일본을 방문했을 때 일본의 재야인사 스에마츠 지로(末松二郎)는 홍영식(洪英植)과의 필담에서, 일본의 육군제도가 프랑스와 독일 두 나라를 모방한 것이라고 설명한 바 있다.[15] 이렇게 한국에 전해진 독일은 무엇보다도 "구라파에 뎨일 가는 륙군"을 보유한, "文明(문명)을 大開(대개)ᄒ야 世界(세계)에 一等(일등) 富强(부강)ᄒ" 국가였으며,[16] 독일 황제 빌헬름 2세는 구미의 어떤 지도자보다도 탁월한 군사령관으로 소개되었다. "황뎨의 뎨일 공부ᄒ 학문은 ᄉ관이라 무관 학교를 졸업ᄒ 신둙에 군ᄉ의 일을 미우 죠화ᄒ고 구라파 안에 덕국 황뎨만 ᄒ ᄉ관들이 만치 안 터라."[17] 이처럼 독일의 군제와 그 우수성은 문명개화론자들의 시야에 가장 먼저, 뚜렷하게 포착되었다. 그밖에도 『독립신문』은 독일제국의 의회제도를 소개하고 황실의 동정을 수시로 전달하며, 무엇보다도 〈외국통신〉난을 통해 제국주의 열강 간의 외교관계 변화[18] 및 아시아 각국과의 관계에 계

---

15) 아키즈키 노조미, 「스에마츠 지로의 필담록에 나타난 '근대'—1881년의 '신사 유람단'과의 교류를 중심으로」, 『근대 교류사와 상호인식 I』(김용덕 · 미야지마 히로시 편), 아연출판부, 2002, 26면. 스에마츠는 문부성 외국어학교와 大學東校에서 독일 교사들로부터 독일어와 박물학, 역사, 지리학, 정치학, 화학 등 광범위한 서양 지식을 습득한 인물이었다.

16) 「논설」, 『독립신문』, 1899.1.17; 「논설」, 『황성신문』, 1899.7.15.

17) 「논설」, 『독립신문』, 1897.2.16.

18) "덕국 황뎨가 오지리 황뎨를 셔울 비에나에 가셔셔 미우 정답게 맛나 보셧다니 아마 덕국과 오지리 이탈이 세 나라히 동밍지국이 된다더라."(「외국통신」, 『독립신문』, 1896.4.30); "덕국 총리 대신 공쟉 호현로헤[호엔로에] 씨가 아라샤 황뎨

속해서 촉각을 곤두세우고 있다. 특히 1897년 독일의 교주만 조차 과정은 『독립신문』에 상세히 보도되었다. 그럼에도 불구하고 독일의 동아시아 정책에 대한 뚜렷한 위기의식은 별반 찾아볼 수 없다. 『독립신문』의 보도 자세로 미루어 보면 독일을 비롯한 구미 열강의 팽창주의적 면모를 충분히 감지하고 있었으면서도, 그 제국주의적 함의를 지적하고 공격하기보다는 그 군사강국으로서의 면모를 모방하려는 심리가 더 크게 작용했던 듯하다.

전술했다시피 독일에 대한 당시 문명개화론자들의 관심이나 지식은 본질적으로 여타 구미 국가들에 대한 것과 뚜렷하게 구분되지는 않았다. 문명개화를 통해 약소국의 위치에서 벗어나는 것이야말로 이들에게 가장 시급한 과제였기에, 서구 각국은 그 현실정치적, 문화적 영향력에 대한 깊은 이해 없이 하나로 뭉뚱그려져 모방해야 할 대상으로 상정되었다. 『대한매일신보』의 다음 기사는 유럽의 국가들을 일괄적으로 '문명국'으로 정의하면서 그 부강함과 높은 교육, 복지수준에 대해 일방적인 찬탄과 부러움의 시선을 보낸다.

> 지금 세계의 강국이 얼마나 잇스며 문명제도가 엇다홈거슬 대강 게지ᄒ여 국문신보 보시는 이로 ᄒ여곰 짐작ᄒ게ᄒ야 한국도 문명력ᄉ상에 오르기를 ᄇ라노라 (…중략…) 문명제도를 말ᄒ건더 력ᄉ상에 긔록ᄒ 나라히 도모지

폐하와 혼시 동안을 ᄀᆺ치 안져 슈쟉을 ᄒ셧다더라."(「외국통신」, 『독립신문』, 1896.9.22); "슈십 일젼에 덕국 황뎨 폐하믜셔 오디리 황뎨를 챠즈가 보고 쏘 오디리 황뎨가 지금 아라샤 황뎨를 챠즈 가는 거슬 본즉 구라파 안에 정치가 변ᄒ야 아라샤 덕국 오디리가 동밍지국들이 되고 불란셔는 아라샤와 갈나 션둔 말이 잇스니 그러고 보면 영길리와 불란셔와 이틸리가 합ᄒ여지고 뎌 쪽은 아라샤 덕국 오디리가 될 모양이더라."(「젼보」, 『독립신문』, 1897.5.22)

열아홉 나라이니 아라사국과 노웨국과 쉐덴과 덴막국과 덕국과 네데란스국과 벨지압국과 영길리국과 불란시국과 이스바니아국과 포츄갈국과 쉬스란드국과 이달리아국과 오스드리아 헝거리국과 루마국과 셰미아국과 만트늬그로국과 터키국과 쯔리스국이니 나라가 강ᄒ고 군ᄉ가 졍ᄒ며 ᄌᆞ물이 만코 ᄌᆡ됴가 긔이ᄒ며 학업이 졍밀ᄒ고 도학에 젼일ᄒ며 졍ᄉᆞ는 도모지 빅셩의 ᄯᅳᆺ을 ᄯᅡ라 다ᄉᆞ리며 쇼경과 귀먹어리와 안즌방이라도 다 학업을 ᄀᆞᄅ치며 ᄌᆡ됴를 빗호게ᄒ고 …… 19)

이 기사에서 독일이라는 특정한 국가에 대한 차별화된 인식은 나타나지 않는다. 영국·프랑스·독일 같은 강대국과 당시 이른바 "발칸반도의 화약고"로서 일촉즉발의 위기에 있었던 세르비아, 몬테네그로, 루마니아 같은 동유럽 약소국 간의 차이는 완전히 무시된다. 이 기사를 통해 당시 한국이 가진 서양 이미지가 피상적인 것에 머물러 있었음은 단적으로 드러난다. 사실상 독일은 한 번도 근대계몽기 한국의 서양 인식에서 중심적인 위치를 차지한 적이 없다.20) 이는 독일의 동아시아 진출이 뒤늦었다는 사실과 아울러 당시 한국을 둘러싼 국제환경에서 독일이 핵심적인 역할을 담당하지 않았기 때문으로 짐작된다.21)

1900년대에 애국계몽의 기치 하에 집중적으로 간행된 역사교과서에서도 이러한 독일의 상대적 '열세'는 반복적으로 드러난다. 이

---

19) 『대한매일신보』, 1907.9.17.

20) Dambmann, *op. cit.*, p.3.

21) 이러한 독일의 제한적 영향력은 1897년 당시 한국에 거주했던 외국인 중 독일인이 상대적으로 소수에 불과했다는 점과도 상관관계가 있다. 『독립신문』, 1897년 4월 1일자에 따르면 서울 거주 외국인의 수는 프랑스 28명, 러시아 57명, 독일 9명, 미국 95명, 영국 37명, 청 1,273명, 일본 1,758명 총계 3,257명이었다고 한다.

시기의 대표적 서양사 교과서를 보면 독일에 대한 정보는 소략한
편이다. 예컨대 황성신문사에서 간행한 『정선만국사(精選萬國史)』
(1907)에 나오는 독일 관련 내용은 구텐베르크의 인쇄술 발명 및 루
터의 종교개혁 정도에 그친다.[22] 같은 해에 간행된 『중등만국사(中
等萬國史)』에서는 중세 신성로마제국의 역사, 구텐베르크의 인쇄술
을 비롯하여 레싱·빙켈만·괴테·쉴러·칸트·피히테·셸링·헨
델·모차르트·베토벤 등 18~19세기 독일어권 문예계 대표주자들
의 이름을 거론하는 정도에 머무른다.[23] 『동서양역사(東西洋歷史)』
(1907), 『십구세기(十九世紀) 구주문명진화론(歐洲文明進化論)』(1908) 등
의 역사교과서에서도 비슷한 내용이 반복되고 있다.[24] 이처럼 이
들 교과서가 제공한 독일 정보는 매우 제한적이었기 때문에, 이것
이 그 본래 목적인 '국민 계몽'에 미친 영향력은 높이 평가하기 어
렵다.

한편 이들 역사교과서들을 비롯하여 1905년 이후 영웅 담론 전
개에 중요한 역할을 한 서양 위인전이나 역사소설들의 태반이 저
서가 아닌 번역서인 점에도 주목할 필요가 있다. 당시의 번역서들
중 가장 많은 것은 영국 서적들이며, 이어서 프랑스·독일·러시
아 서적이 비슷한 수준으로 유입되었다고 한다.[25] 역사교과서 중

---

22) 김상연, 『정선만국사』, 1907, 82~84면.
23) 高桑駒吉, 유승겸 역, 『중등만국사』, 1907, 206면.
24) 이유영 외, 『한독문학비교연구 I』, 삼영사, 1976, 77면 이하.
25) 이재선, 『한국개화기소설연구』, 일조각, 1995, 174면 이하. 1895~1910년에 간
   행된 국내 서양관련 서적에 관한 서지정보는 차하순, 『서양사학의 수용과 발전』,
   나남, 1988, 35면 이하; 김병철, 『한국근대번역문학사연구』, 을유문화사, 1988,
   152~309면 참조.

에서는 전술한『정선만국사』만이 김상연(金祥演)의 저서일 뿐,『중등만국사(中等萬國史)』는 일본인 다카쿠와 고마기치(高桑駒吉)의 작품『중등서양사(中等西洋史)』(1898)를 유승겸(兪承兼)이 번역한 것이며,『동서양역사』는 원저자 미상 현채(玄采) 번역이다. 대표적인 독일 관련 번역서들 중 1870년 보불전쟁을 소재로 한『보법전기(普法戰記)』(1908) 역시 중국의 왕도(王韜)가 1872년에 외국 잡지에 실린 기사들을 모아 간행한 것을 현채가 번역했으며, 7년전쟁을 다룬『보로사국후례두익대왕칠년전사(普魯士國厚禮斗益大王七年戰史)』(1908)는 일본인 시부에 다쓰오(澁江保) 작『프레데리크 대왕 칠년전사(フレデリック大王七年戰史)』(1896)를 유길준(兪吉濬)이 번역한 것이다. IV장에서 본격적으로 다룰 비스마르크 전기 중『비사맥전(比斯麥傳)』(1907) 역시 일본인 사사아마 키요시(笹天潔) 작『ビスマルツク』(1899)를 황윤덕(黃潤德)이 옮겼으며,『태극학보(太極學報)』에 1906년 12월 31일부터 5개월간 연재된 박용희(朴容喜) 역 「비스마ー크전」은 원저자가 누구인지 알려져 있지 않으나 독일의 군제와 정치제도를 설명함에 있어 일본의 경우와 비교하는 대목들로 미루어 짐작하건대 일본에서 나온 비스마르크 전기를 번역한 듯하다.[26]

이렇듯 독일은 일본과 중국을 통한 간접적인 경로로 근대계몽기의 한국에 수용되었으나, 그 선택된 내용을 통해 우리는 최소한 그 번역자와 간행자들이 지녔던 두 가지 분명한 의도를 찾아낼 수 있다. 즉 하나는 문명국으로서의 독일을 소개함으로써 적극적으로

---

26) 예컨대 1871년 독일제국의 성립 후에 개편된 의회제도 중 상원에 해당하는 연방참의원(Bundesrat)을 일본의 귀족원에, 하원에 해당하는 제국의회(Reichstag)를 일본의 중의원에 비유한다. 박용희,「비스마ー크전」,『태극학보』7, 1907.2.

근대화를 도모하려는 것이었고, 다른 하나는 주로 1905년 이후의 시기에 집중적으로 나타난 현상으로, 독일의 위인 또는 영웅들을 통해 한국인들에게 역할모델을 제공하려는 것이었다. 다음 장에서는 이 두 가지 독일 수용 양상을 차례로 다루면서 그 함의를 좀더 깊이 살펴보고자 한다.

3. 문명국을 향하여 - 독일 학문과 교육의 흠모

근대계몽기 언론매체에서는 문명, 개화, 국가, 민족 등을 둘러싸고 온갖 공적인 담론이 쏟아져 나왔는데, 이런 근대 개념어들의 선택과 그 용례를 보면 다분히 일본 문명개화론의 영향이 엿보인다. 메이지 초기인 1870년대 이래 일본에서는 서구문명을 보편문명으로 받아들이는 서구중심적 가치관 하에서 서양문명 수입의 필요성이 후쿠자와 유기치(福澤諭吉) 등을 통해 활발히 논의되었다.[27] 『독립신문』은 『문명론의 개략』에서 문명의 단계를 야만, 반개, 문명의 3단계로 설정한 후쿠자와의 논의를 세분화하여 문명국 −개화국−반개화국−야만국의 도식을 설정했다.[28] 자국을 '반개

---

27) 함동주, 「근대일본의 문명론과 그 이중성−청일전쟁까지를 중심으로」, 이화여대 한국문화연구원 편, 앞의 책, 369면.

28) "구라파에 영국 불국 덕국 아메리가에 미국이 셰계에 뎨일 샹등 기명혼 나라이 되고 그 남겨지 다른 나라들고 ᄎᄎ 쓴라 기화가 되고 동양에 일본은 삼십년이러에 기명지국으로 셰계에 대졉을 밧고 대한 쳥국 셤라등 각국은 반 기화가

화국'으로 규정함에 있어 1890년대 『독립신문』을 중심으로 모인
한국의 근대 지식인들은 1870년대의 후쿠자와가 가졌던 문명화에
대한 열망/야만화에 대한 공포감을 공유했다. 그러나 자신을 제
외한 동양을 타자화하여 '야만'을 계속해서 날조함으로써 문명국
으로 상승하고자 했던 일본과는 달리, 한국의 문명개화론자들은
수세적인 상황에서 근대화를 모색할 수밖에 없었다.

이 '문명의 피라미드'에서 한꺼번에 두 단계를 도약하기 위한
수단으로 선택된 사다리는 '교육'이었다. 섣불리 서양 제도를 유입
하기에 앞서 먼저 개개인이 그 '우수성'과 필요성을 깨우치는 각성
의 단계가 필요했던 것이다. "그런고로 죠션 인민 중에 누구던지
나라를 위ᄒ고 빅셩을 도아줄 싱각들이 잇는 사름들은 지금 갑작
히 외국 규칙과 법률과 풍쇽을 갓다가 억지로 식힐 싱각을 말고
몬져 교휵브터 식혀 적어도 십년 후에나 ᄎᆞᆺ 이런 거슬 죠흔 줄
노 기다른 연후에 시작ᄒᆞ는 거시 일ᄒᆞ는 ᄎᆞ셔로 우리는 아노라."29)
『독립신문』 1896년 8월 1일자 논설은 "게으르고 수동적이며 학문
에 대한 열의가 없고 지배당하는 데 익숙해진" 조선인에게 각성을
촉구한다. 영국, 미국, 독일, 프랑스 같은 "강흔 나라의 풍쇽과 규
모와 명치를 본 밧아 아모쪼록 죠션도 흔번 그 나라들과 ᄀᆞᆺ치 되
야 보고 죠션 빅셩들도 셰계 각국 인민과 ᄀᆞᆺ치 되야 볼 싱각들을"
해야 한다는 것이다. 이로써 조선인은 "젼에 ᄒᆞ던 일을 곳쳐 문명

되고 그 오에 이프리가 등디는 지금도 야만을 면치 못ᄒᆞ지라."(「논설」, 『독립신
문』, 1898.2.19); 같은 신문 1899년 2월 23일자 논설 「나라 등슈」에서는 문명국에
오스트리아가 추가되었으며 이탈리아·네덜란드·러시아는 개화국으로, 터키·
이집트·페르시아는 반개화국으로 분류한다.

29) 「논설」, 『독립신문』, 1897.4.20.

진보ᄒᆞ야 셰계에 머리를 놉히 들고 나도 너만흔 사름이다" 하는 자부심을 가질 수 있을 것이었다.[30]

그러므로 '문명국' 독일에 대한 초창기의 관심이 그 학문과 교육제도에 두어진 것은 당연한 일이었다. 그에 대한 정보를 수집하기가 용이했던 것도 역시 일본이 보불전쟁에서 프로이센이 승리한 원인을 그 교육정책에서 찾으면서 자연스럽게 독일식 교육제도를 채택했기 때문이었을 것이다.[31] 한국 최초의 근대 신문인 『한성순보(漢城旬報)』는 독일 교육제도의 우수성을 언급하면서 무엇보다도 독일 국민 모두가 문자를 해독할 수 있다는 점을 강조한다.[32] 근대 계몽기의 가장 영향력 있는 서구주의자였던 유길준 역시 이러한 맥락에서 독일 교육제도와 학문의 발전을 거론했다. 『서유견문(西遊見聞)』(1895) 제20편은 프로이센 개혁기인 1810년에 설립된 베를린 대학에 대해 다음과 같이 보고한다.

> [독일의] 대학교는 그 이름을 온 세계에 떨치고 있을뿐더러 학술이 정밀하고 분명하다는 점에서 고금의 으뜸이라고 한다. …… 석학 여러 박사가 각기 전문분야에 따라 교수하도록 되어 있는데, 각 학과의 이론마다 정밀, 오묘, 고상하다는 점에서 온 세계의 으뜸이라고 하겠다. 독일 학자가 말하기를 독일은 문명되고 뛰어난 학술로 유럽 여러 나라 위에 군림하기를 기한다고 하였는데, 그러한 이야기는 조금도 거짓이 아닌 것이다.[33]

---

30) 「논설」, 『독립신문』, 1896.8.1.
31) 일본은 1886년부터 소학교 4년을 마친 후 상급학교 진학 여부를 결정하는 독일식 교육제도를 채택했다. 이 제도는 2차대전기까지 지속되었다. Gerhard Krebs, "Das Deutschlandbild in den Schulbüchern der Meiji-Zeit", *Oriens Extremus*, Vol.33, No.1, 1990, p.120f.
32) 『漢城旬報』, 1884.4.10.
33) 유길준, 「서유견문」, 『한국명저대전집』, 대양서적, 1973, 337면 이하.

근대계몽기 말기의 문명 담론을 주도한 『대한매일신보』 역시 비슷한 논조로 독일 학문을 찬양했다. 1907년 11월 9일자에 실린 문일평(文─平)의 「문명론」에서 독일 학문의 우수성은 다른 어떤 국가보다도 높이 평가되었으며, 학문애호정신이야말로 독일의 민족성을 대표하는 것으로 규정되었다.

> 만고에 력더의 스긔가 잇셔 옴으로 셰계에 문명이 셔로 진취ᄒ며 여러번 변경ᄒ여 오늘날 동셔양의 력스가 화합훈 시더가 되엿도다 그 문명의 리력을 궁구ᄒ건더 여러나라이 각각 갓지 아니ᄒ여 녯젹에 유태국은 종교로써 디구상에 신셩훈 나라이 되엿고 희랍국은 젼에 학슐로써 리웃나라에 젼파ᄒ엿고 라마국은 녜왕의 쥬의로써 셰계에 임군이 되엿고 근셰에는 영국은 희샹권리를 잡아 희외에 식민디를 만히 긔쳑ᄒ고 미국은 즈쥬즈유의 권리로써 발달케 ᄒ야 완젼훈 공화국톄를 조직ᄒ엿고 덕국은 학문과 졍치로써 셰계에 독보가 되엿스며 법국은 인민의 스샹을 감동홈으로써 텬하에 광포ᄒ엿스니 이것은 그 국민의 셩질을 인ᄒ여 문명에 진취ᄒ는 거시 각각 다름이라……[34]

교육을 통한 문명개화의 소망이 구체화된 사례 가운데 하나는 관립 외국어 교육기관의 설립이었다. 1890년대에 경성에는 일어·영어·프랑스어·러시아어 학교가 차례로 세워졌으며 독일어 교육기관으로 1898년 9월 15일 덕어학교(德語學校)가 개교했으니, 이는 초창기 한독 문화교류사에서 특기할 만한 사건이라 할 수 있다. 『독립신문』은 덕어학교의 설립에 즈음하여 "덕국은 당금 셰계에 학문거벽이라 우리나라에도 그 언어 문ᄌ를 슝샹ᄒ는 일이 긔황 샹에 미오 유익"[35]하다고 주장함으로써 그 설립 필요성을 강조한다. 독일

---

34) 「논설─문명론」, 『대한매일신보』, 1907.11.9.
35) 『독립신문』, 1898.7.8.

영사 크리인(Krien)의 제안으로 세워진 이 학교는 동경에서 10여 년간 독어교사로 활동했던 볼얀(Johannes Bolljahn)을 교사로 초빙했고 그밖에도 한국인 3명을 보조교사로 두었다.[36] 외국어 교육기관을 설립한 목적은 기본적으로 당시 서구 국가들과의 관계가 진전됨에 따라 유능한 통역관과 번역자를 확보하는 데 있었는데,[37] 덕어학교의 경우 특히 독일의 군제를 본받고자 하는 목표가 처음부터 뚜렷하게 부각되었다. 개교식에서 당시 학부대신 고영희(高永喜)는 "德文(덕문)하야는 軍法(군법)과 軍制(군제)에 매우 緊要(긴요)하야 世界(세계)에 第一(제일)이라 할 만하오"라고 연설했던 것이다.[38] 고영희는 1876년 강화도조약이 체결된 뒤 수신사를 따라 일본에 다녀왔으며 1881년에도 조사시찰단의 일원으로 일본의 근대 문물을 견학하였다. 그 이듬해에는 일본공사 하나부사 요시타다(花房義質)의 차비역관(差備譯官)이 되었으며 1895년에는 주일특명전권대사를 역임한 일본통이었다. 그런 그가 당시 일본이 적극적으로 수용한, 군제를 위시한 독일의 문물에 주목하게 되었음은 자명하다.

---

36) 고려대학교 아세아문제연구소 편, 『구한국외교문서 덕안 2』, 고려대 출판부, 1965, 43면. 덕어학교 설립 초기의 상황은 J. Bolljahn, "Das koreanische Schulwesen", *Deutsche Zeitschrift für ausländisches Unterrichtswesen*, Vol.5, No.3, 1900, pp.199~203 참조. 볼얀은 개교 당시 덕어학교 학생들이 만민공동회를 비롯한 정치적 움직임에 휩쓸린 탓에 원활한 수업 진행이 어려웠다고 술회한다.
37) 하지만 덕어학교의 전체 졸업생 수는 1910년까지 5명에 불과했기 때문에, 실제로 이 학교가 한독 양국의 문화교류에서 중요한 역할을 했다고 보기는 어렵다. 이에 비해 1910년까지 일어학교 졸업생은 서울·인천·평양을 합하여 총 324명, 영어학교 79명, 법어학교 26명이었다. 최종고, 「구한말의 한독관계─정치적, 문화적 측면」, 『한독수교백년사』(한국사연구협의회 편), 101면; 이광린, 『한국개화사연구』, 일조각, 1999, 164면.
38) 「잡보」, 『황성신문』, 1898.9.17.

그렇다면 '문명국' 독일에 대한 정보의 유입은 그 근본 목적이었던 대중의 계몽에 과연 어느 정도 기여했을까? 아쉽게도 이 문제에 대한 직접적인 해답을 제공하는 사료를 찾아내는 일은 쉽지 않다. 그러나 적어도 '문명국' 독일의 이미지가 대중의 일상생활에 서서히 침투해 들어오고 있었다고는 말할 수 있다. 이는 무엇보다도 세창양행의 상행위를 통해 이루어졌다. 1884년 인천에서 설립된 독일계 회사 세창양행은 한독관계 초기에 중심 역할을 담당했으며,[39] 한국 신문에 광고를 게재한 최초의 광고주이기도 했다.[40] 『독립신문』을 위시한 언론매체들은 석유·자전거·실·바늘·금계랍(키니네)·물감 등 세창양행이 수입 판매하는 상품들을 지속적으로 광고했으며, 특히 독일 약품과 물감의 우수성을 높이 평가하면서 독일의 선진적 화학기술을 주지의 사실로 언급했다. 1897년 1월 5일자 『독립신문』은 세창양행이 판매하는 키니네를 "세계에 데일 죠흔 금계랍"으로 선전한다.[41] 세창양행의 주도하에 독일은 1896년 도합 3만 5천원 가량의 대조선 수출을 기록했는데, 이듬해인 1897년 독일 물감과 바늘의 수입액은 25만원으로 비약적으로 늘어났다.[42] 이러한 상품을 생산, 판매하는 '문명국'으로서의 독일 상은 근대계몽기를 거쳐 식민통치기까지 변함없이 지속되었다. 예

---

39) 이배용, 앞의 책, 255~290면; 조흥윤, 「세창양행, 마이어, 함부르크 민족학박물관」, 『동방학지』 46-48, 1985, 735~767면.

40) 한국 최초의 근대적 광고는 1886년 2월 22일 『漢城周報』 제4호에 실린 「德商世昌洋行告白」임이 정설로 받아들여지고 있다. 『한성주보』는 1886년 이래 세창양행 광고를 7차례 싣고 있다. 김봉철, 「구한말 '세창양행' 광고의 경제·문화사적 의미」, 『광고학연구』 13-5, 2002, 117~135면, 특히 126~132면 참조.

41) 『독립신문』, 1897.1.5.

42) 「외국통신」, 『독립신문』, 1897.7.22; 「논설―대한무역」, 『독립신문』, 1898.8.11.

컨대 소설가 박완서는 1930년대 중반 개성 근처의 박적골에서 보낸 유년기를 회상하면서, '덕국 물감'과 '문명', '문화'를 동일시한다.[43]

그러나 근대계몽기 문명개화론자들의 독일 인식에는 근본적인 한계가 있었다. 대체로 메이지 유신을 이상으로 삼았던 그들은 일본을 문명국으로 선망하고, 그 결과 일본의 제국주의적 침략성을 간과하는 경우가 많았다. 따라서 그들은 메이지 일본이 모델로 삼았던 독일의 권위주의적 사회구조에도 대체로 무감각했다. 1907년 서우학회 기관지 『서우』는 한 일본 학자의 독일 교육제도 비판을 다음과 같이 인용하고 있다. "'일본 교육의' 당국자가 한결같이 덕국주의(德國主義)에 의거한 고로 그 가르침은 정부에 복종하는 것으로 정신을 삼았다. 마침내 전국 청년으로 독립자중(獨立自重)하는 기백을 잃게 하고 비오렬하(卑汚劣下)한 습속을 이루니, 문명의 이름을 빌어 분서갱유(焚書坑儒)의 일을 저지르는 경우 그 화가 진나라 정사 열 배 이상이라는 것을 알겠는가?"[44] 이 이름 모를 일본인이 놀랍게도 훗날 히틀러가 자행한 독일판 분서갱유[45]를 날카

---

43) "아무리 고개를 넘고 내를 건너도 조선땅이고 조선 사람밖에 없는 줄 알다가 처음 들은 딴 나라 이름은 덕국이었다. 아주 오랜 훗날에야 덕국이 우리가 독일이라고 부르는 나라라는 걸 알게 되었지만 그걸 모를 때도 내가 들은 최초의 외국은 나에게 충분히 신비로웠다. …… 나는 아무것도 모르면서 그 덕국 물감만 보면 가슴이 울렁거렸다. 그건 아마도 내가 최초로 맡은 문명의 냄새, 문화의 예감이었다." 박완서, 『그 많던 싱아는 누가 다 먹었을까─소설로 그린 자화상·유년의 기억』, 웅진닷컴, 1992, 13면 이하.

44) 박상목, 「敎育精神」, 『서우』 11, 1907.10.1, 18면; 권태억, 앞의 글, 476면에서 재인용. 19세기 초 프로이센 학교교육의 우선 목표는 충성스런 국민의 양성이었으며, 이는 통일 후 독일제국 전역으로 확대 적용되었다. Jörg Möller, "Japan und das preußische Erziehungswesen", Krebs, ed., *op. cit.*, p.305f.

롭게 예견하고 있는 반면, 이 글을 쓴 박상목(朴相穆)은 독일을 모델로 한 일본 전체주의적 교육이 갖고 있는 제국주의적 함의를 제대로 인식하지 못한 채 단순히 정보의 전달에만 머물러 있다. 이런 전반적 상황에 비추어 볼 때, 구연학(具然學)의 신소설『설중매』(1908)에 나오는 "구라파에도 영미 제국은 동등 권리의 주의를 행하고 홀로 압제를 주장하는 덕국과 아라사 등에는 전제정치를 행하여 형법상에는 편리하나 인민의 권리는 조금도 진보되지 못하였으니" 같은 부정적인 독일 인식은 당시로서는 상당히 예외적으로 나타난 현상이라고 볼 수 있다.[46] 이처럼 문명개화론자들은 문명국으로서의 독일을 보았으나, 그들에게 닥쳐온 위기의 근본적 원인제공자로서의 독일을 보는 데에는 실패했다. 그들은 보고 싶은 것을 보았을 뿐, 정작 보아야 할 것은 간과했던 것이다.

4. 영웅에 대한 열망─프리드리히 대왕, 몰트케, 비스마르크, 빌헬름 텔

근대계몽기 독일의 주된 이미지는 군사강국인 동시에 "학문거

---

45) 히틀러는 정권을 장악한 직후인 1933년 3월 13일 유태인 작가와 학자 131인의 저서들을 '독일 정신에 위배되는' 퇴폐 예술(Entartete Kunst)로 간주, 베를린 오페라 극장 앞 광장에서 불태웠다. 이 사건은 2차대전 말까지 이어진 유태인 탄압과 아울러 독일판 분서갱유로 불린다.

46) 최찬식·이해조·구연학,『추월색, 자유종, 설중매』, 범우사, 2005, 151면 이하. 이 작품은 일본인 스에히로 텟초(末廣鐵腸)가 1886년에 발표한 동명 소설의 무대와 인물을 한국으로 바꾸어 번안한 계몽 소설이다.

벽"으로서, 그야말로 '문무(文武)'를 겸비한 이상적인 국가였다. 그러나 러일전쟁이 일본의 승리로 끝나고부터 본격화된 위기의 시대에 문명개화론자들은 단순히 교육을 통한 계몽이라는 장기적인 과제에만 느긋하게 머무를 수 없었다. 일본의 침략욕이 노골적으로 가시화된 상황에서 이들은 즉각적으로 대중의 독립정신과 압제에 대한 저항의 의지를 고취시켜야 했다. 이러한 맥락에서 독일 교육제도 자체도 이제 문명화의 수단이라기보다는 부국강병의 도구라는 맥락에서 거론되었다. 이를테면 프리드리히 빌헬름[維廉] 3세는 나폴레옹 전쟁에서 크게 패한 후 프로이센 교육제도를 정비하였고,[47] 비스마르크는 "德國人民(덕국인민)의 敎育(교육)이 無(무)ᄒ얏스면" 통일전쟁에서 이길 수 없었다는 식이었다.[48] 나아가 독일의 찬란한 학문적 성취는 이제 한국의 암담한 정치적, 문화적 현실을 일깨우는 애국의 수단으로 활용되었다. "오호 l 라 한반도 l 여 너는 무슴 연고로 이ᄎ혼 비춤혼 운슈를 홀노 당ᄒ엿는고 너는 뎌 영길리와 ᄎ치 령디가 세계에 편만치도 못ᄒ고 덕국과 ᄎ치 찬란혁혁혼 학술의 광치를 나타내지도 못ᄒ며 미국과 ᄎ치 굉장ᄒ고 웅위혼 부원을 자랑치도 못ᄒ야 너의 면목이 참담ᄒ고 너의 위엄이 타락ᄒ여 ……"[49] 이렇듯 위기 상황에서 문명개화론자들은 이제 "학문거벽"으로서의 독일에만 만족할 수 없었다.

대한제국 말기에 신문, 학회지, 위인전, 애국소설 등을 통해 집중적으로 전개된 영웅 담론은 이러한 당대인들의 긴박한 현실인

---

47) 頭山逸民, 「敎育史」, 『서북학회월보』 18, 1909.12.1.
48) 李種瀋, 「本會會報」, 『대한자강회월보』 7, 1907.1.25.
49) 「논설」, 『대한매일신보』, 1909.3.27.

식을 반영한다. 1906년 이후의 학회지들은 마치니(碼志尼)・카부르(加富爾)・가리발디(加里波的)・워싱턴(華盛頓)・나폴레옹(拿破崙)・표트르(彼得) 대제・잔 다르크(若安貞德) 같은 구미의 위인들을 경쟁적으로 소개하고 있다. 이들 위인들의 전기는 곧 단행본으로 출간되었으며 이는 을지문덕・강감찬・최영・이순신 같은 민족영웅의 전기로 이어졌다.50) 이런 작품들은 근대계몽기 지식인들의 정치적 의도를 분명하게 반영한다. 즉 을사늑약 체결과 일본의 통감부 설치로 인하여 훼손된 민족의 정체성을 재정립해야 한다는 것이 영웅전 간행의 주된 목적이었다.51) 독일의 위인 또한 이러한 목적 하에 선별되었다. 당시 한국에 소개된 독일 위인들의 면면을 보면 모두 위기를 극복하고 독일을 강국의 반열에 올려놓은 '구국'의 영웅들임을 쉽게 알 수 있다.

독일이 유럽의 강국으로 부상한 역사는 상대적으로 짧다. 앞의 영웅전들이 간행된 시점의 독일제국은 불과 한 세대 전인 1871년에야 비로소 프로이센을 중심으로 통일된 국가였을 뿐이다. 프로이센이 수백 개에 달하는 독일의 영방국가 중 두각을 나타내게 된 것은 1701년 브란덴부르크 선제후 프리드리히 3세가 쾨니히스베르크에서 프로이센 국왕으로 대관식을 올린 이후이다. 이후 프로이센은 프리드리히 2세(대왕) 재위기간(1740~1780)에 비로소 프랑스,

---

50) 이 시기에 발간된 대표적인 위인전은 다음과 같다. 『伊太利國三傑傳』(1906), 『의태리국 아마치전』(1906), 『비스마룩구 淸話』(1906), 『比斯麥傳』(1907), 『크롬웰傳』(1907), 『미국대통령 카퓌일트전』(1908), 『彼得大帝』(1908), 『나폴레온 大帝傳』(1908), 『乙支文德』(1908), 『姜邯贊』(1908), 『少年史傳 까리발듸』(1909).

51) 권영민, 「개화기 서사양식의 분화과정과 반식민주의 담론의 성립—영웅 전기와 우화 풍자를 중심으로」, 권태억 외, 앞의 책, 87면.

오스트리아, 러시아와 비견되는 유럽의 강국으로 거듭날 수 있었다. 18세기 서양 국제관계에서 유럽의 변방국에 불과하던 프로이센을 당당히 메이저리그 국가로 부상시킨 프리드리히 대왕은 메이지 일본의 시야에 가장 먼저 포착된 독일의 영웅들 중 하나였다. 1880년대 이후 일본의 교과서에는 프리드리히의 생애에 얽힌 일화들이 등장했는데, 특히 황태자 시절의 학구열과 근면함이 훗날 프로이센 육군을 유럽 최고의 군대로 키운 요인으로 강조되었다.[52]

일본을 거쳐 한국에 소개된 프리드리히 대왕의 치적 중 7년전쟁을 소재로 한 『보로사국후례두익대왕칠년전사(普魯士國厚禮斗益大王七年戰史)』 서문에서는 당시 유럽 열강 중 상대적으로 뒤쳐졌던 프로이센과 한국을 등치시키면서 강국으로의 발전을 꿈꾸었던 당대인들의 열망을 읽을 수 있다. "當時(당시) 普魯士(보로사)난 一新造(일신조)한 王國(왕국)이라 地方(지방)이 廣大(광대)치 못하며 人口(인구)가 衆多(중다)치 못하고 諸强國(제강국)의 間(간)에 介在(개재)하니 平凡(평범)한 世主(세주)로 處(처)할진대 自立(자립)할 經營(경영)은 姑舍(고사)하고 强者(강자)에게 依附(의부)할 念(념)으로⋯⋯."[53] 이렇듯 약소

---

52) Gerhard Krebs, *op. cit.*, p.125. 그런데 여기에서 부언할 사실은 프리드리히 대왕이 생존 당시에는 독일 대중의 추종을 받았던 영웅이 아니었다는 점이다. 근대적 언론매체가 활성화되지 않았던 시대의 대부분의 영웅이 그랬듯이, 프리드리히에 대한 기억 또한 '국민 만들기'를 염원하던 19세기 민족주의자들에 의해 형성되었으며, 독일이 1차대전에서 패전한 후에는 영화를 비롯한 대중매체를 통해 낭만적 회고의 대상이 되면서 독일 민족의 부흥을 꿈꾸는 보수주의 담론과 결합되었다. 강옥초, 「영웅—낡은 용어, 새로운 접근」, 『영웅 만들기—신화와 역사의 갈림길』(박지향 외), 휴머니스트, 2005, 17면; 고유경, 「바이마르 시기의 독일 노동자영화운동」, 『이화사학연구』 22, 1995.12, 229면 참조.

53) 澁江保, 유길준 역, 『普魯士國厚禮斗益大王七年戰史』, 아세아문화사, 1979,

국이었던 프로이센을 열강의 반열에 올려놓은 프리드리히는 프랑스의 나폴레옹, 영국의 윌슨과 견주어지고 있다.[54]

근대적 국민국가로의 도약을 희구했던 20세기 초 한국의 민족주의자들이 필요로 했던 영웅은 프리드리히 대왕의 경우처럼, 전쟁의 승리를 통해 '강국'을 이상에서 현실로 구체화시킨 인물이어야 했다. 따라서 19세기 중반 프로이센 육군에 근대적 참모제도를 도입하고 보오전쟁, 보불전쟁을 지휘함으로써 통일에 누구보다도 크게 기여한 몰트케가 주목받은 것은 당연했다. 『독립신문』 1899년 8월 11일자 논설 「모긔장군(毛奇將軍)의 ᄉ적」에서는 한국 고전소설에 등장하는 전형적인 영웅서사처럼 몰트케의 유년시절의 가난, 22세에 군대에 투신한 이후의 입지전적 상승, 통일에 끼친 공로 등이 연대기적으로 서술된다. 흥미로운 것은 그의 성공 원인으로 전략가, 지휘관으로서의 능력보다도 '덕'이 강조되었다는 점인데, 이는 전통적인 유교 이념과 서구적 가치관이 융합된 당시 문화 전이의 양상을 단적으로 보여주는 것이기도 하다.

> 그 째에 일이만과 각 젹은 나라들이 다 와셔 복죵ᄒ고 나라일홈을 곳쳐 덕국이라 ᄒ고 불과 九년 동안에 구라파에 뎨일 부강ᄒ 나라가 되야 누가 감히 릉멸치 못ᄒ니 붉은 님군과 어진 신하가 졍치를 공평ᄒ게 ᄒ 효험이 업는 것은 아니로되 싸을 로략ᄒ고 나라를 아오른 공은 다 모긔장군의 ᄉ업이라 쟝군이 비록 쏨 잘ᄒ기로 일홈이 잇스나 본셩이 근본 덕을 죠하ᄒ야 사름을 ᄉ랑ᄒ고 평일에 쏨ᄒ 일은 강ᄒ 이웃이 침로ᄒ는 고로 부득이 ᄒ야 병쟝긔를 쓴거시요 참 질기는 바는 아니로다…… 동셔양에 다른 유명ᄒ 이가

224면.
54) "厚禮斗益大王이야…… 其雄勇의 神變은 法帝拿破崙을 頡頏하고 沈毅한 智略은 英將軍 越仍敦과 彷彿하야……."(澁江保, 위의 책, 224면 이하)

업는 것은 아니로되 쟝군의 스업과 명예가 가히 셰계 사름으로 ㅎ여금 흠앙
홀 만흔 고로 그 스젹을 대상 긔지ㅎ노라[55]

그러나 근대계몽기의 지식인들이 누구보다도 열광했던 독일의
영웅은 바로 통일의 주인공 비스마르크였다.[56] 『독립신문』은 1897
년부터 비스마르크의 통일 위업을 상세히 소개하면서 "텬하에 명
지샹을 말 ㅎ즛거드면 비스막을 데일"로 쳐야 한다고 주장한다.[57]
1905년 이후에 간행된 비스마르크 전기만 해도 「비스마룩구 청화
(淸話)」, 「비스마―ㄱ젼」, 『비사맥젼(比斯麥傳)』 등 여러 편에 이른다.
그중 1906년 7월부터 『조양보』에 연재된 「비스마룩구 청화(淸話)」
에서는 비스마르크의 성격이 프로이센의 보수적인 윤리와 프로테
스탄티즘에서 비롯되었다고 설명한다. 또한 그의 일상생활에서 나
타난 계몽적 요소들을 소개하면서 프로이센이 독일의 강국으로
발돋움하고 나아가 독일이 유럽 최고의 국가로 거듭나는 데 있어
그가 이룩한 업적을 부각시킨다.[58] 이러한 명백한 집필 내지 번역
의 동기는 비스마르크를 소재로 한 근대계몽기의 여러 위인전과
신문, 잡지기사에서 공통적으로 반복되었다.[59] 심지어 비스마르크

---

55) 「논설」, 『독립신문』, 1899.8.11.
56) 비스마르크 '영웅 만들기' 작업은 독일에서도 국민국가 형성으로부터 파시즘
의 성립에 이르기까지 이어진다. 이 주제에 대한 국내 연구로는 이진일, 「비스
마르크, 히틀러가 재구성한 철혈재상의 기억」, 『대중독재의 영웅 만들기』(권형
진·이종훈 편), 휴머니스트, 2005, 360~419면; 정상수, 「비스마르크—프리드리
히와 히틀러 기억과의 전투」, 『영웅 만들기』(박지향 외), 310~373면이 있다.
57) 『독립신문』, 1898.3.19. 논설. 그밖에도 『독립신문』, 1897.4.20, 1898.8.16, 1898.
12.7, 1899.7.7, 1899.10.31에 소개된 비스마르크 관련기사 참조.
58) 이유영 외, 앞의 책, 67면.
59) "덕국지샹 비스막이 보법싸홈에 크게 이근 긔셰로 덕국을 통일 ㅎ엿스니 수
십년을 법국쟝즁에 잇던 교제ㅎ는 권리가 덕국에 옴겨온지라 비스막이 구라파

의 역사적 위상은 그의 주군인 빌헬름 1세나 모국인 독일제국보다
도 더 상위에 있는 것으로 평가되었다. 『비사맥전(比斯麥傳)』(1907)의
다음과 같은 맺음말은 당시 맹위를 떨친 영웅숭배론의 전형을 보
여준다.

> 가라이류[칼라일]가 其英雄崇拜論중에 筆鋒을 下하야 日 日耳曼民族의
> 巨人을 批評하면 比公[비스마르크]은 確實히 永遠生活人이라 獨逸帝國은
> 亡하야도 公은 亡치 아니할지니 勇敢한 鐵血政略의 創業과 偉大한 國家社
> 會主義의 基本이여 決斷코 한갓 우이루헤룸[빌헬름] 一世에 忠僕이라고 墓
> 에 葬할 人이 아니라 하얏더라[60]

그런데 이 인용문에서 주목해야 할 또 다른 대목은 대한제국
말기의 영웅숭배론에 칼라일(Thomas Carlyle)의 흔적이 엿보인다는 점
이다. 칼라일의 『영웅숭배론』(1841)은 구미를 통틀어 19세기 최고의
베스트셀러가 된 작품이다.[61] 전인적인 인격체로서 대중을 영도하

쥬에 시셰를 유지하기 위하야 흔편으로는 법국이 다른나라에 친밀히홈을 방비
하더니 …… 비스막이 벼슬을 하직한후로 일천팔빅구십오년간에 아라스와 법국
의 동밍이 되매 덕국이 압뒤로 두나라의 디덕을 밧아 교졔샹 셰력이 ᄌ연히 감
하게 된지라."(「논셜」, 『대한매일신보』, 1907.10.30); "俾斯麥은 獨逸帝國建設의
大事業을 成한 後 民心의 協同치 아니함을 際하야 右手에난 獨逸帝國 大宰
相의 笏을 執하고 左手에난 下層人民撫育의 方法을 講하야 맛참내 聯邦獨乙
帝國의 霸業을 完全케 함과 如한 者난 卽 鐵血宰相이 政策上 國家社會主義
의 名稱으로써 眞理를 求하야 政治의 方法을 得宜하엿스니 政治學의 效一是
也오 其他 루—소를 非難하야 佛國의 革命으로써 誤謬한 政治라 云함도 亦是
政治學의 敎一아닌가 爾來 數千載 國家興亡의 大原理를 論據하야 將來 幾千
百代에 永遠히 國家의 獨立富强을 致케 함이 專히 此 學 攻究함에 在하다 하
노라."(SK생, 「정치론」, 『대한흥학보』 9, 대한흥학회, 1910.1.20)
60) 笹天潔, 황윤덕 역, 『比斯麥傳』, 아세아문화사, 1979, 331면.
61) 토머스 칼라일, 박상익 역, 『영웅숭배론』, 한길사, 2003 참조

는 영웅의 역할을 부각시킨 이 저서는 메이지 일본을 풍미한 영웅 담론의 바탕이 되었다. 칼라일의 영웅론은 본래 세속화된 빅토리아 사회에 대한 반동으로서 영웅의 본질을 정신적인 요소에서 찾으려는 목적에서 비롯되었으나, 그 집필 의도와는 무관하게 19세기 서양의 제국주의적 행보에 이념적 원천을 제공했다. 그의 논의는 메이지 일본에서 개인의 초월적 역량에 대한 낙관적 기대와 결합되면서 호응을 얻을 수 있었다. 그런데 일본 망명생활 도중 이러한 견해를 접한 양계초는 일본과는 달리 서구 열강의 위협에 노출되어 있었던 청의 현실에 부응하여 영웅 담론에 정치적 색채를 한층 뚜렷하게 덧입혔다.[62] 일본의 논의를 변용한 양계초 영웅론의 영향은 당시 중국과 정치적 과제를 공유했던 한국의 근대 지식인들에게 빠르게 흡수될 수 있었다. 무엇보다도 열악한 현실을 극복하고 사회 변화를 선도할 수 있는 영웅의 등장이 절실하게 요청되었다.

> 나라이 어지어우매 충신을 싱각ᄒ다ᄒ엿스니 한국은 충신을 싱각ᄒᄂ시디오 비상ᄒ 인물이 잇슨 연후에 비상ᄒ 스업을 성취ᄒ다ᄒ엿스니 한국은 비상ᄒ 인물을 요구ᄒᄂ 시디로다 미국의 독립은 화셩돈을 기ᄃ려셔 그 목뎍을 발달ᄒ엿고 덕국의 련합은 비스막을 기ᄃ려셔 그 주의를 성취ᄒ지 아니ᄒ엿ᄂ가 슯흐다 우리 이쳔만동포가 ᄀ장 ᄉ랑ᄒᄂ 한국아 무슴 연고로 오날날ᄭ지 황상의 은덕을 갑고 챵셩을 구졔ᄒᄂ 영웅을 내지 아니ᄒᄂ뇨[63]

---

62) 이헌미, 「대한제국의 영웅 개념」, 『세계정치』 25-2, 2004, 141면 이하.
63) 「논설―한국이 갈망하는 인물」, 『대한매일신보』, 1907.10.4. 그밖에도 「논설―英雄을 渴望함」(『황성신문』, 1908.2.26), 「논설―英雄을 鑄造하는 機械」(『대한매일신보』, 1908.8.18) 등이 비슷한 논조로 영웅의 역할을 강조한다.

한편 1905년 이후에는 위인전과 더불어 애국을 강조하는 역사소설들이 본격적으로 번역되기 시작했다. 이중 특히 주목되는 것이 괴테와 더불어 독일 질풍노도기를 대표하는 작가인 쉴러(Friedrich Schiller)의 작품이다. 그의 작품에서 공통적으로 강조하는 약소민족의 저항정신 및 독립 의지는 19세기 독일 민족주의의 성장에 중요한 역할을 했을 뿐만 아니라, 일본에게 외교권을 박탈당한 1905년 이후 한국의 문명개화론자들에게도 호소력을 지녔던 것 같다. 사실 어떤 면에서 보자면 쉴러의 문학이 강조한 애국 담론이야말로 당시의 위인전 간행 풍조에 직접적인 영향을 끼쳤다고 할 수 있다.

당시 국내에 번역 혹은 번안된 소설 중 잔 다르크의 일생을 그리고 있는 장지연(張志淵)의 『애국부인전』(1907), 그리고 『서사건국지(瑞士建國誌)』(1907)는 쉴러의 영향을 잘 보여준다. 잔 다르크를 주인공으로 삼은 서구의 작가들은 쉴러 외에도 셰익스피어, 볼테르 등 매우 많기 때문에 『애국부인전』의 원래 대본이 쉴러의 희곡 『오를레앙의 처녀』였다고 단정하기는 어렵다. 그러나 『애국부인전』의 주인공인 약안(若安)이라는 이름이 잔의 독일어 발음인 요한나와 유사하다는 점에서, 이 글이 『오를레앙의 처녀』의 중국어 번안본을 기초로 했음을 추정할 수 있다. 한편 『서사건국지(瑞士建國誌)』는 쉴러의 『빌헬름 텔』을 중국의 정철관(鄭哲貫)이 소설체로 의역한 것으로, 국내에서는 두 차례 번역되었다.[64] 오스트리아의 압제에 대한 중세 말 스위스인의 항거와 독립 투쟁을 소재로 한 이 작품이

---

64) 먼저 박은식(朴殷植)의 번역으로 1907년 7월 대한매일신보사에서, 그리고 김병현의 번역으로 같은 해 11월 박문서관에서 출간되었다. 박은식 번역본은 국한문혼용체이며 김병현 번역본은 순 한글로 되어 있으나 내용은 동일하다.

소개된 이유는 명백하다. 박은식은 서문에서 스위스 독립운동의 주역 유림척로(維霖瘍露, 빌헬름 텔)를 소개하면서, 이 책을 읽는 사람은 "愛國思想(애국사상)과 救民血心(구민혈심)이 奮發(분발)치 아니하리오"라고 말한다.[65] 김병현 역시 작품 말미에 자주독립과 외세의 침입에 대한 저항의식을 촉발시키려는 번역 의도를 명백히 보여준다.[66]

프리드리히 대왕, 몰트케, 비스마르크, 잔 다르크, 빌헬름 텔 같은 영웅의 부재에 대한 안타까움은 1910년에 가까워질수록 영웅을 만들어내려는 열망으로 전환되었다. 『대한매일신보』의 영웅서사는 점차로 제왕과 장군, 정치가 대신에 국민 개개인이 그와 같은 자질과 정신을 가져야 한다는 '무명영웅론'으로 변모한다. 1908년 9월 15일자 별보 「일홈업는 영웅」, 1909년 5월 15일자 별보 「다수혼 무명씨의 쇼영웅을 구홈」, 1910년 7월 24일자 논설 「유명혼 영웅과 무명혼 영웅」 같은 기사가 대표적인 사례이다. 당시 국내에서 이러한 논의가 나타난 데에는 역시 일본과 중국의 영향이 절대적이었다.[67] 대한제국 말기의 무명영웅론에 영향을 미친 대표적인 글은 1900년 3월 1일 『청의보(淸議報)』에 실린 양계초의 「무명지영

---

65) 박은식 역, 『서사건국지』, 아세아문화사, 1979, 199면.

66) "서사국의 토지와 인민이 우리 대한의 절반이로되 오히려 강한 나라를 아니 섬길 뿐 아니라 또한 능히 발연히 독립하여 강국으로 하여금 두렵게 하니 어찌 부럽지 아니하랴…… 원컨대 사람마다 분발하여 유림척로의 사업을 흔칙하여 애국심을 길러내고 기회를 인하여 태평을 도모할지어다."(김병현 역, 『서사건국지』; 이유영 외, 앞의 책, 224면 이하에서 재인용)

67) 이하의 내용은 이헌미, 앞의 글, 157면 이하의 논의를 요약한 것이다. 이헌미는 일본·청·조선이 20세기 전환기에 각각의 정치적 맥락에 따라 상이한 무명영웅론을 전개하였음을 상세히 논증한다.

웅(無名之英雄)」인데, 이는 메이지 시기의 영향력 있는 언론인 도쿠토미 소회[德富蘇峰]의 「무명의 영웅(無名の英雄)」(1893)의 영향을 받아 쒸어졌다. 이 글의 논지는 신분사회에서 실력위주 사회로 변모해가던 메이지 일본의 상황에서 국민 개개인을 총동원하여 구미 열강에 굴하지 않는 강국 일본을 창출하자는 것이었다. 이러한 논의는 훗날 국가를 위해 무조건적으로 충성하는 국민을 찬미하는 제국주의적 수사와 결합하게 된다. 그런데 이 무명영웅론이 1908년 초 양계초를 거쳐 한국에 상륙했을 때에는[68] 그 함의가 다소 달라진다. 일본의 식민지배가 기정사실화되는 시점에서 '아래로부터의 힘'은 수세적 차원에서 더욱 절실하게 요구되었으며, 이와 같은 상황에서 구국을 위해 단결하는 국민 개개인이 영웅으로 개념화된 것이다.

이러한 맥락에서 이제 독일의 대표적 구국영웅 비스마르크 역시 무명영웅 담론에 녹아들게 되었다. 일찍이 『독립신문』에서도 비스마르크의 위업이 이를 지지한 국민 개개인에서 비롯되었다고 언급한 바 있으나,[69] 1908년 이후 이러한 논의는 더욱 절박한 어조를 띠었다. 이를테면 "이쳔만 동포가 개개히 영웅의 ᄆ옴을 픔

---

68) 양계초의 「無名之英雄」은 鄭濟原 번역으로 1908.2.24, 『태극학보』 18호에 게재되었다.

69) "덕국 비스막 ᄀᆞᄒᆞ 유명ᄒᆞᆫ 지상과 영국에 글러드스돈 ᄀᆞᄒᆞ니라도 그 나라 빅셩들이 이 지상네들을 도아 주지 아니 ᄒᆞ엿슬 것ᄀᆞᄒᆞ면 그네들이 ᄉ업을 이루지 못ᄒᆞ엿슬 터이요 덕국과 영국이 오날눌 셰계에 뎨일 가는 문명 긔화ᄒᆞᆫ 부강ᄒᆞᆫ 나라이 되지 못ᄒᆞ엿슬지라."(「논셜」, 『독립신문』, 1897.4.20); "만일 인민들이 슈수 방관만 ᄒᆞ다던지 남의게 ᄯ을녀 그른 일을 홀 디경이면 덕국 비스막 ᄀᆞᄒᆞ 지상이 열이 잇스며 녜젹 한 나라 졔갈양 ᄀᆞᄒᆞ 사롬이 슴을이 잇서도 슈효가 부죡ᄒᆞ야 이런 큰 괴계를 곳칠슈가 업슬너라."(「논셜」, 『독립신문』, 1898.3.3)

고" "비스막 슈하에 다수훈 적은 영웅"처럼 자신의 역할을 다함으로써 영웅을 간구하는 시대의 부름에 응답해야 했던 것이다.[70] 이리하여 이제 "무수훈 일홈업는 쎄스막"이 구국의 영웅으로 새로이 부각되었다. "영웅이 세계에 쒸여는거슨 곳 세계잇는 무수훈 일홈업는 영웅의 티표가 되엿스니 이럼으로 워싱톤은 무수훈 일홈업는 워싱톤이 아니면 능히 써 십삼쥬의 독립을 일우지 못ᄒ엿슬지며 쎄스막은 무수훈 일홈업는 쎄스막이 아니면 능히 덕국의 련방을 일우지 못ᄒ엿슬거시오"[71]라는 『대한매일신보』의 기사는 대한제국 말기 무명영웅론의 전형이다.

한편 무명영웅 담론과 관련하여 우리는 다시 『서사건국지』와 『애국부인전』에 주목할 필요가 있다. 이 두 작품은 저항의 주체가 지배층이 아닌 평범한 농민이라는 점에서, 일본에 대한 전 국민적 각성을 촉구한 문명개화론자들의 계몽적 의도에 무엇보다도 잘 부합되었다. "皇天(황천)이 瑞民(서민)을 不遺(불유)ᄒ샤 獨立自由(독립자유)를 克復(극복)홀 一大英雄(일대영웅)을 우뚝 낳아 놓았으니, 유림척로가 그 사람이다. 논밭 사이에서 일어나 팔뚝을 걷어붙이고 한번 소리지르매, 국민이 떨쳐 일어나 마침내 남의 나라의 굴레에서 벗어나고 공화정치를 세워 불후의 위업을 세웠다."[72] "[프랑스는] 지금 지구상 제일등에 가는 강국이 되었으니 그 공이 다 약안의 공이라 오륙백 년을 전래하면서 법국 사람이 남녀 없이 약안의 거룩한 공업을

---

70) 「별보-다수훈 무명씨의 쇼영웅을 구홈」, 『대한매일신보』, 1909.5.15; 「논설-유명훈 영웅과 무명훈 영웅」, 『대한매일신보』, 1910.7.24.
71) 「별보-일홈업는 영웅」, 『대한매일신보』, 1908.9.15.
72) 박은식 역, 앞의 책, 198면 이하.

기념하여 흠앙하는 것이 어찌 그렇지 아니하리오 슬프다 우리나라도 약안같은 영웅호걸과 애국충의의 여자가 혹 있는가."[73] 『애국부인전』의 대중적 영향력은 10여 년 후 잔 다르크를 역할 모델로 삼은 유관순의 등장에서 단적으로 입증된다.[74]

한일합방 전야의 영웅 담론은 우리에게 중요한 시사점을 던진다. 근대계몽기의 언론매체들은 비스마르크를 정점으로 하는 독일의 위인들을 소개하면서 국민 모두가 구국의 영웅이 되어야 한다고 역설했다. 그러나 그들이 예시한 영웅은 대부분 이미 성장의 길을 걷고 있던 독일을 더욱 공격적인 국가로 만든 사람들이었다. 저항의 영웅 빌헬름 텔이 아닌 부국강병의 주역 비스마르크에 대한 집중적인 관심은 당시 근대 지식인들이 가진 시대인식의 한계를 보여준다. 가시화된 식민지배의 위협 앞에서 그들은 자신들이 처한 열악한 현실을 극복하기 위한 모델로서 저항 영웅의 등장을 희구하기보다는[75] 스스로 강국이 됨으로써 자주라는 과제를 달성할 수 있으리라는, 다소 시대착오적이며 낙관적인 기대감에 젖어 있었던 것이다.

---

73) 장지연, 『애국부인전』, 아세아문화사, 1979, 379면.
74) 성백용, 「잔 다르크 그 기적의 서사시와 기억의 여정」, 『영웅 만들기』(박지향 외), 174면 이하 참조.
75) 식민통치가 시작되기 전야의 언론매체들은 본격적으로 저항 담론을 전개하지 않았으며, 오히려 당시 의병운동의 저항을 폐해로 규정하고 자제를 촉구하는 경향마저 보였다. 정환국, 「대한제국기 계몽지식인들의 '구국주체' 인식의 궤적」, 『사림』 23, 2005.6, 8~13면.

5. 맺음말

근대계몽기의 언론매체에 나타난 독일의 이미지는 당대인들의 열망과 위기의식을 그대로 반영한다. 이 시기에 간행된 다양한 일간지와 학회지들은 서양 문명의 제반 요소들을 소개하는 데 전념했다. 독일에 대한 한국의 관심도 물론 이러한 범주에서 벗어나지 않았다. 당시 문명개화론자들은 독일을 비롯한 서양 각국의 근대 문물을 수입하고 이를 통해 국민을 계몽하여 강국으로 거듭나는 것을 꿈꾸었다. 독일의 학문과 기술, 선진적인 교육제도에 대한 관심은 그 표현의 일부였다. 그러나 독일의 근대화 과정과 필연적으로 결부된 권위주의, 그리고 그것이 내포한 공격주의적 함의에 대한 인식은 당시의 문명 담론에서 찾아보기 어렵다. 또한 당시 문명화의 일환으로 소개된 유럽 법제가 본질적으로 유럽 국가들만을 주체로 인정하면서 그들의 식민정책을 옹호하는 역할을 했음에도 불구하고, 그것이 국내에서는 문명개화의 길잡이 역할을 했다는 것 역시 역설적인 일이 아닐 수 없다.

근대계몽기 지식인들을 무엇보다도 매혹시켰던 것은 프리드리히 대왕·몰트케·비스마르크 같은 독일의 영웅들이었다. 그들에 대한 흠모, 아니 본질적으로는 한국의 영웅에 대한 갈망은 특히 1905년 이후에 집중적으로 번역, 소개된 영웅전, 역사소설, 전쟁사 서적들을 통해 뚜렷하게 드러난다. 독일을 강국으로 만든 영웅들에 대한 관심의 환기를 번역의 목적으로 분명히 언급한 이 시기의 지식인들은 독일의 과거에 대한 기억을 통해 당대 한국의 현안을 해결하려는 계몽적인 태도를 보여주었다. 그러나 사실 그들이 선택한 영웅들이 발산하는 다분히 공격적인 아우라는 열강의 이권 침탈이 가속화되던 시점에서 수세적으로 근대화를 모색하던 당시 한국의 상황과는 내용적으로 어긋나 있다.

이러한 현상이 나타난 기본적인 원인은 이 시기 한국의 독일상이 '탈아입구(脫亞入歐)'를 기치로 서구를 지향했던 일본 옥시덴탈리즘의 산물이었다는 점에서 찾을 수 있다. 메이지 일본은 강국으로서의 독일을 이끌어낸 영웅들을 숭배했으며, 독일과의 직접적인 교류가 적었던 한국은 일본이 이렇듯 그 자신의 필요에 따라 선택적으로 받아들인 독일을 재수용했던 것이다. 이처럼 근대계몽기의 문명개화론자들은 타자이며 대립자인 일본의 욕망을 그 자신의 것으로 체화했다. 그 결과는 야누스의 얼굴로 파악되었어야 할 독일의 다면적인 모습이 감추어졌다는 것이었다. 한편에는 도달해야 할 목표로서의 '문명국', '강국' 독일이 존재했지만, 다른 한편에는 저항해야 할 '압제의 주체'로서의 독일이 있었다. 그러나 한국의 근대 지식인들은 『서사건국지』의 주인공 유림척로, 즉 빌헬름 텔의 항쟁 대상이었던 일이만(日耳曼)의 공격성이 곧 일본의 침략성으로 이어질 수 있는 가능성을 보지 못했다. 그들은 제국주의 세력의 지배를 목전에 두고 있었으면서도, 프리드리히나 비스마르크의 치적이 내포한 제국주의적인 함의를 짚어내지 못했다. 비스마르크가 만든 통일 독일이 장차 제국의 길을 걷는 일본의 모델이 되었음을 염두에 둘 때, 이는 구국의 수단으로 독일 영웅들을 소개했던 근대 지식인들이 침략자 일본의 논의를 빌어 애국 담론을 전개하는 역설이 빚어졌음을 뜻한다. 근대화와 자주라는 두 과제가 확연히 구분되지 않았던 1910년 이전에 그들은 이처럼 제국주의의 논의를 빌어 그에 대응해야 하는 딜레마에 빠졌다. 훗날 그들의 일부가 친일 세력이 되었던 것도 이러한 상황과 무관하지 않을 것이다.

고미숙 : 1960년 강원도 정선 출생. 고려대 독문과를 졸업하고 같은 학교 대학원 국문과에서 박사학위를 받았다. 지은 책으로『19세기 시조의 예술사적 의미』, 『18세기에서 20세기 초 한국시가사의 구도』,『비평기계』,『한국의 근대성, 그 기원을 찾아서』,『열하일기, 웃음과 역설의 유쾌한 시공간』,『나비와 전사—근대와 18세기, 그리고 탈근대의 우발적 마주침』 등이 있다.

고유경 : 1969년 서울 출생. 이화여대 사학과와 같은 대학원을 졸업하고 독일 튀빙엔대학교에서 박사학위를 받았다. 현재 부산교대 초등교육연구소 연구교수로 있다. 지은 책으로『*Zwischen Bildung und Propaganda. Laientheater und Film der Stuttgarter Arbeiterbewegung zur Zeit der Weimarer Republik*』, 옮긴 책으로『부르주아전』 등이 있다.

권보드래 : 1969년 서울에서 태어나 서울대 국문학과 및 동 대학원을 졸업했다. 현재 동국대 교양학부 교수로 있으며 '연구공간 수유+너머'에서 공부하고 있다. 지은 책으로『한국 근대소설의 기원』,『연애의 시대』 등이 있다.

길진숙 : 1965년 서울 출생. 이화여대 국문과와 같은 학교 대학원을 졸업했다. 현재 강원대 강사로 있다. 저서로는『조선 전기 시가예술론의 형성과 전개』가 있으며, 주요 논문으로는 「16세기 초반 시가사의 흐름」, 「조선 전기 예악론의 추이와 국문시가론 정립 양상」 등이 있다.

김동택 : 서강대 정치외교학과에서 박사학위를 받았다. 1993~1994년에 하버드대학 옌칭연구소 객원연구원을 지냈으며 서강대, 성균관대, 인하대 강사를 거쳐 현재 성균관대 동아시아학술원 교수로 있다. 지은 책으로는『세계사적 나침반은 어디에』(공저)가 있으며, 옮긴 책으로는『제국의 시대』,『자본의 시대』 등이 있다.

박주원 : 1965년 서울 출생. 이화여대 정치외교학과를 졸업하고 같은 학교 대학원에서 박사학위를 받았다. 현재 서강대 사회과학연구소 학술연구교수로 있다. 공저로『이상국가론』과『현대민주주의론』이 있으며, 주요 논문으로는 「맑

스 사상에서 '생산'과 '정치' 개념—아렌트와 하버마스의 맑스 비판에 대한 검토」, 「푸리에에서 맑스로? 맑스에서 푸리에로—'팔랑쥬', 즐거운 노동사회의 가능성과 한계」 등이 있다.

박태호 : 서울대 사회학과를 졸업하고 같은 대학 대학원에서 박사학위를 받았다. 현재 서울산업대 교양학부 교수로 있다. 지은 책으로 『맑스주의와 근대성』, 『근대적 시·공간의 탄생』, 『근대적 주거공간의 탄생』, 『노마디즘』, 『자본을 넘어선 자본』 등이 있다.

전동현 : 1964년 서울 출생. 이화여대 사학과와 같은 학교 대학원을 졸업했다. 저서로 『두 중국의 기원』, 논문으로 「중국국민혁명기 삼민주의 연구—통치이념화 과정을 중심으로」, 「중국혁명의 상징, 그 의미와 한계—손문(1896~1925)」, 「자유주의 시각에서 본 훈정과 인권—인권논집과 독립평론에 나타난 호적의 입장을 중심으로」 등이 있다.

정선태 : 1963년 전북 남원에서 태어났으며 서울대 국문학과 및 같은 대학원을 졸업했다. 현재 국민대 국문학과 교수로 있다. 지은 책에 『개화기 신문 논설의 서사 수용 양상』, 『심연을 탐사하는 고래의 눈』, 『근대의 어둠을 응시하는 고양이의 시선』, 옮긴 책에 『일본문학의 근대와 반근대』, 『동양적 근대의 창출』, 『일본어의 근대』, 『가네코 후미코』, 『지도의 상상력』, 『생활 속의 식민지주의』 등이 있다.

함동주 : 1963년 강원도 강릉 출생. 이화여대 사학과를 졸업하고 미국 시카고대학 사학과에서 박사학위를 받았다. 현재 이화여대 사학과 교수로 있다. 주요 논문으로 「근대 일본의 형성과 역사상—田口卯吉의 '日本開化小史'를 중심으로」, 「중일전쟁과 미키 키요시의 동아협동체론」 등이 있다.